사랑

저는 이 세상에 가장 행복된 사람 중에 하나라고 믿어요.

제 소원은 완전히 성취되었으니깐요— 선생님 곁에서 거진 반생이나

보낼 수가 있었으니깐요. 제 만족은 완전해요.

제게는 이 이상의 소원은 하나두 없습니다. 앞으로 더 소원이 있다고 하면

그것은 제가 죽기까지 선생님 곁에 모시는 거야요.

베스트셀러한국문학선 25

사 랑

(하)

이광수

소담출판사

발 간 사

우리는 물질적 가치를 중시하는 산업시대의 큰 풍조 속에서 경제적 부 (富)만을 추구하는 열병을 앓고 있는 것 같다. 물질적 가치와 똑같은 비 중으로 또는 경우에 따라서는 그보다도 더 귀중한 정신적 가치에 관한 소 중함을 몰각한 것이 오늘날의 풍조가 아닌가 한다.

따라서 역사적으로 면면히 이어오고 있는 우리 문화의 한 중심인 문예 의 가치를 인식하고, 널리 보급시키는 것은 매우 중요한 의미를 지닌다고 할 수 있다.

우리가 어진 사람을 인격의 표본으로 삼을 때 근대 문학 작품에서는 이 광수의 「흙」에 등장하는 허숭을 생각할 수 있고, 옛 문학에서는 흥부를 생각할 수 있다. 이러한 문예작품 속의 인물들은 우리 민족성원 한 사람 한 사람의 마음속에 인격의 한 표본으로 존중되어 사람답게 사는 실천적 지혜로 이어진다.

여기서 문예작품은 그 작품을 창작한 개인의 재능에 의한 것이지만, 그 내용에 담긴 인물의 심성과 인격의 아름다움은 바로 그 작품을 읽는 독자 들의 자아를 성숙게 하는 길잡이가 된다. 즉 작품에 실현된 정신적 가치 는 우리 민족의 창조적 지혜로서 이어지고 이해되어 민족의 정신적 지향 의 전통이 됨을 깨닫게 된다.

특히 젊은 세대에게 역사의식과 전통적 가치를 학습할 자료로서 우리 문학의 선집은 필수적인 의미를 지니고 있다.

오늘날의 상업적 풍조에서 탈피하여 한국의 전통을 이해하고 새 시대의 창조적 전진을 위한 밑거름으로서 베스트셀러 한국문학선은 기여할 것이다.

새 시대의 새 독자들에게 가장 뜻깊은 선물이 될 것을 자부하며, 작품 의 선정에 있어서도 그 뛰어난 예술성은 물론 내용의 심화된 것을 중시하 여 엄정히 선택한 것임을 밝혀두는 바이다.

신 동 욱

차례

〔이광수〕

하

〈일러두기〉

1. 선정된 작품은 1920－1970년대 한국 현대 소설사의 대표적 작품들로서 현행 고등
   학교 검인정 문학 8종 교과서에 실린 작품 외 개별 작가의 대표적 작품을 중심으로
   엮었다.
2. 표기는 원문의 효과를 고려하여 발표 당시의 표기를 중시했으나, 방언은 살리되 의미
   전달을 위해 되도록 현대표기법을 따랐다.
3. 띄어쓰기는 개정된 한글맞춤법에 따랐다.
4. 외래어는 외래어 표기법을 따랐다.
5. 대화나 인용은 " "로, 생각이나 독백 및 강조하는 말은 ' '로 표시하였다.
6. 본 도서는 대입수능시험은 물론 중－고교생의 문학적 소양 및 교양의 함양을 위해
   참고서식 발췌 수록이 아닌 모든 작품의 전문을 수록하였음을 밝혀둔다.

떠나는 길

순옥이가 다녀간 이튿날은 마침 일요일이어서 아침 일찍이 수송동 안빈 병원에 순옥을 찾았다. 순옥이가 다녀간 뒤에 인원은 잠을 이루지 못하였다. 순옥의 그 애타서 우는 양이 도무지 잊히지를 아니하였다.

허영은 날마다 순옥에게 혼인을 재촉하였다. 안빈 부인이 돌아가셨으니, 지금 곧 병원을 나와서 혼인을 한다는 것은 너무 박정하지 아니하냐 하는 순옥의 핑계로 끌어오기가 벌써 석 달이나 되었다. 인제는 순옥이가 차일피일하는 것을 허영은 좋지 못한 의미로 의심하는 모양이어서 차차 불온한 말이 나오기 시작하였다. 더구나 밖에서는, 물론 여편네들 사이에, 안빈의 아내가 죽은 것은 순옥이가 약과 음식에 독을 넣은 때문이라는 말까지도 쉬쉬하고 돌아다녔다. 이 말이 옥남의 동무, 그 입 헤프고, 모든 것을 악한 각도에서 보는 버릇을 가진 배은희의 수작임은 말할 것도 없다. 지난 여름 원산에서도 은희가 옥남을 찾아와서, 옥남이가 순옥의 손에 주사도 맞고 음식도 먹노라는, 옥남의 편에서는 순옥을 좋게 말하노라고 하는 말을 듣고서,

"아, 저런!"

하고 펄쩍 뛰며,

"그래 시앗의 손에서 약을 받아먹어? 게다가 또 주사를 맞아? 그리고 살아날 줄 알아? 독약을 살살 치는 거야. 표 안 나게시리 말려 죽이는 줄 모르고?"

하는 소리를 순옥이가 이층 층층대를 올라가다가 엿들은 일도 있었다.

은희가 이런 소리를 앓고 누워 있는 옥남의 친정 어머니에게 하여서 그이가 사위 안빈을 보고 노발대발했다는 말이 그 집 식모를 통하여 안빈의 집 순이 엄마 귀에 들어온 것을 순옥이가 들은 일도 있었다. 은희가 허영을 찾아가서 그런 말을 했는지는 알 수 없으나 허영이가 성화같이 순옥에게 혼인을 재촉하고 또 순옥을 향하여 의심스러운 눈을 가지고 있는 것을 보면 아마 그런 말이 귀에 들어간 듯도 싶었다.

어젯밤 순옥이가 인원을 보고 이런 사정들을 말할 때에 인원은,

"그럼 왜 얼른 혼인을 해 버리지 않아? 어차피 허영이허구 혼인할 바에야 얼른 해 버리면 좋지 않아?"

하고 순옥을 꾸짖듯이 말을 하였다.

"그러기루 저 아이들은 어떡허우? 토요일 밤 하루만 선생님이 댁에 오셔서 아이들 데리구 주무시구 일요일 오전에 아이들 데리구 노시구 병원 시간만 끝나면 내가 맡아 가지구 있는걸. 그나 그뿐인가. 선생님 식전이랑 옷이랑 그건 누가 보살피우?"

"아, 그 수원 아주머닌간 어디 갔나?"

"그이가 또 며느리가 죽었다구 집으로 갔다우."

"그럼 삼청동 집엔 순이 엄마뿐이야?"

"그럼, 아이들허구."

"그러기루 순옥이가 언제까지나 그 일을 허구 있을 수는 없지 않아?"

"그야 그렇지만. 그렇더라도 집 일을 돌아볼 사람이 오기나 해야지, 지금 어떻게 뚝 떠나오?"

"그런데 안 선생은 어떡헐 작정야? 새 마나님을 하나 얻든지, 아이들

돌보고 살림살이헐 사람을 하나 구하든지 허지 않구."

"왜 사람을 안 구허시나? 저 천주교당에랑 다른 교회에랑 염탐을 허지요. 그러니 이 겨울에 어디서 사람을 얻소? 봄이나 돼야지."

"그도 그래."

"그런데 안 선생은 재혼은 안허실 생각야?"

"그걸 내가 어떻게 아오? 아무러기로 부인이 돌아가시구 일 년두 되기 전에 설마 재혼이야 헐라구."

"사내들이 머 그런 거 생각허나?"

"내 생각엔 선생님은 다시는 혼인허실 것 같지 않아."

"왜?"

"그저 그럴 것만 같아."

"순옥이 위해서?"

"나 위해서는 뭐예요, 언니두?"

"사실은 그렇거든. 안 선생허구 순옥이허구 혼인허는 게 원형이정이어든. 그것을 억지로 안허자니깐 모두 이 곤란이어든."

순옥은 말이 없었다.

"순옥이두 그렇지 뭐야? 안 선생헌테 시집을 갔으면 아무 문제 없을 걸. 그래 정말 순옥이는 허영이허고 혼인헐 테야?"

"그럼, 약혼헌걸."

"약혼이야 머 파혼허면 고만이지. 혼인했다가 이혼들도 허는데."

순옥은 고개를 도리도리 흔들었다.

"그럼 어떡허자는 거야? 순옥이는 하루바삐 허영이허고 혼인을 해야 겠는데, 안 선생 살림을 돌볼 사람이 없어서 못 떠난다는 거야? 지금 순옥이 걱정이 그거란 말야?"

순옥은 고개를 끄덕끄덕한다.

"그럼 내일이라두 안 선생 집 일 보아 줄 사람만 생기면 순옥이 걱정이 피겠나?"

순옥은 고개를 끄덕끄덕하며 한숨을 쉰다.

"나 보기에는 꼭 그런 것만 같지도 않은데."

하는 소리에 순옥은 울어 쓰러지고 말았다.

이러한 어젯밤 순옥과의 담화를 생각하면서 인원은 안빈 병원에 들어섰다.

"순옥이 있어요?"

인원은 마침 복도에 있는 어 간호부를 보고 물었다. 인원도 근래에는 순옥이를 찾는 것이 잦아서 어 간호부와도 사귀었다. 그렇게 무뚝뚝해 보이던 어 간호부도 사귀어 보면 역시 보통 여성의 상냥함이 있었다.

"언니요?"

하고 순옥이가 진찰실에서 인원의 소리를 듣고 뛰어나왔다.

"순옥이 바빠?"

인원은 올라설 뜻도 없는 듯이 신발 벗는 데에 선 채로 묻는다.

"아니, 왜?"

"나 이야기 좀 할 게 있어서."

"무슨 이야기? 들어오슈."

하고 순옥은 어젯밤 생각을 하였다.

하얀 간호부복에 하얀 간호모를 쓴 순옥은 참 깨끗하다고 생각하면서 인원은 순옥을 따라 응접실로 들어갔다.

"이 방이 순옥이허구 허영이허구 그 희극이 연출되던 방야?"

하고 인원은 앉기 전에 우선 방 안을 휘 둘러보았다. 인원은 이 응접실에 들어오기는 처음이었다.

"앉으오."

"응."

"어젯밤엔 내가 울고 그래서 언니 또 못 주무셨겠어."

"순옥인 더 못 잤겠지."

순옥은 한숨을 쉬고 고개를 숙인다.

"나 한마디만 순옥이헌테 물어 볼 테야."

하고 인원은 빙그레 웃는다. 그러나 그 웃음은 매우 괴로운 웃음이었다.

"무어, 언니?"

"순옥이 정말 허영이허구 혼인할 테야?"

"그럼."

"정말?"

"그럼."

인원은 순옥을 한참 물끄러미 바라보다가,

"정말? 그럼 순옥이 정말 진정에서 나오는 대답야?"

하고 낯을 한번 찡긴다.

순옥은 한참이나 말없이 고개를 숙이고 앉았더니, 얼마 후에야 고개를 들어서 인원을 바라보며 말한다.

"진정이거나 아니거나 인제는 허하구 혼인할 길밖에 없지 않아, 언니? 어젯밤에두 언니헌테서 돌아와서 곰곰 생각해 보니깐, 내가 벌써 혼인을 해 버릴 걸 그랬어. 괜히 선생님께도 여러 가지로 불안만 끼치구."

"무슨 불안?"

"선생님께도 걱정이 될 거 아니오, 내 일이."

"무슨 일이?"

"저것이 어찌 되겠는고, 하는 걱정도 되실 것이구 또 세상에 이러쿵 저러쿵 말도 돌아다니고. 글쎄 나만 없었으면 그런 소리도 다 안 날 것 아니오? 선생님 처가댁과도──글쎄 그게 무슨 일이오? 그래서 난 얼른 여기서 떠나려고 작정을 했어, 언니."

"아이들이랑 선생님이랑 다 마음에 걸리더라두?"

"헐 수 없지, 어떡허우? 내가 있으면 있을수록 도리어 선생님께 걱정만 되는걸, 도움은 안 되구."

두 사람은 한참 동안 말이 없이 마주보고만 있었다.

얼마 동안 그렇게 말없이 앉았다가 인원이가 자리에서 벌떡 일어나면서,

"안 선생은 오전중에는 삼청동 댁에 계시다지?"
하고 갈 차비를 한다.

"응, 왜?"

"나 가서 안 선생 좀 만나게."

"왜? 무슨 일로?"

"순옥이 일이지, 무슨 일야? 나 안 선생 보고 담판을 좀 하게."

"담판? 무슨 담판?"

"순옥일 어떡헐 테요, 하고. 그게 무어야? 사람을 기름을 다 말리우니."

"왜, 선생님이 잘못인가, 머?"

"그럼, 뉘 잘못인고?"

"선생님이 날 어떡허시오?"

"왜 어떻게 못 해? 같이 산다든지, 그렇지 아니하면 놓아 주든지. 그게 다 무어야? 희미중이로. 내 가서 한바탕 몰아세고 올걸. 양단간 끝장을 내라구."
하고 인원은 순옥의 어깨를 한번 툭 치고는 문을 나온다.

순옥은 속으로, 영리한 인원이가 웬걸 그렇게 무례한 말을 하랴, 하고 역시 싱긋 웃기만 하고 인원을 떠나 보내었다.

그러나 인원을 보내고 나서 생각하니 대체 무슨 일로 인원이가 안 선생을 찾아갈까 하는 것이 궁금하였다. 왜 좀 자세히 물어 보고 보내지를 않았을까, 하고 제가 분명치 못한 것을 후회하였으나 그때에는 인원은 벌써 삼청동 집에를 갔을 것이었다.

인원이가 삼청동 갔을 때에는 안빈은 세 아이를 데리고 뒷솔밭 속으로 거닐고 있었다. 순이 엄마에게 그 말을 듣고 인원은 안빈이가 아이들을 데리고 어떤 모양으로 노나 하는 것이 알고 싶은 호기심이 나서 아무쪼록 안빈의 눈에 아니 뜨이도록 주의하면서 뒷솔밭으로 올라갔다.

벌써 삼월이라 하건마는 아직도 수풀 속에는 군데군데 녹다 남은 눈이 있었다.

안빈은 세 아이를 데리고 늙은 소나무 사이에서 숨바꼭질을 하고 있었다. 안빈은 양복바지에다 조선 저고리와 마고자를 입고 그리고는 캡을 쓰고 있었다. 안빈이가 정이를 피하여 달아날 때에는 흰 생목 저고리 고름 끝이 너풀하는 것이 우스웠다.

협이와 윤이는 한번도 안 잡혔으나 안빈은 가끔 정이에게 붙잡혀서 그 조그마한 손으로 얻어맞고는,

"아뿔싸, 내가 정이헌테 잡혔네."

하고 웃었다. 정이도 제가 장한 듯이 손뼉을 쳤다. 그리고는,

"또, 또."

하고 아버지에게 뛰기를 재촉하였다.

세 아이의 깨득깨득 웃는 소리와 이따금 안빈의 큰 웃음소리가 들렸다.

아침 햇발이 나뭇가지들을 통하여 흘러 들어와서 사람들을 어룽어룽하게 만들었다. 아마 뒷산에 식전 산보 갔던 패들인지 사오 인이 숙정문께로서 내려오다가 안빈네 사 부자가 놀고 있는 양을 구경하고 있었다. 그 사람들 때문에 인원도 안빈의 눈에 띌 걱정 없이 구경할 수가 있었다.

"자 이제 집으로 간다구."

하고 안빈이가 정의 손을 잡으니 협도 윤도 말없이 아버지의 뒤를 대섰다.

"선생님!"

하고 인원이가 안빈의 앞에 나타나서 인사할 때에는 안빈도 놀랐다.

"언제 왔소?"

하고 안빈이가 웃을 때에 협이와 윤이도 인원에게 인사를 하였다.

"아까 왔어요."

"그럼 우리 노는 것 다 보았군."

"저도 한데 뛰어들어서 놀고 싶은 것을 억지루 참았어요."

하고 인원은 소리를 내어서 웃었다.

"그럼 왜 아니 뛰어들었소?"

안빈은 걷기를 시작하며 묻는다.

"날마다 그렇게 애기들하고 노세요?"

"아니 다른 날이야 내가 집에서 자오?"

"다른 날은 순옥이가 이렇게 애기들 데리구 숨바꼭질해요?"

"안해, 안해. 하자구 해두 조금 하군 안해."

하고 윤이가 나서며 불평을 한다.

"나허구 날마다 헐까?"

하고 인원이가 윤의 어깨에 손을 얹는다.

"우리 집에 오나, 머?"

하고 윤은 인원을 힐끗 본다.

"윤이가 오람 올게. 그럼 나허구 놀 테야?"

하고 인원은 고개를 숙여서 윤의 얼굴을 들여다본다.

윤은 만족한 듯이, 그러나 의문이란 듯이 인원을 보면서 고개를 까딱까딱한다.

"선생님. 이렇게 어떻게 사십니까?"

인원은 방에 들어가 앉는 대로 이런 말을 안빈을 보고 하였다. 그리고 방을 휘 둘러보았다. 순옥에게 들은 바와 같이 방은 옥남이 살았을 적의 것과 하나도 변치 아니하였다. 다락 쪽 말뚝에 걸어 놓은 옥남의 옥색 생목치마와 흰 명주 저고리도 그대로 걸려 있었다. 순옥의 물건은 하나도 보이지 않는 것을 인원은 속으로,

'그것 얌전도 하지!'

하고 감탄하였다.

"허, 걱정이오."

하고 안빈도 인원의 말에 쓴웃음을 웃었다.

"수원 아주머니라는 이는 못 오시게 됐나요?"

"흥. 그이두 못 온대. 며느님이 돌아갔어. 또 인젠 너무 늙으시고."

"그러기루 이렇게 견디셔요? 하루 이틀두 아니구."

"허. 그렇구려. 그래도 아내가 병원에서 앓고 있을 때에, 살아나기 어려울 줄은 알면서도 다시 집에 돌아오려니, 하고 은근히 믿었더니, 아주 가고 말았소그려."

하고 안빈은 한숨을 쉰다.

그때에 아이들이 다 밖으로 나가는 것을 보고,

"선생님, 혼인을 하시죠."

하고 인원은 단도직입으로 메었다.

"혼인?"

안빈의 얼굴에는 약간 놀라는 빛이 든다.

"네. 재혼을 하셔야죠."

안빈은 꿍 하고 고개를 숙인다.

한참 있다가 안빈은 고개를 들면서,

"내가 인제 무슨 재혼을 하겠소?"

하고 빙그레 웃는다.

"왜요? 늙으셔서요?"

"늙기야, 아직도 오십도 전에 무엇이 늙었겠소마는."

"그럼 왜 못 하셔요? 그래도 부인이 계셔야 선생님 뒤도 걷구."

"내 뒤, 머 거둘 거 있나?"

"아니, 식전이랑 의복이랑── ."

"먹는 거야 식모 있으면 되구, 옷은 값도 주구, 또 양복만 입으면 빨랫집에 맡기면 고만이고── ."

"어떻게 그렇게 하셔요?"

"왜 못 해? 중들이 살겠소?"

"중들은 중들이지마는── ."

"무어, 그저 먹고 입으면 되지. 호강할 생각은 없고."

"선생님은 그러시더라두 애기들은 어떡해요?"

"아이들야, 내가 혼인 안허는 게 좋지."

"왜요?"

"누가 전실 아이들 길러 주러 시집 올 사람 있겠소? 계모와 전실 자식이란 늘 비극의 원인입니다."

"계모도 계모 나름이죠."

"그야 그렇지."

"그런데 왜 혼인 안허세요?"

"어디, 세상에 그런 좋은 사람이 쉽소? 설혹 있기루니 그런 좋은 사람이야 복 많은 좋은 사람을 찾아서 배필이 되지, 저마다 바랄 수가 있나?"

"왜? 선생님은 그만한 복이 없으셔요?"

"내가 무슨 복이 있겠소? 복이 있으면 왜 그렇게 좋은 아내가 이렇게 얼른 죽겠소? 박복헌 사람의 가장 총명한 일은 제가 박복한 줄을 아는 겝니다. 박복허면서 복을 구하는 것은 저축한 재산도 없으면서 호화롭게 살려는 것과 마찬가지야, 반드시 화를 받는 것이어든."

"그렇게 복이란 미리 정해 놓은 것일까요?"

"인원은 어떻게 생각하시오?"

"저도 인과라는 것을 인정도 합니다마는 그래도 요행이라는 것두 있는 것 같아요."

"요행?"

"네. 세상에는 아무 복도 없을 듯한 사람이 복을 받는 수도 있지 않아요?"

"해가 혹시 서편에서 뜨는 일도 있소?"

"그거야 없지마는요."

"안 심은 씨가 나는 수도 있소?"

"그거야 없지마는요."

"그럼 요행이 어디 있소? 우리가 모르는 게지. 다윈이 그 진화론에 찬

스란 말을 썼지. 그것은 원인 알 수 없는 결과란 말야. 원인 없는 결과란 말은 아니오."

"그럼 저 같은 것은 일생에 복이란 받아 보지 못하게요?"

"왜?"

"제가 어디 무슨 복 있어요?"

"왜, 없어?"

"무엇이 있습니까?"

"우선 건강 있구."

"그까짓 거."

"병이 나 보면 건강이 어떻게 큰 복인 줄을 알지."

"건강만 있으면 고만인가요?"

"또 재주두 있구."

"홍, 그까짓 재주!"

"재주 없는 사람이 되어서 보시오——인원의 재주가 얼마나 부러울 까?"

"그까짓 재주가 저를 몇 푼어치나 행복되게 해 줍니까?"

"그럴 리가 있나? 그 재주가 있으니까 고등교육도 받고, 또 남의 선생님도 되구 그러는 것 아니오?"

"그까짓 선생이 무어 그리 좋아요?"

"그럼 남의 식모는? 먹을 것, 입을 것 없는 거지는?"

"그보다야 낫지요마는."

"인원은 제가 누리는 복을 인식을 못 하는구려. 제가 이 인류 중에 어떻게 많은 중생보다도 큰 복을 받구 있는지 그것을 인식을 못 허구 고맙게 생각을 못 허는구려. 이 세상에는 인원보다 팔자 좋은 사람보다도 팔자 사나운 사람이 더 많소. 많기로 조금만 많은 게 아니라, 훨씬 크게 더 많단 말요. 또 아직 모르지, 인원이 아직 삼십도 미만이니까 앞으로 찾을 복이 얼만지 아오? 필시 많을 것이오. 그 복을 제 손으로 흩어 버리지만 아니허면."

인원은 안빈의 말을 들으매, 누를 수 없는 기쁨을 깨달았다. 제가 복이 있다는 말이 기쁜 것이 아니라, 그 이치를 알게 된 것이 기뻤다. 안빈의 말은 하늘의 금빛을 가지고 인원의 마음을 비추는 것 같았다. 그리고 정말 자기가 지금 받고 있는 복이 고맙다는 생각이 용솟음쳐 오름을 깨달았다. 그러나 인원은 그런 빛을 당장 안빈에게 보이기는 싫었다. 그래서 부러 반항적으로,

"그럼, 선생님은 왜 박복허시다고 허세요. 저보다도 훨씬 복이 많으시면서?"

하고 대들었다.

"암, 내가 받은 복도 분에 겹도록 많지. 내가 박복하다고 한 것은 이 세상에서 가장 좋은 여자를 다시 아내로 삼을 복이 없단 말이지. 가장 좋은 아내는 가장 좋은 남편을 찾아야 헐 것 아니오?"

"그래두 어디 세상에서야 그래요? 못난이가 현숙헌 여자를 아내로 삼는 수도 있고——그렇지 않아요?"

"얼른 보기에 그런 일도 있지만, 그래도 다 무슨 인연이 있기에 그럴 터이지."

"그게 요행이 아니겠어요? 찬스라는 게 아니구요?"

인원은 어리광 절반으로 대들었다.

"인원은 그렇게 생각허우?"

하고 안빈은 웃고 만다.

"그럼, 선생님은 모든 것이 다 인연으로 된다고만 믿으십니까?"

"나는 그렇게 믿소."

"그럼 왜 선생님은 인연을 끊으려구 허세요?"

인원은 빙그레 웃는다.

안빈은 약간 의외라 하는 빛으로 인원을 본다.

"내가 인연을 끊어?"

"그럼요."

"내가 무슨 인연을 끊었소?"

"그럼 왜 순옥이허구 혼인 안하세요?"

안빈은 그제야 웃는다.

"누가 보아도 순옥이는 선생님과 혼인을 해야 옳은데 선생님은 왜 아니하려 드십니까?"

"순옥이허구 혼인?"

"그럼요. 못 할 이유가 무엇이에요?"

안빈은 말없이 눈을 감는다.

"혼인하셔서 안 될 이유는 없죠?"

"그것이야 없지."

"그것 보셔요. 그럼 왜 혼인을 안하셔요? 순옥이가 선생님을 사모하는지 아시죠?"

"말은 들었소."

"말루 듣기만 하셨어요, 느끼시진 않으시구?"

"느끼기도 허지."

"그것 보셔요. 그럼 왜 선생님은 순옥이와 혼인을 안하셔요? 선생님도 순옥이를 사랑허시지요?"

"사랑허지."

"그것 보셔요. 그런데 왜 혼인을 안하셔요?"

"그런데, 오늘 웬일이오? 내게 그런 담판하러 왔소?"

"그럼요, 담판 안해요? 순옥이가 그렇게 괴로워서 죽어 가는데 선생님은 왜 모른 체하고 계셔요?"

"내가 모른 체?"

"그럼 모른 체가 아니고 무어예요? 그 동안 순옥이가 어떻게나 기름이 빠졌는지 아십니까? 아주 죽게 됐습니다. 저를 만나면 울기만 허구요. 그런 거 아십니까?"

"왜?"

"왜가 무엇입니까? 선생님은 순옥이가 괴로워하는 것 모르십니까?"

"글쎄, 참 미안한 일이오. 내 집이 이 꼴이 돼서——사람은 안 얻어지고——그러니까 순옥두 차마 못 떠나는 줄은 나도 잘 아오. 그렇지만 내집 일이야 어떻게나 될 것이니까, 내 집 걱정은 말고 어서 혼인을 하라고말해 주시오. 나도 그 동안 그렇게 말을 하자 하자 하면서두 말을 못 했소그려."

"아이참, 선생님도 딴전만 허시네, 아이참."

"왜?"

"왜가 무엇입니까?"

"내 말에 무어 잘못된 것 있소?"

"아이참, 점점 더 허시네."

"무엇이?"

"순옥이가 누구허구 혼인을 허란 말씀이에요?"

"아니, 누구허고라니? 허영 씨허고 약혼 안했소?"

"약혼이 무슨 약혼입니까? 말루만 그렇지."

"그럼?"

"순옥이가 왜 허영이헌테 시집 간다구 허는지 모르세요?"

"내가 어떻게 아오?"

"허영이가 선생님 명예 손상하는 말을 하고 돌아다닌다구, 그 입을 막노라고 그랬답니다. 또 선생님 부인 마음 편안허시게 해 드리노라고 그랬구요. 어디 순옥이가 허영이를 사랑해서 그런 거예요?"

안빈은 눈을 감고 고개를 숙여 버린다.

인원은 안빈이가 괴로운 표정이나 괴로워하는 말 한마디를 발하지 아니하더라도 안빈의 가슴속의 괴로움을 눈앞에 분명히 보는 것 같았다. 그리고 일종의 쾌감을 짝한 동정심이 솟아오름을 깨달았다. 인원이가 일종의쾌감을 가진다는 것이, 순옥이가 가끔 인원에게서 느끼는 그 잔인성이었다.

안빈이가 오랫동안 대답이 없는 것을 보고 인원은 한 번 더 재우친다.

"선생님도 순옥의 그런 심경을 아시죠?"

"대강은 짐작했소."

하는 안빈의 대답은 말이라기보다는 신음에 가까웠다.

"그런데 왜 선생님은 순옥이를 모른 체하세요?"

"모른 체 안하면 어떡허우?"

"어떡허우는 무엇입니까. 순옥이가 이 세상에서 믿는 이가 선생님밖에는 없는 줄 아시지요? 선생님이 순옥에게는 빛이요, 생명이신 줄은 아시지요? 그런데 왜 선생님은 건져 주시지 아니하세요? 선생님은 그렇게두 무정하신 어른이십니까?"

"무정한 것도 아니지마는."

"그러시면서 왜 순옥이를 모른 체하세요? 순옥이가 불쌍하지 않습니까?"

"그러니 내가 어떡허란 말이오?"

"혼인허시지요."

"그건 안 될 말이오."

하고 안빈은 두어 번 고개를 흔든다.

"왜요?"

"혼인헐 사람이 따로 있지."

"왜, 순옥이는 선생님 부인 되기에 부족해요."

"아니, 그런 말이 아니오."

"그럼은요?"

"나는 순옥이를 이 세상에서 드물게 보는 좋은 여자로 믿소."

"그럼 왜 혼인 안하세요? 사랑이 없으셔서요? 순옥이가 사람은 좋으나 정이 가지 않는단 말씀입니까?"

"아니, 그런 말도 아니야."

"그럼은요? 왜 안하세요?"

"내가 순옥이를 너무 사랑허기 때문에."

하는 안빈의 눈은 빛난다.

"너무 사랑허시기 때문에요?"

"응."

"너무 사랑허시면 혼인은 못 허십니까?"

"그렇소."

"거 이상한 논리십니다?"

"얼른 들으면 이상한 것 같지. 그러나 그게 조금도 이상한 논리가 아니오."

"그게 이상하지 않고요? 사랑하니깐 혼인 못 한다——그게 이상하지 않고 무엇이 이상해요? 저는 그런 이론 처음 들어 보아요."

"인원은 그런 이론 처음 듣소?"

"처음이에요."

"흠."

"어서 말씀해 주세요. 전 선생님 이론 모르겠어요."

안빈은 무엇을 한참 동안이나 생각하고 있더니 인원의 물끄러미 쳐다보는 맑은 눈을 바라보면서 이렇게 말한다.

"성경에 이런 말씀이 있소. 어떤 사두개교인인가가 예수를 시험헌 말이지——한 여자가 처음엔 삼형제의 맏형과 혼인을 해 살다가 그 남편이 죽어, 그러니까 그 남편의 다음 동생과 살다가 또 그 남편이 죽어, 이 모양으로 삼형젠가를 다 남편으로 삼고 살다가 마침내는 저도 죽었으니, 이 다음에 부활한 뒤에 그 여자가 누구의 아내가 되겠느냐고——이렇게 예수께 물어 본 일이 있지 않소?"

"네, 있어요. 생각나요."

"그래 그때에, 예수께서 그 사두개교인인가에게 무엇이라고 대답허신 지 아시오?"

"네."

"무어라고 하셨소?"

"부활한 뒤에는 아내니 남편이니 시집이니 장가니 그런 것이 없느니라고——그러셨지요. 선생님?"

"옳아. 그렇게 대답하셨소."

"그러니깐 어떻단 말씀예요?"

"그거지, 그저 그거야."

"그거라니요?"

"인원이, 보살님 부처님 알지?"

"이야긴 들었지요."

"가령 관세음 보살이란 어른이 남자요, 여자요?"

"몰라요, 여자 아니에요?"

"어째서?"

"그래도 관세음 보살이라면 어째 여자 같아요."

"하나님은?"

"하나님이요?"

"응 하나님은 남자요, 여자요?"

"하하하하, 글쎄요. 하나님 아버지라니깐 남성이겠죠? 여성이면 하나님 어머니라고 헐 텐데. 하하하하, 모르겠어요. 무엇이에요?"

안빈은, 그러나, 웃지도 아니한다.

"사람보다 이상 경계에 가면 벌써 남성이니 여성이니가 없는 것이오. 예수께서 보신 천당으로 말해도 벌써 남녀 성을 초월한 경계야. 쇠똥구리가 쇠똥 덩어리를 소중히 여기지 않소? 사람은 그것을 우습게 보지? 그와 같소. 사람 이상 경계에서 볼 때에 사람들이 연애니 혼인이니 허는 것도 그러한 말요. 그러기에 예수께서 어디 혼인하셨소? 그 제자들도 안 했지. 석가세존께서는 한 번 혼인을 하셨어도 나중에도 아내로 말고 제자로 그 부인 야수다라를 대하시지 않으셨소?"

"그럼, 연애나 혼인이란 그렇게 천한 것이에요?"

"아니, 천하다는 게 아니지. 연애나 혼인이나 인류 사회에서야 대단히 소중헌 것이지. 군신, 부자, 부부 이 세 가지가 인류 사회의 모든 도덕 관계의 벼리가 아니오? 그렇지만 그 이상 경계도 있단 말야."

"그러니깐 선생님은 신이시니깐 동물적인 연애나 혼인 같은 건 안허신단 말씀예요?"

"흠흠."

"그럼 그 말씀이 아니구 무엇이에요?"

"내가 신이라는 게 아니오. 내야 동물적이요 또 동물적인 범부요 속인이겠지마는 내가 순옥이를 볼 때에는 그 속에 신성만을 보고 싶단 말요. 순옥이도 사람이겠지, 사람의 몸을 가졌으니까 사람의 몸에 붙은 모든 업장——본능이란 말이지——모든 업장을 가지고 있을 테지. 그러나 나는 지나간 삼 년간——응 벌써 사 년인가, 순옥이가 내 병원에 온 지가 벌써 만 사 년 가까이 되는군——지나간 사 년간 나는 순옥을 한 여성으로 보지 아니허구, 음, 무엇이라고 헐까? 벌써 사람의 경계를 뛰어넘은 존재로 보았단 말요. 정직하게 고백을 하자면, 순옥이가 젊고 아름다운 한 인류의 여성으로 내 눈을 끄는 순간도 없는 것은 아니었지마는 그래도 나는 그를 한 성인으로, 이를테면 신성으로 존경도 허구 사랑도 해 왔단 말요. 나는 피에서 순수한 아우라몬을 발견헌 것이 순옥이에게서밖에 없었어. 순옥이가 나보다 나이가 어리니까 이 세상 풍속을 따라서, 나는 그를 딸이나 아랫사람 모양으루 대우를 해 왔지마는 사실은 내 스승이야, 내 지도자구. 이만허면 내가 순옥과 혼인헐 마음이 없다는 뜻을 알겠소?"

"전 모르겠어요!"

"몰라? 그저 그런 거요."

인원은 한참 동안 무엇을 생각하고 있더니,

"그럼 선생님은 영 순옥이와 혼인은 못 허신단 말씀이십니까?"

"그렇소."

"그럼 다른 여자허구는요?"

"응?"

"아니, 다른 여자허고도 혼인 안허시겠나 말씀예요?"

"지금 생각 같아서는 할 마음 없소."

"선생님두 생각이 변하셔요?"

하고 인원이가 웃는다.

"내가 무언데 생각이 안 변하겠소?"

하고 안빈도 웃는다.

"저희가 보기에는 선생님은 한번 잡수신 생각은 영영 안 변하실 것 같아요."

"흥, 그러면 성인이게."

"왜 재혼을 안허셔요?"

"일생에 한 번 혼인을 했으면 고만이지 무얼 두 번씩이나 하겠소."

"그럼, 두 번 세 번 혼인허는 사람은 죄겠네요?"

"그런 것도 아니겠지마는 나는 다시 혼인헐 마음은 없어."

"인제 가정생활이 진력이 나셔서 그러셔요?"

"아니, 내 가정생활은 행복된 가정생활이었소. 내 죽은 아내가 드물게 보는 현부인이었어."

"그럼 돌아가신 부인께 절을 지키시느라구 그러세요?"

"허허허, 그런 것도 아니지마는. 또 한번 같이 살던 남편이나 아내를 일생에 생각허구 절을 지킨다는 것도 좋은 일 아니오? 아름다운 일이고. 암만해두 두 번 세 번 재혼을 허는 거야 탐욕이겠지. 그렇지 않소? 세상에는 한 번도 혼인생활을 못 해 보는 사람도 있는데."

"그래 탐욕이 될까 봐서 재혼을 안하셔요?"

"흥흥, 인제 내 나이면 가정의 낙이라는 욕심을 초월할 나이도 되었고, 인제는 내 욕심 채움보다 남 위하는 일두 좀 해야지."

"그럼 아주 혼인이 싫은 것은 아니십니다그려?"

"그야 바로 깨닫고 보면 사람의 몸을 가지고 세상에 나오는 것부텀이 괴로움의 근본이니까 혼인이란 것은 더구나 괴로움을 갑절허구 또 자녀를 낳아서 괴로움의 씨를 연속시키는 것 아니겠소? 그래두 내가 말야, 내 아내루 오는 사람이라든지 내 아들딸루 오는 사람을 말야, 이 세상에서도 행복되게 해 주고, 오는 세상에서는 더욱 행복되도록 지도해 줄 능력이나 있다면야 아내를 몇을 얻고 자식을 몇을 낳아도 상관없겠지마는 우리 같은 거야 어디 그런가? 장가를 드는 것이나 자식을 낳는 것이나 결국 제 욕심 채움밖에 더 있어? 아내 위해서 장가 들구, 자식 위해서 아비 되는 사람이 있다면 그 사람이라야 비로소 혼인할 정당헌 자격이 있는 사람이 어든. 안 그렇소, 인원?"

"너무 어려워서 전 몰라요."

인원은 안빈의 말을 다 알아들으면서두 이렇게 톡 쏘았다.

안빈도 인원의 성미를 알므로 웃었다.

"그럼, 선생님 이렇게 허세요."

하고 인원은 손을 한번 들었다 놓는다.

"어떻게?"

하고 안빈은 인원을 물끄러미 본다. 인원의 이지적이요, 싸늘한 듯한 속에 흐르는 따뜻한 우정을 생각한다.

"어떻게 허는고 허니요, 가정교사를 하나 두세요."

"가정교사?"

"네, 가정교사. 여자 가정교사. 애기네들 거두구 살림두 맡길 사람을요."

"글쎄, 그런 사람이 어디 있소?"

"제가 한 사람 권해요?"

"누구?"

"한 사람 있기는 있는데요. 선생님 마음에 들지 모르지마는."

"어떤 사람?"

"몸은 건강허구요."

"그게 첫째지."

"또 고등교육도 받았구요── 전문학교요. 학교교사 노릇도 몇 해 했구요. 처녀구요. 얼굴은 숭해두요."

"얼굴이야, 얼굴 택하겠소마는 그런 사람이 왜 가정교사를 오오? 직업이 없나?"

"직업은 있어요. 교사."

"그런 사람이 왜 가정교사로 오오?"

"그 사람은 올 수 있대요. 선생님 마음에만 들면."

"인원이가 좋다고 보는 사람이면 어련허겠소."

"선생님 저를 믿으셔요?"

"그럼, 믿지 않구."

"선생님은 누구나 다 믿으시지요? 아무도 안 믿는 사람은 없으시죠. 특별히 저만을 믿으시는 것이 아니라?"

"허허."

"그런데 그 사람의 나이가 좀 젊어요."

"전문학교 출신이라면 나이가 많기로 얼마나 많겠소?"

"서른 살두 다 못 되었어요."

"그런 이가 왜 가정교사루?"

"그런 사정이 좀 있어요. 돈 벌려고 그러죠. 월급은 얼마나 주셔요?"

"글쎄, 본인의 희망을 들어 보아야 알지 않겠소? 아이들과 살림을 잘 맡아만 준다면야 돈을 교계하겠소?"

"선생님, 그럼 제가 권하면 꼭 그 사람을 쓰시겠습니까? 그러다가 보시구 퇴허시면 어떡해요?"

"인원이 권하는 사람이면 쓰겠소."

"약속하셨습니다."

"응."

"저를 써 주셔요, 가정교사루."

"인원을?"

하고 안빈은 놀란다.

"네. 왜, 저는 안 돼요?"

안빈은 말없이 무엇을 생각한다. 인원의 뜻이 알아지는 것 같았다. 동시에 순옥의 뜻도 알아지는 것 같았다.

"학교는 어떡허구?"

"학교에 다니면서 해도 좋구요, 또 학교에서 아주 나와 버려도 좋구요."

"그건 너무 큰 희생이 아니오?"

"무엇이 큰 희생이에요. 선생님께 도움만 된다면야."

"그래도, 참 감당키 어렵구려."

"순옥이가 하두 선생님을 존경하는 것을 보니깐 저도 선생님을 좀 연구해 보고 싶어요. 또 선생님네 세 애기를 교육도 해 보고 싶어요."

"나를 연구?"

"네. 순옥이는 선생님을 신같이 생각합니다. 생명으루 생각허구요, 빛으로 알아요, 제가 뵙기에는 선생님두 사람이신데요. 우리와 같은 몸을 쓰시구 우리와 같이 이 땅을 밟구 다니시건마는. 그러니깐 제가 순옥이만큼 선생님을 몰라뵙는 거지요? 그러니깐 오래 뫼시고 있어서 선생님이 어떤 어른이신가 좀 알아보고 싶어요. 제 마음이 악한 마음이지요?"

"홍, 순옥이가 날 잘못 보았지. 인원이가 나를 바루 본 거구."

"글쎄, 그런 것 같은데요. 그래두 순옥이는 그렇게 생각을 아니해요. 그런 것을 보니깐 제가 아직 선생님을 다 알지 못하나 보아요. 순옥이가 저보다 머리가 좋거든요. 예민허구."

"나를 연구허러. 그건 안 될 말인데."

"왜요? 제가 옆에서 선생님을 샅샅이 연구허구 있다면 좀 거북허셔요?"

하고 인원은 웃는다.

"그런 건 아니지만, 내가 어디, 연구함을 받을 만헌 사람인가?"

"그런 걱정은 마셔요."

이리하여 인원이가 안빈의 집 살림을 맡아 보기로 하고 안빈의 집에서 나왔다.

'참 이상헌 여자다.'

안빈은 인원을 보낸 뒤에 이렇게 생각하지 아니할 수 없었다. 순옥을 찾아오는 인원은 가끔 안빈을 찾고는 꺼림 없이 떠들기도 하고 웃기도 하였다. 안빈은 그를 명랑한 여성으로, 또 정직한 사람으로 호감을 아니 가지고 있었음이 아니나, 인원이가 그처럼 생각이 익고 여문 사람인 줄은 몰랐었다. 그는 이제 순옥을 위하여 저를 희생하자는 것이라고 안빈은 생각하였다.

안빈의 집으로서 병원으로 온 인원이가 다시 순옥을 응접실로 끌어들여서 지금 안빈의 집에 가서 안빈을 만나고 온다고 하는 말을 하매, 순옥은 아까 하던 걱정을 생각하고 염려스러운 듯이 이렇게 첫마디를 물었다.

"글쎄 언니, 선생님 뵙구 또 무슨 소리를 하고 왔수?"

"안 선생 나쁜 사람야!"

인원의 첫 대답은 이것이었다.

"왜?"

하고 순옥이가 깜짝 놀란다. 그처럼 인원의 얼굴에는 분개하는 듯한 빛이 있었다.

"아무리 타일러두 안 들어."

"타이르는 건 무에요, 어른더러?"

"벽창호야, 벽창호."

"왜? 무엇이?"

"아무리 타일러두 순옥이허구는 혼인은 안헌대. 그런 벽창호가 어디 있어?"

"아이참, 누가 그런 소리 하랬소? 글쎄, 그게 다 무슨 소리요? 혼인은 다 무엇이야? 선생님이 날 무얼루 보셨겠어? 아이참, 언니두."
하고 순옥은 인원을 흘겨보며 입맛을 다신다.

"왜? 내가 뭐 잘못 말한 것 있어? 제가 지키고 못 하는 말을 대신해
주었는데, 도리어 타박이야?"

"글쎄, 헐 소리가 따루 있지, 내가 언제 선생님께 시집 가구 싶다고 했
수?"

"글쎄, 안 선생이 순옥인 싫다는데 무슨 걱정야? 내 말을 듣고 안 선
생이 부득부득 순옥이와 혼인을 하재야 걱정이지. 그렇지 않아? 안 선생
은 순옥이는 사람이 아니니깐 혼인은 못 한대."

"사람이 아니라니?"

"신이래, 신. 순옥이는 사람이 아니구 신이래 신. 게다가 순옥이는 나
이가 어려서 딸자식 대접은 허지만 스승이라나, 지도자구. 나 원, 못 들
을 소리두 없지, 허."

"아이참, 언니두."

"그리구 말야. 돌아간 마나님이 못 잊혀서 수절을 허신다나. 그래서
다시는 장가를 안 드신다나. 내 뭐라구 했어, 순옥이가 처음 삼청동 가는
길에?"

"무어?"

"판관사령이라구 안했어? 안 선생이. 흥, 내 말이 틀리는 법 있어? 죽
은 마나님헌테두 꿈쩍을 못 허는 양반이란 말야. 그리고 이 양반 말씀 보
아요, 재혼허는 것 탐욕이라나. 저 이혼허구 재취허구두 부족해서 삼호요
사호요 허구 첩 얻구 오입허구 하는 사내들은 다 지옥으로 간대."

"아이, 무얼, 선생님이 그렇게 말씀하셨을라구."

"그리고, 내가 안 선생더러, 그럼 순옥인 왜 꼭 붙들어 두고 기름을 다
빼시오? 순옥이가 죽게 된 줄 모르시오? 그랬지."

"그건 다 무슨 말법이오?"

"그러니깐 안 선생 대답 보겠지, 어서 혼인을 허라구 말을 하자 하면

서도 못 했으니 인원이가 순옥이더러 그렇게 말 좀 해, 그러겠지. 왜 안
선생은 순옥이를 보면 입이 붙어? 자기는 말 못 허구 애꿎은 인원이더러
그런 말을 하라게? 흥, 그러면 내가 모를 줄 알구 뻔히 다 아는걸."

"무얼 뻔히 알아?"

"안 선생의 속에 안 선생이 둘이어든."

"안 선생이 둘?"

"그럼 둘 아니구. 한 안빈은, 어서 순옥을 놓아 주어야 하겠다 하고,
한 안빈은, 순옥을 어떻게 차마 놓아 보내나, 그런단 말야. 뻔허지. 그러
니간 안 선생두 사람이란 말야. 자기 말대루 속인이구 범부구."

"언니는 안 선생 속을 모르셔요."

"내가? 왜?"

"저보다 경계 높은 마음을 어떻게 알아보우? 저와 같거나 저보다 낮은
속이나 알아보지."

"어렵쇼. 내가 안 선생 속을 몰라? 내가 안 선생보고 그랬는데 머. 순
옥이는 안 선생을 신이루 아는 모양이지마는 제가 보기에는 선생님두 사
람이에요, 그랬지. 그러니간 안 선생 말씀이, 인원이가 바루 보았소. 순
옥이는 나를 잘못 보았고. 그 양반이 정직만은 해, 하하."

"아이, 그 허튼소리 좀 그만두오. 그래, 오늘 선생님 만나뵈인 결과부
터 말씀을 하오. 대관절 무슨 일로 선생님을 찾아갔소?"

"급하긴 하이. 그걸 지금 말하는 것 아니야? 순옥이와 혼인허시오, 못
하겠소, 왜 못 하겠소? 순옥이가 사람이 아니요, 신이니까 못 하겠소. 그
럼 순옥이를 괜히 붙들구 있지 말구 놓아 주시오. 네, 놓아 주겠소. 이게
내 담판의 결과지 무어야?"

"그건 언니가 담판 안하기루 내가 몰루? 누가 언니더러 그런 소리 하
랬소?"

"아무려나, 안 선생이 다 눈들이 삐었어, 뇌가 어떻게 되었거나."

"왜?"

"나 보기엔 순옥이두 멀쩡한 사람이구, 이쁘구 재주있구 상냥한 계집 애구 허건만 글쎄 이걸 신이라니, 신이 되어서 혼인을 못 헌다니. 그리고 그 좋은 아내감을 허영이를 주어 버린다니. 또 안 선생으로 보아두 내 눈엔 분명히 사람이구, 사내구, 홀아비구, 의학박사, 문학박사, 제국학사원 수상자——훌륭한 신랑감인데 이것두 신이라구, 사람은 아니라구, 그러니깐 남편은 못 삼는다구, 순옥이가 십 리만큼 천 리만큼 달아나려 드니 이것이 눈이 삔 것 아니구 무어야?"

"아이참, 언니가 왜 그 따위로 되었소?"

"그 따위로 되었으니깐 안 박사네 애보기로 들어가지."

"안 박사네 애보기는 다 무어야?"

"흥, 오늘 내가 취직허구 왔다우."

"취직?"

"응."

"취직은 또 무슨 취직이야?"

"안 선생네 애보기라니깐."

"정말요?"

"그럼. 내 입에서 언제 거짓말 나오는 것 보았어?"

"그야 그렇지."

"가만히 생각해 보니깐, 안 선생이나 순옥이나 주변없는 양반들이 이 대루 두었다가는 큰일 내겠단 말야. 그래서, 안 선생이 도저히 순옥이허구 혼인은 못 하신다길래, 또 어떤 여자허구두 재취는 안 하신다길래, 그럼 내가 안 선생네 살림과 아이들을 맡기루 하마구 그랬지. 그랬더니 그 럭허라구."

인원의 말에 순옥은 인원이가 지금까지 우스개 모양으로 하던 말이 다 참말임을 알아들었다. 그리고 인원이가 순옥이 저를 위하여 어떠한 희생을 아낌없이 하려는가를 알고 가슴이 뭉클하고 눈이 쓰려짐을 깨달았다.

"언니."

하고 인원을 바라보는 순옥의 눈에는 눈물이 고여 있었다.

"순옥이."

하고 인원도 얼굴 근육이 씰룩거렸다.

"이 순옥이가 언니 은혜를 무엇으루 갚수?"

"순옥이."

"응?"

"인제는 허영 씨허구 혼인해서 좋은 아내가 되라구, 좋은 어머니두 되구."

"그렇게 언니. 내 꼭 그렇게 될게요."

"그래, 응, 순옥이. 좋은 아내, 좋은 어머니면 그것이 여자의 일생 아냐?"

"그럼."

"선생님 염려는 말아요, 아이들 걱정두 말아. 내가 담당했어."

"언니."

"왜?"

"언니."

하고 순옥은 인원의 두 손을 덥석 잡고 그 무릎에 쓰러져 운다.

순옥이가 우는 것을 보니 인원도 걷잡을 수 없이 눈물이 쏟아졌다. 여간해서 눈물을 보이지 아니하는 인원이니만큼 한번 울기를 시작하면 얼른 그쳐지지 아니하였다.

인원의 몸이 떨리는 것을 감각하고 순옥이가 고개를 들어 인원을 바라볼 때에는 인원의 커다랗고 누르스름한 눈에서는 눈물이 줄줄 흘러내렸다. 순옥은 십여 년 동안 인원과 가까이 지냈어도 인원이가 이처럼 우는 양을 본 일이 없었다. 그렇게 언제나 웃음이 떠돌던 인원의 얼굴이 온통 울음이 되어 버린 것 같았다.

인원의 우는 양을 보매 순옥의 울음은 새로 터졌다. 순옥이가 인원의 무릎에 엎드려 울 때에 인원의 손이 순옥의 머리와 목과 뺨을 두루 만지

는 것을 감각하였다. 그 손의 촉각이 더할 수 없는 애정과 동정을 순옥의
가슴에 폭폭 들여 박는 것 같았다.

"언니, 왜 우시우?"

하면서 순옥은 인원의 목에 한 팔을 걸고 손바닥으로 눈물을 씻으면서 먼
저 말을 붙였다.

"순옥이는 왜 울어?"

"왜 우는지 모르겠어. 그저 눈물이 쏟아져요."

"나두 그렇지. 순옥이가 우는 것을 보니깐 그렇게 설움이 북받쳐 오르
는구만. 어째 모두들 들러붙어서 순옥이를 가기 싫다는 데루 억지루 끌어
넣는 것만 같단 말이야."

"언니, 인제는 그런 말은 말아요. 내 운명은 벌써 결정이 된 것을."

"글쎄, 그것이 알 수 없는 일 아니야. 왜 사랑허는 사람 곁에는 있지를
못하고 원치 않는 사람한테루 아니 가면 아니 되느냐 말이야?"

"그게 참 이상해. 언니, 허영이란 사람이 십 년 전부터 그렇게 싫으면
서두——싫다 싫다허면서두 자꾸만 그리루 끌려가는구려, 언니. 그게 아
마 인연의 힘이라는 것인가 보아."

"그래, 인연이란 운명이란 말이지?"

"그럼. 영어로 페이트라면 하늘에 있는 신들이 사람의 일생을 간섭한
다는 말 아니우? 인연 업보라는 것은 신의 간섭이 아니라 제가 짓는 업으
로 결정된다는 것만이 다르지."

"그래 아무려나 우리 힘으로는 저항할 수 없는 힘이 우리를 이리루 저
리루 끌구 가는 것만은 사실인 것 같아."

"언니, 내가 왜, 허영이허구 혼인허기루 결심한 그 이튿날——바루 언
니가 삼청동 집에 와서 밤 늦두룩 이야기하던 그 이튿날 말이야——내가
선생님께 허영이허구 혼인헌다는 결심을 말씀했더니 선생님 말씀이 전생
에 맺힌 인연은 될 수 있는 대루 금생에서 풀어 버리는 것이 좋다구. 그
것을 안 풀어 버리면 내생에까지 끌고 가는 거라구 그러시겠지. 그러니깐

내가 아마 허영 씨한테 전생에 큰 빚이 있나 보아. 언니 그렇지?"

"글쎄."

하고 인원은 잠시 무엇을 생각하다가,

"그런데 순옥이."

하고 순옥을 바라본다.

"응?"

"그래 허영이가 재산이나 좀 있대?"

"그걸 내가 어떻게 아우?"

"한번두 안 알아보았어?"

"그걸 내가 왜 알아보우? 내가 언제 허영이 집에 시집 갈 생각했던가?"

"그러다가 먹을 것까지 없으면 어떡해?"

"대수요?"

"대수라니? 허씨가 돈벌이헐 사람은 못 되지 않아?"

"버는 게 다 무어요? 있는 것두 깝살릴 사람이지."

"그럼 어떻게 해?"

"먹을 게 있으면 다행이구 없거든 벌어먹지."

"누가? 순옥이가?"

"그럼, 내라두 벌지 어떡허우?"

"순옥이가 무얼 해서 남편까지 벌어먹여?"

"간호부 노릇이라두 허지. 먹구 입을 것은 하나님이 다 아신다구 아니 했수? 그저 다 제 업으로, 분복으로 생각할 수밖에."

"식구는 단출허다지?"

"응, 어머니 한 분뿐이래."

"세 식구로구면. 그러나 또 아이들 안 나나?"

"아이들이야 또 저희들이 먹을 것 가지구 태어날 테지."

"그렇기두 하겠지마는. 아이 그러기루 그렇게 되면 고생이 오죽이야?"

"누가 낙 보러 시집 가우? 한 세상 인생 고생해 보잔 말이지. 그래서 다행히 내가 남편 될 사람에게 전생부터 밀려오는 악업의 빚을 다소간이라두 갚아지면 다행이구. 그렇지 않수? 언니."

"그것두 그렇지. 생각하면 그렇기두 해. 그런데 시어머니란 양반이 또 어떤 양반이구? 수년 과수로 외아들 가진 시어머니는 며느리 미워하는 법이라는데."

"누가 아우? 내가 세상에 나올 때에 아무것두 모르구 뛰어나온 모양으로, 시집 가는 것두 그렇지 머. 제비를 뽑아 보아야 알지 미리부터 이젠가 저젠가 궁리해 보기루 소용있소?"

"그두 그렇지. 인생의 모험이지."

"경험이구, 수련이구. 난 그렇게 생각허우, 언니."

"옳게 생각했어."

"그래두 언니가 계시니깐 마음이 든든해, 인제는 언니가 어머니 같애."

"순옥이, 우리 어디 힘껏 살아가 보자구, 무엇이 되나."

순옥의 오빠 영옥이를 동구밖까지 전송하고 들어온 허영은 미칠 듯이 기뻤다. 고무신을 한 짝은 마당에 차 버리고 한 짝은 마루까지 끌고 올라가면서,

"어머니!"

하고 지게문을 열어제치고 안방으로 뛰어들어가면서,

"어머니, 됐어요."

하고 감기로 누워 있는 어머니 한 씨 옆에 퍼더 버리고 앉았다.

"무엇이 됐단 말이냐? 저 문부터 닫구 보려무나."

"어머니, 우리 나라서 일등가는 며느님 얻으시게 되었소. 석순옥이허구 혼인하게 되었습니다. 사월 초여드렛날——음력으로 바로 삼월삼질이에요. 또 사월 팔일이구요. 석가여래 탄생허신 날입니다. 좋은 날이지요,

어머니?"

"아아니, 순옥인가 무언가 안 박사허구 산다면서?"

"그럴 리가 있습니까, 어머니? 순옥이란 아주 옥 같은 사람입니다."

"난 네 입에서 들은 소리다. 네 입으루 안 그랬느냐? 그년이 마음이 변해서 안 박산가 한 사람헌테루 가 버렸다구. 그런데 인제는 또 너헌테 루 시집을 온대? 갈보냐? 기생이냐? 그건 다 무어란 말이냐?"

"아이 어머니두. 제가 홧김에 그런 말을 했죠. 순옥이는 그런 사람이 아니래두 그러십니다."

"나는 모르겠다. 네가 언제 내 말 들었느냐? 헌 계집을 데리구 살든지 갈보를 작첩을 허든지 나는 몰라. 사당 고사와 폐백만은 내 눈이 시퍼렇 게 살아 있는 동안에는 못 헐 줄만 알아. 아이구 머리야, 이년의 머리가 왜 이리두 아프단 말이냐. 늙으면 어서 죽지 않구 왜 살아서 못 볼 꼴을 다 보는지 모르겠다, 에헴."

한씨는 일부러 허영을 보지 않도록 허영이가 집어 주는 타구를 탁 빼앗 아서 가래침을 뱉고 아랫목 벽을 향하고 돌아눕는다.

"어머니는 가만히 계시다가 순옥이 효도나 받으셔요──호강이나 허 시구. 어머니 말년 팔자가 아주 늘어지셨는데 그러십니다."

"흥, 늘어지구 가늘어지구, 그년이 안 박사 마누라두 독약을 먹여서 죽였다는데 나두 그년의 손에 독약이나 안 먹었으면 좋겠다."

"어머니, 그게 다 무슨 말씀이시우? 며느리두 자식인데 자식을 거들어 서 그런 악담을 허시우?"

"며느리──그까짓 간호부년. 그년의 상판대기가 반지르르하니깐 네 가 거기 반해서 허겁지겁하나 보더라마는, 두구만 보아라. 그년이── ." 하고 한씨는,

'서방 잡아 먹을 년이더라.'

하는 말은 사위스러워서 삼켜 버리고 말았다. 한씨의 마음에는 순옥이가 제 음식과 아들의 음식에 독약을 치는 요사스러운 양이 보이는 듯하였다.

"어머니두. 아들의 경사에 왜 그렇게 흉한 말씀을 허시우?"

하고 허영은 불쾌하여서 문소리를 크게 내고 어머니 방에서 나왔다. 그러나 한씨가 그런다고 허영의 마음은 조금도 흔들리지 아니하였다.

사흘째 되던 날 허영은 빚을 얻어서 금강석 약혼반지를 사 가지고 아침 일찍이 영옥의 하숙을 찾아갔다.

"오늘 마침 노는 날이구 허니 약혼식이나 허세."

하고 허영은 반지갑을 내어놓았다.

"혼인이 내일 모렌데 약혼식은 무슨 약혼식인가?"

하고 영옥은 그 반지갑은 들어 보지도 아니하였다.

"그래두 내가 순옥 씨 손에 약혼반지를 끼어 보구 싶네그려."

"이게 반진가?"

"응, 열어 보게그려."

"봉한걸?"

"봉했으면 어떤가? 열어 보아. 순옥 씨 마음에 들는지, 원."

"그건 열어 보면 무엇 하나? 대관절 이건 얼마나 주구 산 거야?"

"어디, 열어 보구 자네 알아맞춰 보게."

"내가 그런 걸 아나?"

하면서도 영옥은 허영이가 무료해할 것을 염려하여서 그 갑을 열어 보았다. 파르스름한 금속에 맑은 보석이 끼여 있었다. 영옥은 그것이 금강석 박은 백금반지인 줄은 알면서도,

"이게 무언가?"

하고 반지를 두 손가락으로 치어들고서 허영을 보았다.

"백금이지. 헌데 다이아몬드가 너무 작아서──여긴 그것밖에 없대."

하는 허영은 대단히 만족한 모양이었다.

"글쎄 이런 건 무엇 하러 사? 자네 세사가 어떤지 자세히 모르네마는 이런 것은 수십만 원 재산이나 가진 사람들이 허는 일이야."

하고 영옥은 대수롭지 아니한 듯이 반지를 도로 갑에 집어 넣는다. 그때

에 금강석이 번쩍하고 푸른빛을 발한다.

"그게 다 순옥 씨께 대헌 내 정성이지."

"순옥에게 대한 정성은 고맙지마는 이렇게 부질없는 짓은 말란 말일세."

"그까짓 돈 오백 원을 무얼 그러나."

"이게 오백 원 짜린가?"

"오백오십 원이라구 매어 놓은 것을 일할이나 깎아서 오백 원인데."

"자네가 미쳤네, 어서 가서 물러 오게."

"왜?"

"왜라니. 정신 말짱한 사람이 오백 원짜리 반지를 손가락에 끼구 다녀? 순옥이가 자네 집에 가면 불 때구 걸레질해야 헐 처진데, 그래, 오백 원짜리 금강석 반지를 끼구야 부지깽이가 손에 잡힌단 말인가? 걸레가 쳐지구?"

"내가 설마 자네 매씨 부엌일이야 시키겠나?"

"그럼 어떡허구?"

"그래두 부엌일은 안 시켜."

"흠, 나 자네 속 모르겠네."

"왜 내가 자네 매씨 밥 굶길까 보아서 그러나? 애어 그런 걱정은 말게. 허영이가 아무리 가난허구 못났더래두 내 사랑허는 아내를 밥 굶기구 헐벗길 사람은 아닐세."

"글쎄, 그야 그렇겠지마는 이게 일이 아니란 말일세. 자네 생각에는 순옥이가 이런 것을 좋아할 줄 아는지 모르겠네마는 그애가 그런 것을 좋아하는 애가 아니란 말야. 그애가 금강석 반지가 소원이면 왜 부자 남편이 없어서 시집을 못 가는 줄 아나? 어서 이거 가지구 가서 무르게. 그리구 정 약혼반지를 사야겠거든 값싼 은반지나 사 오게."

"물러 주나, 왜? 무르면 반값밖에 못 받을걸."

"글쎄. 이 사람아, 그게 무슨 부질없는 짓이야? 인제는 자네 일이 남의 일이 아니니까 말일세."

"그렇지만 이왕 사 온 걸 어찌하나? 일생에 한번 아닌가, 내 뜻대루 하게 해 주게."

"흠."

하고 영옥은 입맛을 다시고 나서,

"그래 어떡허잔 말야? 순옥이를 이리루 불러 오란 말인가? 나허구 순 옥이헌테루 가잔 말인가?"

하고 반지 일은 단념해 버리나, 순옥의 장래가 마음이 놓이지 아니하고 무슨 큰 불행이 순옥의 앞에서 기다리는 듯한 불길한 예감이 생겼다.

"글쎄, 어떡허는 게 좋을까? 자네가 형님이니 자네가 지시허게."

"그럼 안 박사 병원으로 가지."

"글쎄 내 생각도 그래."

"그럼 가만 있게. 내 나가 순옥이헌테 전화를 걸구 올 테니."

하고 영옥은 허영을 혼자 방에 두고 한길가 담뱃가게로 뛰어나갔다. 영옥 은 잘 먹지도 않는 담배를 한 갑 사 가지고 전화를 빌어 순옥에게 걸었 다. 나온 것은 순옥이었다.

"순옥이냐?"

"오빠세요?"

"너 오늘 병원에 있지? 어디 안 가지?"

"갈 데 없어요. 왜요?"

"허 군이 약혼식을 하재."

"약혼식은 다 무어요? 혼인날이 내일 모렌데."

"그래두 허구 싶다는구나. 허 군이 약혼반지를 사 가지구 지금 나헌테 와 있는데, 내 세수하거든 데리구 갈 테다."

"약혼반지?"

"응. 금강석 박은 백금반지야—— 오백 원에 샀다구."

"오백 원! 아유, 미쳤네. 그건 무엇 허러 사우?"

"나두 한바탕 야단을 했다. 널랑 아무 말두 말아라. 한번 사면 무르지는 못한대——반값밖에는 못 받는대."

"그러기루 그걸 누가 끼우?"

"암말 말구, 오늘만 끼려무나. 또 허 군 섭섭하게 허지 말아라. 그리구 안 선생 계시지?"

"삼청동 댁에 계셔요."

"몇 시에 나오시니?"

"점심 잡숫구 오후에 나오셔요."

"오후에? 지금 좀 나오시라구 못 헐까? 한 삼십 분 동안, 열시쯤 해서."

"오빠가 말씀해 보셔요."

"그래라. 지금 안 박사헌테는 내 말할게, 널랑은 인원이나 청해라. 안 박사허구 인원이허구 나허구 그리구 너희 둘허구 그러면 그만이지."

"그건 꼭 해야 된대요, 그 약혼식인간?"

"허 군이 허구 싶다니 소원대루 해 주려무나."

"그건 뭘 쑥스럽게."

"그럼 열시에 간다."

"오세요."

하고 순옥은 경황 없는 듯이 전화를 끊는다.

영옥은 삼청동 안 박사를 전화로 불렀으나 아이들 데리고 뒷산에 갔다는 어멈의 대답이었다.

허영과 같이 안빈의 집으로 가서 안빈을 청해 가지고 가는 것이 옳으리라고 생각하고 그 뜻을 안빈 집 전화 받는 사람에게 이르고, 그러고는 담뱃가게 주인에게 전화를 빌려 주어서 고맙다는 인사를 하고 집으로 돌아왔다.

"전화 걸었나?"

하고 허영은 영옥이가 방에 들어서기도 전에 물었다.

"응."

"순옥 씨가 무에래?"

"무얼 무에래? 열시에 간다구 그랬지. 그리구 저 박인원 씨 부르라구 했네——괜찮지?"

"그거 참 잘했네. 박인원 씨가 참 좋은 사람이야. 재주있구 명랑허구."

"순옥이허구는 어려서부터 친한 동무지. 친형제나 다름없어."

"나두 그런 줄 아네. 그런데 안 박사는?"

"댁으루 전화 걸었더니 아이들 데리구 뒷산에 갔다구. 그래서 아홉시 반쯤 해서 모시러 간다구 그랬네."

"응. 그러는 게 옳지. 어른 대접이 되구."

하고 허영은 무엇에나 다 만족이었다.

영옥은 찬 물에 세수를 하고,

"자 가세."

하고 허영을 데리고 나섰다.

"저기 가서 우리 택시 불러 타고 가세."

하고 허영이가 대학병원께로 나섰다.

영옥은 '전차로 가도 될 텐데.' 하면서도 오늘은 허영의 마음대로 하여 주리라 하고 말없이 슬슬 허영의 뒤를 따랐다.

자동차 속에서 의논이 변해서 허영은 먼저 병원으로 보내고 영옥이만이 안빈을 청하러 갔다.

안빈의 집 대문 밖에서 영옥은 안빈이가 아이들을 데리고 산에서 내려오는 것을 만났다.

"석 군, 웬일인가?"

하고 안빈은 반가운 웃음으로 영옥에게 손을 내어밀었다. 영옥은 한 손에 모자를 벗어 들고, 한 손으로 안빈이가 내어미는 손을 잡아 흔들었다.

"선생님, 산보 갔다 오세요?"

하고 영옥은 협과 윤과도 악수를 하였다.

"들어오게."

"네."

두 사람은 안방으로 들어갔다. 영옥도 그것이 안 부인 생전에 있던 대로인 것을 인식할 수가 있었다. 더구나 다락의 못에 걸린 치마와 저고리가 안빈 부인의 것임도 순옥의 말을 들은 대로였다.

"선생님, 진지 잡수셨어요?"

"응, 벌써 먹었어."

하고 안빈은 양복을 입기를 시작한다.

"협이가 몇 학년 되나, 사월부터?"

"오 학년야."

"오 학년? 이번에두 반장야?"

"응."

하고 협은 웃었다.

"윤이는?"

"삼 학년이야."

"삼 학년야? 오빠는 오 학년인데 윤이는 왜 삼 학년야?"

"하하."

하고 두 아이는 웃고 대답없이 밖으로 나갔다.

"그래, 어째 왔나?"

안빈은 칼라를 끼우면서 영옥에게 묻는다.

"허영 군이 순옥에게 반지를 끼워 주고 싶대요."

"으응."

"그래 오늘 노는 날이구 허니 약혼식을 허자구 식전에 저헌테를 찾아왔어요."

"그래?"

"그래서 그럼 선생님 병원으루 가자구 그랬지요. 허 군은 먼저 병원으루 갔습니다."

"으응, 그래 날 데리러 왔네그려."

"네. 선생님허구요, 저 박인원이허구요, 저허구 그렇게."

"응, 그러기루 병원에서?"

"어떱니까?"

"병원에선 좀 안 되지."

"왜요?"

"병원이니까——불행한 사람들 모이는 데니까."

"그럼 어디서 해요?"

"가만 있게."

하고 안빈은 넥타이 매던 손을 잠깐 쉬고 무엇을 생각하더니,

"자네, 내가 오늘 점심을 내기를 허락하겠나?"

하고 영옥을 본다.

"허락이라니요?"

"아니. 자네가 오늘 일에는 주인이니까 말일세."

"네에. 선생님이 아버지 되셔요."

"그럴까?"

하고 안빈은 양복장 문을 열어제치고 양복을 꺼내면서,

"그럼, 석 군——으응 어디가 좋을까? K호텔이 조용허지. 아니, C
호텔루 허세. C호텔에 전화 걸구——으응, 우리가 몇인가?"

하고 고개를 돌려서 영옥을 본다.

"선생님허구 저허구 인원이허구 모두 다섯이지요."

"응, 다섯. 다섯 사람 점심 먹을 텐데, 그 식당 곁에 있는 별실 쓸 수
있느냐구, 그것이 예약이 되었으면 이층 다화회실두 좋다구 그러게."

"아이들도 같이 가지요?"

영옥은 일어나서 문을 열다가 말고 묻는다.

"글쎄."

"데리구 가세요."

"그럴까?"

"그럼 어른 다섯허구 아이가 셋이라구 그러게그려. 자네 다른 친구 청할 사람은 없나?"

"전 없어요."

"허영 군은 어떤고? 아무도 안 오시나?"

"그 사람 어디 친척 있어요?"

"그렇게 없나?"

"시골은 누가 있다나 보던데 서울은 없나 보아요."

"그럼 그 어머니."

"어머닌 감기루 앓는다나 보지요. 감기 아니래두 류머티스루 밖에 안 나온대요."

"류머티스?"

"네."

"웅, 허영 군 선대인은 일찍 돌아가셨나?"

"허영이가 어려서 돌아가셨대요. 허영이 말에는 술루 돌아갔다구요."

"술루?"

"네. 글두 짓구 글씨두 쓰구 그랬는데 술을 많이 자시구 돌아갔다구 그러더군요. 허영이 삼촌두 한 분 있었는데, 어디 군수두 다니구 하다가 역시 술루 패가를 허구 어디 시골루 간 모양이에요. 아마 연지두 없는가 보던데요."

"허 군두 술 먹나?"

"좀 먹는 모양이에요."

"웅, 그럼 그렇게 전화 걸게 —— 안빈이라면 지배인이 알는지 모르겠네."

안빈과 영옥이가 수송동 병원에 왔을 때에는 벌써 인원도 와서 허영이며, 순옥이며 모두 함께 현관에 나와 맞았다. 순옥은 여전히 간호부복을 입고 있었다.

"선생님, 지금에야 와 뵈어서 죄송합니다. 용서하십시오."

하고 허영이가 얼굴 가득 웃음 되어서 안빈이가 신을 벗고 올라서기도 전에 허리를 세 번이나 굽혔다.

안빈도 웃으면서, 그러나 말은 없이 허영의 손을 잡아 흔들었다.

여전히 순옥이가 안빈의 모자와 외투를 받아 들었다.

"저 응접실루 들어가시지."

하고 안빈은 허영과 영옥을 보았다.

"네, 여태껏 응접실에 있었습니다. 저는 도무지 선생님께 뵈일 낯이 없습니다."

하는 허영을 영옥이가 팔을 끌고 응접실로 들어가 버린다. 허영의 말에 안빈은 한번 고개를 끄덕할 뿐이요, 대답은 없었다.

안빈은 여러 해 습관으로, 거의 자동적으로 발에 끌려서 진찰실로 들어가 제자리에 앉는다.

"아무 일 없나?"

하고 안빈은 앞에 선 어 간호부를 바라본다.

"네, 칠 호실 환자가 열이 좀 올랐습니다."

"응, 또 삼 호실?"

"네, 삼 호실은 밤에 잘 잤어요."

"또 사 호실 환자 울지 않나?"

"아침엔 웃던데요. 밤에두 안 울었대요."

"응."

"순옥이 옷 갈아입지. 사 년 동안이나 수고했네. 인원, 그거 됐소?"

"네, 가지구 왔어요."

"열한시 반에는 우리 다 어디루 갈 테니까 순옥이 어서 옷을 갈아입어. 화장두 좀 허구. 기쁜 날은 기쁨을 돕도록 허는 게 좋은 일이야. 그리구 어 간호원, 내가 얼른 회진을 허지."

이 말에 어 간호부는 안빈에게 예방의를 입히고, 청진기를 한손에 들고 설압자며 회중전등이며 알코올병이며 이런 것을 담은 사기 이반을 딴 손에 들고 대령한다.

"순옥이, 이리 나와."

하고 인원이가 순옥이를 끌고 먼저 나간다.

순옥은 마치 정신 잃은 사람 모양으로 안빈의 앞에 멀거니 서 있다가 인원에게 끌려서 나간다.

"순옥이, 방에 들어가 있어."

하고 인원은 응접실로 뛰어가서 불룩한 보퉁이를 들고 온다.

순옥은 방에 들어와서는 새끼손가락 하나를 입에 물고 잘근잘근 씹으면서 정신없이 멀거니 창밖을 바라보고 서 있었다.

"자 수모 대령했습니다, 아가씨, 작은 아씨."

하여도 순옥이가 꼼짝 아니하는 것을 보고 인원은 보퉁이를 방바닥에 털썩 놓고 순옥의 어깨를 잡아 흔든다.

"이거 왜 이러구 섰어? 그게 기쁨에서 오는 황홀이란 거야? 자 이걸 좀 보아요."

그제야 순옥이가 고개를 돌려서,

"그건 다 무에요?"

하고 방바닥에 놓인 보퉁이를 본다.

"무엔가 끌러 보아."

순옥은 싫은 것을 억지로 하는 것 모양으로 보자기 매듭을 끄른다. 그것은 옷이었다. 모두 옥색 계통 빛에 난초 무늬 있는 하부다이로 지은 치마와 저고리와 속옷이며 그리고 안팎 자주 모본단 두루마기와 역시 옥색 가까운 빛 양말과 흰 가죽 장갑과.

"또 이건? 구두?"

"그것두 열어 보아."

"이건 언니가 사 왔수?"

순옥은 구두 상자를 열어 보지도 아니하고 인원을 돌아본다.

"사긴 내가 샀어. 밤도아 짓구——내가 순옥이 수모란 말야."

"사긴 언니가 사?"

"응, 선생님이 순옥이헌테 선물루 주시는 거야. 이거 입구 어머니 가서 뵙이라구."

"어머니?"

"그럼 어머니헌테 안 갈 테야?"

"응."

순옥은 고개를 끄덕끄덕한다.

"어서 가서 세수허구 단장허구 그래요. 그리구 이 옷을 갈아입구. 흥, 어쩌다가 약혼식 예복이 되구 말았어."

"정말 선생님이 이 옷을 날 주라구 그러셔?"

"그럼, 왜?"

"아니, 글쎄."

"그럼. 사 년 동안이나 실컷 부려먹구 옷 한 벌두 안해 주어? 치."

하고 인원은 입을 삐쭉한다.

순옥은 이 옷 속에 안빈의 한량없는 사랑이 박혀 있는 것 같아서 만일 곁에 아무도 없다면 그 옷을 안고 울고 싶었다. 민감한 인원은 순옥의 눈과 옷을 번갈아 보았다.

"자, 어서 세수허구 와서 갈아입어. 좀 맞나 보게. 무얼 그리 들여다보구 있어?"

"세수는 금방 한 세수를 또 무얼 허우?"

순옥은 그제서야 앞에 놓인 옷에서 눈을 뗀다.

"그럼 분이라두 좀 처덕처덕 바르구우."

"분이 어디 있어?"

"분 없어?"

"병원에 온 뒤루 언제 분 발라 보았나?"

"그럼 크림이라두 찍어 발러."

"왜, 내 얼굴이 숭업수?"

"숭업긴. 더 이쁘게 허란 말이지."

"머린 괜찮지?"

하고 순옥은 머리를 만지다가 하얀 간호모에 손이 가자 깜짝 놀라는 모양으로 손을 치운다.

"그놈의 거 벗어 버려, 그 궁상."

"궁상은 무어요?"

"그 고깔 말야."

"참말 고깔을 쓰게 되었으면 좋겠소."

하고 간호모를 벗어서 손에 들고 본다.

"머리 괜찮으니 크림이나 좀 발라요. 그리구 이 궁상두 벗어 버리구."

하고 인원은 일어나서 순옥의 등뒤로 돌아가서 간호복 끈을 끄르고 이 소매 저 소매 어린애 옷 벗기듯 벗겨서는 방 한구석에 동댕이를 친다. 그리고는 순옥의 두 겨드랑 밑에 손을 넣어서 번쩍 일으켜 세우며,

"넨장, 그 색시 말두 퍽두 일리네. 자 어서 벗구 입어."

순옥은 옷을 갈아입는다. 옷을 입고 매는 동안에 여자의 옷에 대한 본능이 일어나서 순옥은 몸을 이리 기웃 저리 기웃 치마폭도 굽어 보고 이 팔을 들어서 펴 보고 굽혀 보고 저 팔을 들어서 펴 보고 굽혀 보고, 소매 길이와 끝동 모양도 본다. 그리고 저고리 고름을 다 매어 매듭을 손바닥으로 한번 눌러 놓고 그러고는 인원의 손에서 두루마기를 받아 입고 고름 매듭을 한 손으로 짚은 대로 이리 기웃 저리 기웃 옷 모양을 본다.

"꼭 맞아, 언니."

"그럼 안 맞아?"

"그러기루 견양두 안 내구 어떻게 이렇게 맞수?"

"내 눈 견양이 틀리는 법 있어?"

"바느질은 누가 했수?"

"내가 했지, 누가 해?"

"마르기는?"

"마르기두 내가 말랐지."

"언니가?"

"왜 난 못 할 것 같아?"

"언니가 언제 바느질 배웠수?"

"그까짓 걸 누가 다 배워서 해? 왜 순옥인 할 줄 몰라?"

"난 참, 몰라."

"저를 어쩌! 흥, 시어머니헌테 구박 받겠군."

"음식두 양식밖에 할 줄 아우, 내가?"

"흥, 그 알량한 양식."

"그래두 양식은 남만치 할 것 같아."

"국은?"

"국이야 끓이지."

"흥, 조선 음식에는 국이 제일 어려운 거라나."

"국이?"

"그럼."

"찌개는?"

"그것두 어렵지마는 찌개는 보통 음식이지, 해두 국은 정식이거든."

"언니는 김치 깍두기두 담글 줄 아우?"

"흥, 나두 해 보진 못했어. 자 구두두 신어 보아요."

하고 인원은 구두 상자를 열고 칠피 구두를 내어서 순옥의 발 앞에 놓고,

"자, 앉아서 양말부텀 신어. 그 거지 같은 흰 양말 벗어 버리구. 발은 씻었어?"

"아이, 언니두."

"그럼 어여 신어."

순옥이가 흰 무명 양말을 벗는다. 그것은 군데군데 꿰맨 것이었다. 그

리고 은빛에 연옥색을 섞은 빛깔 나는 비단 양말을 신는다.

"대님은 없어?"

"없어. 이렇게 이렇게 꼭 끼면 되지 머."

"안 돼, 요것아. 코튼이나 붙어 있지, 그래 실크가 무르팍에 붙어 있어? 주루루 흘러내리지."

"그럼 붕대루 졸라매지."

순옥은 방구석에 있는 붕대 오라기로 대님을 치려고 하는 것을 인원이가 그 붕대 오라기를 빼앗으면서,

"인내. 내 대님 줄게. 그렇게도 모양을 잘 내이던 작자가 왜 이꼴이 되었어?"

하고 제 자줏빛 나는 대님을 끌러서 순옥의 다리에다가 끼워 준다.

"자, 인제 구두 신어 보아. 자 여기 주걱 있어."

순옥은 구두를 신고 일어나서 서성서성해 본다.

"맞아?"

"응."

"발 안 아파?"

"아니. 꼭 맞아."

"됐어, 인제. 인제 정말 여왕이신데. 형, 허영 씨가 웬 복이야, 조런 것을 옮아 가게. 자, 이젠 향수나 좀 뿌려."

"향수가 어디 있수?"

"향수두 없어? 그럼 아우라몬이나 좀 피우라구. 오늘은 안피노톡신 넘버 쓰리 냄새는 아니 피우는 거야. 알았어?"

순옥은 씩 웃고 고개를 끄덕끄덕한다.

"눈썹에두 입술에두 아무것두 안 바르나?"

"언닌 바르우?"

"난 학교 교사니깐 안 바르지, 또 늙은이구."

"흥, 인젠 또 늙은이요?"

"언젠 무엇인데?"

"전엔 말괄량이지."

"하하, 인젠 늙은 말괄량이지."

"하긴—— 어서 늙었으면 좋겠어."

하고 순옥은 앉아서 구두를 벗는다.

"왜?"

"젊은 게 무어이 좋수? 젊으니깐 연애니 약혼이니 허구—— 남의 입에 오르내리지. 늙으면 누가 무어라겠수?"

"훙, 하긴 그래. 순옥이가 육십만 되었으면—— ."

"육십은 무슨 육십. 앞으루 한 오 년만 지나두 사내들이 거들떠보기나 하겠수? 아직 젊은 살 냄새가 물큰물큰 나니깐 모두들 못 먹어서들 야단 이지."

"훙."

"그렇지 않구. 허영이두 내 젊은 살 냄새에 취해서 죽네 사네허구 야 단이지 뭐, 내 속을 보구 그러우? 인제 내가 아이나 두어 개 낳구 눈초리 에 가는 주름이나 잡혀 보구려. 벌써 시들해질걸. 그걸 누가 모르나, 다 알지. 아이들 둘을 낳는 건 무에야? 기껏 일 년만 지내문 시들해져서 또 딴 젊은 여자 생각을 할걸. 누군 안 그러우? 사내들 다 그렇지 뭐. 우리 동무들 보구려, 시집 가서 내외 정말 사랑으루 사는 사람 어디 있수? 다 들 남편 불평이지."

"쩟, 그렇긴 허지. 그야 사내들 잘못 만난 것두 아니겠지."

"여자두 그렇지. 여자두 그렇지마는 여자야 한번 시집 가면 일생 마치 는 것 아니오? 더구나 자식이나 낳으면 재출발이란 건 없지 않수? 안방 구석에서 속이나 푹푹 썩이다가 죽지. 그래두 사내들이야 그런가? 자유 가 많지 않수? 딴 여자를 사랑해두 그리 숭두 아니구. 그렇지만 여자야 그래?"

"그러니 사람의 속을 보구 사랑허는 남편을, 대한 천지에 어디서 구

해?"

"흥, 속은 없이 사는 백성들이니깐."

"그래두 허영 씨야 순옥이 살만을 사랑허는 거야 아니겠지. 그래두 시인이니깐. 또 십 년이나 두구 순옥이 하나만을 사랑해 왔구."

"십 년이나 두구 나 하나만을 사랑해?"

"그럼, 누구 또 있어?"

"있는지 없는지 알진 못하지마는, 그래 요새 사내들이 나이가 삼십이 넘두룩 마음까지 동정을 지키구 있을 것 같수? 여러 계집애헌테 걸다가는 퇴맞구 또 걸다가는 퇴맞구 그랬지. 퇴 아니 맞은 적두 있는지 모르지. 혼인까진 못 했어두. 난 허가 동정일 줄은 애시에 믿지두 않수."

"아이, 멜랑콜리가 생기네."

"흥, 알구 보문 멜랑콜리만 생겨?"

"내가 내 속을 들여다보아두 더러운 욕심투성이니, 흥, 남의 탓을 어떻게 해?"

하고 인원은 긴 한숨을 쉰다.

"그래. 내가 허영 같은 사람에게나 합당하길래 허영이헌테 시집 가게 되지."

하고 순옥은 입술이 마른 듯이 위아랫입술을 번갈아 빨아들이다가,

"그게 다 내가 주제넘어서 하는 생각이지, 건방져서 하는 생각이구."

하고 자탄하는 듯이 고개를 끄덕끄덕한다.

"무엇이? 무엇이 순옥이가 건방진 거야?"

"아아니. 내가 허영 씨보다 나은 사람이거니 하는 생각이 말야. 나는 그보다도 더 높은 사람의 짝이 되어야 할 사람이어니 하는 생각이 말야. 그렇지 않수? 허지만 헌 남편두 내게는 분에 과하다——이렇게 생각해야 옳지, 언니? 그리구 허 씨가 날 그렇게 사랑해 주구, 또 아내루까지 삼아 준다니 고맙구 황송하다——이렇게 생각허는 것이 내 도리에 옳지, 언니? 비록 이생에서는 허 씨에게 내가 신세를 진 일이 없어두 전생에라

두 필시 은혜를 많이 받은 이어니——이렇게 생각허는 것이 선생님 뜻에 맞을 것 같아——그럼 그렇게 생각하는 게 옳지. 내가 죄지. 죄구 말구. 내가 허 씨허구 혼인헐 바에야 내 몸과 마음을 다해서 그이를 사랑허구 돕구 기쁘게 해 드리는 것이 옳지. 그렇지, 언니? 내가 이렇게 찌뿌드드하게 생각허구 있는 것이 잘못이지, 언니? 잘못이구 말구. 오늘 내가 기뻐해야지? 허 씨가 섭섭하지 않게 해야지. 그러는 게 옳지, 언니? 그게 또 선생님 뜻을 받는 것일 거구.

그렇지 않우? 내가 정말 선생님을 사랑허구, 선생님을——내 생명으루——내 빛으루 안다면——그 어른 뜻을 잘 받들어서 실행하는 게 내가 마땅히 헐 일이지. 그렇지, 언니? O, What I Ought Do? Well……그렇게 하는 게 옳지, 언니? 선생님이——이 옷을 주신 것이 ——일생을 진리 속에서 살아라——너를 완전히 죽이고 진리 속에서 살아라. 그런 뜻이지, 언니?"

이렇게 띄엄띄엄 혼잣말처럼 중얼거리고 있는 순옥의 숨소리는 점점 높고 가쁘다. 인원은 순옥의 말의 한마디, 얼굴과 눈의 한 움직임도 놓치지 아니하려는 듯이 말끄러미 순옥을 보고 있을 뿐이요 대답이 없었다. 순옥의 숨이 차지는 대로 인원의 숨도 차졌다. 순옥의 가슴이 자주 들먹거리는 대로 인원의 가슴도 들먹거렸다. 순옥이가 말을 끊고 인원을 쳐다볼 때에야 비로소 인원도 몸을 펴고 숨을 크게 내어쉬었다.

"순옥이, 지금 순옥이가 한 말이 모두 순옥의 말이 아니라 성신이 시키신 말씀야."

하는 인원의 눈에는 눈물이 번쩍하였다.

"그렇수, 언니? 내 말이 옳수? 내가 바루 생각했수?"

"그럼."

하고 인원은 무엇이라고 대답해야 옳을까를 생각하다가,

"옳구 옳지 않구가 문제가 아니야."

"그럼?"

"순옥의 생각은 신의 생각야."

"고맙수. 언니가 옳다면 옳은 거야. 내 오늘 기쁘게 할게요. 이따가 허씨가 약혼반지를 내 손에 끼워 줄 때에두 내 기뻐할게."

하고 순옥은 잠깐 말을 쉬었다가,

"언니, 이따가 만일 내가 시무룩해지거나 그런 일이 있거든 언니가 날일깨워 주어요, 응. 자, 언니 우리 저 방으루 가, 응접실루."

하고 벌떡 일어나서 옷을 바로잡고 머리를 만지면서,

"언니, 내 얼굴이랑 머리랑 괜찮지?"

하고 차렷을 해 보인다.

"괜찮아."

하고 인원은 아무리 해도 쾌활을 회복할 수가 없었다. 가슴이 무거웠다.

"옷은?"

하고 순옥은 모으로 서고 뒤로 서고 몸을 틀어 보고 하면서 인원에게 보인다.

"맞아, 좋아."

"이거 좀 치우구."

하고 순옥은 벗어 놓은 옷들을 주섬주섬 거두어서 트렁크 위에 개켜 놓고 마지막으로 간호복을 들고 이것을 걸어 둘까, 하고 망설이다가 정신없이 그것을 손에서 떨어뜨린다.

인원은 고개를 돌렸다.

그래도 그날 약혼식은 무사히 끝났다. 허영이가 순옥의 교의 앞에 한 무릎을 꿇고 순옥의 왼편손 무명지에 약혼반지를 끼워 줄 때에 순옥은 낯을 붉히고 웃기까지 하였다.

허영은 너무도 기뻐서 허둥지둥하였다. 곁의 사람이 면괴하리만큼 순옥이만을 바라보고 있었다. 또 안빈에게 대하여서는,

"제 죄가 한량없습니다. 선생님 용서하셔요."

하는 말을 하도 여러 번 하여서 나중에는 영옥에게 옆구리를 찌름을 받기

까지 하였다.

  안빈도 웃고 유쾌하게 식탁에서 이야기 제목을 제공하고 있었다.

  '아, 무사히 난관을 지냈다.'

하는, 어깨가 가벼워지는 듯한 생각까지도 났다. 그리고 안빈이나 영옥이
나 모두 허영, 석순옥 두 사람의 행복된 장래를 진심으로 빌었고 그들이
행복되기 위하여서는 어떠한 힘드는 일이라도 도와 주리라, 하고 각각 속
으로 결심하였다. 그러나 옆의 사람들의 애씀이 어떤 사람의 운명의 방향
을 고칠 수가 있을까?

첫날밤

자정이 넘어서 여편네 손님들도 다 갔다. 여편네 손님들이라야 어머니 한씨의 친구들과 그 친구들의 딸이며 며느리들이었다. 술들을 먹고 순옥에게는 아무 흥미 없는 이야기들을 하고 웃고 떠들었다.

한씨는 그래도 며느리 순옥의 폐백을 받기는 받았다. 순옥이가 절을 하고 잠깐 고개를 들 때에 한씨의 노려보는 눈살이 칼날과 같이 날카로움을 보고 순옥은 소름이 끼쳤으나 모든 최악의 경우를 다 예상한 순옥이라 놀라지도 아니하였다. 다만 인생 모험의 첫굽이어니 할 따름이었다.

순옥이가 제 방이요, 신방인 건넌방에 온 것은 새로 한시가 거진 되어서였다.

"인제 가서 자려무나. 네 남편은 아직 안 왔느냐?"
하고 시어머니 한씨의 명령을 듣고 순옥은 소리 아니 나게 문을 닫고 방으로 건너온 것이다.

방에는 자리가 깔려 있었다. 병풍을 문쪽으로 치고 남 모본단 이불의 다홍 깃이 사십 와트 전등빛에 핏빛같이 빛났다. 긴 베개, 요강, 자리끼, 그리고 순옥이 자신의 몸에 걸린 노랑 저고리, 자주 고름, 자주 끝동, 다

홍치마, 쪽찐 머리. 순옥은 잠깐 제 모양을 체경에 비추어 보고 무서운 듯이 옆으로 비켜 섰다.

'나는 시집을 왔구나.'

이렇게 생각하면서 이불 위에 펄썩 주저앉았다. 이층장, 삼층장, 의걸이장들의 자개와 장식들이 어른어른한다.

어머니, 오빠, 동생들, 안 선생, 인원의 얼굴들이 떠 나왔다 스러졌다 한다.

허영은 아직도 아니 들어온다. 신문사 축들에게 끌려서 명월관으로 갔다는 말을 들었다.

대청에 걸린 낡은 시계가 한시를 뗑 친다. 그 소리를 듣고 나니 인원이가 혼인 선물로 사 준 대리석 책상 시계가 책상 위에서 재각재각하는 소리가 들린다.

종묘 수풀에 바람이 지나가는 소리가 우수수하고, 반자 위에서는 쥐가 바스락대는 소리가 신경을 자극한다.

순옥은 주발 뚜껑을 열고 물을 한 모금 마신다. 입이 쓰고 침이 걸다. 몸이 먼 길이나 걸은 것처럼 녹신하였다. 그러면서 신경은 마치 밤송이 모양으로 가시가 돋친 것 같았다.

순옥은 여러 가지로 앉을 자리와 앉은 자세를 고쳐 보았다.

'남편이 돌아오기 전에는 아내는 앉아서 기다리는 법이라지.'

하고 순옥은 남의 일처럼 속으로 중얼거려 보았다.

'남편!'

그 말이 어려서는 무척 정답고 아름다운 말로 들렸었다. 그러나 지금은? 순옥은 '남편'이라는 말에서 아무 감흥도 찾지 못하였다.

고양이들이 아웅거리고 어디로 지나간다.

또 바람 소리가 우수수.

자동차의 사이렌이 무섭게 날카롭게 들린다.

안방에서 시어머니의 기침 소리와 가래 돋우는 소리가 들린다.

"아이 곤해."

순옥은 안빈의 병원 간호부실이 그리웠다. 그리고는 삼청동 집이 그리웠다. 협이랑 윤이랑 정이랑 가지런히 누워서 자는 양이 그리웠다.

순옥은 제가 아들과 딸들을 낳아서 기르는 것을 생각해 본다.

허영은 아직도 아니 돌아온다.

순옥은 한번 하품을 한다.

드러눕고 싶다는 충동을 느끼면서 순옥은 베개를 본다. 엄청나게 높고 긴 베개다! 순옥은 무서운 듯이 그 베개를 이불로 덮어 버린다. 그러할 때에 순옥의 손에서 금강석이 전등빛을 반사하여 눈이 부실 만한 강한 광채를 발한다. 순옥은 손을 눈앞에 가까이 들고 반지를 들여다본다. 그 백금반지 곁에 넓적한 황금반지가 누런 빛을 발하고 있었다.

'석순옥. 이제 허영에게로 시집 가니 남편이 병들거나 병신이 되거나 배반하지 아니하고.'

하던 서약이 생각난다. C예배당, P목사, B교장, 모교 동창들, 순옥의 손가락에 혼인반지를 끼우느라고 허둥거리던 허영의 손.

"두시 오분 전이야."

하고 순옥의 눈이 책상 시계에 갔을 때에,

"문 열어라."

하고 호기 있는, 그러나 어음이 분명치 아니한 허영의 소리가 들린다.

"네에."

하는 어멈의 대답이 들리고 행랑방 문 여는 소리가 난다.

"안―돼―안―돼. 들어갔다가―가."

하고 허영이가 혀 꼬부라진 소리로 누구를 붙드는 소리가 들린다.

대문이 열리는 소리.

"여보게―이 사람. 달―아―나―는―법이―어디―있―느―냐―말야."

하고 허영이가 비틀거리고 들어오는 발자국 소리가 들린다.

"어머니, 주무시우?"
하고 구두를 신은 채로 마루로 쿵쿵거리는 소리.
안방에서는 대답이 없을 것이 물론이다.
"어—이게 무어야? 어 두—시를 친다아."
하고 쿵 하고 주저앉아서 구두를 끄르는 모양이다.
순옥은 첫날밤 새아씨가 이러한 경우에 어떻게 하는 것인지를 배우지
못하였다. 일어나 나가서 술 취한 남편을 붙들어 주는 것인지, 요만하고
방 안에 앉았는 것인지를, 순옥은 가만히 앉아서 입맛을 다시고 한숨을
쉬었다.
드르륵 건넌방 창을 잡아 젖히고 나타나는 것은——가른 머리는 이마
로 산산이 흘러내리고, 얼굴을 해쑥하고, 눈은 거슴츠레하고, 코는 찌그
러지고(순옥에게는 그렇게 보였다), 헤벌린 입에서는 침이 지르르 흐르고,
고개는 껍질만 붙은 듯이 건들먹거리고, 칼라와 넥타이는 젖혀지고 찌그
러지고, 두 팔은 중풍한 모양으로 축 늘어지고, 그리고 오장이 뒤집힐 듯
한 술 냄새를 푸푸 뿜고, 게다가 싱글싱글 얼빠진 웃음을 띠고.
순옥은 이, 도무지 처음 보는 광경에 전신이 화석이 되는 것 같았다.
허영은 그래도 문을 닫을 정신은 남아서 덧문까지 끙끙대면서 닫아 걸
고, 휙 돌아서서 외투와 모닝코트를 벗어 윗목에 동댕이를 치고,
"아, 순—옥—씨."
하고 순옥에게 달려들어 순옥의 목을 껴안고 순옥의 입에다가 술 냄새나
는 입을 비빈다.
'첫 키스!'
이것은 남편 된 허영이 십 년 적공으로 싸워 얻은 정당한 권리다. 순옥
은 뿌리칠 수도 없었다.
순옥이가 숨이 막히도록, 또 오장이 다 뒤집히도록 허영은 그 술 냄새
를 순옥의 입과 코에 불어넣은 뒤에야 고개를 들어 팔에 안긴 순옥의 실
심한 듯한 얼굴을 들여다보면서,

"순옥 씨—당—신—이 이를 테—면 순옥 씨—란 말—요? 내—사
랑하—는 아—내 석—순—옥—씨란—말이냐 —말이야? 하하."
하고는 또 한번 입을 맞추고, 그러고는 또,
"순옥 씨라니 —인제—는 순옥—이지, 내 아내—니까 — 마—누라
—니까. 여보 마—누라, 허허."
하고는 고개를 번쩍 들면서,
"아 참, 여보게에, 이—사—람. 허, 이 사람 갔나? 여보게."
"누굴 부르세요?"
이것이 순옥의 첫말이다.
"아, 허어어, 아, 이 사람."
"누구 말씀야요?"
"하하하하, 우리 처남—우리 처남 우리 처남 말야. 허어엇, 어엇, 우
우움. 이 사람이 갔군."
"인제 옷 벗으시구 주무세요."
순옥은,
'간호부가 환자 간호하듯 허지.'
하고 인원에게 말한 것을 생각한다.
"여보."
"…….."
"마누라."
"네에?"
"우리가 혼인했소?"
"했죠."
"응, 그렇지. 흥, 여보."
"네?"
"나, 물."
순옥은 물 그릇을 들어서 허영의 입에 대어 주었다. 허영은 물 그릇에

는 손도 대려 아니하고, 벌꺽벌꺽 아까 순옥이가 한 모금 마시고 남긴 물 한 그릇을 다 마셔 버렸다.

그렇게 물을 먹고 나서는 주먹으로 입을 씻고 그러고는 옷이며 양말이며 모두 아무렇게나 벗어 동댕이를 치고 자리에 들었다.

순옥이가 남편의 옷을 걸 것은 걸고 개킬 것은 개키고 앉았을 때에, 허영은 무어라고 혀 꼬부라진 소리로 중얼거리며 난잡한(순옥은 허영의 이때의 언행을 이렇게 생각하였다) 눈찌로 순옥을 바라보며 손을 흔들고 다리를 버둥거려서 이불을 차 젖히고,

"여보 —— 여—— 보오."

하고 순옥이더러 자리에 들기를 재촉하다가, 미처 고개도 쳐들 사이도 없이, '웩, 웩' 하고 도르기를 시작한다.

순옥은 양말 개키던 것을 놓고 얼른 요강을 허영의 입에 들이대었으나 벌써 베개와 요와 이불 한편 깃에는 누렇고 고약한 냄새가 나는 것이 산란히 쏟아져 버리고 말았다.

"이를 어째!"

하고 순옥은 요강을 탁 놓고 낯살을 찌푸렸으나, 다음 순간에 순옥은 간호부의 평정한 직업 심리를 회복할 수가 있었다.

순옥은 얼른 일어나서 물 그릇을 들고 밖으로 나갔다. 물을 떠다가 남편에게 양치질 물을 주려는 것이나 달도 없는 삼월 초생 밤은 지척을 분별할 수가 없이 어두웠고 게다가 물이 어디 있는지 알 수가 없었다.

순옥은 아까 낮에 건넌방 동쪽, 종묘 담 밑으로 우물이 있던 것을 기억하고 더듬더듬 그것을 찾아서 소리 아니 나도록 조심조심하면서 두레박질을 하여서 물을 떴다. 물과 바람이 모두 순옥의 곤한 몸을 오싹하게 하였다.

물을 떠다가 남편을 양치질을 시키고 다른 자리를 벌여서 깔고 남편을 그리루 옮겨 눕히고, 그리고는 토한 것 묻은 베갯잇과 욧잇을 소리 아니 나게 뜯어서 우물로 안고 가서 소리 아니 나게 지르잡아 가지고 들어왔다.

그 동안에 허영은 벌써 쿨쿨 잠이 들었다. 고개를 젖히고 입을 벌리고

코를 골고 곯아떨어진 것이었다——그처럼 탐나던 순옥이가 곁에 있는 것도 잊어버린 듯이.

순옥은 방 안의 냄새를 뽑느라고 문을 방싯 열어 잡고 섰다가 잠든 사람에게 바람이 너무 찰 것 같아서 닫아 버렸다. 또 설사 아무리 문을 열어 놓아서 냄새를 내어보낸다 하더라도, 허영의 코와 입에서 끊임없이 악취가 내뿜는 동안은 어찌할 수 없을 것이라고 순옥은 생각하였다.

순옥은 물에 젖어서 시린 손을 제 무릎 밑에 집어 넣고 장에다가 등을 기대고 우두커니 앉아 있었다.

코를 찌르는 냄새!

귀를 시끄럽게 하는 코고는 소리!

그리고 모양 없이 퍼더 버리고 자는 술 취한 사내의 모양!

순옥은 마치 막차를 놓치고 정거장 대합실에 혼자 남은 사람 모양으로 언제까지나 우두커니 앉아 있었다. 몸과 신경이 모두 곤하여서 아무 생각도 감정도 움직이지 아니하였다. 다만 전신이 눈알까지도 쑥쑥 쑤시는 것을 느낄 뿐이었다.

네시를 치는 소리가 들렸다. 고요한 때라, 시계를 치는 소리가 마치 절에서 나는 종소리만큼이나 요란하였다.

"아이 추워!"

순옥은 몸이 오싹오싹함을 느꼈다. 허영이가 토해서 밀어 놓았던 요를 윗목에 깔고 이불 한 끝을 덮고 베개도 없이 팔베개를 베고 드러누워 보았다. 한번 크게 하품이 나고는 눈이 저절로 사르르 감겼다. 여러 날 동안 잠을 잘 못 자고 정신을 피곤케 한 끝이라 순옥은 언제인지 모르게 잠이 들어 버리고 말았다.

얼마나 잤는지 모르거니와, 무엇이 몸을 건드리는 감각에 소스라쳐 놀라서 눈을 떴을 때에는 허영이가 한 팔을 순옥의 목 밑에 넣고 순옥의 얼굴을 물끄러미 들여다보고 있었다.

'남편이다. 허영이가 인제는 남편이다.'

하고 순옥은 놀랐던 마음을 가라앉히고 긴장하였던 근육을 탁 풀어 버렸다.

허영의 입에서는 여전히 술 냄새가 나고 눈도 여전히 거슴츠레하였으나 그래도 아까보다는 정신이 든 모양이었다.

"그날 호텔에서는 선생님이 주시는 포도주두 안 자시노라더니, 영영 약주를 안 자시기루 결심하였노라더니 웬일이셔요?"

하고 순옥은 아내로서의 첫 항의를 하여 보았다.

"자꾸 친구들이 먹으라구 권해서. 내 다시는 술 안 먹으리다── 한 방울두 입에 아니 대리다."

하고 허영은 머리카락이 이마에 흘러내린 머리를 흔들어 가며 맹세를 한다.

"이불에랑 요에랑 베개에랑 모두 토한 거 아시우?"

"내가 토했소?"

"홍, 토했소가 무엇이야요."

하고 순옥은 한숨을 쉰다.

"쩟쩟, 내가 잘못했소, 순옥이, 내가 다시는 안 그러리다. 다시는 술이라구는 한 방울두 입에 대지 아니하리다. 용서해요, 순옥이. 그 사람들이 붙들구 놓아 주어야지, 응 쩟쩟."

아직도 허영의 입은 얼어 있었다.

"추우시겠어요. 당신 자리에 가서 주무셔요."

"당신두 저 자리루 갑시다. 이게 무어야? 첫날밤에, 딴 자리를 펴구."

"요랑 이불이랑 다 더러워서 다른 이부자리를 내려서 깔아 드렸지요. 이건 욧잇두 없는 것 아니야요?"

"그래, 내가 많이 돌랐소?"

순옥은 눈을 감고 못 들은 체를 한다.

"쩟쩟, 그래 그것은 누가 치웠소, 내가 도른 것은?"

순옥은 대답이 없이 한숨만 또 한번 쉰다.

"당신이 치우셨구려? 쩟쩟."

그래도 순옥은 대답 없이 눈을 감고 자는 모양을 한다.

"어멈을 부를 게지. 옳지, 응, 저기 모두 빨아 널었구먼. 쩟쩟, 응, 응, 응, 여보, 여보, 여보."

"내가 곤해서 죽겠으니, 가만히 자게 내버려 두어 주셔요."

하고 순옥은 장 있는 쪽으로 돌아눕는다.

"여보, 여보, 여보, 순옥이, 순옥이, 쩟."

허영은 물 그릇을 찾아서 물을 벌컥벌컥 마시고는 또 순옥이 곁으로 와서,

"여보, 여보, 여보."

하고 부르다가, 쩟, 쩟을 수없이 하다가 마침내 결심한 듯이 순옥을 번쩍 안아다가 자리에 눕힌다. 순옥은 죽은 듯이 가만히 있었다.

이 모양으로 순옥의 혼인생활이 시작되었다.

허영은 극진히 순옥을 사랑하였다. 신문사 시간이 파하기가 바쁘게 집으로 돌아왔다. 그리고는 밤에도 나가지 아니하고 귀찮으리만큼 순옥을 애무하였다. 그렇다, 그것은 애무였다. 잠시도 순옥의 곁을 떠나기를 싫어하였다. 한방에 있어서도 순옥을 그냥 두지는 아니하였다. 껴안거나 손을 잡거나, 심하면 무릎 위에 올려 앉히기까지 하였다. 이런 일에 대하여서 순옥은 전혀 무저항이었다. 때로 동물적 본능의 쾌감을 느끼지 아니함이 아니나 순옥의 생각에는 허영의 사랑하는 방법이 너무 야비한 듯하여서 마음에 불만하였다. 허영은 순옥 자기를 살덩어리로만 사랑하는 것 같았다. 더구나 허영이가 성적으로 심히 절제가 없음을 볼 때에 그러하였다. 그래서 한번은,

"여보시우, 너무 난잡허지 않으시우?"

하고 단도직입적으로 항의를 한 일조차 있었다. 그때에 허영은,

"이것이 불타는 듯헌 내 사랑이오."

하고 한술 더 떴다.

허영은 순옥을 찬미하는 수없는 시를 지었다. 그것을 지어서는 순옥이 더러 읽어 보라고 하고, 속으로만 읽는 것이 아니라 소리를 내어서 읽어 들려 달라고 하였다. 그 시에도 '오 나의 여왕이여!' 하는 구절이 많았다. 보드라운 살의 촉감이라는 둥, 달고 뜨거운 입술이라는 둥, 수없는 포옹이라는 둥, 내 품에 안긴 이라는 둥 이러한 구절 천지였다. 순옥은 그 시들의 말이 아름답게 된 것을 감탄하지 아니할 수 없었으나 그것이 너무 감각적인 것이 불만이었다. 그래서 한번은 허영의 시 한 편을 읽고 나서,

"좋은데요, 너무 감각적이야요."

하고 솔직하게 항의를 하였다.

"이게 감각적이 아니오. 영적인 것을 감각화한 것이야. 영의 감각화 ——이것이 시인의 직책이어든."

허영은 이렇게 순옥의 비평에 대하여 반박하였다.

그러나 순옥은 허영의 시에서 유행가요에서 받는 이상의 감흥을 받기가 어려웠다. 그러나 차마 그렇다고는 말하지 못하고 듣기 좋게,

"감각파라는 것도 있으니깐 감각적이라구 해서 시가 나쁜 것은 아니겠죠. 다만 내 성질이 감각적인 것보다는 정신적인 것을 요구해서 그런 게죠."

이렇게 말하였다.

순옥의 이 말은 허영의 자존심을 상하는 동시에 안빈에게 대한 일종의 질투를 느꼈다. 다혈질인 허영은 마음속에 솟아오르는 감정을 삭이기가 어려웠다. 그래서,

"당신은 안빈의 작품에 심취해서 그러는 게요. 그래서 내 예술을 못 알아보는 게요."

하고 낯을 붉혔다.

순옥은 허영이가 '안빈'이라고 '씨'자 아니 달아서 부르는 것을 보고 놀랐다. 동시에 그러한 허영의 태도에 대하여서 강한 반감이 일어남을 느

졌다. 그러나 순옥은 이러한 경우에 취할 수 있는 가장 현명한 방책을 취하였다——그것은 잠자코 있는 것이다.

허영은 솟아오르는 울분을 다 쏟아 놓지 아니하고는 견딜 수 없었다. 아내인 순옥이가 남편의 예술을 평론하고 다른 사람의 예술을 은근히 칭찬하는 평은, 그 남편에게 대한 참을 수 없는 모욕인 것과 같았다. 그래서,

"안빈의 소설은 모르겠소. 허지마는 시루야 어떻게 허영과 비긴단 말요?——내용으로나 형식으로나 더구나 그 사상 인생관으로 말하면 중세 기식이란 말요. 그 사람은 시대 정신을 이해허지 못허구, 이를테면 시대에 역행허는 사람이어든. 그 문학이란 계몽기 문학이란 말야. 젖비린내 나는 여학생들이나 속이는 문학이란 말요. 순옥이두 잘못 알구 그러는 거요마는, 다시는 내 앞에서는 그런 소리 마시오."

하고 어성이 떨리고 두 볼을 불룩거리면서 순옥을 책망하였다.

순옥은 여기서도 침묵, 무저항주의를 지켰다.

"내가 예술을 알아요? 당신 시를 비평을 허라시니깐 내가 생각헌 대루 말헌 것이지."

순옥은 이렇게만 말하고 말았다.

이것이 순옥과 허영이가 혼인한 지 두어 달 지나서 생긴 일이었다. 이를테면 내외간의 첫번 충돌이었다.

그러나 허영은 이러한 감정을 오래 끌고 가는 사람은 아니다. 그는 그러고 나서는 곧 순옥을 애무하였다. 아첨에 가깝도록 순옥의 비위를 맞추려 들고, 난잡에 가깝도록 순옥의 몸을 희롱하였다.

허영의 정신이 왜 좀더 높지 못한가를 불만하게 생각하면서도, 또 허영이가 자기의 몸에 대한 애무가 너무 지나치는 것을 귀찮게 여기면서도, 그러한 중에서도 한 달, 두 달 지나가는 동안에 순옥은 일종의 행복을 아니 느낄 수가 없었다. 시집살이도 차차 손에 익어지고 집과 세간들에도 점점 정이 들고 허영에게 대하여서도 날이 갈수록 그리운 마음이 생기기

를 시작하였다. 허영이가 신문사에서 돌아올 시간이 되면 기다려지고, 대문 소리가 나면 얼른 체경 앞에 몸을 한번 비추어 보고 싶게도 되었다. 허영의 귀찮을 정도의 애무에서도 역시 일종의 행복감을 가지게 되었다. 늦도록 처녀 생활을 하던 순옥의 속에 이성의 촉감에 대한 감수성도 날로 발달되어 가는 것 같았다.

'이렇게 한평생 살아가지. 이만하면 사는 게지.'

순옥은 이러한 생각을 하게까지 되었다. 그러한 반면에 안빈에게 대한 그리움도 차차 견디기 쉬울 만하게 되었다. 아침에 번쩍 눈을 뜨면, '선생님' 하고 사모하고, 시계가 여덟시를 치면 병원 현관에 안빈을 맞아서 모자와 외투를 받아 들 것을 생각하고 못 견디게 그립던 것도 얼마만큼은 줄었다. 도리어 저녁때에 신문사에서 돌아오는 남편의 모자와 외투를 받아 들이는 것에서 새로운 반가움을 느꼈다.

'선생님은 선생님, 남편은 남편.'

하고 순옥은 제 마음이 안빈에게서 조금씩 멀어져 가는 것을 스스로 변호하였다.

'이렇게 되지 않구야 살 수가 있나?'

순옥은 이렇게 생각하였다.

유월도 거의 다 가서 상긋한 여름옷을 입어도 몸에 촉촉히 땀이 나는 어느 날, 이날은 허영의 생일이었다. 순옥은 앞치마를 두르고 시어머니의 지시를 받아서 나물을 무치고 전유어를 부치고 있었다. 조개껍질이 뜰 앞에 산산이 널려 있었다. 시어머니는 마루 끝에 부침개 화로와 소반을 앞에 놓고 앉았고 순옥은 부엌과 시어머니 사이로 분주히 오락가락하고 있었다. 날려도 날려도 파리들이 웅웅거리고 모여들 때마다 순옥은 눈살을 찌푸렸다. 이때에,

"순옥이."

하고 살그머니 마당에 들어서는 것은 인원이었다. 인원은 그 예민한 눈으로 순옥의 모양을 빠르게 훑어보았다.

"아이, 언니."

하고 순옥은 기름과 물 묻은 두 손을 펴 든 채로 우뚝 서서 인원을 바라 본다. 인원은 순옥의 집이 처음이었다.

인원은 마루 끝에 앉았는 육십이 다 못 되었을 순옥의 시어머니를 보 고, 순옥이더러 귓속으로 그러나 시어머니 귀에 들릴 만한 소리로,

"어머님이셔?"

하고 묻는다.

"응, 어머님이셔."

인원은 낙수층계 위에 올라서면서,

"안녕하십니까? 저는 며느님허구 한학교에 댕기던 동무야요. 박인원 입니다."

하였다.

한씨는 가슴을 불쑥 내어밀고 고개를 번쩍 들면서,

"네에."

하고는 순옥을 향하여,

"아가, 모처럼 오셨는데 건넌방으로 들어오시라구 그러려무나."

하고 다시 인원을 향하여,

"올라오시오."

하면서 지지지지하고 소리를 내는 알쌈을 뒤집어 놓는다.

"저를 보시구 무얼 허우를 하십니까. 아이들을 보시구. 순옥이와 동문 데요."

"어디 그럴 수가 있소? 초면에."

"올라오시우, 언니."

"나 다음날 올 테야."

"왜?"

"오늘 바쁘신 모양인데."

"아이, 잠깐만 올라와요."

하고 순옥이가 앞치마에 손을 씻고 인원을 떼민다.

"어서 올라오우. 섰다가 가는 법이 어디 있소?"

한씨는 인원에게 한번 웃어 보인다. 그 웃음이 한씨의 대단히 거세어 보이는 얼굴을 얼마쯤 부드럽게 하였다.

"안됐습니다, 바쁘신데. 그럼 잠깐만 앉았다가 가겠습니다."

하고 인원은 찜찜하게 생각하면서도 순옥에게 끌려서 건넌방으로 들어갔다.

"아주 해피 홈이로구먼. 스윗 스윗 홈야."

하고 인원은 방에 들어서는 길로 방 안을 한번 휘이 둘러보고는 웃으며 순옥의 어깨를 툭 친다.

인원은 허영의 책상 앞에 앉아서 책상머리에 놓인 책들을 한번 슬쩍 보고, 제가 순옥에게 사 준 시계를 한번 만져 보고, 휙 순옥이 편으로 돌아 앉으며,

"오늘 무슨 날야?"

하다가 마루에 있는 한씨와 시선이 마주치는 것을 보고 자리를 비켜 앉는다.

"생일야."

"누구? 오, 서방님?"

"아이, 가만가만 말해요."

하고 순옥이가 눈을 끔쩍한다.

"순옥이 새서방님 생신야?"

순옥은 고개를 까딱까딱한다.

"오늘이 유월 이십오일── 해마다 이날은 이 집에를 찾아와야겠군── 생일 얻어먹게."

"오늘 저녁에 친구를 몇 청한다나."

"또 고구마 으껠 것 없어?"

"무어?"

"순옥인 왜 으깨는 거 잘허지."

이 말에 순옥은 작년 여름 원산에 있던 일을 생각한다. 그것은 그다지 유쾌한 추억은 아니었다. 순옥은 지금의 자기가 벌써 그때에 원산에 있던 자기가 아님을 느끼고 자연 시무룩해진다.

"선생님 안녕하셔요?"

순옥은 눈앞에 원산의 광경을 그리면서 한번 한숨을 쉰다.

"안녕하시지 그럼."

"애들두 잘 있구?"

"잘 있어. 정이가 홍역을 했지."

"홍역을?"

"인제는 나와 놀아."

"언니 애쓰셨겠구려? 잠 못 주무시구."

"어머니 노릇이 그만두 안헐까?"

"난 미안해 못 견디겠어."

"왜? 혼자만 재미를 보니깐?"

"재미가 무슨 재미요마는."

"재미가 오죽해야 봄이 다 가구 여름이 다 가두룩 한번두 안 들여다볼라구. 하두 순옥이가 꿈쩍두 아니허니깐 무슨 일이나 있나 해서, 선생님이 가 보구 오라구 하셔서 왔어. 아무려나, 가 보니깐 순옥이가 서방님 생신을 차리느라구 땀을 뻘뻘 흘리구 종종걸음을 치구 있더군요, 이렇게 말씀허면 기뻐허시겠지. 난 정말 무슨 일이나 안 생겼나, 그랬어. 그러기루 전화 한번 안 거니 그런 법이 어디 있어?"

하고 인원은 순옥의 다리를 꼬집는다.

순옥은 인원의 농담에는 대답도 아니하고, 한참이나 시무룩하고 앉았다가,

"언니, 정말 선생님이 날 가 보구 오라구 그러십디까?"

하고 눈을 섬벅섬벅한다.

"그럼."

하고 인원은 어떤 정도까지 말을 해서 관계치 아니할까 하고 잠깐 눈을 검뻑검뻑하고 생각하다가 마음을 작정한 듯이,

"얼마 동안 통 순옥의 말씀은 안하셔, 선생님이. 그러시길래 웬일인가 했지. 했더니 요새에는 집에 진지 잡수러 오시면 거진 번번이 순옥이 말씀을 하셔요. 원, 어째 아무 소식이 없을까? 어째 허 군두 도무지 꿈쩍 아니헐까? 순옥이가 몸이 좀 약한데 어디 앓는 것이나 아닌가? 이런 말씀을 허신단 말야. 그래 내가 오늘 아침에는, 선생님 그럼 제가 가 보구 와요? 그랬지. 허니깐 선생님이 인원이, 그럼 한번 가 보구 오우, 그러신단 말야. 그래 내가 선생님더러, 그럼 순옥이 보거든 무어라구 해요? 그러니깐 선생님 말씀이 무어라구 헐 말이 없지, 그저 잘 있는 줄 알기만 하면 그만이지, 그러시겠지. 그래서 내가 왔어. 와 보니깐 좋구먼."

"무엇이?"

"내외분 정의두 좋으신 모양이구, 고부간에두 원만한 모양이구. 그런데 순옥이가 좀 못 됐어. 어디 아파?"

"아니, 왜? 내가 못 됐수?"

"응, 좀 여윈 것 같애. 신혼의 피곤이라는 거겠지 아마. 아니, 참, 순옥이 애기 서는 것 아냐?"

"아이, 언니두."

"내외간에 의취는 맞지?"

"그저 그렇지, 뭐,"

"내외 싸움은 안허지?"

하는 인원의 말에 순옥은 얼마 전에 안빈의 예술 문제로 감정의 충돌이 있던 것을 생각하나 그런 말은 안할 말이라고 작정하고,

"어느 새에 무슨 싸움을 허겠수?"

하여 버리고 만다.

"왜, 사랑 싸움이라구 있다드구먼그래."

하는 인원의 말에는 순옥은 대답을 아니하고 만다.

　인원은 그래두 순옥의 속을 파보려는 듯이,

　"허 선생은 순옥이를 퍽 사랑허시지?"

하고 떠본다.

　"그럼. 너무 사랑해 걱정이지."

　"순옥이는?"

　"내가 무얼?"

　"순옥이두 허 선생께 정이 들었느냐 말야?"

　"정이 들어요."

하고 순옥은 솔직하게 말한다.

　"오우케이!"

하고 인원은 박장한다.

　"아무허구래두 오래 같이 있으면 그만한 정이야 들겠지."

하고 순옥은 제가 허영에게 대하여서 가지는 애정을 속으로 달아 본다.

　"아무렇게 들었거나 정만 들면 사는 게지. 싫지만 않으면."

　"그럼."

　인원은 더욱 소리를 낮추어서,

　"시어머니허구는."

　"그저 그렇지."

　"시어머니가 좀 거세어 보이는데, 그렇지 않아?"

　"허."

하고 순옥은 씩 웃고 만다.

　"며느리 사랑허는 시어미 없다구 허지마는 요런 며느리야 어떻게 미워하누."

　순옥은 잠깐 무엇을 생각하다가,

　"좀 미워허시나 보아."

하고 한숨을 진다.

"왜?"

"호."

하고 순옥은 웃고 말이 없다.

"왜 미워하셔? 순옥이가 무얼 잘못헌 건 없을 텐데."

"뭐, 미워허시는 것두 아닌지 모르지."

"왜? 무에라시게."

"그건 말해 무엇 허우?"

"응, 비밀야?"

"비밀일 것두 없지만."

"관둬!"

하고 인원은 새뜩하는 모양을 보인다.

순옥은 아무 비밀도 없이 무엇이나 다 터놓고 제 편에서 먼저 모든 말을 인원에게 다 해 오던 자기가 벌써 두 가지째나 숨기기가 심히 미안하였다. 비록 안빈에 관한 문제로 허영과 충돌이 생긴 것만은 말할 수 없다고 하더라도, 이 말만이라도 아니할 수 없는 의리감을 느꼈다.

"우스운 일야, 언니. 내 말할게요. 나구 혼인헌 후루 허가 신문사에만 댕겨오면 꼭 집에 들어백혀 있거든, 산보두 안 나가구. 그래서 그런지는 몰라두 하루는 밤에 시어머니 다리를 밟아 드리구 있는데 그러시겠지, 시어머니가, 나는 너 시아버지허구 혼인헌 뒤에 시아버지는 공부 댕기시구, 또 집에 계시더라두 사랑에서 주무시구 한 달에 한 번이나 두 달에 한 번밖에는 들어와 주무시지를 않았느니라구. 이 말부텀이 벌써 이상허지 않우? 그리구는 말야, 글쎄 이런 말씀을 허셔요——네 남편이 내 외아들이다, 그런데 요새에 좀 얼굴이 못되었다, 그러시는구먼 글쎄."

"정말 못됐어?"

"누가 아우? 날마다 함께 있는 사람이 어떻게 그걸 아우?"

"그래서?"

"그러니 내가 얼마나 부끄러웠겠수."

　　“허허.”

하고 인원은 소리를 내어서 웃는다.

　　“그래서 내가 그날 저녁부터는 안방에 가서 시어머니 뫼시구 자지.”

　　“지금두?”

　　“그럼.”

　　“오, 그래서 말랐군, 순옥이가.”

　　“아이 언니두. 그런 소리헐 양으루 마구 대라구 족쳤수?”

　　“그렇지 않아? 아이를 어여 낳아야지.”

　　“왜?”

　　“아니 혼인이란 아이 낳기 위해서 하는 수속 아냐? 옳지, 저희 볼재미만 보구 본 목적인 아이는 안 낳는다? 그런 소리가 어디 있어? 그것두 도적질이라는 거야?”

　　“도적질이라니?”

　　“헐 일을 안허구 샀전만 받아 먹는 게 도적질 아니구 무어야?”

　　“훙, 언니 말이 옳아. 톨스토이두 아이 낳기 위한 목적 이외의 성관계는 음란이라구 그랬지.”

　　“그것 보아, 내 님은 톨스토이 안 보구두 다 알거든.”

　　“훙, 장허우. 그러면 언니는 왜 삼십이 다 되어두 아이 낳을 궁리를 안 허우?”

　　“내야 애초에 샀전을 안 받을 작정이니깐. 하하하하.”

　　“그러기루 어떻게 억지루 아일 낳아?”

　　“안 낳아지는 건 헐 수 없지.”

　　“그건 도적질 아닌가?”

　　“그거야 아니지. 하느님이 면제해 주신 거니깐, 너는 말아라 허구.”

　　“훙.”

　　“그래두, 순옥이는 얼른 딸을 하나 낳아 놓아야 돼.”

　　“왜?”

"모처럼 이쁘게 낳아 놓은 순옥이는 버렸으니깐 세상에서는 큰 손해여든."

"홍, 가만 있어요. 언니, 내 잠깐만 나갔다 올 테니. 어찌 되었나, 보구 와야지."

하고 순옥이가 일어선다.

"아 참, 내가 가야지."

하고 인원도 일어선다.

"아냐 언니, 내가 좀더 헐 말이 있어. 잠깐만 기다려요. 그리구 무어 좀 잡숫구 가."

하고 순옥은 인원의 어깨를 두 손으로 눌러서 도로 앉힌다.

"아이 싫어! 먹긴 무얼 먹어, 안 먹을 테야. 잠깐 댕겨만 와. 바쁘거든 어머니 거들어 드리구."

하고 인원은 마지막 말이 마루에 들리리만큼 어성을 높인다.

순옥을 밖으로 내어보내고 인원은 혼자 남아서 또 한번 장들이랑 책상이랑 이부자리랑을 휘 둘러보았다. 인원은 거기서 새아씨 방의 신선하고 향긋함을 찾을 수가 있었다.

그러나 인원은 예상했던 것을 잃어버린 듯한 섭섭함을 아니 느낄 수 없었다. 인원은 혼인한 생활에 불만족한 수심기를 띤 눈물에 젖은 순옥을 예상하였던 것이다. 자기를 만나면 순옥은 한바탕 비극을 연출할 것으로 예상하였던 것이다. 인원은 순옥의 슬픔을 아무쪼록 눙쳐 줄 준비까지 하고 왔던 것이다. 안빈에 대하여서도 아무쪼록 말을 피하고, 힘있는 데까지는 순옥을 위로해 주고 오리라, 이렇게 잔뜩 마음에 먹고 왔던 것이다. 그러나 와 보니 멀쩡하지 아니하냐. 남편과는 정이 들었노라 하고, 내외 정분이 너무 좋기 때문에 홀시어머니가 샘을 내일 지경이라고까지 하지 아니하느냐. 얼굴이 좀 수척했을 뿐이지 아주 행복된 외양이 아니냐.

이렇게 생각하면 인원은 순옥에게 대하여 섭섭한 것 외에 일종의 실망과 반감을 아니 느낄 수가 없었다.

'고것이 사내 맛에 홀딱 반했어. 얕은 것!'

이런 혐오의 정까지도 발하였다.

'순옥이가 몰라서 그럴까. 어쩌면 안 선생을 사모허던 정을 불과 석 달에 저렇게 떼어 버렸을까?'

하고 인원은 '마돈나 에 모빌레(계집의 마음은 변한다)' 하는 노래를 생각해 본다. 그러다가는 인원은 다시,

'순옥이가 몸은 좀 헤식은 것 같아두 마음은 매운 앤데.'

하는 생각도 해 본다.

인원은 순옥의 속을 다 뽑아 보고야 가리라 하는 잔인한 생각을 먹어 본다.

인원이가 순옥에게 대하여 이렇게 섭섭한 생각을 가져 볼수록 안빈의 인격의 높음을 아니 느낄 수가 없었다.

순옥이가 병원에서 없어진 뒤로 안빈은 분명히 더 수척하였다. 옥남이가 죽음으로 받았던 타격이 적이 회복될 만하여서 순옥을 잃어버리는 타격을 받은 것이었다. 순옥의 약혼식이 있던 날, 안빈은 진심으로,

'아아 잘되었다.'

하고 어깨가 가볍다고까지 생각하였건마는 속마음은 이성의 이 뜻을 받아주지 아니하는 것이었다.

안빈의 속에 두 사람이 있어서 한 사람은,

'마땅히 갈 사람이 가지 아니하였나? 기뻐하고 그를 위하여 축복하는 것이 네게 남은 일이 아닌가?'

하고, 또 한 사람은,

'네가 보낼 수가 없는 사람을 보내지 아니하였나? 다시 회복헐 수가 없는 손실을 일부러 허지 아니하였나? 모로미 슬퍼허고 괴로워헐지어다.'

하고 나섰다.

안빈은 물론 첫소리의 정통의 주권을 인정하고 둘째 소리는 부정한 모

반자임을 탄핵한다. 그러나 안빈에게 있어서는 둘째 소리는 진압하기가 심히 어려운 폭동이었다. 이것을 폭동으로 인정하는 동안에는 안빈에게는 안전이 있다. 그러나 이것을 교전 단체로 보도록 양보하게 되는 날 안빈의 마음의 나라는 전복이 되고 혼란상태에 빠지는 것이다.

안빈은 순옥을 잊으려 하였다. 그러나 사람에게 가장 야속한 불행은 잊음의 자유가 없는 것이다. 잊으려고 애를 쓸수록 그것이 더욱 또렷또렷이 기억에 새겨지는 것은 이 무슨 기막히는 모순인고? 조롱인고?

안빈이가 아침에 병원에를 가면 현관에 나와서 모자와 외투를 받아 주면 하루의 기쁨이 시작되던 순옥이가 없었다. 진찰실에 들어가면 맑은 눈과 깨끗하고도 따뜻한 마음을 가지고 안빈의 생각을 점쳐 가며 시중을 들어 그렇게 시간 가는 줄도, 피곤한 줄도 모르는 힘을 주던 순옥이가 없었다. 병원에서 안빈이가 잘 때면, 삼청동 집에 있으려니 하여 마음이 흡족하던 순옥이가 없었다. 자기가 삼청동 집에서 밤을 지내는 날이면, 병원에서 편안히 자고 있으려니 하면 빙그레 웃고 편안한 마음으로 잠을 들수 있던 순옥이가 이제는 없었다.

"순옥이."

하고 부르면 어느 구석에서나 뛰어나오던 순옥이가 인제는 없었다.

하루 종일 병원 일에 지친 때에, 힘드는 연구에 골치가 지끈지끈하도록 피곤한 때에 교의에 기대어서 눈만 감으면 앞에 나서던 순옥이가 인제는 없었다.

'순옥이가 허영 집 건넌방에 있지 아니허냐?'

하고 안빈은 생각해 본다.

그러나 허영의 집 건넌방은 안빈의 무형한 마음조차 들어가기가 금지된 구역이었다. 순옥의 마음도 그와 같아서 허영의 집 건넌방 문에서 나와서는 아니 되는 것이었다.

순옥은 인제는 없었다. 안빈에게는 순옥은 이미 존재하지 아니하는 사람이었다.

안빈이가 그런 줄을 몰랐던가?

안빈은 그런 줄을 잘 알았었다. 다만 안빈이가 미처 모른 것이 하나 있었다. 그것은,

'순옥이가 이렇게 그리울까? 이렇게도 내 가슴속에 파고 들어갔던가?' 하는 것이었다.

안빈은 잠이 줄고 식욕이 줄었다. 그것은 곧 안빈의 얼굴에 나타나고 인원의 걱정거리가 되었다.

"선생님, 왜 그렇게 진지를 적게 잡수세요?"

하고 인원은 안빈의 밥주발 뚜껑을 열어 보고 애를 썼다.

"많이 아니 먹히는구려."

안빈은 이렇게만 말하였다.

"선생님, 요새에 신색이 좋지 못허십니다. 점점 더허신 것 같아요."

"봄을 타서 그러는 게지."

"무어요, 순옥이가 없어서 그러시는 거 아냐요?"

"홍홍, 무얼 그렇겠소?"

"그래두 순옥이가 없으니깐 허전허시지요?"

"그야 허전하지. 사 년이나 있던 식구가 없어졌으니까."

"선생님두 그런 것을 못 잊으십니까?"

"홍, 인원은 잊었소, 순옥을?"

"제가 못 잊는 것과 선생님이 못 잊으시는 것과 같아요? 다르지."

"무엇이?"

"무엇이든지요."

"난 같다구 생각허는데."

"무얼요? 안 같아요."

이런 담화를 한 일도 있었다.

인원이가 보기에 (잘못 본 것인지는 모르지마는) 안빈은 입밖에 내어서 말을 아니하는 만큼 속의 괴로움은 보통 사람보다 더 큰 것 같았다. 인원

의 생각에, 안빈이가 순옥을 잃고 그렇게 괴로워하는 양이 한편으로는 걱정되지마는 또 한편으로는 아름답게도 보였다. 온통 이성과 의지력으로 뭉쳐 놓은 듯한 안빈에게도 아직 그러한 감정의 약점이 남아 있는 것이 유감스럽기도 하면서 동시에 정답기도 하였다.

인원은 안빈을 위로하기에 많은 힘을 썼다. 그것은 안빈을 웃기는 것이었다. 인원이가 웃기려면 안빈은 정직하게 웃었다. 한바탕 웃고 나면 안빈의 얼굴에는 명랑한 빛이 돌았다.

"인원이가 나를 기쁘게 해 주려구. 고맙소."

안빈이가 집에서 나올 때에는 인원을 보고 이런 말을 하였다. 그리고는 안빈이 삼청동 길로 걸어 내려갈 때에 인원은 그 뒷모양을 바라보고 적막에 가까운 감정을 느끼는 것이었다.

이날도 안빈이가 아침을 적게 먹은 데서 문제가 시작이 되어서,

"그럼 제가 순옥이를 가 보구 와요."

하고 인원이가 순옥을 찾은 것이었다.

이러한 생각을 하고는 인원은,

'순옥이가 들어오거든 좀 울려 주어야.'

하고 순옥에게 대하여 약간 적의를 가진 마음으로 순옥이가 들어오기를 기다리고 있었다.

얼마 있다가 순옥이가 이반에다가 부침개질한 것을 받쳐 들고 들어왔다.

"인젠 다 됐어. 국만 끓이면 고만인데 다 안쳐 놓구 불 때라구 허구 왔으니깐 인제 일 없어요. 자 이거 좀 자셔 보우. 어머니가 주시는 거야."

"싫어. 남의 집 잔치에 내가 왜 첫 상을 받아, 안 먹어."

"아이그, 그러지 말구 하나 들어 보아요. 자, 이 조개 전유어."

"싫어, 안 먹어."

"왜?"

"순옥이가 미워서."

"내가 미워서? 왜, 언니?"

"그게 무어야, 사람이."

"왜 무어?"

"와서 가만히 보니깐 순옥이는 벌써 안 선생 일은 죄다 잊어버렸어. 어쩌문 그래, 석 달두 다 안 돼서?"

인원의 이 말에 순옥은 젓가락에 들었던 전유어를 이반에 떨어뜨려 버린다. 그리고 갑자기 낯빛이 흐려지고 고개가 수그러진다.

"선생님은 아주 바짝 마르셨어. 통 진지두 못 잡수시구. 집에 돌아오셔두 늘 시무룩허시구 말씀두 없으시구."

"어디 편찮으시우?"

"어디 편찮으시우는 다 무어야? 순옥이 때문에 그러시지."

"왜, 언니?"

"왜? 순옥이가 무엇 하러 선생님 앞에 나타나서 사 년 동안이나 눈앞에서 알른거리다가 야멸치게 싹 돌아서니, 그럼 안 그래? 순옥이는 서방님께 재미를 붙여서 재미가 폭폭 쏟아지니깐 다 잊어버리지마는 선생님이야 무엇으로 잊어버리시겠어. 적막한 일생이어든, 안 선생의 생활이. 그어른이 그래두 수양이 많으신 어른이나 되니깐 그만이라두 허지, 예사 남자 같으면 말라 죽을 노릇 아냐? 말라 죽구말구."

"선생님이 가끔 내 말씀을 허시우?"

"말씀이야 안 허시지. 그 어른이 속에 있는 생각을 말씀헐 이야? 말두 안허니깐 더 곯을 일이어든. 속으로만 앓는단 말야, 속으로만 곯구. 그두 보통 사람 모양으루 술두 먹구 담배라두 먹구, 또 인생을 얼렁얼렁 장난삼아 살아가는 사람이면 좀 나을 거야. 허지만 이 양반은 한번 먹은 마음은 변치 않는 이 아냐? 쬐꼬만 일두 다 어네스트허게 보구. 그런 성미니깐 순옥이에게 대해서두 아주 진정이어든. 아주 무엇에나 골똘허는 이 아니냐 말야? 그러니 그 고통이 얼마나 허시겠어? 곁에서두 어떤 때에는 차마 볼 수가 없어요. 아무리 선생님이 싸구 감추기루니 그것이 밖에 안 나올 수가 있어?"

"무얼, 그렇게까지야 허시겠어요?"

"어째서?"

"그 선생님은 초탈하신 어른이시니깐. 무얼 그런 감정 때문에 사로잡히시겠어요?"

"초탈? 초탈했으니깐 그만큼이라두 견디시지. 초탈 못 허셨으면 벌써 돌아갔지, 미쳤거나."

"난 그렇게 생각허지 않아. 선생님은 감정을 자유루 통제허시는 힘이 있다구 믿어."

"흥, 그렇게 되었으면 벌써 성인이게? 사람은 아니게?"

"또, 그것만 아니지. 그 선생님이 나 같은 것을 무얼 그렇게까지 생각허시겠어요?"

"그럼?"

"그저 순옥이란 불쌍한 계집애다. 이만큼 생각허실 테지. 내가 무어길래 그렇게까지 그 선생님의 사랑을 받겠어요? 인자허신 어른이시니깐 당신을 따르는 나를 가엾게나 생각허신 게지. 난 그렇게 생각해."

"응, 순옥이 말과 같이 선생님두 순옥이가 약혼할 임시에는 그만큼 생각하셨던 모양이야. 적어두 그만큼밖에 생각허지 않는다구 생각하려구는 했던 모양이야. 그러길래 처음 순옥이가 혼인한 뒤에는 선생님은 그렇게 괴로워하시는 모양을 안 보여요. 여상허게 웃구, 이야기허구. 허지만 내 생각에는 차차 지내 보니 그렇지가 않던 모양이어든. 아무리 그 어른이 사랑이 아니라구, 마음을 지어 자시구 왔더라두, 뚝 떠나구 나서 생각허니 역시 사랑이라, 눌려진 사랑이었다, 이렇게 깨달으신 모양이야. 그러길래 날이 갈수록 괴로움이 더 깊어 가는 것 아니야?"

"그럴까, 언니?"

"그럼, 빠안허지. 또 내가 보기엔 말야. 안 선생이 겉으로 보기엔 이성과 의지력으로 뭉친 사람 같아두 실상은 열정가란 말야. 다른 사람보다

몇 갑절 되는 열정을 속에다가 품구 이것을 누르구 살아가는 모양이란 말
야. 빠안허지 뭐. 안 선생 자신은 그 열정——패션 말야, 그 패션을 죽여
버리려구 허는 모양이지. 아마 여러 번 그 열정을 십자가에두 달았을 거
야. 그러나 그것이 우리 생명과 함께, 천지와 함께 시작된 것인데—— 한
날 한시에 난 형젠데 그것이 그렇게 쉽사리 끊어질 거야. 이 육체를 쓰구
있는 동안 그것을 완전히 극복하기는 어려울 것 같단 말야. 내 생각엔 그
래. 안 선생두 여태껏 그 열정이라는 것과 싸우는 생활을 해 오시는 모양
이지마는 아직 양편이 교전중이지, 승부가 끝난 것은 아니란 말야. 그러
니 천생 남보다 몇 갑절 가는 열정을 타구나 그 열정을 밤낮으로 눌러 보
려구 건건사사에 싸움을 해, 그게 죽을 노릇 아냐? 그런 판에 순옥이 같
은 것이 나타났거든. 이것이 안 선생의 마음 바다를 사 년 동안이나 뒤흔
들어 놓았단 말야. 그리구는 칼루 싹 벤 듯이 달아나 버리구 말았다. 이
것이 사람 죽을 노릇 아냐 말야? 그러니깐 내 생각엔 안 선생을 불행하
게 해 드린 것은 순옥이란 말야. 안 그래, 순옥이?"

"그럼, 내가 어떡허믄 좋우?"

"어떡허긴 어떻게 해? 아무렇게두 헐 수 없지, 남의 아내가 다른 남자
의 일을 어떻게 해? 순옥이루는 아무렇게 할 도리두 없지마는 좀 괴로워
나 허란 말야, 슬퍼나 허구—— 안 선생을 위해서."

"내가 괴로워 아니허는 줄 아시우, 언니는?"

"흥, 말짱헌데."

순옥은 한숨을 쉰다.

"그래두 이따금 안 선생 생각이 나, 순옥두?"

"언니가 날 퍽 괘씸허게 보시는 거야."

"그럼, 괘씸허게 보지 않구. 그렇게 야멸칠 데가 어디 있어?"

"야멸치지 않음 내가 어떡허우?"

"가끔 선생님 뵈오려 오지두 못해, 적으나 생각이 있으믄."

"내가 대문 밖엘 나가는 줄 아우?"

"도무지 안 나가?"

"이 집에 온 뒤루는 저 대문 밖에를 나간 일이 없어요."

인원은 눈을 크게 뜬다.

"왜?"

"목욕탕에두 못 가는데."

"목욕탕에두?"

"그럼. 어머니가 못 나가게 하셔요."

"왜?"

"젊은 여편네가 사람들 많은 데서 뻘거벗구 그게 무에냐구."

"그럼 목욕은 어떻게 해?"

"한 번두 헌 일 없지."

"석 달 동안 한 번두?"

"그럼."

"에이 더러워."

"홍홍, 내 몸에 때가 한 근은 앉았을 거야."

"허 선생은? 허 선생두 목욕 안하나?"

"모르지, 내가 아우?"

"근데 허 선생헌테 왜 하솔 못 해?"

"무슨 하소."

"좀 밖에 내보내 달라구, 이거 어디 살겠느냐구."

"홍, 허도 내가 밖에 나가는 걸 싫어허나 보아."

"왜?"

"글쎄, 오빠헌테를 다녀온대두 말라는걸. 제가 오빠를 청해 오마구. 집구석에 가만히 두어야 마음이 놓이나 보아."

"의처증이 들렸군."

"홍."

"다른 남자허구 만나는 것이 싫어서 그러나?"

"모르지, 내가 아우?"

"그럼 순옥이가 다른 남자 말을 허면 싫어하겠네. 영감님이?"

"싫어해요."

"안 선생 말은?"

"안 선생 말이 나면 화를 내."

하고 순옥은 제 입술을 빤다. 이것은 순옥이가 괴로운 때에 하는 버릇이다.

"그러기루 그러구 어떻게 살아? 나 같으문 한번 들었다 놓겠네. 나원, 별일 다 보겠네. 그래서, 그래두 잡아 잡수우 허구 가만 있어?"

"가만 있지 않음 어떡허우?"

"응, 그래서 순옥이가 한 번두 못 왔구먼. 그래두 갑갑허지 않아?"

"못 나가려니 허구 있지, 그저."

"그래 언제까지나 이러구 있을 테야? 건넌방 구석에 꾹 들어백혀서, 목욕탕에두 안 가구?"

"그럼."

"십 년, 이십 년이라두?"

"하나님께서 다른 길을 보이실 때까지."

"다른 길이라니?"

"무슨 길이든지 말요. 이렇게 혼인을 허구 나니 하느님만 믿어져, 난."

"왜?"

순옥은 한번 가슴을 번쩍 들어서 한숨을 쉬고 나서,

"이렇게 시집이라두 오니깐, 내라는 것은 영 소멸이 되구 마는걸. 내 자유만이 없는 게 아니라, 내라는 것이 송두리째 없어지구 말아요. 하루를 쭉 지내구 나서 생각을 허면 누구의 뜻으로 어떻게 살아 왔는지 모르겠는걸. 누가, 무슨 힘이 나를 이렇게 떠밀어다가, 그렇지 않으면 줄줄 끌어다가 하루의 끝에 데려온 것 같단 말야. 그러니깐 내라는 게 쇠통 없는 거 아뇨? 그러면서두 내다, 하는 생각은 있단 말야. 그러니깐 하느님을 믿을밖에 없지 않소? 당신 뜻대로 나를 내 길의 끝까지 끌어다 줍소사, 허구 그렇게 믿을밖에 없지 않아요?"

"그렇게 믿구 사는 게 좋지. 시집 안 간 사람은 안 그런가, 머?"

"그래두 처녀 적에야 왜 그렇수? 제 자유가 좀 있지. 시집 생활을 하면서 제 자유를 주장하자면 가정은 엉망이 되구 말 거구."

"그래, 하루 종일 하는 일은 무어야?"

"무얼 했는지 모르지. 그저 걸레질 치구, 시어머니, 남편 시중들구, 그리구 부엌에 드나들구, 그러느라면 벌써 해가 다 가요."

"해가 다 가면 서방님이 돌아오시구?"

"그럼."

"서방님이 돌아오시면 더구나 순옥이란 건 스러져 버리구 말구?"

"그럼."

"그리군 자구?"

"그럼."

"깨어나면 또 새날이구?"

"그럼. 밤낮 그렇지 뭐."

"그러는 동안에 늙구?"

"그럼."

"그러다가는 죽구?"

"그럼, 그거지. 무어 더 있소?"

"그리구는 또 새 몸뚱이 가지구 태어나구?"

"그럼. 밤낮 같은 것 되풀이지."

"참, 그래. 그러니깐 이 매직 써클을 끊구 뛰어나야 헌다는 게야. 안선생 말씀을 빌면 무어? 옳지, 나구 죽는 쳇바퀴를 벗어나야 헌다구 했지?"

"그러니 그게 쉽사리 벗어나지우?"

"흥, 그 말이 옳아. 순옥이만 그런 것이 아니지. 누구나 다들 그렇지. 아아 우습다 하하하하."

"흐흐흐흐."

두 사람은 웃었다. 웃고 나니 모든 것이 다 시들한 것 같고 다 해결이 된 것 같았다.

"난 가."

하고 인원이가 일어선다.

"가우? 또 오시우."

하고 순옥도 따라서 일어섰다.

"저 갑니다."

하고 인원은 안방을 향하여 한씨에게 인사하고 부엌을 한번 힐끗 들여다 보고 불을 때고 앉았는 식모를 향하여 한번 웃었다.

한씨도,

"그렇게 아무것두 입매를 안허구 가서 어떡하나? 또 오우."

하고 영창으로 내다보고, 식모도 연기나는 부지깽이를 든 채로 부엌문에 서서,

"아씨, 안녕히 가십시오."

하고 인원을 향하여 웃는다.

"흥, 말짱한 남의 아가씨더러 아씨래, 숭해라."

하고 인원은 따라나오는 순옥을 돌아보고 웃는다.

인원은 대문 밖에 나서서 우산을 펴 들면서,

"들어가, 인제. 괜히 시어머니헌테 야단만나지 말구."

하고 순옥을 바깥 광선에서 한번 다시 훑어보면서,

"어쩌면 조렇게 아씨꼴이 메웠어. 고, 머리 쪽찐 것허구. 눈썹, 이 맛 전두 좀 짓지 왜."

하고 웃는다.

"아이 고만 놀려먹으우."

하고 순옥도 부끄러운 듯이 웃는다.

"잘 있어어, 내 또 올게에."

"언니, 또 와요."

"내가 오는 건 싫어 안허겠나? 사내가 아니니깐."

"홍, 홍."

"어서 순옥이와 꼭같은 딸아이 하나 낳으라구. 내 나막신이랑 밥주발이랑 사다 줄게."

"홍, 홍."

"나오지 말아, 들어가."

하고 인원이가 두어 걸음 걸어갈 때에 순옥이가,

"언니!"

하고 부른다.

"왜?"

인원은 우뚝 선다.

순옥은 인원의 곁으로 가서 그 적삼 뒷자락을 만지작거리면서,

"언니, 선생님 잘 위해 드려요."

하고 눈을 섬먹섬먹한다.

"어떻게 위해 드려?"

하고 인원은 순옥의 눈을 들여다본다.

"언니!"

"왜?"

순옥은 한 손으로 제 턱을 한참이나 쓸고 있다가,

"언니, 선생님을 잘 사랑해 드리셔요."

하고 한숨을 쉰다.

"사랑? 날더러 선생님을 사랑해 드려라?"

"으응. 언니가 왜 선생님을 못 사랑해 드리시우?"

"옳아. 날더러 사랑에까지 순옥이 대용품이 되란 말야?"

하고 인원은 웃으려다가 순옥의 얼굴이 하도 엄숙하기 때문에 웃음을 집어삼킨다.

"대용품은 왜 대용품이요?"

"애보기 대용품으룬 내가 순옥이 대용품이 되어 줄 테야. 그렇지만 사랑에 대용품두 있어?"

하고 인원은 소리를 아니 내고 씩 웃는다.

"선생님이 정말 나를 사랑허시는 줄만 알았으면."

하다가 순옥은 말을 끊는다.

"다른 데에 시집을 안 갔으리란 말이지?"

순옥은 말없이 고개를 끄덕끄덕한다.

"알았어. 인제 들어가."

하고 인원은 어깨를 붙들어서 대문 쪽으로 돌려세워 놓고는 **휠휠** 동구로 걸어가 버린다.

"아가."

하고 한씨는 순옥이가 인원을 보내고 들어오는 것을 안방 영창 밖에 불러 세운다.

"아가."

"네에."

하는 순옥의 대답에는 울음이 섞였다.

"젊은 아낙네가 문전에서 다른 사람을 붙들구 서서 그렇게 이야기하는 법이 아니다. 헐 말이 있거든 방으루 불러들여서 점잖게 방에서 허는 것이지 그게 무슨 행세란 말이냐? 또 누가 집에 댕겨갈 때에두 젊은 아낙네란 중문까지밖에는 배웅을 안 나가는 법야. 마루 끝에서 잘 가라구 하면 고만이지, 그게 무에란 말이냐? 주루루 따라나가서 행길가에서 붙들구 수다를 늘어놓구 있으니. 그래선 못쓰는 거야. 너희 평양 시굴서는 그러는지 모르겠다마는 우리네는 그런 법 없어. 그건 상것들이나 행랑것들이나 하는 짓이야, 알아들었니?"

"네에."

하고 순옥은 고개를 숙이고 손길을 읍하고 섰다.

"잘헌 게냐?"

"잘못했습니다."

이런 책망을 받고 순옥은 방으로 들어갔다. 아무리 누르려 하여도 누를 수 없이 눈물이 펑펑 쏟아졌다. 그러나 얼마 아니하면 손님들이 올 것이다. 만일 울었다는 표가 나면 남편이 걱정할 것이다. 순옥은 울음을 참느라고 방을 치웠다.

그로부터 얼마 뒤에 하루는 전화국 공부들이 허영의 집에 전화를 매러 왔다.

"안방에 매요? 대청에 매요?"

하고 전신줄과 집게를 든 공부가 순옥을 보고 물었다.

순옥은 전화를 맨다는 소문도 못 들었기 때문에 어리둥절하였으나 시어머니께 여쭈어서 대청에 매기로 하였다.

"탁상 전환데요."

하고 한 공부가 검정 전화통을 들고 들어와서 더 물어 보지도 아니하고, 안방과 건넌방을 휘 둘러보더니, 건넌방을 보고서,

"이 방이 주인 양반 계신 방이지요?"

하고 한마디 순옥에게 들어 보고는 건넌방에 전화를 매어 놓고 가 버렸다.

그날 저녁에 허영이가 돌아와서 전화가 매어진 것을 무척 기뻐하는 것을 보고 순옥은,

"전화는 무엇 허러 매셨어요?"

하고 반 책망조로 물었다.

"허허, 하루 종일 신문사에 가 있어서 순옥이를 못 보니까, 전화루 몇 번씩 순옥이 음성이라두 들으려구. 내가 그처럼 당신을 사랑허는 줄 아우?"

"고맙습니다. 그렇지만 그까진 일루 그 많은 돈을 들여서 필요두 없는 전화를 매요?"

"필요두 없다니? 당신은 내가 밖에 있는 동안에 내 음성이라두 듣구 싶은 마음이 없소?"

"참으면 고만이지요."

하는 순옥은 자기에게 남편의 음성이라도 들어 보고 싶다는 그리움이 없는 것이 슬펐다.

"참다니, 참을 수 있다는 것이 사랑이 부족헌 것이란 말야. 나는 순옥이가 그리워서 죽겠거든, 하하하하."

"그다지 그리운 것 같지두 않은데요."

"왜?"

"하하허구 웃으시는 것을 보니깐."

"아아 녹았어, 하하하하, 우리 마누라가, 하하하하하."

하고 허영은 순옥을 끌어서 안는다.

전화뿐 아니라, 또 종묘 담 밑으로 조금 비인 땅에다가 허영은 조그마한 양옥을 짓기를 시작하였다.

'대체 돈이 어디서 생겼을까?'

하고 순옥은 걱정되었으나 그런 말을 물으면 허영은 실없는 소리만 하고 있었다.

"너 웬 돈을 가지구 그렇게 풍청대느냐?"

하고 하루는 안방에서 한씨가 허영을 보고 걱정하는 소리를 순옥도 들었다.

"글쎄, 어머닌 웬 걱정이셔요? 가만히 아들 며느리 효도나 받구 계셔요."

하고 순옥에게 대해서 하듯 역시 실없는 소리로 한씨의 걱정에 대해서도 농쳐 버리고 말았다.

또 수상한 것은 '산인'이라는 호로 불려지는 웬 남자를 가끔 집으로 끌고 오는 것이었다. 처음에는 행랑 옆 방이라고 할 만한 사랑에서 만나는 모양이더니 몇 번 만에는 건넌방으로 끌어들여서 순옥이를 소개하였다.

"김광인 군이요. 내가 대단히 믿구 사랑허는 친구요."

허영은 이 산인이란 사람을 순옥에게 이렇게 소개하였다.

"나 김광인이야요. 허 군허구는 형제나 다름없습니다."

하고 손을 내밀어서 순옥의 손을 끌어다가 잡아 흔들었다. 김이란 사람도 허영과 같이 뚱뚱하였으나 그 눈에는 간사함과 음란함이 있다고 순옥은 보았다. 그는 굵은 백금 시곗줄을 늘이고 양복이나 모자나 모두 값가는 것을 쓰고 있었다.

허영이가 김광인을 끌고 오면 으레 맥주를 사 들이고 청요리를 시켜 왔다. 그리고는 둘이서 무슨 이야긴지 모르나 혹은 떠들고 혹은 수군수군 밤이 깊도록 이야기를 하고 있었다.

어떤 때에는,

"여보오."

하고 허영이가 순옥을 부르기도 하고 또 어떤 때에는,

"여보셔요, 아주머니."

하고 김광인이가 커다란 징글징글한 소리로 순옥을 부르기도 하였다.

"아주머니 맥주 한잔 잡수시우."

하고 김이 잔을 순옥에게 주었다.

"전 술 못 먹어요."

"압다, 한잔 잡수시우. 이거 어디 무안허지 않아요?"

김은 시뻘건 얼굴에 보기 흉한 웃음을 띠어 가지고 이런 소리도 하였다.

술이 잔뜩 취해 가지고 김은,

"내가 박농 자당을 안 뵈어서 될 수가 있나."

하고 안방으로 건너와 한씨에게 넙죽 절을 하고는 혀 꼬부라진 소리로 허영과 형제와 같이 친하다는 말을 몇 번인지 되풀이하고는 껄껄대고 웃었다.

　순옥은 이 김이란 작자가 심히 불길한 위인임을 직감하였다. 그래서 한 번은 오래 참고 벼르던 끝에 허영을 붙들고,

　"여보시오, 그 김광인이란 이가 어떤 이요?"

하고 담판을 시작하였다.

　"왜?"

　"아니 글쎄."

　"내 친구야. 절친한 친구야."

　"난 당신 그런 친구 있단 말 못 들었는데요."

　"응, 오래 전 친군데 한참 떠나 있다가 다시 만났어."

　"그가 무어 허는 이야요?"

　"왜?"

　"아니, 글쎄."

　"장사허지."

　"무슨 장사?"

　"그가 큰 부자요. 금광으로 수십만 원 부자가 되구, 또 이즈막에는 주식계에서는 김광인이라면 모르는 사람이 없소. 아주 명사요. 나허구는 절친허구."

　"당신두 요새에 가부소오바(주식 거래) 시작허셨죠?"

　"허허, 순옥이가 가부소오바를 어떻게 다 아우? 쟨데."

　"아니 정말 가부허시우?"

　"왜?"

　"당신 태도가 요새에 이상허게 변했길래 말요."

　"어떻게?"

　"좀 허황해지셨어요."

　"하하, 내가 허황해?"

　"그럼 허황하지 않구요. 쓸데없는 전화를 매구, 집을 짓구, 값비싼 양복을 맞추구, 안 자신다구 백 번이나 맹세한 술을 자시구, 또."

하고 순옥은 잠깐 말을 끊는다.

"또 무어?"

"또——. 그런 좋지 못한 친구를 사귀구."

"좋지 못헌 친구라니?"

하는 허영의 얼굴에는 성난 빛이 나뜬다.

"그럼 그이가 좋지 못헌 친구 아니구 무어야요?"

"김광인이가?"

"그럼요."

"어째서?"

"어째서든지요."

"남편의 친구를 그렇게 헐어 말하는 법 어디서 배웠소? 그게 안 박사 헌데 배운 거요?"

"그이 행세를 보세요. 친구 집 안방에 와서 그게 무슨 행세야요. 날더러 아주머니라니 내가 왜 등짐장사 여편네요? 또 내 손을 잡구 내 얼굴을 빠안히 들여다보구——그래 그게 단정한 사람의 행세야요?"

"응, 그래서? 그게야 허물이 없으니까 그렇지, 친허니까. 또 술이 취해서 그렇구."

"아무려나 인제부텀은 그런 친구는 아예 끌어들이지 마세요. 될 수 있으면 교제두 마시구요. 당신두 물이 드십니다."

순옥은 혼인 후 일 년에 처음으로 남편에게 대해서 이러한 강경한 태도를 보였다.

이 일이 있은 지 얼마 아니하여서 하루는 허영이가 오정도 안 되어서 신문사에서 돌아왔다.

"웬일이세요?"

하고 순옥은 남편의 모자와 외투를 받아 들면서 놀랐다.

"신문사 그만두었소. 단연히 그만두기루 허고 사표 제출허구 왔소."

하고 허영은 볼이 부어서 잠깐 안방을 다녀서 건넌방으로 들어왔다.

"왜? 신문산 왜 그만두셨어요?"

"본래. 벌써부터 그만두자는 것이지만."

"왜요? 신문기자 생활을 그렇게 자랑으로 아시더니, 무슨 일이 생겼어요?"

"사장과 싸우구 나왔어."

"사장과? 사장과 왜 싸우우?"

"인격을 무시허거든. 제가 뭐길래? 나를 무엇으로 알구? 내가 저만큼 돈이 없다 뿐이지 인격으로야 제가 하정배를 해야 헐걸."

순옥은 남편의 이런 말이 대단히 마음에 들지 아니하였다. 그런 소리를 하는 것이 남편의 인격이 높지 못함을 표시하는 것 같아서 슬펐다. 그러나 그런 빛은 아니 보이고,

"왜? 사장이 무어라구 했길래 그렇게 분개허시우?"

하고 남편이 벗어 놓은 옷을 정리하였다.

"당신 알 것 아니오."

하고 허영은 내복바람으로 앉아서 담배만 빨고 있었다.

순옥은 머쓱해서 가만히 있었다.

허영은 순옥에게 대하여서 미안한 마음이 났는지 순옥이가 요 밑에 묻어서 녹혀 놓은 바지저고리를 다 주워 입고 나서,

"여보, 그까짓 신문사 잘 고만두었소."

하고 한번 씩 웃는다.

"인제는 신문사두 그만두시구 무얼 허실라우?"

하고 순옥이가 걱정스러운 듯이 허영을 바라본다.

"출판사업을 헐라우."

"출판사업?"

"응, 우리 나라에 제일 큰 출판사업을 하나 시작해서 내 작품을 출판허구."

"당신 무슨 출판허실 작품 있으시우?"

"인제부터 쓰지. 인제부터 본격적으로 저술 생활을 헌단 말야. 그리구 문예잡지두 내구, 내가 주간으로. 그래서 신문예운동의 중심이 된단 말요. 아직꺼정은 우리 나라에 문학이라구 할 만한 것이 없었거든. 안빈 시대는 벌써 다 지나갔구. 인제부터는 허영 시대란 말요."

허영에게 그만한 힘이 있을까, 하고 순옥은 방바닥만 들여다보다가,

"그런데 자본은 어디서 나우? 출판사업에는 자본은 안 드우?"

"자본은 걱정 없어."

하고 허영은 자신있는 듯이 웃는다.

"누가 당신 위해서 자본을 대 준대요?"

"김 군이 있거든, 김광인이 말야. 또 나두 얼마 동안 돈을 벌구."

"당신이 무얼 해서 돈을 버시우?"

"내가 아니허니까 그렇지, 돈을 벌러 들면야 누구만 못하겠소?"

순옥은 도무지 허영의 말을 믿을 수가 없었다.

"돈벌이가 그렇게 쉬운 일인가요?"

"그럼, 쉽지 않구."

"그럼 왜 돈을 버는 사람보다두 못 벌구 되려 실패허는 사람이 많아요?"

"그게야 머리가 나쁘니까 그렇지. 나 같은 사람야 돈을 벌러만 들면야 영락없지."

"다른 사람들두 다 그렇게 생각허구 있답니다."

"그렇게라니?"

"다 제가 남보다 잘난 줄루."

"그럼 내가 못났단 말요?"

하고 허영은 눈에 모를 세운다.

"못나신 것이야 아니겠지마는 당신은 시인이실는지 몰라두 돈벌이는 못 허실 것 같아요."

"왜?"

"그저 그렇게 생각이 되어요. 신문사 그만두셨으면 가만히 집에 계셔서 글공부나 해 보셔요. 돈 버실 생각은 말구. 집에 있는 걸루 밥이나 죽이나 끓여 먹구 살지요."

"그게 안 된 생각이란 말야. 순옥이는 언제나 소극적이거든. 왜 큰 양옥집에 자동차 놓구는 좀 못 살아?"

순옥은 한숨을 쉰다. 남편의 허황한 생각이 가정생활의 전도에 어두운 그림자를 치는 것을 느끼는 때문이었다.

허영은 순옥이가 제 장단에 춤을 추지 아니하는 것이 불쾌하여서,

"여보, 왜 당신은 매양 나를 불신임허시오?"

하고 대들었다.

"무슨 불신임이야요?"

"내가 무슨 계획을 말하면, 다 반대하는 태도를 취허니."

"어디 그럼 계획을 말씀해 보세요."

"그, 어째 그럴까? 어째서 당신이 나를 멸시를 헐까?"

"왜 멸시야요. 의논이지요. 내가 보기에는 당신은 실업가 될 양반은 아니란 말이지요. 시인 되는 힘과 부자 되는 힘과는 다르지 않아요? 그 말이야요. 요새에 가만히 보니간 당신이 돈 벌 욕심이 나서 아마 가부판에를 댕기시는 모양인데 나는 그것이 염려가 되어서 그래요. 우리 집 재산이 얼마나 되는지 나는 아직 모릅니다마는 당신이 가부판에 댕기는 날이면 그까짓 것 며칠 안해서 다 없어지겠어요. 내 생각에는 이번에 당신이 사장한테 책망 들은 것두 그 때문인가 합니다. 집에서는 신문사 시간 맞춰 나가셨는데 신문사에 전화를 걸면 아직 안 들어오셨다니, 그렇게 출근을 게을리허시구 어떻게 말을 안 들어요?"

하고 잠깐 말을 끊고 생각하다가,

"글쎄 여보시오, 무엇 하러 그 짓을 허시오? 선비면 선비답게 공부나 허구 글이나 쓰시지 돈에 허욕은 무엇 하러 내세요?"

하고 남편을 정면으로 바라본다.

"이 세상은 돈 세상이어든. 금전이 있어야 허거든."

"나만 있으면 행복되시다구 안하셨어요?"

"허허, 그건 그때에 헌 말이구, 하하하하."

하고 허영은 순옥의 어깨를 툭 친다.

"그때에는 나만 있으면 행복될 것 같더니, 지금 와서 생각해 보니 잘못이었단 말씀이오?"

"하하하하, 그런 것이야 아니지. 순옥이두 있어야 허지. 돈두 있어야 허구. 하하하하. 안 그렇소?"

허영은 너털웃음을 치지마는 순옥은 갈수록 더욱 새침하였다.

"나 보기에는 지금 당신의 심리는 돈만 생긴다면 순옥이라도 팔아먹을 생각인 것 같소."

"하하하하, 누가 한 십만 원 준다면."

"가부하다가 정 돈이 급하면 단 만 원만 주어두 팔아자실 것 같소. 지금 당신 속에 돈이 잔뜩 허욕이 났으니깐."

하고 순옥은 한숨을 쉬었다.

순옥이가 아직 모르거니 하는 동안 허영은 주식한다는 것을 속이고 있었으나 순옥이가 말끔 알고 앉았는 것을 보고는 허영은 꺼릴 것 없이 전화통 앞에 앉아서,

"여보 야마낑이오요? 리쯔끼 가네신 얼마요?"

하고 얼굴이 푸르락누르락하였다.

이따금 돈을 따는 일도 있는 모양이어서 허영은 순옥에게 목도리, 장갑 같은 선물도 사 가지고 들어왔다. 그러할 때에는 그는 대단히 의기양양하여서, 빙글빙글 낯이 온통 웃음이 되어 가지고,

"자, 이렇게 내가 애써서 돈을 버는 것두 다 사랑허는 우리 순옥을 위해서란 말이오."

하고 진정으로 기뻐하였다. 순옥은 허영의 이 말이 진정인 줄을 느낀다.

그러나 허영은 재수는 없는 사람이었다. 그는 가부를 시작한 지 반 년

도 못 되어서 토지와 가옥을 이 번 삼 번으로까지 잡혀서 빚으로 얻은 돈을 다 없애 버렸다.

허영이가 술이 취하는 날이 많고 집에 들어와서도 풀이 죽은 날이 많은 것으로 보아서 순옥은 미리 짐작도 하였지마는 다만 방관하는 태도밖에 취할 수 없는 순옥이었다. 순옥이가 할 수 있는 유일한 일은 오직 집에 돌아온 남편에게 불쾌한 낯빛을 아니 보이는 것이었다. 사랑에 깨어진 마음과 돈에 깨어진 마음은 백약이 무효한 병이었다. 그러면서 허영은 최후의 한 줄기의 희망을 가졌음인지, 또는 가장으로 남편으로 위신을 보전하기 위하여서인지 영 긴박한 재산 상태를 순옥에게 설파하지는 아니하였다.

그러나 최후의 파탄의 날이 왔다. 그것은 순옥이가 허영과 혼인한 지 만 일 개년 남짓한, 창경원 밤사꾸라 구경할 때쯤 해서 허영도 나가고 없는 때에 허영의 집과 동산이 온통 차압을 당한 것이었다. 재판소 사람이 와서 순옥의 장에까지 봉인을 붙이고 간 것이었다.

순옥은 이런 일은 구경도 처음이었다. 차압하는 절차가 다 끝나기까지 순옥은 손길을 마주잡고 우두커니 대청에 서 있었다.

한씨는,

"이런 법이 어디 있소?"

하고 집달리를 향해서 야료를 하였으나 젊은 집달리는 웃고만 있었다.

"이 봉한 것 떼면 큰일나. 잡혀가."

하고 집달리가 가 버린 뒤에 한씨는 마룻바닥을 치며 울기를 시작하였다. 동네 애들과 여편네들이 중문까지 들어와서 기웃기웃 구경을 하는 것이 순옥에게는 퍽 부끄럽고 괴로웠다.

그날은 밤에도 허영은 안 돌아왔다.

이튿날도 밤 열한시나 되어서야 허영이가 술이 얼근하게 취해서 집에 돌아왔다.

순옥은 아무 일도 없는 듯이 허영의 모자와 외투를 받아 들고 건넌방으로 들어왔다.

허영은 불을 끄고 괴괴한 안방을 잠깐 들여다보고는 문을 닫고 건넌방으로 건너왔다. 한씨는 잠이 들 리가 없건마는 아들이 들여다보아도 모른 체한 것이었다.

순옥은 허영이가 풀이 죽어서 아랫목에 펴놓은 자리 위에 펄썩 앉는 것을 보고,

"저녁은 잡수셨소?"

하고 부드럽게 물었다.

"밥?"

하고 허영은 비로소 순옥을 바라보며,

"밥이 목에 넘어가오?"

하고 푸우 하고 길게 분한 숨을 쉬고 나서,

"어제 종일, 오늘 온종일 그놈을 찾아다니다가 종시 못 찾았소. 그놈이 하늘엔 아니 올라갔을 터이지, 뒤어지지만 아니했으면 만날 날이 있을 테야. 이놈이 내 눈에 띄기만 하는 날이면 내가 그놈의 배를 가르구 간을 내어서 먹구야 말 테다. 이놈!"

하고 온 집안이 쩌르르 울리도록 호통을 뺀다.

"그놈이란 누군데 그렇게 분해허시우?"

하고 순옥은 물 그릇을 들어서 허영에게 주면서 물었다.

허영은 순옥이가 주는 식은 숭늉을 벌꺽벌꺽 먹고 나서 그릇을 떨꺼덩 소리가 나도록 방바닥에 놓으며,

"순옥이, 면목없소. 순옥이가 바루 본 것을 내가 순옥의 말을 아니 듣구, 그놈헌테 감쪽같이 속아서 집을 망치고 말았단 말요."

하고 주먹을 불끈불끈 쥔다.

이만하면 순옥은 다 알아들었다. 그러므로 허영에게 더 묻지도 아니하였다.

허영이가 분해서 하는 말에 의하면, 김광인이가 금광으로 부자가 되었

다는 것은 말짱한 거짓말이었고, 저도 논 섬지기나 있던 것을 기미(期米)와 가부에 죄 털어 넣고, 일시 수십만 원 잡은 일도 있었으나 그것도 일 년이 못 해서 없애고 한창 궁하던 판에 허영을 만난 것이었다. 그래서 허영의 땅문서와 집문서를 고리대금업자에게 잡히고 돈을 얻어서, 그것을 가지고 반씩 갈라서 반으로는 사고 반으로는 팔아 가지고는 산 것이 남으면 그것은 제 몫으로 하고, 판 것이 밑지면, 그것은 허영의 몫으로 하고, 이 모양으로 김 저는 언제나 따고 허영은 언제나 잃는, 이러한 계교를 쓴 것이었다. 이따금 허영이가 딴 것은 김이 허영을 후리기 위하여 다섯 번에 한 번이나 남는 편을 허영의 몫을 삼은 것이었다. 그뿐더러 허영의 집문서 땅문서도 다른 데에 잡히는 것이 아니라, 김이 형식상으로 제 금고에 맡아 두는 것이라고 하였으나 나중에 알고 보니, 그것으로 이만여 원이나 고리채를 얻은 것이었다. 그러면서 허영은 김광인을 제 믿을 만한 후원자로 잔뜩 믿고서 출판업까지 한다고 뽐낸 것이었다.

"집은 망쳐 놓고, 이제 무슨 낯으로 세상에 나가 다닌단 말요? 난 아주 한강에 나가서 죽어 버리구 집엔 안 들어올 양으로, 후후."
하고 허영은 앉은 채로 울기를 시작한다.

순옥은 허영의 참모양을 본 것 같았다. 늘 얼렁뚱땅하는 그의 진면목을 본 것이 마음에 기쁜 것도 같았다.

"너무 상심 마시우."
하고 순옥은 손으로 허영의 무릎을 흔들었다.

"상심을 어떻게 안하우? 집안이 망헌걸. 인제부터는 집 한 간두 없는걸. 이 집만 내 것을 만들자두 삼천 원은 있어야 될걸. 난 인제는 죽는 길밖에 없는 사람야, 그래두 김가놈은 죽이구야 죽을걸."

허영은 점점 제 진면목을 발로하였다. 아무 꾸밈도 없는 저를 순옥의 앞에 드러내어 놓은 것이다.

"그까짓 것 본래부터 없는 줄 알지요. 그리구 우리 둘이서 벌어서 어머니 봉양허구, 그리구 먹구 살지요. 돈 한 이만 원 있어야 살구 없으면 죽는 법이 어디 있어요? 인제 그렇게 분해하시드라두 다시 돌아올 것두 아니구요. 또 김 같은 사람야 애초에 사귀시기가 잘못이지. 인제 원수는 무슨 원수를 갚아요? 여보세요. 돈이랑, 땅이랑, 집이랑, 김가의 일이랑 다 잊어버리구 인제부터 정말 우리 힘으로 우리 생활을 시작합시다. 그리구 당신두 이번 일을 기회루 애어 돈 욕심은 다 버리시구요. 네, 우리 인제부텀 그렇게 살아요, 네. 내 내일부터라도 직업 구해서 먹을 거 벌게. 네, 우리 그렇게 해요. 자, 옷이나 갈아입으시우."

허영은 순옥의 말에 놀란다. 취했던 술이 번쩍 깬 듯이 놀란다. 그리고 순옥이가 저보다 여러 급 높은 사람이라던 영옥의 말을 생각한다. 동시에 허영이 저는 영옥의 말에 결코 순복하지 아니하고 역시 제가 순옥이보다 여러 급이나 높다고 생각하여 오던 것을 생각한다. 그래서 일변 부끄러운 마음이 생기는 동시에 순옥이가 한없이 고맙게 생각이 된다. 실상 허영 자신은 부모의 유산에 의지하지 아니하고는 살아갈 자신이 도무지 없었다. 마침내는 가부하느라고 출근을 게을리하여서 쫓겨나기까지 하였지마는 신문사에서도 환영받는 기자는 못 되었다.

더구나 줄글에는 재주가 없고 시나 노래밖에 쓸 줄 모르는 허영은 신문사에는 그리 필요한 기술자도 아니었다. 게다가 자존심은 많고 편집 사무 같은 데는 재주만 없는 것이 아니라 '내가 이 따위 허드렛일을 해.' 하는 식이어서 웃사람이나 동료들간에서도 호감을 사는 사람이 아니었다. 그러면서도 허영이가 큰소리를 하고 살아 온 것은 집간과 볏섬이나 하는 재산을 믿었음이었다. 인제 그것마저 없어졌으니, 제가 생각하기에도 허영은 끈 떨어진 망석중이었다. 하물며 김광인을 일생에 경제적 후원자가 될 사람으로 크게 믿던 끝이라 허영이 받은 타격은 대단히 컸던 것이다.

허영은 제 말과 같이 한강에 빠져 죽어 버릴 생각까지도 하였다. 그가 주머니에 남은 돈으로 오뎅집에서 컵술을 퍼먹을 때에는 이 술이 취하는 기운을 타서 한강으로 달리리라 한 것이었다. 허영이가 대할 면목 없는 사람이 그 어머니와 아내일 것은 말할 것도 없다. 더구나 밤낮 큰소리만

하고 뽐내어 오던 그는 아내 순옥을 대하기는 실로 낯에서 쥐가 날 일이
었다.

　이러한 아내에게 이러한 부드러운 말——그것은 다만 부드러운 말만이
아니었다——을 듣는 허영이 아무리 둔감하더라도 아니 놀랄 수가 없는
것이 아니냐.

　"당신이 내일부터 직업을 구허다니 무슨 직업을 구허우?"

하고 허영은 미안한 듯이 그러나 살아난 듯이 순옥을 바라보며 물었다.

　"왜 못 구해요? 교원 자격도 있구 간호부 자격두 있는걸."

하고 순옥은 죽을 뻔하던 자식이 겨우 숨을 돌린 때와 같이 가엾음과 안
식함을 느끼면서 빙그레 웃었다. 이 웃음은 허영의 된상처를 눅이는 힘이
있었다. 순옥의 침착하고 자신있는 부드러운 말과 웃음에 허영은 갑자기
앞이 환해지는 것 같았다. 그리고 그의 시인적 상상력은 교외의 조그마한
사글세 초가집에서 새로 차릴 가정생활까지 눈앞에 그려 보았다.

　"당신은 참말 천사시오."

하고 허영은 순옥의 앞에 허리를 굽혔다. 이것도 다른 때와 달라서 허영
의 진정인 것을 순옥은 느꼈다.

　이튿날 아침에 순옥은 장 속에 두었던 삼천 원 예금통장을 내어서 허영
은 주었다.

　허영은 깜짝 놀랐다.

　"이게 웬 게요?"

　"우리 오빠가 나 시집 올 적에 주신 거야요. 두었다가 급한 때에 쓰라
구. 이걸루 집만이라두 찾으세요. 집만 찾아 놓으면 어머니께서는 마음을
놓으시겠지요. 땅 말씀은 물으시기 전에는 여쭙지 마시구려."

　허영은 또 한번 순옥의 앞에 허리를 굽혔다. 이번에는 이마가 방바닥에
닿도록 그렇게 간절한 절을 하였다. 그리고 허영이가 고개를 쳐들 때에는
허영의 눈에서는 눈물이 흘러내렸다.

　"원, 이런. 이런 은혜가 어디 있소?"

"집만 찾으시구, 김씨는 잊어버리세요."

"무엇이나 당신 말씀대루 하리다. 원, 이런. 도무지 미안허구 무엇이라구, 난 참."

하고 허영은 순옥의 삼천 원 통장과 도장을 손에 든 채로 눈물을 흘리고 앉았다.

허영은 한참 동안 눈물을 흘리고 앉았더니, 불쑥 일어나서 안방으로 건너갔다. 한씨의 큰소리가 나고, 허영의 울음 섞인 소리가 나고, 이러기를 얼마를 하더니, 한씨가 비척거리면서 대청을 걸어서 건넌방 문을 열었다.

"아이, 어머니."

하고 순옥은 끝없는 생각에서 깨어나서 일어나 윗목에 비켜 섰다.

한씨는 아랫목에 펄썩 앉으며,

"아가. 거기 좀 앉아라."

하고 순옥을 힐끗 본다.

순옥은 방 한구석에 팔을 짚고 앉아서 고개를 숙인다.

"어미가 며늘자식을 보구 이런 소리를 허게 된 것은 면목이 없다. 허지만 이런 고마운 일이 없구나. 네 남편이 집안을 다 망해 놓은 것을, 너 때문에 집간이라두 쓰구 살게 되었으니 네게 무어라구 다 할말이 없다. 네가 아니더면 식구가 다 한데루 나앉을 뻔했구나. 고맙다."

하는 한씨의 말은 흐려진다.

"아이, 어머니, 왜 그런 말씀을 하십니까?"

순옥은 이렇게 말할 뿐이었다.

그다음 일요일에 일찍이 순옥은 오빠 영옥을 찾았다. 혼인한 지 일 년이 넘는 동안에 영옥이가 두 번 허영의 집에 다녀갔을 뿐이요, 순옥이가 영옥을 찾아가기는 이번이 처음이었다.

"너, 웬일이냐?"

하고 영옥은 순옥이가, '오빠 계시우?' 하고 방문을 여는 것을 보고 놀란 것도 당연한 일이었다.

"놀러 왔지요."

하고 순옥은 싱글싱글 웃었다.

"놀러?"

하고 영옥은 아직도 마음이 놓이지 아니하여서 순옥을 훑어보았다.

"왜요? 난 오빠헌테 놀러 못 와요?"

"어떻게 허영이가 너를 밖에 내놓았어?"

"흥."

"그래 너의 집엔 아무 일 없나?"

"앓는 사람은 없어요."

"앓는 사람은 없어?"

"형형, 왜요?"

순옥은 영옥의 얼굴의 의심스러운 표정이 우스워서 어린애 모양으로 웃는다.

"허영인 무얼 해?"

"무얼 해요. 집에 가만히 있지."

"가부판에 다닌다던데."

"그것두 그만두었어요."

"그만두었어?"

"응."

"왜? 인젠 밑천이 다 떨어졌나 보군."

"맞았어요."

"맞았어?"

"어떻게 오빠가 아시우?"

"무얼?"

"아니, 허가 밑천이 다 떨어진 줄을 말요?"

"밑천이 떨어졌길래 그만두지 않니?"

"왜? 남기군 못 그만두어요?"

"허영이가 어떻게 남기니?"

"왜요?"

"홍."

"못나서요?"

"바루 알았다."

"그래두 자기더러 물어 보세요."

"세상에 제일 잘났노라지? 꼭 돈은 번다구 장담허구?"

"아이, 시원두 허시우."

"무엇이?"

"오빠허구 말을 하면 속이 시원해."

"왜?"

"속이 툭 트이셔서 말 안해두 다 아시니깐."

"그 김가 녀석헌테 속아넘어갔겠구나?"

"어떻게 아세요?"

"왜, 그때에 너의 집에서 보니 않았니? 보니깐 벌써 틀렸더라. 허영이
가 그 녀석헌테 몽탕 먹혀 버릴 패더라."

"그런 줄 아시구 왜 허보구 말씀 안하셨어요?"

"무어라구?"

"그 김허구 가까이허지 말라구."

"홍, 벌써 틀린걸. 내가 말헌다구 듣겠니? 하느님이 타이르셔두 안 되
겠더라."

"홍, 오빠가 참 용하셔."

"왜?"

"안 들어요. 나두 그 김이라는 사람이 불길해 보이길래 한번 말을 했
지요, 그 사람을 가까이하지 말라구. 영 안 듣는구먼. 안 듣기만 하나요,
성을 내는걸."

"무어라구?"

"남편의 친구를 그렇게 나쁘게 말하는 버릇 어디서 배웠느냐구, 그게
안 박사헌테 배운 거냐구."

"그래, 넌 무에라구 했니?"

"내가 무에라구 했겠어요?"

"잠자코 있었지?"

"맞았어요."

"흥, 제법이다."

"무엇이?"

"네가 잠자코 있는 것이 말야. 그런 때에 그런 사람허구 이론을 하는
것은 어리석은 일이어든. 불장난하다가 손을 데구 나서야 불이 뜨거운 줄
아는 패허구 말이다. 그래 얼마나 밑졌어?"

"몽땅."

"몽땅이라니?"

"있는 거 죄다 훙."

"죄다? 땅이랑, 집이랑?"

"그럼 그것밖에 더 있소?"

"얼마에 잡혔는데?"

"한 이만 원 넘는대."

"그래 어떻게 되었니?"

"다 차압당했지요, 내 장꺼정."

영옥은 놀라는 모양으로 순옥을 물끄러미 본다.

"차압을 당했어? 언제?"

"그끄저께 금요일 날."

"집달리가 와서 모두 표질 붙이구 갔어?"

"으응, 오빤 어떻게 아시우, 표지 붙이는걸?"

"그런다구 그러더구나."

"장관이야요 아주. 이 표지 떼면 큰일난다구 그러구. 후후후후."

하고 순옥은 웃는다.

"그래 어떻게 됐어?"

"어떻게 되긴요. 그래서 내가 그 이튿날 오빠가 주신 삼천 원 통장 주었지요, 집이나 찾으라구, 세간허구."

"그래 집은 찾았니?"

"월요일——내일이지. 내일은 와서 표지 떼어 준대. 토요일 날 갖다가 물었으니깐."

"그럼, 너, 돈 한푼두 없구나?"

"없죠."

"네 돈을 그렇게 한푼 없이 다 주어 버리구 어떡허니?"

"왜요?"

"왜요라니. 남편이라는 게 그 따위구 헌데."

"그 돈을 주구 나니깐 도리어 속이 시원하던데요."

"왜?"

"흐흐 남편에게 딴 비밀을 둔 것 같구, 또 딴 속을 둔 것 같애서."

하고 순옥은 잠깐 수삽한 빛을 보인다.

"어지간하다."

"무엇이오?"

"아아니, 네 마음이 상당허단 말이다."

하고 영옥은 몇 번 고개를 끄덕인 뒤에,

"그렇지만 앞으루 어떡헐 작정이야?"

하고 순옥의 낯빛을 근심스럽게 바라본다.

"무엇을요?"

"아니, 인제부텀 무얼 먹구 살아가느냐 말야."

"예수께서 무어라구 하셨어요?"

"먹고 입고 살 것 근심 말라구?"

"그럼, 오빠 안 믿으시우, 그거?"

"그래두, 그건 그 나라와 의를 구하는 사람 말이지."

"해를 악인에게두 비치시지요."

"하긴 그렇지."

"난 그 재산 다 없어진 거 복으루 압니다."

"어째서?"

"그까짓 거 때문에 허두 속에 교만이 잔뜩 들구, 시어머니두 그리셨거든요."

"흥흥, 그래. 인제는 그 교만이 빠졌든?"

"난 허허구 사건 뒤에 십 년이 거진 돼두 허가 참으로 아무 거짓두 거드름두 없는 모양을 이번에 처음 보았어요. 이 앞으루 어떻게 사나 허구 걱정하는 거며, 내가 그 돈을 내놓았다구 고마워허는 거며, 또 집안이 망했다구 슬퍼하는 거며, 또 내가 직업을 얻어서 밥을 번다니깐, 당신이 어떻게 그렇게, 허구 미안해하는 거며, 모두 진정야, 오빠. 그리구 오늘 아침에두 오빠헌테 가서 직업 얻을 의논이랑 허두 온다니깐 허두 어서 가 보우, 그러구 시어머니두 오, 어서 가 보아라. 그 동안 한번두 못 가서 안됐구나 빈손 들구 가느냐? 그러시구. 이것이 그까진 이만 원 돈에 대겠어요, 오빠? 난 허랑 시어머니랑 그 꾸밈없는 참모양을 나타내는 것을 보니깐 어떻게나 기쁜지 몰라요. 오빠, 흐흥. 내가 미친 계집애지요?"

"왜?"

"집안이 망했는데 이 따위 생각을 허니 말야요."

"허가 그런 마음을 한번만 가져 주었으면 좋겠다."

"어떤 생각?"

"네가 하는 그런 생각 말야."

두 사람은 한참이나 말이 없었다.

"아이, 내가 너무 내 소리만 했어."

하고 순옥은 고쳐 앉으며,

"오빠, 어머니 편지 받으셨수?"

"응, 바루 어저께."

"안녕하시대?"

"응, 네 걱정만 허시더라."

"무어라구?"

"마음이 그저 안 놓이셔서 그러시지. 너 애 안 낳느냐구두 허시더라."

"내가 아이?"

"응, 과부네 외아들헌테 널 시집을 보내셨으니까 걱정이 안 되시겠니? 며느리가 아들을 하나 낳아 놓아야 지위가 견고하거든. 그래서 그러시지, 머."

"그렇게 한푼 없이 된 줄 아시면 걱정하시겠어요?"

"그럼."

"그래두 어머니는 하나님 믿으시니깐. 또 오빠."

"왜?"

"언니헌테 편지허시우?"

"흐흥, 하지, 왜?"

"정말?"

"응, 한 달에 한 번씩은 해. 네 말대루."

"아이 고마워라, 오빠. 오빠 언니를 잘 위해 주시우. 언니를 잘 사랑허시구 언니 위해 정성을 다해 주시우. 또 난봉나지 말구."

"내가 언제 난봉났니?"

"술 잡숫구 담배 잡숫구, 언니헌테 편지 안허구, 그럼 난봉이지 무어요?"

"술은 지금두 먹는데, 담배두 먹구."

"그래두 언니만 잘 사랑허시면 괜찮아."

"왜? 허영이는 다른 일두 허는 모양이든?"

"누가 아우? 아무려나 아내야 남편의 사랑을 잃어버리면 죽은 목숨이지 무어요? 또 남편이 아내를 안 위하게 되면 난봉난 거구. 안 그래요?"

"허영이가 사람이 주책이 없어서 여자에게 대해서두 좀 해플 거다. 더구나 화가 나면 사람이란 난봉이 나는 거야. 허영이가 딴 계집이나 따라다닌다면 너는 어떡헐래?"

"가만두죠. 난 나 헐 일이나 허구."

"나 헐 일이라니?"

"아내 노릇, 며느리 노릇 말이죠. 그러다 정말 딴 여자가 마음에 들어허거든 난 살짝 물러나오구요."

"꼭 그대루 될까? 정작 당허구 보면 네 마음두 뒤집히지 않겠니, 질투루?"

순옥은 고개를 한참을 도리도리하고 나서,

"아아니, 난 질투심이 날 것 같진 않아. 남편에게 사랑이 부족해서 그런지는 몰라두. 허가 다른 여자를 원하기만 한다면 난 곱다랗게 물러설 것 같아."

하고 멀거니 어디를 바라본다.

"그런데."

하고 영옥이가 아까부터 물어 보려면서도 딴말에 가리워서 못 물어 보고 있던 말을 할 기회가 왔다 하고,

"어떡허련?"

하면서 순옥을 본다.

"무얼요?"

"아니, 넌 인제 어떡헐 테냐 말이다."

"나요?"

하고 순옥은 한참이나 영옥을 바라본다. 지금까지 마음에 계속하던 생각을 정리해 버리는 것이다.

"그래."

"그러지 않아두 오늘 그 의논을 하러 왔어요."

"어떻게 허기루."

"나 의사가 될 테야."

"의사?"

"응."

"시험을 치러서?"

"네, 내가 안 선생 병원에 사 년 있었으니깐——몇 달 못 차긴 허지만
——시험 칠 수 있지요?"

"치를 수 있기야 허지. 그렇지만 너 언제 의학 공부 했니?"

"병원에 있을 적에 책을 보았어요, 선생님 책을."

"무엇, 무엇?"

"내과랑, 외과랑, 산부인과랑, 소아과, 또 생리학, 병리학——이런 것
다 보았어요. 해부학두 한 벌 보구."

"그럼 다 보았구나."

"한 일 년 내버려 두었으니깐 좀 잊어버렸겠지만. 그런데, 물리학허구
화학허구요 임상허구 그게 걱정야."

"왜 물리, 화학 배웠지, 학교에서?"

"그게 언제요? 벌써 십 년이나 넘은걸. 또 우리 학교 선생이 좀 변변
치 않아서 물리, 화학을 잘못 배웠어."

"그럼 시험은 언제 쳐 보게?"

"금년에 아직 안 지나갔지요?"

"아직 안 지나갔지. 오월인가 유월인가. 왜 금년에 쳐 보게?"

"네, 봄에 절반 가을에 절반 그렇지요?"

"그런가 보더라. 그런데 봄에 치르는 게 아마 물리, 화학이지, 해부학
이랑. 가을이 임상이구."

"그렇다나 보아요."

"그럼 언제 준비할 새가 있나?"

"오빠 날마다 좀 가르쳐 주셔요. 그리구 오빠 책 좀 빌려 주시구."

"내가 교과서가 있나?"

"왜? 집에 두고 안 가져오셨소?"

"북간도 병원에 있지. 책이야 안 선생 병원에두 있다면서?"

"거기야 있지만."

"그럼 안 선생헌테."

하다가 영옥은 말을 끊고 잠깐 생각하더니,

"아무래두 안 선생헌데 도움을 좀 받아야지. 책두 책이지마는 임상 진단허는 거랑 처방허는 거랑 그걸 배워야지. 너 제 일기에 합격하더래두, 가을 제 이기까지 몇 달 남았니? 그때에는 환자를 내어놓구 진단을 허구 처방을 내라구 그런다. 그러자면 그냥 간호부루 구경만 한 것 가지구는 안 돼요. 의사헌테 설명을 들어 가면서 배워야지. 또 정말 환자의 가슴이랑 배랑 두들겨 보기두 허구, 들어 보기두 허구, 그래야 되지. 그러자면 안 선생 병원에서밖에 할 데가 있어?"

"없죠."

하고 순옥은 시무룩하다가,

"그렇게 안허군 안 되지, 오빠?"

하고 걱정스러운 눈으로 영옥을 바라본다.

"안 되지, 어떻게 되니, 맨꽁무니루. 왜? 허영이가 말 안 들을까 보아서 그러니?"

"내가 안 선생 병원에 가 있는다면 허가 좋아하겠어요? 그때에두 바루 이 방에서 허가 제 입으루 혼인한 뒤에두 나는 안 선생 병원에 다니면서 일을 보아두 좋다구 하지 않았어요? 그러더니 혼인해 놓구는 목욕탕에두 못 가게 허는걸."

"목욕탕에두 못 가게 해?"

"홍, 목욕탕에두 못 갔더랍니다. 지금은 목욕탕을 지어 놓았지마는."

"너 그럼, 안 선생헌테는 한 번두 안 가 뵈었니?"

"어딜 가요?"

"아니, 혼인 후에 한 번두 안 갔어?"

"그 집 대문 밖에가 오늘이 처음야요."

"미친 녀석이로구나. 너두 못난 계집애구."

하고 기가 막히는 듯이 이윽히 순옥을 물끄러미 바라보다가,

"내게 안 온 것두 허영이가 보내질 않어서 안 온 거야?"

하고 분개한 눈찌를 짓는다.

"그럼은요. 내가 오빠헌테 온다면, 가지 말라구, 제가 오빠 데려오마구 그런답니다."

"원, 저런 못난이가 어디 있누? 그러기루 너두 너지, 그런 학대를 받구두 가만 있어?"

"그럼 어떻게 해요? 내가 그 집에서 나온다면 몰라두 가만히 있지 어떡합니까?"

"그래, 잘 참아져, 그렇게?"

"그럼 참지요, 어떻게 해요?"

"너, 그 집에서 나올 생각은 없니?"

"나오다니?"

하는 순옥의 눈썹이 찍 올라간다.

"이혼허구 나온단 말야. 이혼이란 그런 데 쓰는 게지 무어람."

"이혼요?"

하고 순옥은 한숨을 진다.

"그럼, 그리구 어떻게 살어, 일생을?"

"난 이혼헐 생각은 없어요."

하고 순옥은 고개를 도리도리한다.

"왜? 허영이헌테 사랑이 있어서?"

"사랑이야 내가 언제 사랑 있었던가요."

"그럼, 왜?"

"그걸 무얼 이혼을 해요? 어떻게든 한번 시집을 갔으면 쓰나 다나 일생을 살지 —— 혼인헐 때에 그렇게 서약 안했어요?"

"흥, 그거야 하긴 서약이지. 그러기루 그걸 누가 생각허니? 한 형식으루 네, 네 그러지."

"오빠두 건성 례루 네, 네 허셨수?"

"흥, 그럼. 그걸 정말루 알구 허는 사람두 있을까? 흥, 허긴, 중대한 서약이라야 옳지. 넌 그래 그 서약을 꼭 고대로 지킬 작정이냐?"

"그럼은요."

"그야, 네 생각이 옳지."

"옳은 것밖에 헐 일이 무엇이 있어요? 난 애초에 낙을 보려구 시집 간 것은 아니니깐요. 며느리 노릇, 아내 노릇, 또 하느님이 허라시면 어머니 노릇꺼정이라두 해 볼 양으로 시집을 간 것이거든요. 고생이 오면 고생두 겪어 보자, 불행이 오면 불행두 당해 보자. 또 낙이라는 것이 있다면 그 것두 맛을 보자──그저 이거예요. 그런데 무얼 이혼을 해요? 좀더 나은 남편 얻어 가서 좀더 편안히 살아 보게요? 흥, 오빠, 난 그런 생각은 애초부터 없어요. 난 그저 지금 모양으루 허영의 아내루 또 시어머니 살아 계신 동안 그 집 며느리루 어디 내 힘껏 해 볼래요. 내 힘이 얼마나 되나 보게. 난 그저 그것뿐이야."

순옥의 눈에서는 눈물이 빛난다. 순옥의 말을 듣는 영옥도 몸이 오싹하고 눈자위가 쓰려짐을 깨닫는다. 고개를 숙이고 한참이나 말없이 앉았던 영옥은 고개를 번쩍 들며,

"순옥아."

하고 불렀다. 그것이 목이 메인 소리였다.

"네에?"

하는 순옥의 대답은 들릴락말락하였다.

"흑, 흑. 네 말이 옳다!"

하고 영옥은 소리를 내어서 느껴 울었다. 얼마를 오라비와 누이는 마주보고 울었다.

"그럼, 가자."

하고 순옥도 눈물을 씻고 따라 일어선다.

"너의 집에."

"무엇허러요?"

"가서 네 남편허구 담판을 해야지."

"무슨 담판?"

"너 시험 준비 말이다."

허영은 집에 있었다. 아직 풀대님으로 대청까지 나와서 영옥의 손을 잡고 얼굴이 전체로 웃음으로 변하기는 하였으나 그 풀죽고 초조한 빛을 가리울 수는 없었다.

건넌방에 들어와 앉는 길로 허영은,

"도무지 자네 대헐 면목이 없네."

하고 고개를 숙였다.

"응, 순옥이헌테 말을 대강 들었어. 더 말 말게."

하고 영옥은 웃어 보였다. 허영은 쓴웃음을 웃었다.

허영은 바로 일 년 전에 영옥이가 바로 이 자리에서 제게 탐욕이 많다고 말한 것을 생각하고 새삼스럽게 부끄러웠다. 실상 저는 탐욕이 없는 줄로 자처하였지마는 필경은 탐욕으로 패한 것임을 승인하지 아니할 수가 없었다. 이것 저것 모두 합하여 허영은 영옥을 대하기가 심히 부끄러웠다. 안빈이나 순옥이가 저보다 여러 급 위라던 영옥의 말과 같이 영옥도 허영 저보다 여러 급 위라고 항복하지 아니할 수 없었다. 그렇게 생각하면 허영은 제가 한량없이 졸아듦을 아니 느낄 수가 없었다. 초라한 제 모양을 보는 것이 심히 부끄러웠다.

순옥은 잠깐 앉았다가 어머니 방으로 건너가고 말았다. 제가 자리에 있어서는 말이 불편할 것을 느낀 것이다.

"난 지금 순옥이더러 자네허구 이혼하기를 권했네."

하고 영옥은 사정없이 첫 방망이를 허영의 머리에 내리쳤다.

"엉?"

하고 허영은 펄쩍 뛰는 듯이 고개를 들었다.

"왜? 자네 이혼헐 마음 없나?"

하고 영옥은 둘째 방망이를 쳤다. 영옥의 어성은 낮았으나 얼굴은 무서울 만큼 엄숙하였다.

"왜? 순옥이가 자네보구 무슨 말을 허던가?"

하는 허영의 얼굴은 감정의 혼란상태, 그것이었다.

"아니, 한마디루 대답을 하게——자네 지금두 내 누이를 사랑허는가?"

"그게 무슨 말인가? 내가 그럼 내 아내를 사랑허지 않겠나?"

"그런 대답 말구——그런 말 위한 말 말구 말야. 참으로 진정으로 대답을 해 보란 말야."

"참으로 그래."

"그럼 이혼할 수는 없단 말이지."

"암!"

허영은 힘있게 대답한다.

"그럼 또 한 가지 묻겠네. 이것두 얼렁뚱땅한 대답으루 말구 참으로 대답해 보게. 자네 내 누이를 한 인격자루 믿구 존경허나?"

"암, 믿구 존경허구 말구."

"그게 정말인가, 참인가?"

하고 영옥이가 재치는 바람에 허영은 잠깐 주저주저한다.

"허 군(박농이라고 안 부르고), 무엇 허러 애써서 말을 꾸미려 드나? 있는 대루 말을 헐 게지. 왜 제 감정을 속이려 드나? 무엇이 무서워서 그러나? 인제부터는 자네 그 꾸미는 거 다 벗어 버리구 빨가벗은 알몸으로 살라구."

영옥의 말은 한마디 한마디가 허영의 목을 꼭꼭 졸라매는 것 같았다. 삼십여 년 살아 오던 생활이 온통으로 사개가 물러나 버리는 것 같았다. 허영이 제가 생각하여도 제 말이나 행동에나 언제나 조금씩은 꾸미는 것이 있었다. 그것은 그가 마음에 느껴지지도 아니하는 시를 짓는 데서 생긴 습관일는지 모른다고 허영은 생각해 본다. 말이 되게 하기를 위하여서 속에도 없는 말을 꾸며대는 것은 허영에게는 인제는 습성이 되고 말았다.

허영은 영옥을 대할 때마다 가장 분명하게 이것을 느낀다. 영옥이가 아무 거리낌도 없이 제 속에 있는 대로 똑바로 말하는 것을 보면 제가 그렇게 못하는 것이 부끄러웠으나 그래도 저는 여간해서는 영옥의 모양으로 할 수가 없다. 그래서는 여전히 속에 생각하는 것과는 다른 말을 지어서 하는 것이었다. 또 영옥이말고 다른 사람들을 대할 때에는 이렇게 지어서 꾸며서 하는 것이 대단히 편리하고 효과가 많은 것 같았다. 그래서 말과 생각과는 같지 아니할 것으로 허영은 생각하고 있는 것이었다.

이 경우에도 허영은 제 속에 있는 생각대로 말하자면,

"나는 자네 누이를 사랑은 허네. 그러나 존경은 아니허네."

이렇게 대답해야 옳을 것이지마는 그 어디, 그렇게 말하는 법이야 있나 하는 생각이 허영의 마음을 주장하는 것이다.

"암, 내가 순옥이를 믿구 존경허구 말구."

이렇게 대답한다든지, 또는,

"이 사람, 무슨 소리라구 그런 소리를 허나?"

하고 뽐내는 것이 더욱 편리할 뿐더러, 또 당장의 곤경을 면할 것도 같았다.

그러나 허영은 영옥이가 제 속을 빤히 들여다보고서 또 한 방망이가 모질게 제 정수에 떨어질 것이 두려웠다. 이래서 허영은 영옥의 말에 대답을 못 하고 머뭇하고 있는 것이다.

아아 괴로운 일이여! 그러나 마침내 허영은 결심하였다. 눈 꽉 감고 버티자는 예정으로,

"암, 내가 믿구 순옥의 인격을 존경허구 말구. 대관절 자네, 그런 말은 왜 묻나?"

하고 뽐내어 보았다.

"응, 자네가 순옥을 사랑헌다는 말은 믿네. 아무러한 젊은 여자라두, 또 순옥이만큼 난 여자면 자네가 사랑헐 터이니까 말일세. 그렇지마는 자네가 순옥일 믿는다, 존경한다 하는 말은 다 거짓말야."

"아아니, 그럴 수가 있나? 그것은 자네가 내 인격을 너무 무시허는 말일세."

"자네 어느 인격을 무시헌단 말인가?"

"어느 인격이라니?"

"아니, 자네 정말 속에 있는 인격허구, 또 자네가 그때 그때에 임시루 지어 놓는 인격허구 말일세."

"그건 다 무슨 말인가?"

하고 허영은 어리둥절한다.

"못 알아듣겠나, 내 말을?"

하는 영옥의 눈에 잠깐 멸시하는 빛이 뜬다.

"아무려나 나는 내 아내 석순옥을 믿구 또 존경허네."

하고 허영은 예정한 코스로 달아남으로 이 기막힌 딜레마에서 벗어나려 한다.

"글쎄, 자네 그 대답에 나는 만족하겠네마는 자네가 만족허기 어려운 것 같아."

"그건 또 무슨 말인가?"

"아니, 자네 속에 있는 인격 말야——자네 양심이란 것이 항의를 한다면 자네가 괴로울 것 아니냐 말야."

"아아니, 내 말은 철두철미 양심적일세. 나는 이중인격자두 아니요, 속과 다른 말을 허는 사람두 아니란 것을 자네두 잘 알아두게."

하는 허영의 어조와 얼굴에는 분개한 빛조차 떠오른다. 허영은 속에서 자존심이 붙어 오름을 깨닫는다. 더구나 아내의 돈 삼천 원을 받아서 집을 찾아 놓은 남편으로는 이만한 위신을 유지하지 아니하면 아니 될 필요가지도 느껴져서 허영은 제가 발하는 능력이 상당히 크다는 것까지도 느낀다.

"정말인가? 정말, 자네 말대루 양심적으루 내 누이를 믿구, 또 존경허나?"

"암, 그렇지, 무슨 맹세라도 허겠네."

"맹세는 헐 것 없구. 아무려나 고마워."

"무엇이 고맙단 말인가?"

하고 허영은 제가 이번에 취한 정책이 성공한 것을 은근히 탄복한다. 역시 인생생활에는 참보다도 거짓이 필요하다는 것을 느낀다.

"자네가 적어도 이중인격을 가지는 것과 속과는 다른 말을 허는 것이 옳지 아니하다는 생각만은 아직두 잃어버리지 아니헌 것이 고맙단 말일세."

"무엇이? 지금 뭐라구 했나?"

하고 허영의 얼굴에는 경련이 일어난다.

"못 알아듣겠나? 그럼 그만두게."

"고건 모욕일세그려. 자네가 나를 모욕을 허네그려."

하고 허영은 두 주먹을 불끈 쥔다.

"모욕으루 아나? 내 말을 모욕으루 아나? 나는 자네를 누이의 남편으루 보기 때문에 처남 매부두 형제라구 믿기 때문에, 허기 어려운 말을 해 본 것일세. 자네의 그 거짓 껍데기를 벗겨 볼 양으루. 자네의 진면목을 발로시켜 볼 양으루, 자네네 가정에서 불행의 뿌리를 빼어 버려 볼 양으루, 내 누이는 마음이 외곬이라 자네허구 이혼을 허라구 권해두 자네를 버리지는 않구, 제 힘껏 자네 아내 노릇을 해 볼라니까 헐 수 없이 인제는 자네 거짓 껍데기를 벗겨서 내 누이의 일생을 좀 건지기 쉽게 해 볼까 허구 그런 겐데 자네가 모욕으루 들으면 나 더 말 안하겠네. 난 가네."

하고 영옥은 분연히 일어선다.

안방에서 시어머니의 어깨를 주무르면서 건넌방에서 일어나는 일을 주의하고 있던 순옥은 '난 가네.' 하는 영옥의 소리가 심상치 아니하게 들리는 것을 보고 문소리가 나면 나가리라 하고 대기하고 있었다. 그러나 문소리가 아니 나는 것을 보고는 하회를 기다리기로 하였다.

영옥이가 일어설 때까지라도 버티고 앉았던 허영은 영옥이가 모자를 들고 나가려고 문에 손을 대일 때에야,

"이리 좀 앉게."

하고 일어나서 영옥의 팔을 잡았다. 영옥은 고집도 아니하고 도로 앉았다.

"내가 모두 잘못일세."

하고 허영이가 고개를 숙였다.

"무엇이 말인가?"

하고 영옥은 냉연한 태도를 취한다.

"자네 말이 절절이 옳아. 내가 모두 거짓일세. 자네가 내 속을 들여다보는 줄을 알면서두 또 한바탕 거짓을 꾸민 거야. 작년에도 자네가 바루 이 방에서 날더러, 거짓과 탐욕과 교만을 버리라구 하였지마는 오늘이야 내가 그 말을 깨달았네. 내가 탐욕으로 집을 망허구, 또 거짓으로 가정과 몸을 망치려던 것을 인제는 분명히 깨달았네. 또 여태껏 내가 뻔히 자네 말이 옳구 내가 굴해야 헐 줄을 알면서두 처남 앞에 굴허는 게 싫어서—— 그게 교만 아닌가? 자네 말대루 내가 내 진면목을 인제야 본 것 같아."

허영의 이 말에 영옥은 하두 기뻐서 눈물이 흘렀다. 참 허영을 본 것이다.

"자네 낙루허나? 자네, 낙루허나? 여보게 자네 나를 위해서 낙루허나?"

하고 허영은 걷잡을 새 없이 느껴 운다.

"아아, 자네가 낙루를 허네그려. 나를 위해서 이 못나구 거짓된 매부 허영을 위해서. 우후우후. 여보게 여보게, 아아, 우후후후우 우우우."

허영의 울음소리는 안방에까지도 들렸다.

"네 남편이 울지 않니?"

시어머니는 고개를 돌려서 순옥을 보다가 순옥의 눈에도 눈물이 있는

것을 보고,

"너두 우는구나. 왜 무슨 일이 생겼니?"

하고 어리둥절한다.

"아아뇨."

"그럼 왜들 울어?"

"오라범도 울겠죠."

"왜? 아이구."

하고 시어머니는 한숨을 진다.

"아마, 인제부터는 잘 살아가자구 우는 게죠."

"그랬으문야 작히나 좋겠니?"

하는 시어머니도 사돈 손님에게 말이 아니 들리게 하느라고 어성을 낮춘다.

"그래두 네가 건너가 보려무나."

"네."

하고 순옥이가 눈물을 씻으면서 건넌방 문을 열었을 때에는 영옥과 허영은 손을 마주잡고 있었다.

"점심들 어떻게 하셔요?"

순옥은 두 사람의 얼굴을 슬쩍 보고 나서 이런 말을 하였다.

"자네두 점심 먹게."

하고 허영이가 유쾌하게 말한다.

"어느 새에."

"아직 이르긴 허지마는, 오빠 국수장국 끓여 드려요?"

"응, 참 그게 좋겠네."

하며 허영은 인제는 청요리도 못 시켜 올 신세인 것을 생각하고 풀이 죽는다.

"아니, 그럴 거 없다."

하고 영옥은 순옥을 슬쩍 보고 다음에는 허영에게로 눈을 돌리며,

"오늘 저녁을 먹세. 너두 가구. 그리구 창경원 밤사꾸라 구경이나 허구. 내가 한턱내지."

하고는 또 순옥을 본다.

순옥도 전체의 공기가 매우 명랑한 것을 보고 상그레 웃는다.

"안 선생허구, 박인원 씨나 허구. 어떤가. 괜찮지? 정거장 식당이든지 호텔에서든지?"

영옥은 이렇게 보첨하면서 허영과 순옥의 눈치를 본다.

"글쎄 저녁은 저녁이구요, 점심은 잡수셔야지."

하며 순옥은 허영을 본다.

"아니야, 내가 매부보구 무슨 의논 좀 허구는 안 선생헌테를 다녀와야 헐 테야. 아마 점심은 다른 데서 먹을 것 같다."

영옥은 특별히 매부라는 말을 쓴다.

이 말에 순옥은 영옥의 계획을 다 짐작하고,

"그럼, 당신은 무얼 잡수실라우?"

하고 순옥은 허영을 본다.

"내야 아무 거나."

순옥은 나가 버린다. 순옥이가 안방 문을 여닫는 소리를 듣고 영옥은 허영에게 말을 한다.

"자네, 안 박사 언제 찾아뵈었나?"

"안 박사?"

허영은 또 곤경을 당한다.

"그 새에 못 뵈었는데."

"그 새에라니?"

"한 일 년 못 찾아뵈었어."

"그럼, 혼인 후엔 한 번두 안 갔네그려?"

"고만 그렇게 되었어. 이럭저럭 그저 바빠서."

"또 거짓말!"

"허기야 성의가 없어서 그렇지."

"순옥인 몇 번 찾아뵈었겠지, 안 박사를!"

"글쎄, 모르긴 모르겠네마는 아마 못 갔을걸."

"왜?"

"그저 당가살림이니깐 어디 떠날 사이가 있나?"

"쯧쯧쯧쯧."

"똑바루 말하면 내가 안 박사를 찾기가 싫었어. 순옥이가 가는 것두 싫었구. 사실이야 그게지."

"응, 내가 자네 입에서 그 말을 들으려구 그런 것일세. 지금두 그런 감정을 가지구 있나? 지금두 안 박사가 싫은가? 순옥이가 안 박사를 생각허는 것두 싫구?"

"그게 다 내 잘못이지."

"아니, 그렇게 말 말구 솔직허게 말일세."

허영은 한참 동안 말이 없다.

"자네가 안 박사에게 대한 감정을 고칠 수 없다면 더 말할 필요두 없구."

"역시, 내가 잘못 생각야. 안 박사나 순옥을 불신임허는 생각이구, 암 그렇지."

하고 허영은 눈을 감았다 떴다 하더니,

"그런데 그 말은 왜 묻나?"

하고 영옥을 향하여 싱겁게 웃는다.

"글쎄, 순옥이가 의사시험을 치를 의사가 있다는데. 아마 생활의 방편을 위해서 그러겠지. 금년에라두 치르구 싶다는데 말야. 그러니 의사시험을 치르려면 의사 공부를 해야 아니하느냐 말야. 물론 자네허구 먼저 의논이 된 줄 아네마는 순옥이가 안 선생 병원 있는 동안 교과서는 한 벌 보았대. 그렇지마는 진단이라든지 치료라든지 처방이라든지 말야, 소위 임상이란 것은 곁에서 보기만 허구는 헐 수 없는 일이어든. 그래서 내 생각 같애서는 순옥이가 시험 끝날 때까지 다시 안 선생 병원에를 댕겼으면 좋을 텐데, 그게야 자네 생각대루 헐 게 아닌가? 자네 감정이 말야, 그렇게 순옥이가 안 선생 곁에 있는 것이 불쾌하다면 못 허는 일이구. 그건 내가 무어라구 말헐 수 없는 일이니까. 그렇다면 다른 병원에라두. 가만 있자, 적어두 다섯 달 동안은 견학을 해야 되겠단 말야. 또 유력한 의사 헌테 일일이 설명두 듣구 말일세. 그럼 어디 자네가 마음놓구 믿구 순옥이를 부탁할 데가 있나 좀 생각해 보게. 대학병원, 의전병원은 무론 되지두 않으려니와 설사 들어간다 허더라두 배울 수두 없구――누가 그렇게 힘을 들여서 시험준비를 시켜 주겠나. 천생 개인의 병원일 수밖에 없구. 순옥이는 날마다 나헌테서 배울 말을 허네마는 나 같은 애숭이루는 가르쳐 줄 힘두 없을뿐더러 말야, 또 환자가 있어야 가르치지 않나? 그두 내가 개업이나 허구 있으면 모르지마는 어떡허면 좋겠나? 어디 말해 보게. 자네가 마음놓구 순옥일 맡길 병원이 있는 게 제일 좋을 텐데.”

영옥은 말을 마치고 모든 것을 다 허영의 재단에 맡긴다는 태도로 벽에 몸을 기댄다. 지금까지의 긴장을 턱 풀어 놓았다.

허영은 영옥의 말대로 아는 개업의사를 하나씩 점고를 해 본다. 이 사람은 어떨까, 저 사람은 안 될까 하고, 허영은 여러 해 신문기자 생활에, 더구나 학예부 기자로 가정위생란 같은 것 때문에 의사를 아는 사람도 적지 아니하였다. 그러나 그들이 대개는 술친구로는 좋을는지 몰라도 젊은 아내를 믿고 맡길 사람들은 아닌 것 같았다. 김광인한테 속아넘어간 허영은 사람을 의심하는 공부를 한 셈이었다.

몇 번을 되풀이로 개업의들을 이 사람일까, 저 사람일까 하고 골라 보아도 필경은 허영의 마음은 원치도 아니하는 안빈에게로 떨어질 수밖에는 없는 것이었다. 그러나 ‘안빈은 안 돼!’ 하고 허영은 또 한번 개업의사들을 점고해 본다. 역시 그 결과로는 아내를 안심코 맡길 데가 안빈밖에 없었다.

이에 허영은 제가 안빈에게 대한 생각을 재검토해 본다. 저는 안빈을 의심하는 것은 아니었다. 안빈이가 유혹할 사람으로 의심한 것은 아닌 것이었다. 다만 내것이 다 되었다고 믿었던 순옥이가 돌아서매 그 이유를 제가 무능력하다는 데에 돌리기 싫은 것과, 또 그 분풀이할 대상을 안빈에게 찾은 것뿐이었다. '순옥이가 안빈을 사모하니까, 안빈을 나보다 높이 평가하니까, 그러니까 순옥이가 나를 배반한 것이다. 그러니까 안빈이가 미운 것이다.' 하는 것이 허영의 진심이었다. 허영은 이 진심의 생각을 기초로 거기다가 시인적 상상력으로, 안빈과 순옥과의 관계를 각색을 하여서 이것이 각색이라는 말을 아니하고 마치, 마치가 아니라 꼭 사실인 듯이 세상에 말을 해 돌린 것이다. 또 그러하는 동안에 저도 그것이 제 손으로 각색한 것임을 이럭저럭 잊어버리고, 그것을 사실로 믿게 된 것이다. 거기서 한층 더 나아가서 허영은 사실에다가 조금씩 거짓말을 보태는 원리를 응용하여서 한번 말을 하거나 글을 쓸 때마다 먼저 각색에 한 점씩 새로운 거짓을 붙여서 각색을 보첨도 하고 수정도 한 것이었다. 그래서는 허영 자신 그 각색을 사실로 여겨서 분개도 하고 울기도 한 것이었다.

순옥이와 혼인하는 목적을 달한 뒤에도 허영은 안빈과 순옥의 관계에 관하여 본래 제가 인식한 첫 사실에 돌아가기를 원치 아니하고 수십 판이나 지난 개정본에 의하여 왔다. 대개 첫 사실, 참 사실에 돌아가는 것은 시적 흥미를 손상하기 때문이었고, 또 순옥을 볶는 데도 개정판이 편리한 까닭이었다.

그러나 영옥의 손에 거짓의 껍데기를 (잠깐이라도) 벗어 본 허영의 눈앞에는 안빈과 순옥의 관계에 대한 첫사실, 참 사실이 눈에 띄었다.

그렇게 안빈과 순옥과의 관계를 바로 인식은 하면서도 순옥이가 안빈을 높이 평가하느니라, 사모하느니라 하면 허영은 일종의 질투심이 끓어 오름을 금할 수가 없었다. 그렇지마는, 지금은 그러한 생각을 할 때가 허영에게는 아니었다. 허영의 오늘날 형편으로는 순옥이가 의사시험에 합격하는 것이 유일한 생명선이었다.

허영은 '단연히!' 하고 결심하였다. 그리고 고개를 번쩍 들어서 영옥을

바라보며,

　"아무리 생각해두 순옥이를 안 선생께 부탁헐 수밖에 없네."

하고 씩 웃었다.

수 난

　그해 시월에 순옥은 의사 면허를 얻었다. 순옥은 그것이 퍽 기뻤다. 다만 어려운 시험에 합격된 것이 기쁜 것만이 아니었다. 인제는 가정의 경제적 기초가 설 희망이 있는 것 같았기 때문이다.

　허영도 여간 기뻐하는 것이 아니었다.

　"참 용하오."

하고 순옥의 합격 발표가 있는 날 허영은 미칠 듯이 기뻐하였다.

　"다 안 선생님 은혜야요."

하고 순옥도 담대하게 남편에게 말하였다. 허영이 낯빛은 잠깐 흐렸으나 곧 맑아서,

　"암, 그렇구말구. 우리들이 내일 아침 일찍 안 선생을 가서 뵈옵고 고맙단 말씀을 여쭙시다."

하는 말까지도 하였다.

　순옥을 시험에 합격게 하려고 안빈은 물론이어니와, 영옥과 인원도 여간 애를 쓴 것이 아니었다. 영옥은 제 몸을 제공하여서 순옥의 실험용을 삼았다. 심장의 위치는 어디, 그 소리를 듣는 법은 어떠하며, 간장의 위

치는 어디, 간장이 부으면 복부의 어느 부분에서 만져지며, 모두 이 모양이었다. 순옥은 영옥을 환자로 삼아서 가슴과 등을 타진도 하고 청진도하고 또 목구멍도 들여다보고 눈도 뒤집어 보고 이 모양으로 연습을 하였고, 또 영옥은 해부학 교실에서 쓰는 표본들도 얻어다 보여 주고 또 해부학 교수에게 청하여 사체해부하는 실경도 두 번이나 보게 하여 주었다.

또 인원은 인원대로 제 몸을 순옥에게 제공하여서 못 보일 데 없이 다보게 하였고 감기가 들거나 속이 불편하면 순옥의 진찰을 받았다. 그리고는 순옥은 제 처방을 안빈에게 보여서 인원의 약을 주기도 하였다.

"무얼 알겠어?"

한번은, 인원은 감기 기침으로 순옥의 진찰을 받을 때에 이런 소리를하고 놀려먹었다.

"어떻게 어색헌지."

하고 순옥도 웃었다.

안빈으로 말하면 모든 기회를 이용하여 순옥의 지식을 넓히기에 힘을썼다. 임상의 진단과 처방에는 일일이 설명을 하여 주어서 순옥으로 하여금 그것을 필기를 시켰다. 회진을 할 때에도 순옥으로 하여금 카르테를들고 따라다니면서 필기를 하게 하였고, 안빈이가 전문으로 하지 아니하는 다른 과에 대한 것은 일 없는 틈을 타서 질서 있게 강의를 하여 주었다.

이러한 옆 사람들의 도움과 또 순옥 자신이 눈을 바로잡고 하는 정성스러운 공부가 합해서 의사시험의 난관을 돌파할 수가 있는 것이다.

순옥의 합격이 발표된 이튿날 허영은 그 전날 말과 같이 순옥을 데리고삼청동 집으로 안빈을 찾아왔다.

"컨그래추레이션, 닥터."

하고 인원이가 얼굴 전체가 웃음이 되어서 순옥의 손을 잡아 흔들었다. 인원은 제가 시험에 합격이나 한 것처럼 기뻤다.

"닥턴 다 무어요?"

하고 인원에게 손을 흔들리우면서 순옥도 참으로 기쁘게 웃었다.

"허 선생 기쁘시겠어요."

하고 인원은 허영을 보고 인사를 한다.

"기쁩니다. 한량없이 기쁩니다. 하하하."

하는 허영의 웃음도 진정으로 기쁜 웃음이었다.

"이것두 다 안 선생님 은혜지요."

하고 허영은 수월하게 이런 말이 나왔다.

"또 박 선생께서두 많이 도와 주셨다구요. 그 은혜를 다 무얼루 갚습니까?"

하고 허영은 감격하는 어조다.

"제가 무얼 도와 드려요?"

하고 인원은 순옥을 본다.

"아니오. 순옥이헌테 다 들었어요. 박 선생이 온통."

하는 것을 인원이가 낯이 빨개지며,

"저 망할 것이 허 선생보구 무슨 소리를 다 했어?"

하고 순옥에게 눈을 흘긴다. 인원은 제가 순옥에게 수없이 벌거벗은 몸을 제공하던 것을 생각한 것이다.

"내가, 언니가 너무 고마워서 그런 말을 다 옮겼어."

하고 순옥은 미안한 듯이 인원을 본다.

안빈이 아침 산보에서 세 아이를 데리고 돌아온다.

"선생님, 선생님 은혜가 태산 같습니다."

하고 허영은 중문 안에 들어서는 안빈의 앞에 지성으로 허리를 굽혔다.

"음, 그런 기쁜 일이 없소이다."

하고 안빈도 기쁜 웃음을 웃었다.

이날 저녁에, 안빈은 순옥의 의사시험 합격을 축하하는 의미로 허영, 석영옥, 박인원, 그리고 아이들, 이렇게 저녁을 같이 먹었다. 각 사람이 모두 기쁘고 유쾌하였거니와 허영은 수없이 안빈과 다른 두 사람에게 고

맙다는 사례말을 하고 겸하여,

"선생님, 앞으로두 순옥이를 선생님 병원에 두시구, 제가 독립할 수 있을 때까지 실습을 시켜 주십시오."

하고 순옥과는 의논도 없이 청하는 말까지 하였다.

순옥의 기쁨은 말할 것도 없었다. 남편의 마음속에 뭉쳤던 무엇이 홱 풀린 것을 기뻐한 것이었다.

그날 밤에 순옥은 허영과 함께 안빈이 불러 준 자동차로 집에 돌아와서 비로소 동방화촉야다운 기쁨을 얻었다.

"어쩌면 네가 글쎄 의사가 되느냐?"

하고 시어머니 한씨도 아들과 며느리를 앞에다 놓고 기뻐하였다.

쇠운인 허영의 집도 새로운 왕운을 맞은 것 같았다. 이대로만 갔으면 허영의 집은 아주 행복된 가정일 것 같았다. 순옥은 안빈 병원에서 그 동안은 약국생이라는 명의로, 다른 간호부들과의 균형을 고려하여 한 달에 사십오 원을 받았으나, 의사가 되어서부터는 일백이십 원으로 월급이 올랐다. 이것이면 허영이네 세 식구의 생활은 하여 갈 만하였다. 가으내 겨우내 평화로운 날이 허영의 가정에서 흘러갔다. 허영은 아내가 출근한 뒤에는 책도 보고 시도 쓰고 산보도 다니는 한가한 사람이었다. 가끔 석영옥을 찾을 뿐이었고 별로 교제도 원치 아니하였다.

"나는 아무리 하여서라도 좋은 시를 써야겠네. 아내가 벌어다 주는 밥을 먹고 앉아서 그래두 무슨 일을 해야 아니하겠나?"

허영은 영옥을 보고 이러한 소리를 하였다. 영옥은 허영을 장려하였다.

"크지 않아두 좋으니 진정을 쓰셔요."

하는 순옥의 충고도 허영은 순순히 들었다. 그러나 허영은 진정만을 쓰자면 별로 쓸 것이 없는 것 같았다. 쓸 것이 없을 뿐더러 제 진정이란 차마 시로 내어놓을 것이 없는 것 같았다.

'아아 내 생명이 가난함이여,

기쁨도 슬픔도 할 말이 없어라.

아아, 내 거문고여, 어느 줄을 뜯어도
소리를 발하지 아니하는도다.'
　　하루는 순옥이가 병원에서 돌아온 때에 허영의 책상 위에 이러한 시가
쓰여 있는 것을 보고,
　　"브라보!"
하고 순옥은 평상시의 순옥답지도 않게 흥분한 소리를 지르고, 평생 처음
으로 제 편에서 남편에게 매어달려 기쁨과 애정을 표시하였다.
　　허영은 어리둥절해서,
　　"무엇이 브라보야?"
하고 순옥을 바라보았다.
　　"이거 당신이 쓰신 거 아니오?"
하고 순옥은 그 종이 조각을 가리켰다.
　　"흥, 암만 생각해두 좋은 시가 안 나오길래 홧김에 쓴 걸 보구."
하고 허영은 픽 웃었다.
　　"이게 진정이오! 이게 정말 시요!"
하고 순옥은 그 종이를 쳐들고 한번 낭독을 하였다. 그리고는 또 한번,
　　"이게 정말 시요! 이게 정말 꾸밈 없는 진정이오!"
하고 그 종이를 제 가슴에 대어서 기뻐하는 뜻을 표하였다.
　　"당신이 쓰신 수없는 시 가운데 이것이 고작이오!"
하고 순옥은 허영에게는 영문을 모를 만큼 기뻐하였다.
　　순옥도 기뻤다. 하루 종일 사모하는 안빈의 곁에 있을 수가 있었고 또
집에 돌아오면 시어머니나 남편이나 다 웃는 낯으로 대하여 주었다. 집에
돌아오는 길로 순옥은 튼 머리를 내려서 쪽찌고 분홍 치마에 고운때 묻은
앞치마를 두르고 부엌으로 내려가거나 시어머니의 어깨나 다리를 주물
렀다.
　　"아서라. 온종일 병원 일 보구 곤헐 텐데."
하고 한씨는 매양 사양하였으나, 순옥은 하루도 이 일과를 빼는 일이 없

었다.

"이렇게 머리를 쪽찌고 앞치마를 두르고 나서야 가정 부인의 기분이
생겨."

하고 언젠가 집에 찾아온 인원을 보고 순옥은 변명하였다.

"인제 정말 스윗홈이야, 이 집이."

하고 인원은 순옥을 보고 찬탄하였다.

"정말 나는 행복해, 언니."

하고 순옥은 눈에 눈물까지 보였다.

"그런데 애기를 왜 안 낳아?"

하는 인원의 말도 인제 와서는 빈정대는 말이 아니었다.

순옥은 얼굴빛에도 근래에는 많이 화기가 돌고 웃기도 잘하였다. 그러
나 제가 거의 완전에 가까우리만큼 행복을 느낄수록 순옥은 인원을 생각
하였다.

"그런데 언닌 어떡허우?"

순옥은 언젠가 이런 말을 물었다.

"무얼 어떻게 해? 나는 안 선생헌테 순옥이 대용품 노릇이나 허구 살
지. 인제는 순옥이가 병원에를 날마다 오니깐 내 대용품 가치도 저락이
되구 말았지마는, 그래두 애보기 대용품 가치는 안직두 남았거든, 하하하
하."

"그래두."

하고 순옥은 슬픈 눈으로 인원을 본다.

"그래두는 무슨 그래두? 어여 걱정 말아. 내 걱정은 말아."

하고 인원은 상글상글 웃는다. 순옥에게는 인원의 상글상글 웃는 웃음도
적막하게, 슬프게 보였다.

"언니는 나로 해서 희생이 되시는데."

"내가 순옥이 위해서 희생이 되어서 순옥이가 행복될 수 있다면야 그
런 좋은 일이 어디 있어? 내게야 더할 수 없는 영광이지."

"무엇이 영광이오? 곡경이지, 언니야."

"왜 그래? 사람이 세상에 나서 이 썩어질 몸뚱이를 가지구 말야, 극히 작은 중생 하나를 위해서라두 도움 될 일이 있다구 하면, 그것을 큰복으로 알아서 기쁘게 네 몸뚱이를 내어주어라, 그러지 않았어? 몇 천만 생을 나구 죽구 하더라두 그런 복된 기회를 얻기는 어려운 일이니라구. 그러니깐 내가 순옥이를 위해서 희생이 된다구 하면 그게 영광 아냐? 순옥이는 극히 작은 한 중생이 아니어든, 대단히 큰 중생이어든."

"무엇이 내가 대단히 큰 중생이오? 변변치 못한 계집의 하나지."

"왜 그래? 안 그래. 순옥이가 허 선생하구 혼인하는 것두 어려운 일이라구 보았지만 혼인해서 살아가는 양을 보니깐 더 탄복하겠어. 내 머리를 끊어 주어두 아깝지 않아, 눈을 빼어 주어두 아깝지 않구."

"아이, 언니두 황송한 말씀두 허시우."

하고 순옥은 눈물을 떨어뜨린다.

"정말이지. 순옥이 같은 사람을 일생에 한 번두 못 보구 죽는 사람은 얼마야? 일생에 좋은 사람 하나를 단 한 번이라두 보구, 그 옷자락이라두 스쳐 본다는 게 어떻게 복된 일인지 난 요새에 와서 뼈에 사무치게 깨달았어. 성경에, 예수의 발에다가 향내나는 기름을 붓구 제 머리채루 그것을 닦은 여인이 있지 않아? 그 여인의 마음이 요새에야 알아지는 것 같아. 그때에 그 곁에 있던 사람들이 그 아까운 기름을 왜 그렇게 허비하느냐구, 왜 그것을 팔아서 가난한 사람을 구제하지 않느냐구, 그렇게 이 여인이 하는 일을 비난했지. 그랬을 게야. 이 여인의 심리를 그들이 알아볼 수가 없었을 거야. 저마다 그런 마음을 알 수가 있어? 아마 그 여인의 심리를 알아 준 이는 예수 한 분뿐이었을 게야. 그렇게 생각하면 그 여인의 신세가 심히 적막하구 가여운 거 같지만, 그것이 귀한 거야. 그러니깐 귀한 거구 순옥이가 그 여인인 것 같아. 나는 순옥이를 따라 보려는 또 한 여인이구. 안 그래, 순옥이?"

"아이, 언니 마음은 어떻게 그렇게두 높구두 맑으시우?"

"그런 것두 아니지."

하고 인원은 무엇을 생각하는지 멀거니 허공을 바라보고 있다가 얼마 뒤에 순옥을 바라보며,

"순옥이."

하고 폭 가라앉은 젖은 듯한 어조로 부른다.

"으응?"

"순옥이가 보기에 내 신세가 불쌍해?"

"그럼. 아주 뼈가 저리게."

"왜? 어째서?"

"그게 무어요? 나로 해서 그렇게."

하다가 순옥은 무엇이라고 말할 바를 몰라서 말을 뚝 끊는다.

"순옥이루 해서 남의 집 애들이나 보아 주구 고생만 한단 말이지."

하고 인원이가 순옥의 할 말을 대신하여 준다.

"그럼요. 그렇지 않구?"

"아냐, 순옥이가 잘못 알았어."

하고 인원은 상그레 웃는다.

"무엇을 내가 잘못 알아요?"

"내가 말야."

"응."

"처음에 안 선생 집에 갈 때에야, 그야말루 순옥이를 위해서 나를 희생하는 생각으로 간 게지. 그때에는 나는 안 선생두 잘 몰랐구 순옥이두 채 몰랐었거든."

"그런데?"

하고 순옥은 인원의 눈과 입에 주목을 한다. 도무지 예상을 못 하였던 무슨 큰 사건을 인원이가 말하려는 듯함을 순옥이가 직각하였기 때문이다.

"그런데 지금 와서 보니깐 내가 순옥이를 위해서 희생이 된 것이 아니라 순옥이가 나를 위해서 희생이 된 것이란 말야. 그렇게 생각하면 내가

순옥에게 대해서 되려 퍽 미안해요."

하고 인원은 정말 미안한 듯이 웃는다.

"그건 언니, 무슨 말씀이시우?"

"내 말 못 알아듣겠어?"

"못 알아듣겠어, 언니."

인원은 무엇이라고 말할까 하고 잠깐 고개를 숙였다가, 부신 듯한 눈으로 순옥을 보면서,

"내가 조금두 고생이 안 된단 말야."

하고 또 한번 웃는다.

"언니가 고생이 안 돼?"

"웅, 내가 아무 불만두 없구, 아무 욕심두 없단 말야."

"아무 욕심두 없어?"

"웅, 지금 내 처지가, 내 생활이 아주 만족허구 행복되단 말야."

"행복?"

"그럼."

순옥은 인원을 바라보며, 무엇을 깊이 생각한다. 순옥의 눈썹이 움직인다.

"무엇이?"

하는 순옥의 음성이 가늘다.

"무엇이라니?"

"아니, 언니가 지금 행복되시다니 말요. 무엇이 그렇게 행복되시냐 말야."

"선생님을 모시구 있는 것. 그리구 아이들을 기르는 것이."

하고 인원은 수삽한 듯이 눈을 내리깐다.

그제야 순옥은 인원의 뜻을 알아들은 듯이 얼굴에 있던 긴장을 푼다. 그러나 다음 순간에 새로운 긴장이 순옥의 눈자위에 일어난다.

두 사람 사이에는 잠시 말이 끊긴다.

얼마 뒤에 인원이가 고개를 들어서 순옥의 긴장한 눈을 바라보고 상그레 웃으면서,

"내 바루 다 말헐게, 순옥이."

하고 말문을 열어 놓는다.

"무슨 말?"

하고 순옥도 저도 모르는 웃음을 웃는다.

"내가 말야. 차차 선생님을 모시구 있는 것이 기뻐진단 말야. 도무지 무슨 일이나 힘이 들지 않구. 늘 기쁘단 말야. 그러니깐 순옥이헌테 미안헌 생각이 나요."

"말이란 그것뿐이우?"

"그럼."

"그게 무엇이 미안허우?"

"미안허지 않구? 순옥이가 가질 기쁨을 내가 가로채는 것이나 아닌가, 이렇게 생각이 되거든."

"아이참, 언니두. 그런 말이 어디 있소?"

"왜?"

"언니가 선생님 뫼시구 있는 게 기쁘시다면 내게두 기쁘구 다행하지, 미안하기는 무엇이 미안허우. 언니가 그렇게 나를 위해서 희생이 되니깐 내가 미안하면 미안허지. 난 또, 무슨 별말이나 있다구. 아이 언니두, 호호호호."

하고 순옥은 여태껏 몹시 긴장했던 것이 싱거운 듯이 웃는다. 인원은 따라 웃기는 하면서도 어리둥절한다. 한바탕 웃고 나서 순옥은,

"그래, 선생님을 뫼시구 있으니깐 어떠우? 밤낮 언니는 내가 안 선생의 무엇에 반했느냐구 놀려먹더니."

하고 인원을 본다.

"잘생긴 큰 산이나 강을 바라보는 것 같아."

하고 인원도 어리둥절하던 표정을 그제야 거두고 엄숙하게 된다.

"산과 강?"

"응, 산이 가만 있지 않아? 말두 없구 움직이지두 않구. 그래두 암만 바라보아두 늘 싫지가 않거든. 싫지가 않은 것만이 아니라, 늘 전에 못 보던 새 빛이 난단 말야 새 맛이 나구. 강두 그렇지. 안 선생을 뫼시구 있으면 그런 생각이 나. 그래서 언제 보아두 늘 고요허면서두, 또 잠시두 가만히 있는 때는 없단 말야. 선생님이 조석으로 집에 오신대야 별루 말씀두 없으시지. 인원이 잘 잤소? 이런 말씀이나 한마디 하실까, 원. 그래두 선생님이 한 시간쯤 멍겨가시면 여남은 시간이나 무슨 좋은 강의나 음악을 듣구 난 것 같아. 그래서 속이 깨끗해지구, 편안해지구——순옥인 안 그랬어?"

"그럼, 나두 꼭 그렇지. 난 사 년 동안——인제는 오 년이나 되어 가지마는, 병원에 있는 동안에 선생님이 날 보시구 특별히 무슨 말씀이나 하시는 줄 아시우? 없었어. 내가 무슨 말씀을 여쭈어 보면 대답이나 허시지, 그것두 간단하게, 한마디루. 그래두 그 한마디가 다른 사람 천 마디보다두 더 뜻이 많구 설명두 많거든."

"참 그래. 선생님이 가만히 계신 것두 무슨 설법이야. 소리 없는 설법을 하셔서 우리가 귀 아닌 귀로 듣는 셈인가 보아, 안 그래?"

"언니두, 형용두 잘허시우. 참 그래! 꼭 그래!"

"인원이 수고하는군. 저렇게 아이들을 위해서 수고를 해서 어떡허나——이런 말씀 한마디 없으시지. 다른 사람이 그렇다면 내가 좀 섭섭할 거 아냐? 그래두 선생님은 한마디 그런 말씀은 없으셔두 그 눈이, 그 입이 그 몸이 나를 대할 때마다 인원이 고마워, 인원이가 애를 써, 하구 수없이 사례하는 말씀을 허시는 것 같단 말야. 안 그래, 순옥이?"

"그럼, 꼭 그래. 참 언니 표현이 용허서. 그럴 것 아니오? 그 선생님 몸이 왼통 고마움으로 되신걸."

"몸이 온통 고마움으로 되다니?"

"고마움으로 된 거 모르우, 언니?"

"몰라, 무어야?"

"그 선생님의 인격의 기초가 고마움이거든. 그 선생님은, 무엇에 대해서나 다 고맙게 느끼시는 선생님이시란 말요. 그 선생의 마음에서 무슨 소리가 난다면 그것은 고마워라, 고마워라의 무궁한 연속일 거야. 사람에게 대해서만이 아니라 무엇에 대해서든지 말야. 풀이나 나무에 대해서두 말야, 그 선생님은 어디서나 언제나 고마움을 느끼신단 말야——난 그렇게 생각해요, 선생님을."

"옳아, 참 그래. 참 순옥이 말이 옳아. 고마워라 고마워라야. 흥 흥."
하고 인원은 고개를 끄덕끄덕한다.

"고마워라, 고마워라!"
하고 인원은 노래 구절 모양으로 한 번 더 뇌어 보고,

"그럴 게야. 늘 고마워라, 고마워라 하는 마음으로 있으니깐 마음이 화평할 수밖에. 불평과 원망이 없으니깐."

"그럼, 화평하니깐 늘 기쁘구."

"늘 마음에 사랑이 솟구, 미움이 없으니깐."

"그럼, 번뇌가 없구."

"그래, 번뇌가 없으니깐 마음이 늘 맑구, 서늘허구."

"그럼, 그게 청량(淸涼) 아니오?"

"옳아, 난 그렇게까지는 몰랐어. 어쨌거나 남은 헤아릴 수 없는 무슨 크구 높구 깊은 것이 선생님 속에 있느니라——그만큼만은 나두 알았어. 그래서 잘생긴 큰 산 같다, 큰 강 같다, 이렇게 생각허구."
하고 인원은 깊이 감동하는 듯이 고개를 끄덕끄덕한다.

얼마 후에 인원은,

"순옥이는 고마워라, 고마워라루 살아가?"
하고 긴장한 눈으로 순옥을 바라본다.

"흥, 그게 쉽소, 언니? 그래야 될 줄이야 알지, 그것이 옳은 줄두 알구. 또 그렇게 살아가야만 정말 행복이 있을 줄두 알지만 어디 그렇게 쉽

게 되우? 그게 얼마나 큰 공부루 되는 게라구? 여간 십 년, 이십 년 공부만으룬 안 될 거 같아. 언제나 조그만 저라는 게 튀어나서거든. 손가락 끝 하나로 눈을 가리우면 크나큰 천지가 다 안 보이는 모양으루 이 조그마한 저라는 게 고만 무한히 넓은 고마움과 기쁨의 세계를 덮어서 안 보이게 허구 만단 말야. 글쎄 제 바늘끝만한 공로만 보구 다른 사람의 홍두깨만한 은혜는 못 보는구려. 이래서 불평이 아니오? 가정에서두 그렇구, 세상에서두 그렇구 말야. 그런데 이 바늘끝만한 것이 빠져를 주어야지, 영 안 빠진단 말야, 난. 언니야 애초부터 없으시지만."

"흥, 잘 없겠네."

"언니두 그러시우? 언니두 불평과 불만이 있으시우?"

"나 보기에는 순옥이야말루 그 저라는 걸 다 빼 버린 것 같아, 선생님을 배워서. 그렇지? 선생님은 도무지 그것이 없으시니깐 난 아직 선생님을 모시구 있는 지가 일 년 남짓밖에 안 되었지만, 영 불평한 빛이 요만큼두 없으시단 말야. 언제 보나 늘 만사가 당신 뜻대로 되어 가는 것처럼 만족하신 모양이든. 한 가지 예외는 있지만."

하고 인원은 웃는다.

"한 가지 예외? 그건 무엇이오?"

"순옥이를 그리워허시는 거."

"무얼, 아이, 언니두."

"정말야. 선생님두 순옥이 그리워허시는 것만은 아직 못 떼시는 모양야. 또 그것 때문에 괴로워두 허시는 모양이구. 하기야 그 마음 하나나 남았길래 아직 흙을 밟구 댕기는 사람이시지마는."

"무얼 그러실라구, 언니두. 그저 내 일이 걱정이 되셔서 그러시겠지."

하기는 하면서두 순옥의 낯빛이 흐린다.

"그야 선생님이 그 사랑을 정화하려구야 허시겠지. 여느 남자들의 사랑과도 다른 줄은 나두 알아. 그렇지마는, 나 보기에는 그렇기 때문에 더 간절허실 거야. 그렇지 않아? 그냥 예사 사랑과 같이, 순옥의 몸이나 탐

내는 것이라면, 원 순옥이를 한번 껴안어 본다든가, 원 그러면 풀리기두
허겠지마는 선생님의 감정은——순옥에게 대헌 사랑은 말야, 그런 것이
아니거든. 무언구 허니 말야. 이 세상에서 이생에서는 다시 찾을 수 없는
애인을 찾았는데 말야. 그것이 어기어 가는 열차에 탄 사람이란 말야. 보
기는 서루 보았는데 함께 헐 수는 없다——이러한 심정이어든. 내가 본
것이 꼭 맞았지, 머. 지금은 순옥이가 병원에 출근을 하니깐 날마다 육안
으로는 서루 만나기두 허지마는 그것이 서루 만나는 것이 아니어든. 역시
맞은편에 획 지나가는 열차창으로 보는 것이어든. 안 그래? 순옥이두 마
찬가지지, 머. 아무리 내가 이 몸을 희생해두 그 운명의 줄만은 내 힘으
로는 끊을 도리가 없단 말야."
하고 인원은 휘 한숨을 진다.
    인원의 말을 들으면 순옥이가 지금 느끼고 있는 행복감이 깨어지는 것
같았다. 그러고 안빈의 곁을 떠난(비록 날마다 몸으로 서로 대한다 하더라
도) 제 생활이 아주 빛을 잃어버리는 것 같았다. 이때에야 비로소 인원이
가 제게 대해서 미안하다고 한 말이 알아들리는 것 같았다. 순옥 자신이
처녀의 몸으로 안빈의 곁에 있을 때의 기쁨이 생각났다. 제가 인원을 불
쌍히 여길 이유보다는 인원이가 도리어 순옥이 저를 가여워할 이유가 더
많은 것 같았다. 더구나 여자가 처녀에서 아내로 옮아 가는 것은 어떤 의
미로는 가치의 저락이라고도 생각되는 것이 아니냐? 그렇게 생각하면 순
옥이가 일개 간호부인 처녀로 사모하는 안빈의 곁에 있을 때보다 당당한
의사로 허영의 부인으로 있는 것이 한없이 가치가 떨어진 것도 같았다.
    '그날은 다시 돌아올 수는 없다.'
하는 탄식이 순옥의 가슴에 폭풍같이 일어났다. 그날은 마음놓고 제 사모
하는 정을 속으로만은 자유로 안빈을 향하여 쏟을 수가 있었다. 그러나
오늘은? 순옥은 남의 아내다. 비록 육체에 관련되지 아니한 순전히 정신
적으로 사모하는 정이라 하더라도 함부로 안빈을 향하여서 발할 수는 없
는 것이다.

순옥은 안빈의 병원에 다시 다니게 된 뒤로 솟아오르는 제 간절한 사모의 정을 몇 번이나 고삐를 낚았던가? 너는 남편의 아내가 아니냐고. 그것은 안빈 편에 있어서도 그러할 것이라고 생각하면 인원이가 안빈과 저와의 관계를 어기는 열차의 승객에 비긴 것이 과연 합당하다고 생각하였다. 인원의 말을 듣기 전에는 그렇게까지 분명하게는 인식하지 아니하고 다만 안빈을 날마다 대하게 된 것이 행복이라고 범박하게 생각하여 왔으나 인원의 말을 듣고 보면 그것은 기쁨이 되기보다는 더 애끊는 괴로움인 것 같았다. 순옥에게 대하여 인원의 말은 지식 열쇠가 된 것이었다.

"언니, 왜 그런 말씀을 내게 했소?"

하고 순옥은 솔직하게 인원에게 원망의 말을 하였다.

"왜? 내 말이 순옥이를 괴롭게 했어?"

인원은 놀랜다. 순옥은 말없이 고개를 끄덕끄덕한다.

"왜, 무엇이?"

"언니가 말한 열차의 비유가."

"아이, 안됐어, 내가 괜히 잔소리를 해서. 어떻게 해?"

"아이, 무얼? 내가 알아야 할 것을 안 것뿐인데."

"알아야 헐 것이라니?"

"나는 남편 있는 아내다! 하는 사실 말야. 사랑이라구 이름 지을 정을 남편 이외의 사람에게는 주어서는 안 된다는 사실 말야."

하고 순옥은 한숨을 길게 쉬고 잠깐 눈을 감고 있다가 다시 뜨며,

"인제 언니 말씀을 들으니깐 선생님이 내게 대해서 전보다두 더 냉랭허신 까닭을 알았어. 나는 철없이 그것을 섭섭허게두 생각허구 어떤 때에는 아마 내가 시집을 갔다구 처녀가 아니라 해서 그러시는가, 허구 죄송스러운 생각두 했지만, 선생님은 다 까닭이 있으신 걸."

"무슨 까닭이?"

"너는 남의 아내다, 허는 그것이지. 날더러 인제는 순옥아라구두 안 부르셔요. 석 선생이라구 부르시지. 이따금 허 부인이라구두 부르시구.

지금 생각허면 허 부인이라구 부르실 때에는 내가 선생님께 너무 허물없
이 헐 때였어요. 내 감정이——선생님께 대한 사모허는 정이 말야, 과도
히 끓어 오른다고 보실 때면 아마 선생님이 순옥아 이 문지방을 보아라,
하시는 의미로 날더러 허 부인, 허구 부르셨나 보아요. 그때에두 몸이 흠
칫허지 아니헌 건 아니지만 허나 언니 말씀을 듣고 나니간 그 뜻이 분명
히 알아지는구려.”

“훙.”

하고 인원은 말이 없다.

얼마 동안 침묵이 계속한 뒤에 순옥은 억지로 지어서 웃는 듯한 웃음을
보이면서,

“언니.”

하고 인원을 불렀다.

“왜애?”

하고 인원은 걱정스러운 듯이 순옥의 얼굴을 바라본다.

“언니, 선생님 잘 사랑해 드려요.”

“그건 또 무슨 말야? 같은 소리를.”

“같은 소리가 아냐. 나는 아직두 남의 아내가 되구두 말야, 선생님을
속으로 사랑이라면 말이 안 되겠지마는, 속으로는 사모해 드릴 자유가 있
는 줄 알구 있었어요. 그렇지만 아냐, 아냐! 내게는 벌써 선생님을 사모
헐 자유두 없어. 내 마음속에 선생님의 모습이 떠 나오면 나는 얼른 내
남편의 모습을 그 자리에 바꾸어 놓아야만 하거든. 선생님의 모습은 떼밀
쳐 버리구. 안 그렇수, 언니?”

“무얼 그래? 정신적으로——.”

“정신적으로니깐 더허지. 그럼 정신적으로니깐 더해. 언닌 아직 아내
가 되어 보지 않아서 그러시우. 나두 혼인 전에야 언니와 꼭 같은 생각을
가지구 있었지——시집을 가기루니 내가 사모하는 이를 정신적으로야 못
사모헐 것이 무엇이냐구. 그렇지만 그건 잘못된 생각야. 아내가 남편 이

외의 남자를 그리워한다면 벌써 간음야. 예수께서 안 그러셨수?"

"아이참, 그런 구식 생각이 어디 있어?"

"진리에두 구식, 신식이 있나?"

"그러기루 아무리 무엇허기루 그래, 남편 이외의 남자는 존경두 못한단 말야?"

"존경이야 해두 좋지."

하고 괴로운 듯이 가슴을 내밀어서 한숨을 쉬고 나서,

"존경이야 좋지마는, 글쎄 어디까지가 존경이구 어디서부텀이 사랑이오?"

하고 입술을 빨면서 인원을 바라본다.

"글쎄."

인원도 대답할 말을 못 찾는다.

"그리우면 벌써 단순한 존경은 아닐 거야. 자꾸 보구 싶구, 그이 곁에 있구 싶구, 그러면 벌써 단순한 존경만이 아니지 무어요?"

"허긴 그래."

하고 인원은 제가 안빈에게 대한 감정을 분석해 보고 한숨을 지운다.

"그러니깐 난 인제부터 내 가슴속에서 선생님의 모양을 파내야 해요. 선생님의 얼굴과 몸 모습은 내 가슴에서, 내 마음속에서 파내구."

하다가 순옥은 울음을 삼키고 눈물을 눈시울로 짜 버리면서,

"그리구는 선생님의 정신만——그 무언의 교훈만을 뫼시구 있어야 해. 그것이 선생님의 뜻일 거야. 내가 선생님의 뜻대루 살아가는 것이 선생님을——선생님을——."

그 뒤에 사랑이란 말을 넣을 수는 없고 무슨 말을 할는지를 몰라서 울음으로 끊어 버리고 그리고는 입술을 꽉 물고 안간힘을 서너 번 쓴 뒤에 순옥은 고개를 들면서,

"언니, 언니."

하고 부르기만 하고 말이 아니 나온다.

"왜? 왜 그래, 순옥이?"

하고 인원의 눈도 붉다.

"언니. 선생님을 잘 위해 드려요. 잘 사랑해 드리구. 언니는 그럴 자유
가 있는 몸이 아니오?"

순옥의 소리는 울음에 섞인다.

"순옥이, 순옥이."

"난, 난, 난 인제부터는, 난 인제부터는, 난 내일부터는, 내일부터는
——."

하고 순옥은 말이 꺽꺽 막힌다.

"순옥이, 순옥이."

인원의 몸은 떨린다.

"난 내일부터는 병원에 안 가. 안 가."

"왜? 왜?"

"안 가. 인제부터는 이생에서는, 다시는 이생에서는 선생님을 안 뵈일
테야. 생각두, 생각두 아니허구, 우우."

하고 순옥은 마침내 참지 못하고 울어 쓰러진다.

그날 밤에 순옥은 잠을 이루지 못하였다. 허영이가 잠이 든 뒤에 순옥
은 혼자 괴로워하였다. 허영을 보고는 아무 말도 아니하였으나 순옥이 혼
자 속으로는 내일부터는 병원에는 아니 가리라고 생각하였다.

그러나 그렇게 단순히 아니 가면 그만일 수도 없는 데 순옥의 괴로움이
있었다. 다시는 안빈을 만나지 말자 하는 것이 생각으로는 쉬우나 심히
어려운 일이었다. 차라리 안빈의 병원에 두 번째 가는 일을 아니하였더
면 몰라도 이제 또 안빈의 곁을 떠난다는 것은 마치 영영 돌아올 수 없
는 어둡고 추운 그늘 속에 몸을 던져 버리는 것같이 무섭고 슬프다. 아까
인원과 말할 때에는 흥분한 끝이라 단연히, 일생에 다시는 안빈을 대하지
아니하리라 하였으나 혼자 가만히 생각하면 그것은 불가능한 일일 것 같
았다. 날마다 안빈의 곁에 있기 때문에, 또 날이 새면 안빈의 곁에 갈 수

있느니라 하는 희망이 있기 때문에 남편도 사랑할 수 있고 집도 사랑할 수 있는 것 같았다.

'두 번째 안빈 병원에 가기 전에는 날마다 안빈을 만나지 아니하고도 곧잘 살지 아니하였느냐?'

순옥은 이렇게 스스로 물어 본다. 그러나 그때는 그때요 지금은 지금이었다. 일 년 남아 남편인 허영이라는 사람을 경험한 뒤이기 때문에 안빈의 맑고 향기로운 인격이 더욱더욱 뼈 속까지 사무치게 느껴졌다. 안빈의 눈매 하나, 말 한 마디, 몸 한번 움직이는 것이 다 전에 보다도 더한 압력을 가지고 순옥이 혼 속에 폭폭 박혀 드는 것이었다.

이런 마음을 품는 것이 남편에게 대해서 미안하다고 순옥은 생각도 한다. 남편이 안빈을 배웠으면 어떻게나 좋을까. 그러나 남편 허영에게는 안빈의 세계는 알아볼 수 없는 것이었다. 그는 안빈의 거처를 알려는 마음조차 나지 못하는 모양이었다.

'못 떠나. 선생님의 곁을 못 떠나.'

순옥은 이렇게 생각한다.

그러고는 남편의 잠든 얼굴을 바라본다. 어찌해서 남편 허영에게는 이 분명한 높은 세계가 아니 보일꼬? 어찌해서 그에게는 물건이나 사람의 껍데기만 보이고 그 알맹이인 혼이 보이지 아니할꼬? 재주도 남만 못하지 아니하고 감수성도 예민한 편이면서도 혼을 보는 눈만 뜨지 못할꼬? 이렇게 생각하면 순옥은 안타까웠다. 허영의 눈을 가리운 그 막을 떼어 주고 싶었다──그 업장의 막을. 그러나 그 막은 이 세상의 가장 단단하다는 모든 물질보다도 더 단단한 것이라고 한다. 그것은 칼로 끊을 수도 없고 불로 태울 수도 없고 오직 도를 닦는 힘으로만 끊을 수 있는 것이라고 한다.

순옥은 자는 남편 허영이가 심히 가여운 것 같았다. 모든 것을 잃어버린 사람인 것 같았다. 근래에는 순옥에게 대한 호기도 다 사라지고 도리어 순옥을 어려워하는 편이었다. 순옥이가 병원에서 돌아오더라도 순옥

의 편에서 먼저 팔을 벌려 주기 전에는 감히 순옥을 껴안으려고도 못 하
는 것 같았다. 그렇게 호기롭게 난잡에 가까우리만큼 순옥의 몸을 희롱하
던 것도 인제는 부쩍 줄어 버리고 말아서 슬슬 순옥의 눈치만 보는 듯하
였다. 때때로 어색하게 남편의 위엄을 부리려 드는 일도 있으나 그것조차
점점 적어지고 말았다.

그것은 허영뿐이 아니었다. 시어머니 한씨도 이제는 순옥의 앞에 아주
고개를 들지 못하는 것 같았다. 순옥이가 병원에서 돌아오는 길로 앞치마
를 두르고 부엌으로 나가는 것을 보면 류머티즘으로 잘 쓰지도 못하는 다
리로 비척거리고 마루에 나와 앉아서 무슨 일을 거들어 줄 뜻을 보였다.

"어머니 들어가세요. 왜 나오세요? 누워 계시지."

순옥이가 이렇게 말하고 붙들어 들여다가 누이기까지 한씨는 들어가지
를 아니하였다.

순옥이가 다리를 밟거나 어깨를 주무르면 한씨는 매양 미안한 빛을 보
였다.

"몸살날라. 가 자거라."

한씨는 십 분에 한번씩은 이런 소리를 하였다.

순옥이가 병원에서 집에 돌아오면 식모가 내달아 오고 한씨는 일어나서
영창을 열고,

"아이 춥겠구나."

한다든지, 이런 인사를 하고 허영도 뛰어나와서 미안한 듯이 웃고 맞았
다. 어떤 때에는 순옥의 우산과 핸드백을 받으려고 하는 일도 있어서 순
옥은,

"아스세요, 아이 숭해라."

하고 눈을 흘기나 그러할 때마다 가엾은 생각이 아니 날 수가 없었다.

아내의 벌어들이는, 며느리의 얻어 오는 밥을 먹는다고 해서 이렇게 모
두들 그 기승을 죽여 버리는 것이었다.

이런 생각을 하고 순옥은 잠든 남편을 꼭 껴안았다.

허영은 눈을 번쩍 떠서 더할 나위 없이 기뻐하였다.

"왜, 안 자우?"

허영은 순옥의 머리를 쓸면서 이런 소리를 하였다.

"난 당신의 순옥이요."

순옥은 남편의 눈을 들여다보면서 이런 소리를 하였다.

"그럼."

허영은 감격하는 모양을 보인다.

"왜, 요새에는 나를 귀애 주지 않으시우?"

순옥은 허영의 속을 빤히 알면서도 이런 말을 하였다. 허영은 빙그레 웃었다.

"무얼 당신이랑 어머니께서랑 내게 대해서 미안해들 허시우?"

순옥은 또 이런 말도 하였다.

"왜 미안허지를 않소? 당신을 대헐 낯이 없지."

하고 허영은 시무룩해진다.

"날 남으루 아나 보아. 어머니두 날 자식으루 아니 아시구."

"원, 천만에. 그럴 리가 있소? 당신이 병원에 간 뒤면 어머니는, 아이 비가 오는데, 아이 바람이 찬데, 애기가 몸이 약헌데, 이러신다우."

"난 그렇게 미안해허는 거 싫어. 당신두 전과 같이 날 보구 호령두 허구 그러세요."

순옥은 이런 말을 하고 남편을 한 번 더 껴안았다.

"고맙소. 순옥이 고맙소."

하고 허영의 음성은 떨렸다.

"나를 잘 사랑해 주시우. 그런 미안한 생각을 허는 건 날 사랑허시는 게 아니야."

순옥은 이러한 소리도 하였다.

이렇게 하고 나면 순옥은 마음이 좀 편안하였다. 그러고 잠이 들었다.

이튿날 순옥은 여전히 병원에를 갔다. 가는 길로 삼청동 집으로 인원에

게 전화를 걸고,

"언니, 나 병원에 와 있수."

하고는 끊어 버렸다.

인제는 순옥은 의사이기 때문에 현관에서 안빈의 모자와 외투를 받을 수는 없었고, 다만 인사를 할 뿐이었다.

순옥은 예방의를 입고 예진실에 앉는다. 이 병원에 오는 환자는 원장 안빈의 진찰을 받기 전에 예진실에서 순옥의 진찰을 받게 되었다. 이것은 안빈이가 순옥을 위하여서 만들어 놓은 제도인 것은 말할 것도 없었다. 예전 대합실이던 것을 예진실을 만들고 응접실을 대합실로 만든 것이었다. 순옥을 위하여서는 간호부 계순이가 전속이 되어 있었다.

어느 대단히 추운 날이었다. 진찰 시간이 거의 다 끝이 나서 순옥이가 그날 예진한 환자에 대하여 처방을 연습하고 있을 때에 환자 하나가 왔다. 돌이 지났을락말락한 어린애를 안은 중년 부인이다. 진찰권에 쓰인 이름은 허섭(許燮)이었다.

어린애는 들어오는 길로 기침을 시작하였다. 까르륵까르륵 숨이 막힐 지경이었다. 얼른 보아도 열이 높은 모양이었다. 그 부인의 말에 의하건 대, 한 사오 일 전부터 감기가 들어서 몸이 짤짤 끓고 기침이 심하고 설사가 난다고 하고 맨 나중에,

"벌써 병원에 데리고 오려면서도 가난해서요."

하고 부인은 눈물을 머금었다.

체온은 삼십구 도, 맥박은 심히 약하였다. 배에는 가스가 있었다.

'Pneumonia'라고 순옥은 썼다. 그리고 이렇게 열이 높은 폐렴환자를 이 찬바람을 쏘이고 온 것을 생각하고 몸서리를 쳤다.

"입원을 하셔야 할 것 같은데요."

쓸데없는 말인 줄 알면서도 순옥은 이런 말을 하였다.

"입원을 무슨 돈으루 합니까?"

하고 그 부인은 부끄러운 듯이 고개를 숙인다. 순옥은 몸소 그 환자를 데

리고 원장실로 갔다. 안 박사의 진단도 폐렴이었다.

"댁이 멀어요?"

이것은 안빈이가 그 어린애를 안고 온 부인에게 묻는 말이다.

"자하문 밖이야요."

"자하문 밖?"

안빈은 놀라는 듯이 묻는다.

"네, 문 안에 살다가."

하고는 그 부인은 말이 막힌다.

"애기 병이 좀 중헌데요."

하고 안빈은 잠깐 생각하더니 곁에 선 어 간호부를 보고,

"병실 있소?"

하고 묻는다.

"오늘은 없습니다. 내일은 구 호실이 비지만."

이러한 문답을 듣다가 그 부인은,

"아냐요. 입원은 못 합니다. 돈이 없는걸요."

하고 어린애를 안고 일어서며,

"약이나 주세요. 입원할 처지가 되나요?"

하고 까르륵거리는 어린애를 폭 껴안고 둥개둥개를 한다.

안빈은 그 말은 들은 체도 아니하고 어 간호부더러,

"그럼 내 연구실, 거기 이애를 입원시켜."

하고 지시한 뒤에 그 부인더러,

"댁이 가깝다면 그냥 가시라구 하겠지마는 지금 이애를 자하문 밖으로 데리구 가시지는 못합니다. 입원료는 아무 때에나 돈 생기실 때에 갚으세요. 그리고 염려 말구 입원을 시키세요."

하고는 계순이더러 주사할 준비를 시키고 나서 순옥을 보고 처치할 것을 말한다.

허섭이는 안빈의 연구실(그것은 옥남이가 입원했던 방이다)에 입원하였다.

순옥은 안 박사의 지시대로 허섭에게 주사를 놓고 가슴에 습포를 대고 흡입을 시키도록 하였다.

이튿날 아침에 순옥이가 안빈을 따라서 회진으로 허섭의 방에 들어갔을 때에는 그 중년 부인은 없고 어떤 여학생인 듯한 젊은 부인이 있다가 안빈과 순옥을 보고 부끄러운 듯이, 그러나 수없이 고맙다고 하는 것을 보고 그것이 허섭의 어머니인 줄을 순옥은 짐작하였다. 그 여자는 몸이 통통하고, 얼굴이 잘생긴 편은 아니나 순직해 보이고, 그 몸가짐이나 말하는 것으로 보아서 상당한 교육을 받은 사람인 듯하였다.

'아비 없는 자식.'

순옥은 안빈이가 허섭의 가슴을 보는 동안에 허섭과 그 여인을 보고 이런 생각을 하였다.

그날 오후에 순옥이가 허섭에게 주사를 놓으려 들어갔을 때에 주사를 막 놓고 나오려고 할 적에 그 여인은,

"이애가 살겠습니까."

하는 말로 순옥을 붙들었다.

"그럼요. 염려 마세요."

하고 우뚝 서서 그 여인을 한 번 더 훑어보았다. 사실로 허섭은 기침도 좀 유해지고 담도 순하게 돋우었다.

순옥이가 한 걸음 다시 문으로 향할 때에 그 여인은 순옥의 뒤에 따르는 간호부를 힐끗 보고 무슨 말을 할 듯 할 듯 머뭇거렸다.

순옥은 얼른 이 사람의 뜻을 알아차리고 간호부더러 먼저 나가라는 눈짓을 하였다.

간호부가 나간 뒤에 그 여인은 한번 어색한 웃음을 지어 웃으면서,

"석 선생이시죠?"

하고 순옥을 본다.

"네, 나 석순옥이야요. 언제 날 보셨어요?"

하고 순옥도 잠깐 놀란다.

"뵈인 일은 없어요. 사진으루는 뵈었어두."

"이 애기 어머니세요?"

순옥은 이런 말로 그 여인의 어색해하는 것을 풀려고 한다.

"네."

그리고는 그 여인은 다시 말이 없었다. 순옥은 다시 무슨 말이 있을까 하고 얼마를 기다리다가,

"이 애기 아버지는——."

하고 아비가 없느냐고 물으려다가 못 하여서 말을 끊는다.

"이애는 아버지가 없답니다."

하고 그 여인은 고개를 숙인다.

"돌아가셨나요?"

"아니오."

"그럼 이혼을 하셨어요?"

"그런 것두 아냐요."

"네에."

하고 순옥은 말을 더 파묻는 것이 이 여인에게 고통이 될 듯하여서,

"너무 땀나지 않게 허셔요. 먹이는 것은 간호부가 시키는 대로 꼭 지키셔야 합니다."

하고 그 여인을 향하여 잠깐 고개를 숙이고 나오고 말았다.

순옥은 그날 집에 돌아와서도 허섭의 어머니라는 그 여인의 일이 잊혀지지 아니하였다. 무슨 까닭이 있는 모자인 것은 의심할 여지도 없지마는 그 까닭이란 것이 순옥이 자기에게 무슨 관계가 있는 것인가? 어찌하여서 그 여인이 순옥에게 무슨 말을 할 듯 할 듯하고 머뭇거리는 것일까?

그 뒤에도 순옥은 날마다 허섭의 병실에 이삼 차씩이나 들어갔으나 허섭의 어머니는 다만 일어나서 고맙다고 인사를 할 뿐이요 별로 무슨 말이 없었다. 그래서 순옥도 마음에 있던 의심도 다 잊어버리고 말았다. 허섭의 병은 매우 중태였으나 입원한 지 일 주일쯤 지나서부터는 열이 뚝 떨

어지고 소화기도 좀 회복이 되었다. 그래서 주사도 오늘이 마지막이라고
하는 날 순옥은 그 여인을 보고,

"인제 걱정 없습니다. 내일부텀은 주사두 안 맞아두 좋아요."

하고 주사 맞는 것이 싫다고 번번이 우는 허섭의 눈물을 씻겨 주었다.

"아이, 고맙습니다."

하고 그 여인은 허섭을 일으켜 안고 젖을 물리면서,

"네가 꼭 죽을 뻔했구나."

하고 한숨을 쉬고 나서,

"인제는 퇴원을 해두 좋습니까?"

하고 순옥을 본다.

"며칠 더 계시지요."

순옥은 별로 생각도 없이 이런 말을 하고 병실에서 나오려고 할 때에
그 여인이,

"선생님."

하고 순옥을 불렀다. 그의 표정이 순옥이가 그를 처음 대하던 날과 꼭 같
았다. 계순이도 그것을 알아차려서 먼저 나가 버렸다.

"무슨 말씀이 있으셔요?"

하고 순옥은 허섭의 조그마한 손을 만졌다.

"선생님, 이애가 허영 씨 아들입니다."

하고 그 여인은 눈물을 떨어뜨렸다.

"네?"

하고 순옥은 한 걸음 뒤로 물러섰다.

그 여인은 입술을 꼭 물고 안간힘을 쓰더니 결심한 듯이,

"이 말씀을 헐까 하고 여태껏 망설였어요. 그날 선생님을 처음 뵈온
날두 이 말씀을 헐까헐까 하다가 참았지요. 지금 바쁘지 아니하세요?"

하고는 침착한 여유를 보이면서 순옥의 눈치를 본다.

순옥은 가까스로 놀란 가슴을 진정하였다. 그리고 마음이 산란한 모양

을 그 여인에게 아니 보이려고 교의를 끌어다가 그 여인과 무릎이 마주 닿을 만한 위치에 앉으며,

"이 애기가 허영 씨 아들이야요?"

하고 금방 들은 말을 믿을 수 없는 듯이 재차 물었다. 아무리 누르려 하여도 가슴이 울렁거리는 것이 가라앉지를 아니하였다.

"네, 허영 씨 아들입니다."

하고 그 여인이 도리어 침착하였다. 그 휘주근하고 때가 묻은 옷을 입은 여인의 얼굴에는 마치 순옥을 조롱하는 듯한 웃음까지도 뜬 것같이 순옥에게는 보였다. 그러나 기실은 그 여인의 얼굴은 슬픔과 원망으로 경련이 되고 있었다.

"아이, 어느 허영 씨 말씀입니까?"

순옥은 어리석은 소리인 줄을 알면서도 이렇게 묻지 아니할 수가 없었다.

"어느 허영 씨라니요? 석 선생 남편 되시는 허영 씨지요. 이애 얼굴이 석 선생 사랑양반 닮지 않았습니까? 이 눈어염허구, 이 코허구, 이 이맛전허구, 이 귀까지두, 닮지나 않았으면 좋겠다구 내가 얼마나 빌었을까요! 그러나 어쩌면 요렇게두 닮습니까! 자 보세요."

하고 그 여인은 젖꼭지를 빼고 어린애를 순옥의 앞에 내어민다.

말을 듣고 보면 순옥의 눈에도 그애는 허영을 닮은 것 같았다. 마치 호적에도 없는 어미의 몸에서 나온 아들이 아비를 닮지도 아니하면 어떻게 그 아비의 아들인 것을 증명하랴 하는 것과 같이 그 아이는 허영을 닮았다.

순옥은 말이 없었다. 그러나 손가락이 떨렸다.

그 여인은 순옥의 얼굴에 일어나는 표정을 살피다가 안심한 듯이 다시 어린애에게 젖꼭지를 물리면서,

"나는 이 아이를 내놓지 않으려구 했어요. 제 아비는 나를 속이고 배반한 원수지만 이것이야 어쨌든 내 간줄기에서 떨어진 것 아닙니까? 그래서 나는 거지가 되더라두 이 아이는 내가 기르려구 했어요. 그래두 에

미 마음이라 차마 떠날 수가 없군요. 이 얼굴 모습이 제 아비——아이 용서허세요. 말이 버릇이 없어서——내가 철이 없어서——용서하세요. 이 아이 얼굴 모습이 제 아버지 닮은 것이 눈에 띄면 속이 벌컥 뒤집히구 분이 치밀어요. 그래서 이 핏덩이를 척척 때려서 울린 일두 여러 번입니다. 그래두, 그래두, 이것을 내어놓기는 싫어요. 밥을 굶어두 이것을 이렇게 끼구 앉았으면 울면서두 기쁨이 있군요. 접때에 이애 처음 입원허던 날두 얼마나 집에서 혼자 울었는지요. 그렇지만 가만히 생각해 보니깐 내가 이것을 끼구 있다가는 죽여 버릴 것만 같아요. 이번에만 해두 참 안 박사 선생님 덕에 이렇게 입원꺼정 허구 또 석 선생님이 이렇게 잘 치료를 해 주셔서 살아났지마는 또 무슨 병이 나거나 허면 돈 한푼 없이 이걸 어떻게 해요? 또 잘 먹일 것두 없구. 직업은 떨어지구,——홀어머니 한 분 모시구. 이담에 공부시킬 걱정두 있구. 또 지금은 암것두 모르지만 아비 없는 자식이란 말 듣게 하는 것두 차마 못 할 일이구요. 백방으루 생각해 보았어요. 이번에 앓다가 죽어 버렸으면 하는 생각두 해 보았습니다. 그렇지만 무슨 좋은 일을 보겠다구 이것이 또 살아났습니다그려. 그래 이럴까, 저럴까 생각한 끝에——또 석 선생님을 오래 두구 뵈이니깐 그렇게 마음이 인자허시구 처음 뵐 때에는 좀 분했습니다. 호호호호."

하고 경련적인 웃음을 웃고 나서 그는 말을 잇는다.

"그래 결심을 했습니다. 섭이를——이것을."

하고 다시 젖꼭지에서 떼어서 순옥의 앞에 내어밀면서,

"이것을 저 아버지허구 정말 어머니헌테 보내기루."

하고는 울음에 목이 멘다.

"정말 어머니라니요?"

하고 순옥은 그 여인에게 대하여 가엾은 동정을 가지면서 물었다.

"석 선생이 정말 어머니 아니셔요? 낳기는 내가 낳았지만. 그러니 이걸."

하고 그 여인은 섭의 얼굴을 한번 들여다보고 고개를 흔들어서 눈물을 떨

리고 나서,

"이걸 선생님이 낳으신 것으루 알구 호적에두 선생님이 낳으신 거루 넣어 주시구——내가 낳은 거루 허면 서자가 안 돼요? 인제는 선생님두 혼인허신 지가 두 해가 되었으니까 아기 낳으실 때두 되었으니 선생님이 낳으신 거루 호적에 넣어 주시구, 그리구 선생님이 그렇게 인자허시니깐 당신이 낳으신 자식처럼 길러 주세요. 난, 난, 다시는, 다시는 어미라구 나서질 않을 테야요. 일생에 다시는 못 만나두 좋아요. 나 같은 어미 밑에서 자라는 거보담은 선생님 같으신 이를 어머니라구 부르는 것이 제게 두 행—복—일—거—아—니—야요?"

하고 흑흑 느껴운다.

순옥이도 같이 울었다. 엄마가 우는 것을 보고 섭이도 젖꼭지를 놓고 운다.

이날 병원 시간이 끝난 뒤에 순옥은 참으로 오래간만에 안빈과 원장실에서 단둘이 대하였다.

순옥이가 문을 두드리고 안빈의 방에 들어갔을 때에 안빈은 순옥에게 앉기를 권하며,

"응, 허 군 좀 어떠시오?"

하는 것이 첫인사였다. 허영이가 근일에 두통이 나고 가끔 현훈증이 난다는 것이었다.

"그저 그래요. 맥이 단단한 것 같애요."

"맥이?"

"네."

"허 군 나이 얼마?"

"서른다섯이야요."

"응. 혈압을 한번 재 보구려."

"네."

"피검사두 한번 해 보지."

"피요?"

"응, 그럴 린 없겠지만."

"바세르만 반응을 보게요?"

"글쎄, 만일 그렇다면 치료를 해야 안하오?"

이 말에 순옥은 또 한 가지 앞이 캄캄함을 느낀다. 젊은 사람이 혈압이 높다면 매독을 의심할 수도 있는 것이다. 다음 순간에 순옥은 섭을 생각 하였다. 부모가 매독이 있으면 그 자녀에게 선천 매독을 상상하지 아니할 수 없는 것이다.

"그러면 그 그, 자녀두 선천 매독을 상상해야지요?"

"그렇지."

하고 안빈은 순옥을 본다. 혹 순옥이가 임신중이어서 그런 말을 묻는 것인 가 함이었다.

"그런데 선생님."

하고 순옥은 말하기 어려운 듯이 손으로 테이블 클로드를 만진다.

"응."

"저 허섭이 말씀야요."

"허섭이?"

"네, 저, 연구실에 입원헌."

"왜? 괜찮지?"

"네, 병은 괜찮아요."

"그런데?"

"허섭이가 허영의 아들이래요."

"무어?"

하고 안빈도 놀란다.

"그애가 말씀야요. 허영의 아들이래요. 그애 어머니가 사범학교 졸업 허구──그, 왜, 첫날 그애 데리구 왔던 그 부인 안 있어요?"

"응, 그 뚱뚱헌."

"네, 그 부인이 허섭의 외할머닌데요. 과수루 그 딸 하나를 길러서——
그러니깐 허섭이 어머니지요. 그애 간호허구 있는 그 젊은 여자 말씀야요
——이귀득이라구요, 이름이."

"응."

"그 과수 마누라가 그 딸을 길러서 남의 집 침모살이를 하면서 공부를
시켰대요. 그래서 보통학교 훈도까지 됐는데 아마 문학소녀던가 보아요.
어떻게 허영일 알게 되어서 아주 혼인까지 허기루 다 작정이 되었더래
요."

"응, 허 군허구."

"네, 그런데 그때에 제가 나선 것이야요. 가만히 귀득이라는 이의 말
을 듣구 앞뒤를 따져 보니깐요."

"응."

"아마 내게 대해서는 단념을 허구 그 여자허구 혼인을 하려다가 그만
그때에 제가 툭 튀어나와서 혼인을 하게 된 것인가 봐요."

"응흥."

"그런데 벌써 이귀득이는 저렇게 애를 배구, 그러니깐 학교에두 못 다
니게 되구, 그리다가 애를 낳구요."

"응."

"그래두 그렇게 살기가 어려워두 그애는 제가 기르려 했다구요."

"응."

"그랬지만 이번 보니 그애를 제가 맡아 가지구 있으면 안 되겠다구 깨
달았노라구요."

"응."

"그러니 그애를 절더러 맡아 달라는 거야요. 호적에두 제가 낳은 거루
넣구요——그이가 낳은 거루 허면 서자가 되지 않느냐구요."

"응."

"그러구 울어요. 사람은 퍽 순실해요. 머리두 좋은 모양이구요."

"응."

"그래서 제가, 그렇거들랑 지금이라두 허허구 혼인해 살라구 나는 곱다랗게 물러나 주마구, 제가 그랬지요."

"응."

"그러니깐 그건 싫대요. 허영에게 대해서는 본대부터 애정이 있었던 것은 아니라구요. 허영이가 하두 정성으루 그러니깐 그만 넘어갔노라구요. 인제는 다시는 그 사람은 대허기두 싫다구요."

"흥."

"그럼 일생을 혼자 살 생각이냐구 그랬더니, 그건 모르겠노라구요. 본대 자기를 사랑하던 사람이 있었더래요── 같은 학교 훈도가 사범학교 적부터 알았노라구요."

"그래."

"그 사람이 저를 퍽 동정해서 지금이라두 저만 허락을 하면 혼인을 헌다구 그런다구요."

"응."

"그러니 이애만 절더러 맡아 길러 달라구요. 자기는 다시는 어쩌라구 나서지 않는다구요."

"응."

"그러니, 선생님. 제가 어떻게 허면 좋습니까?"

하고 순옥은 안빈을 바라본다.

"그래, 허 부인 마음이 흔들리셨소?"

"왜 선생님 절더러 허 부인이라구 허십니까?"

"왜?"

"순옥아 허구 부르시지. 선생님이 허 부인이니 석 선생이니 허구 부르시면 저는 슬퍼요. 순옥아, 그렇게 불러 주셔요."

안빈은 가만히 순옥을 바라보고 말이 없다.

"네, 마음이 흔들렸습니다. 처음에 이귀득이가 그애를 가리키면서 이

것이 허영 씨 아들이라구 할 때에는 숨이 막히는 것 같았어요. 그리구는
손발이 떨리구요. 그러나 선생님을 생각허구——선생님이 제가 되어서
이 일을 당하시면 어떡허실까 생각허구 곧 마음을 진정했습니다."

"지금은?"

"지금은 그 모자가 불쌍허기만 해요. 전 이귀득이허구 한참이나 둘이
울었어요. 귀득이두 첫번 저를 대할 때에는 분했노라구 그래요."

"지금은?"

"지금은—— ."

하고 순옥은 인자하다는 말을 차마 못하여서,

"지금은 호감을 가진 모양야요."

하고 한숨을 쉰다.

"응흥."

하고 안빈은 만족한 듯이 빙그레 웃는다.

"그래, 처음에는 왜 그렇게 분했소, 순옥이가?"

하고 안빈은 처음으로 순옥이라는 말을 쓴다.

안빈이가 '순옥이가.' 하고 불러 주는 말에 순옥은 가슴이 울렁거리도
록 기뻤다.

"놀라구 또…….''

"또 분해서?"

하고 안빈이가 빙그레 웃는다.

"네에, 분했어요. 일생에 그런 분헌 건 처음 보았어요. 그것이 질투라
는 것입니까?"

"그렇겠지."

"어떡헙니까?"

"무얼?"

"제 마음에 질투가 생겨서 말씀야요."

"지금두?"

"아니, 지금은 없습니다마는."

"바람에 일어났던 물결이니 자면 고만이지, 어떡허우?"

"제 마음엔 그런 건 없는 줄 알았는데요."

"한번 질투의 표본을 경험했으니 다시는 일어나지 못하게나 허구려."

"앞이 캄캄해져요. 아뜩해지구."

"지금?"

"아니. 아까요. 질투가 일어날 때에."

"그래서 사람두 죽이는 거 아니오?"

"다시 그런 마음이 일어날 때에는 어떡허면 좋습니까?"

"사랑, 자비심."

순옥은 입술을 빤다.

"자비심이란 저를 잊어버리는 것이니까. 이 경우에는 순옥으루는 순옥이를 잊어버리구 세 사람만을 생각해야지."

"세 사람이오?"

"응. 이귀득, 섭이, 그리구 허 군."

"허요?"

"그럼, 허 군이 지금 몸이 약허니까. 허 군에게 가장 타격이 적두룩."

"네, 알았습니다."

"이 처지에 허 군을 보호허구 불쌍히 여길 사람이 순옥이 아니오?"

"네."

"그리구는 이귀득 씨 소원대루 해 주는 것이 좋겠지── 순옥이가 기쁘게 그렇게 헐 수가 있다면 그것이 최상이겠지."

"네."

"순옥의 일생이 수난의 일생인 것, 순옥이가 향락을 허러 이 세상에 온 것이 아니라 수난을 허러 이 세상에 나온 것을 잊지 말구."

"네."

"순옥의 수난의 결과가 어느 한 사람에게라도 기쁨이 되구 도움이 되면 그것이 순옥의 본의 아니겠소? 기쁨이구.”

“네.”

“이 세상에 누구는 수난자 아닌 사람이 있소? 다 수난자지.”

“네.”

“다 제 행복을 위하노라구 수난들을 허구 있지. 기실은 저두 남두 다 불행케 허면서.”

“네.”

“이제 순옥은 적더라도 다섯 사람을 불행허게 할 권리를 가졌소.”

“다섯 사람요?”

“응. 허 군, 허 군 자당, 허섭, 허섭 생모, 그 외조모.”

“네.”

“그 반면에 순옥은 이 다섯 사람을 행복게까지는 몰라도 그 불행을 최소한도로 경감해 줄 권력도 가졌소. 그것을 아시오?”

“네, 알겠어요.”

“그것이 순옥의 당면의 의무겠지. 과제구, 또 사업이구. 안 그렇소?”

“네, 그렇습니다.”

“이 처지에 ‘네 그렇습니다.’ 할 사람이 그리 많지 않소. 크게 분을 내구, 큰 계획들을 만들어서 굉장히 큰 풍파를 일으키는 것이 저마다일 것이겠지.”

“네.”

잠깐 침묵.

“난 순옥이를 믿소.”

“네.”

“내가 순옥이를 사랑허는 것이 순옥의 그 힘이요.”

“네.”

얼마 잠잠한 후에 안빈은,

“만일 이 일을 처치하는 데 대해서 경제적으로 필요허거든 조금두 꺼리지 말구 내게 말허우."

하고 순옥을 본다.

"네."

또 얼마 동안 침묵이 있은 뒤에,

"순옥이."

하고 안빈은 힘있게 순옥을 부른다.

"네."

안빈은 이윽히 순옥을 바라보다가,

"하느님께서 순옥을 훈련허시느라구, 순옥의 사랑의 힘을 시험허시느라구 순옥에게 이런 과정을 주신 것이오."

"네."

"이보다 더 어려운 일이 앞에 또 있겠지."

"네."

또 잠깐 침묵.

"순옥이."

"네?"

"난 순옥이를 믿소. 모든 시험과 단련을 다 이기어서 사랑의 일생을 완성헐 사람인 줄을 믿소."

"네."

한참 두 사람간에는 말이 없었다. 순옥은 고개를 숙이고 있고, 안빈은 순옥의 숙인 머리를 바라보고 있었다.

얼마 후에 순옥은 고개를 들어서,

"선생님."

하고 불렀다. 순옥의 눈에서는 눈물이 흘러내렸다.

"말허우, 순옥이."

"선생님, 저는 지금 선생님 훈계루 힘을 얻었습니다. 제 산란허던 가슴이 정돈이 되었어요. 제 비척거리던 다리가 바루 설 수가 있는 것 같구

요. 선생님 뜻에 맞두룩 이 일을 처리해 보겠습니다. 그리구 일생을 선생
님의 뜻을 받아서 살아가 보겠습니다."
하는 순옥의 눈은 빛나고 얼굴은 긴장하여진다.
 "좋소. 그리허시오."
 잠깐 침묵 뒤에 순옥은 고개를 들면서,
 "그럼 어린애는 제가 맡겠어요."
하고 안빈의 동의를 구하는 듯이 안빈의 눈을 바라본다.
 "그러는 게 좋겠지."
 잠깐 침묵.
 "선생님."
 순옥은 점점 감상적 기분이 된다. 한편으로는 일종 영웅적인 긍지를 느
끼면서도 또 한편으로는 퍽 외롭고 서러운 생각이 북받쳐 오른다.
 "왜?"
하고 안빈도 지금 순옥이가 받는 운명이 한 젊은 여성이 당해 내기에는
너무 벅찬 것을 생각하고 가엾은 동정이 아니 일어날 수 없었다.
 "제가 이렇게 언제까지나 선생님 곁에 뫼시구 있어두 좋습니까."
하는 순옥의 말에 안빈은 의외인 듯이 눈을 들어서 순옥을 이윽히 바라보
다가,
 "사정 되는 대루 허지."
하고 얼굴의 긴장을 푼다.
 "사정 되는 대루요?"
하고 그 뜻을 모르는 듯이 순옥은 의심스런 눈으로 안빈을 본다.
 "그럼. 무엇이나 억지루 헐 것은 아니란 말이오. 또 내일 일을 모르니
까."
 "저는 선생님 슬하를 떠나서는 살아갈 수가 없어요."
하고 순옥은 마침내 벼르면서도 하지 못하였던 말을 흥분과 이 자리의 기
회의 힘을 빌어서 쏟아 버렸다. 슬하라는 말에 힘을 주었다.

"그런 말 허는 것 아니오."

"왜 그럽니까?"

"하느님을 떠나서는 못 산다구 생각해야 허는 것이야."

"제게는 아직은 하느님두 안 보이구 부처님두 안 만져져요. 선생님을 통해서만 저는 하느님두 부처님두 뵈올 수가 있어요."

하고 순옥은 얼굴이 붉도록 흥분한다.

"차차 직접 뵈올 때가 오겠지. 나 같은 것은 하느님께 올라가는 발등상으로나 쓰이게 되면 큰 영광이구."

또 잠간 순옥은 고개를 숙이고 말이 없으나 숨결이 높은 것은 안빈도 느낄 수가 있었다. 순옥은 평생에 두 번 할 수 없는 어려운 말을 안빈에게 한 것을 느낀다.

"선생님."

하고 순옥은 더욱 열정을 보인다.

"응?"

하고 안빈은 음성은 심히 냉정하다. 그의 얼굴은 무서우리만큼 엄숙하였다.

"제가 이 모양으루 선생님을 사모허는 것은 남의 아내루서 죄는 아니죠?"

하고 순옥은 얼마 전에 인원이와 이 문제로 담화하던 것과 곧 안빈의 곁을 떠나려고까지 결심하였던 것을 생각한다. 그리고 순옥은 도저히 안빈의 곁을 떠나서는 살 수 없다는 간절한 생각을 느낀다.

순옥의 이 말에 안빈은 고개를 숙이고 한참이나 묵상에 잠긴다. 안빈은 이 말에 대한 대답이 까딱 잘못하면 순옥을 그르칠까 염려함이었다.

아마 오 분이나 지나서 안빈은 가만히 고개를 들었다. 안빈은 제 말이 사욕에서 나오는 말이 아니 되도록 진리의 근원에서 나오는 말이 되도록, 이 말이 젊은 아내인 여성 순옥을 그릇된 길로 끌지 않도록 염려하면서 입을 열었다.

"모든 악은 탐욕에서 나오는 것이니까 탐욕을 떠난 것이면 말이나 행실이나 악이 될 리가 없지. 그러나 양심이 맑은 사람을 유혹할 때에는 악마는 천사로 차리고 오는 법이니까, 그것이 악마인지 천사인지를 밝혀 보는 공부를 해야 하겠지. 그건 그렇구, 지금 순옥이 경우루 말하면 될 수 있는 대루 내게 향허는 원 사모라든지, 존경이라든지 허는 감정두 될 수 있는 대루 누르는 것이 옳겠지."

"네."

하고는 순옥은 잠깐 말을 끊었다가,

"제가 이렇게 선생님 곁에, 선생님 슬하에 뫼시구 있어두 좋지요?"

하고 이미 안빈이가 대답한 문제를 재차 묻는다. 마치 금방 안빈이가 한 말의 뜻을 못 알아들은 사람 모양으로, 안빈은 순옥이가 이 말을 하는 뜻을 헤아려 본다. 그 물음 속에도 상당히 심각한 괴로움이 있음을 알 수 있었다.

"허 군헌테 미안헌 마음 안 나두룩만 허구려. 그러면 내 곁에 있어두 좋지. 순옥이 묻는 말이 그 말이오?"

"네."

"허 군이 몸이 약하니 정신 격동 안 되두룩 잘허시오. 어린애 문제두 시기를 보아서 두 분이 잘 의논을 허시오."

하고 안빈은 슬쩍 화두를 돌려서,

"그리구 돈 쓸 일 있거든 내게 말하시오."

하고는 말을 끊는 태도를 보인다.

"네, 그럼 전 집에 가겠어요."

하고 순옥은 의자에서 일어난다.

"혈압계 가지구 가지."

"네. 한번 선생님 진찰을 받으랄까요?"

"글쎄, 그건 마음대루, 허지만 허 군이 부인이 있으니까 여기서 진찰을 받기가 부끄러울 테지. 우선 혈압이나 재구 피검사나 해 보구려. 또 기생충으로두 그럴 수가 있으니까 분변 검사두 해 보구려."

"네."

하고 순옥은 안빈에게 절하고 무엇인지 모르나 무거운 듯한 기쁨을 가지고 안빈의 방에서 나왔다. 순옥은 가슴에 뭉쳤던 무엇이 풀려서 몸이 거뜬해짐을 깨달았다.

순옥은 외투까지 다 입고 병원에서 나오기 전에 허섭의 병실에 들어갔다. 섭을 한 번 더 보고 가고 싶었던 것이다.

섭이는 잠이 들어 있었다. 병도 놓이고 하여 편안히 자고 있었다. 제가 어떠한 운명에 있는 줄도 모르고.

"나 집에 가요. 내 집에 가서 의논허구 이애를 맡아서 잘 길러 드리두룩 해내일게요. 아무 걱정 말구 계시우."

이렇게 순옥은 제 입김이 귀득의 입에 닿으리만큼 입을 가까이 대고 말하였다.

"네, 고맙습니다."

하고 귀득은 순옥을 정면으로 대하기가 어려운 듯이 고개를 숙인다. 순옥은 귀득에게 작별 인사를 하고 나오려다가 다시 돌아서며,

"여보세요."

하고 아직도 고개를 숙이고 섰는 귀득의 곁으로 간다.

"네."

하고 귀득이가 고개를 든다.

"똑바루 말씀하세요, 날 이 선생의 편으루 아시구. 이렇게 우리들이 이상한 관계에 있는 것을 생각지 마시구, 날 믿는 친구루 아시구 똑바루 말씀허세요."

하고 순옥은 귀득의 어깨에 가만히 손을 놓는다.

"무엇을 말씀야요?"

"이 선생이——저렇게 아들까지 낳으시구 허셨으니 허영 씨허구 혼인해 사시구만 싶으시다면 내 기쁘게 그렇게 하두룩 해 드릴게요. 나는 지

금 허영 씨허구 이혼을 허더라두 조금도 타격이 없습니다. 되려 내 소원이야요. 그러니 똑바루 말씀하세요."

"아아니요. 난 조금두 그 사람허구 혼인할 뜻은 없습니다. 있으면 있다구 허죠. 선생님이 그처럼 말씀하시는데 내가 왜 내 속을 그이겠어요?"

"그러면 저 애기가 가엾지 않아요? 어머니를 떨어지는 게 얼마나 슬픈 일입니까. 젖두 아직 안 떨어진 것을 의붓어미 손에 내어놓으시는 것이 불쌍허지 않아요? 그러니 비록 애정은 없으시다 허더라두 두 분이 같이 사시는 게 좋지 않아요?"

"아니오, 싫어요."

"그럼 섭이를 떼어놓으시구두 견디시겠어요?"

"잊어버릴 때까지 울죠. 자꾸 우노라면 잊어버릴 때가 오겠지요."

"정말 그러셔요?"

"네. 정말입니다. 죽어두 허영이란 사람은 다시 대하기두 싫어요. 그 이름만 들어두 싫구요."

순옥은 귀득을 이윽히 바라보고 있다가,

"좀더 생각해 보세요. 그럼 난 갑니다. 애기는 과식 시키시지 마세요."

하고 순옥은 집으로 왔다.

오는 길로 순옥은 허영의 혈압을 재어 보았다. 일백구십—— 일백 육십. 순옥은 놀라서 몇 번 다시 재어 보았으나 바늘은 언제나 일백구십까지 돌고야 말았다.

"내 혈압이 높소?"

하고 허영은 순옥의 눈치를 보면서 물었다.

순옥은 그 말에는 대답도 아니하고,

"좀 누우셔요. 가슴 좀 봅시다."

하고 순옥은 허영의 심음을 들어 보았다. 심장이 확대한 것 같고, 승모판

폐쇄부전도 있는 것 같았다. 순옥은 허영의 다리와 손끝을 만져 보아서 각기의 증상을 알아보았으나 그런 것은 없는 모양이었다.

"옷 입으셔요."

하고 순옥은 청진기를 집어 넣었다.

"어떠우?"

하고 허영은 근심스럽게 물었다.

"안 선생헌테 한번 진찰을 받읍시다. 혈압두 높구, 심장두 좀 어떤 것 같은데."

하고 순옥은 시무룩하고 허영을 바라보았다.

허영은 아버지가 역시 심장병으로 서른일곱에 돌아간 것을 생각하고 가슴이 덜컥 내려앉음을 느낀다.

"매독 올랐던 일 없어요?"

하고 순옥은 부드럽고 냉정한 어조로 물었다.

"아아니, 매독이라니?"

하고 허영은 펄쩍 뛴다.

"바루 말씀을 하셔요. 그래야 치료를 허지."

"아아니, 내가 화류병 옮을 일을 헌 일이 없는데 왜 매독이 오르우?"

하고 허영은 노여워하는 빛을 보인다. 그러나 허영의 말이 물론 순옥에게는 믿어지지 아니하였다.

"그러기루 사내가 나이가 삼십이 넘두룩 어떻게 동정을 지키우? 당신은 내가 불쾌하게 생각헐까 해서 속이시는 것이겠지마는."

하고 순옥은 좀 잔인한 소식자(消息子)를 허영의 가슴에 집어넣었다.

"아아니, 당신은 왜 나를 매양 신용을 아니허우? 나를 거짓된 사람으루 돌리우? 내가 철이 나자부터 이성이라구 당신 하나를 사랑했지, 내가 어디 다른 여자를 손끝이나 대어 보았단 말이오?"

하고 허영은 눈까지 부릅떴다.

순옥은 더 말하고 싶지 아니하여서 밖으로 나와 버렸다.

순옥이가 나간 뒤에 허영은 제가 지금까지에 육체 관계를 맺은 여성을 하나 둘, 누구누구하고 세어 보았다. 그리고 아현동에서 매독을 올라서 육공육호 다섯 대를 맞은 일을 생각하고 슬그머니 겁이 났다. 허영은 인과의 무서운 손길이 제 목덜미를 사정없이 내려누름을 깨달았다. 이것은 허영에게 있어서는 첫경험이었다. 첫경험이니만큼 더욱 무서웠다.

그 회상의 끝에 허영의 기억은 이귀득에게로 돌아갔다. 허영이가 건드리려던 여러 여자들 중에 가장 얼굴은 못났으나 가장 허영을 존경하고 순종하던 이귀득이었다. 그는 숭배한다고까지 할 만큼 허영을 존경하였다. 그러나 그것이 허영에게 대한 연애의 정이 아니고 한 문학소녀의 문사에게 대한 사모의 정인 줄은 허영도 알았다. 그러기에 허영이가 그의 몸을 건드리려 할 때에는 그는 한사코 저항하였던 것이다. 그러나 잘나지 못한 순실한 계집애가 허영의 손에 걸려서 아니 넘어갈 수는 없었다.

허영은 순옥이가 제 손에 들어오지 못할 줄을 안 때에 귀득을 아내로 삼으리라고 결심하고 정면으로 귀득의 어머니를 공격한 것이었다. 귀득의 어머니가 보기에는 허영은 사윗감으로 부족은 없는 것 같았다. 더구나 허영은 귀득이 어머니의 일생까지도 보장한다고 맹세한 것임에랴.

이리해서 허영은 그 어머니의 내락을 얻어 가지고는 귀득이를 꾀여 데리고 돌아다니면서 귀득의 처녀를 빼앗아 버렸다. 그날 귀득은 온종일 울었다. 제 애인인 동료 김훈도를 생각한 것이었다.

귀득이가 임신하였다는 말을 허영에게 고할 때에는 허영은 벌써 순옥과 혼인한 뒤였다.

허영은 신문사에 다니는 동안은 귀득에게 매삭 얼마씩 생활비를 주었고 언제까지나 생활비는 담당한다고 서약을 하였다. 허영이가 고본으로 돈을 벌려던 동기 중에는 귀득에게 대한 책임감도 있었던 것이다. 그러나 허영이가 파산을 하게 되매 허영은 귀득이와 관계를 끊어 버리고 말았다. 허영은 은근히 귀득이 모녀가 사람이 순실하고 또 점잖아서 저를 찾아다니며 야료할 걱정이 없는 것을 믿고 안심하고 있는 중이다. 그러나 허영에게는 귀득이 일이 늘 마음에 걸렸다. 그리고 두 번밖에 못 본 그 어린 애가 마음에 걸렸다. 그 두 식구가 다 죽어 버렸으면 하는 때도 있었으나 그러한 생각을 한 끝에는 무엇이 무서운 듯하였다.

그날 저녁을 순옥은 특별히 시어머니 한씨 방으루 가지고 들어갔다. 상에 놓고 먹기가 어려워서 손에 들고 들어가서 방바닥에 놓았다.

한씨는,

"아가, 이 상에 올려놓고 먹어라."

하고 제 상에 순옥의 그릇들을 올려놓을 자리를 비켰다.

"아냐요, 이대루 좋습니다."

하고 순옥은 사양하였으나,

"어서 이리 올려놓아라. 어미허구 겸상하는 게 무슨 승이냐?"

하여 순옥은 제 그릇들을 한씨의 상에 올려놓았다.

한씨는 대단히 만족한 듯이,

"점심에 변또밥이 차서 어떻게 먹니?"

하는 말 같은 것도 물었다.

시어머니가 물을 말 때를 기다려서 순옥은,

"어머니."

하고 입을 열었다.

"응?"

하고 한씨는 밥을 씹으면서 순옥을 본다.

"어머니, 손자 보시구 싶지 않으셔요?"

순옥은 웃으면서 이렇게 말을 시작하였다.

"왜 손주가 보고 싶지 않겠느냐? 남 같으면 벌써 손주며느리두 볼 때가 됐는데."

하고 한씨는 유심히 순옥을 보며,

"왜? 네 몸이 어떠냐?"

하고 눈을 크게 뜬다.

"아냐요. 저는 아무렇지두 않습니다."

하고 순옥은 부끄러운 듯이 웃는다.

"이달에두 있을 것이 있었니?"

"아이 어머니두, 아닙니다. 그런 말씀이 아냐요."

"그럼. 손주 보구 싶으냔 말은 왜 해?"

하고 한씨는 숟가락을 공중에 든 채로 순옥을 바라보고 있다.

"어서 진지 잡수셔요. 이거 식습니다."

하고 순옥은 한씨의 숭늉 그릇을 만져 본다.

한씨는 물 만 밥 한술을 더 떠서 입에 넣었으나 순옥의 말의 뜻이 궁금한 모양을 보인다.

"어서 바루 말을 허려무나 갑갑허구나."

하고 한씨는 마침내 순옥을 재촉한다.

"어머니, 손자님이 벌써 났어요."

"무어?"

"어머니 손자님이 벌써 돌이 지났어요."

"그게 다 무슨 소리냐? 난 외손주두 종손주두 없는 사람인데."

"어머닌 모르시겠지요. 저와 혼인허기 전에 어떤 보통학교 여선생을 하나 얻어서 아이까지 났어요. 그애 어머니허구 혼인허기루 약속까지 했더래요. 그런 걸 그만 제가 나서서 그렇게 되었어요. 그애 이름이 섭이야요. 불꽃 섭자. 벌써 돌 지나구 두 달이나 되었어요."

"그게 정말이냐?"

"네에. 제가 왜 어머닐 속입니까?"

"네가 나를 속일 리야 있느냐마는 누가 네게 없는 말을 하지 않았느냔 말이다."

하고 한씨는 기가 막힐 듯이 밥 숟가락을 떨어뜨린다.

"아냐요. 지금 그애가 병원에 입원해 있어요, 폐렴으루. 그래 제가 한 보름 동안이나 치료해 주었어요. 그애 외할머니랑 그애 어머니랑두 와 있구요."

"그래 분명히 그애가 허영의 아들이라구 그래?"

"그럼요. 아주 꼭 닮은걸요. 눈이랑 코랑 이맛전이랑 귀꺼정두."

하고 순옥은 귀득이가 하던 말을 그대로 옮긴다.

"저런 미친놈이 어디 있나?"

하고 한씨는,

"영아, 영아."

하고 성난 어성으로 허영을 부른다.

"네."

하는 허영의 대답이 건너온다.

"너 이리 좀 오너라."

하는 한씨의 어성에는 위풍이 늠름하였다.

"왜 그러세요?"

하고 허영이가 안방으로 들어온다.

순옥은 밥상에서 물러앉는다.

한씨는 밥그릇들이 소리를 내도록 밥상을 드윽 밀어 놓으며,

"너 이녀석. 나도 모르게 웬 계집을 얻었니, 응?"

"계집은 웬 계집이오?"

"그래. 계집 얻은 일이 없단 말이냐?"

"하하하. 어머니두 망령이시우."

"아아니 네 처가 다 보구 왔다는데 날더러 망령이래."

한씨의 이 말에 허영은 순옥을 본다.

순옥은 그것을 못 본 체한다.

"당신은 어디서 어떤 미친년의 소리를 듣구 어머니께 무어라구 여쭈었소?"

하고 허영은 도리어 책망조다.

"아아니, 계집을 얻어서——어떤 보통핵교 여선생을 얻어서 자식까지

낳았다는데 그래 너는 잡아떼는 게냐?"

보통학교 훈도라는 말에 허영은 가슴이 뜨끔하여서 순옥을 바라보면서,

"아아니, 어디서 무슨 소리를 듣구 그러우? 엉터리두 없는 소리를. 어디 그 말한 년이나 놈을 대우. 내가 인력거라두 타구 가서 질문을 좀 허게."

하고 더욱 호기를 부린다.

순옥은 한숨만 짓고 말이 없다. 남편이 여전히 거짓 껍데기를 벗지 못하는 것이 슬펐다.

"아가, 어서 말을 허려무나, 저는 그런 일이 없노라구 뻗대니."

하는 한씨의 기억에도 물론 이귀득이가 없을 리는 없었다. 아이가 났다는 말만은 허영도 한씨에게 말하지 아니하였다. 한씨는 속으로, 저 못난 자식이 일을 어떻게 해 놓아서 이렇게 발각이 나게 하노, 하고 그것이 슬펐다.

"왜 말을 못 허우?"

하고 허영은 한번 더 순옥에게 호령을 한다.

순옥은 그제야 고개를 들어서,

"이제 와서 어머닐 속이구 나를 속이면 무얼 허우. 이귀득이를 당신이 모를 리가 없지 않소? 또 섭이란 이름까지 당신이 손수 지어 준 아들을 왜 모른다구 허우? 아마 섭의 외할머니가 나 있는 병원인 줄 모르구 안 선생 병원으로 섭이를 데리구 온 모양입디다. 그래두 안 선생 병원에 오기가 다행했지요. 돈두 없는 걸 또 병실두 없는 걸 안 선생이 연구실에다가 입원을 시켜 주셔서 한 보름 치료허구, 인제는 병은 다 나았으니 지금이라두 아드님을 한번 가 보시구려. 그런데 섭이 어머니가 날 알아보구 하는 말이, 섭이를 자기가 길러 보려구 했지만 먹을 것이 없어서 못 하겠다구, 또 사생자 애비 없는 자식 소리 듣게 하기두 가엾고 허니 날더러 맡아다가 길러 달라는 거야요. 그래두 모르신다구 버틸 작정이시우?"

하고 순옥의 눈은 잠깐 날카로워진다.

허영은 그만 고개가 수그러지고 만다.

"이 미친놈아. 이 못난놈아, 이놈아, 이놈아 글쎄 무슨 낯바닥으루 네 처를 대하느냐? 흥 그리구두 뻗대. 그리구 모른대. 어디 말 좀 해 보아라, 이놈아."

하고 한씨는 담뱃대로 아들을 향하여 상앗대질을 한다.

잠시 방 안은 고요하였다.

"어머니."

하고 순옥이가 침묵을 깨뜨린다.

"그래 말해라."

"어머니. 저 섭이 데려올 테야요. 어머니 손주 아닙니까? 또 그 어린 것이 무슨 죄가 있습니까? 그저 제 어미를 떨어지는 것이 가엾지만, 벌써 돌이 지났으니깐 인제는 젖을 떼어두 괜찮아요. 죽허구 우유허구 먹이면 괜찮습니다. 어머니, 섭이 데려와두 좋지요?"

"네 마음대루 허려무나. 이 에미가 입이 백이 있기루니 네 앞에서 무슨 말을 하겠니? 면목없기루 말허면 이 늙은년이 네 앞에 엎대어서 석고대죄를 해 싸지, 그래두 에미라고 그두 못 헌다마는."

"아이 어머니두 망령이셔. 왜 그런 말씀을 허십니까?"

하고 순옥은 허영을 향하고 몸을 돌리며,

"그런데 내가 당신 말씀을 한마디 들어야 할 게 있어요. 꼭 속에 있는 대루 말씀하세요. 이건 중요한 문제니깐, 내 면을 본다든지 그런 생각 마시구 꼭 속에 있는 대루 똑바루 대답하세요."

하고 푹 수그린 허영의 흐트러진 머리를 본다.

"무슨 말이오?"

하고 허영은 잠깐 고개를 들었다가 순옥의 시선과 마주치고는 도로 고개를 숙여 버린다.

"간단히 요령만 말히리다."

하고 순옥은 긴 한숨을 쉬고 나서,

"섭이루 보든지, 또 불쌍한 이귀득 씨루 보든지 인제부터라두 당신이 이귀득 씨허구 혼인을 허세요. 나는 이혼해 드릴게. 어머니를 떨어지는 자식이나 자식을 떼어놓는 어머니나 다 못 할 노릇 아니오? 자식 떼구 돌아서는 어미는 발자욱마다 피가 고인다구 안했어요? 네 그렇게 하세요. 그게 옳습니다. 이귀득 씨헌테는 그런 큰 적악이 어디 있어요? 아무것두 모르는 섭이게두 큰 적악이구요."

허영은 말이 없다.

한씨도 말이 없다.

허영은 순옥이를 이혼해 버릴까 하는 생각을 해 본다. 순옥에게서 받는 일종의 압박감이 허영에게는 견디기 어려운 때가 많았다. 더구나 섭이를 집으로 데려오면 그 압박감은 더욱 커져서 고개를 들기가 어려울 것 같았다. 허영의 본심으로 말하면 아내라는 것은 막 내려누르고 살고 싶었다. 요릿집에서 기생 희롱하듯 매양으로 희롱도 하고 종의 자식을 부리듯 매양으로 부려먹을 수 있는 아내가 허영의 소원이었다. 그런데 순옥은 허영의 줌에 벌렸다. 혼인한 처음에는 막 내려눌러 보기도 하였으나 암만해도 말랑말랑하여 보이는 순옥에게는 허영의 힘으로는 눌려지지 아니하는 무엇이 있었다. 더구나 재산이 다 없어지고 순옥이가 벌어들이는 밥을 받아먹게 됨으로부터는 순옥은 마치 높은 어른과 같이 어려웠다. 이것이 허영에게는 고통이었다. 또 순옥의 예쁘고 젊은 살냄새로 말하면 한 이태 동안이나 맡았으면 시들할 지경까지는 아니라 하더라도 없어서는 죽을 지경까지는 아닌 것 같았다. 차라리 이따금 새 여자의 살이 그리운 때도 있었다.

'아주 제 말대로 이혼을 해 버릴까?'

그러나 그렇게 생각하면 순옥을 내어놓기는 아까웠다. 아주 놓아 주기에는 순옥은 너무도 아름다운 것이었다. 그나 그뿐인가? 지금 순옥을 내어놓으면 병들고 주변 없는 허영은 무엇을 먹고 사나? 이 집도 이를테면 순옥의 집이 아닌가? 조석을 끓여 먹는 것도 순옥의 힘이 아닌가?

'암만해도 순옥이와 이혼할 수는 없다.'

허영은 한숨을 쉰다.

'그러면?'

허영은 자문하여 본다.

'순옥이도 가지고 귀득이도 가지고── 귀득이도 그리웠다. 그의 순종하는 것, 그리고 몽실몽실해서 푸근푸근한 것이 좋은데.'

허영은 이런 생각을 해 본다.

'그 김가놈한테 걸리지만 않았더라도 귀득이를 몰래 딴살림을 시키고.'

허영은 이렇게 생각하면 김광인의 일이 이가 갈리도록 분하였다.

'그럴 것 없이 귀득이를 저 사랑방에 데려다 두자고 순옥이더러 말해 볼까? 그랬으면 십상일 것 같은데.'

허영은 이렇게도 생각해 본다. 그러나 그것은 아무리 허영으로라도 너무나 뱃심이 좋은 생각인 것 같았다. 필경 허영은 아무 결론에도 달하지 못하고 말았다.

한씨는 한씨대로 또 제 생각을 하고 있었다. 순옥은 한씨에게는 지금도 마음에 꼭 드는 며느리는 아니었다. 한씨는 허영보다도 순옥을 좀이 벌게 생각한다. 순옥에게 대해서는 시어머니의 위권을 마음대로 부릴 수 없는 것이 역정이 나는 때가 많았다. 순옥이가 시어머니인 자기를 봉양하는 절차에 어느 것이나 부족한 것이 없고 흠할 것이 없는 것은 한씨도 안다. 그러나 한씨 생각에 시어머니의 재미란 며느리를 막 휘두르고, 막 닦으고, 제 마음대로 들이고 내이고 하는 것인데 순옥에게 대해서는 그리할 수가 없는 것이 아니꼽고도 분하였다. 며느리에게 눌러서 산다 하는 관념은 워낙 거세고 기승스러운 한씨에게는 견디기 어려운 고통이었다.

'그러니 차라리 이 거북살스러운 며느리를 내어쫓고 그 온순하다는 귀득이를 불러들여?'

한씨는 이런 생각을 한다.

그러나 다음 순간에,

'이 며느리를 이제 내어보내면 먹기는 무엇을 먹고?'

하는 걱정이 생긴다.

순옥이가 매삭 벌어다가 시어머니 손에 바치는 일백이십 원은 여간 큰 돈이 아니었다. 허영은 신문사에를 칠팔 년이나 다녀도 육십 원 이상 월급을 받아 본 일이 없었다. 그나 그뿐인가. 이제 순옥을 내어보낸다면 쓰고 있는 이 집을 찾은 돈 삼천 원은 내어주어야 할 것 아니냐.

'그거야 안 내주기로니 제가 어떡헐 테야? 무슨 표 써 주겠나?'

한씨는 이런 생각도 해 보았으나 아무리 하여도 지금 당장에(다른 도리가 생긴 뒤에는 몰라도) 순옥이를 내어보내는 것은 이롭지 못하다는 결론에 다다랐다.

이렇게 생각하매, 한씨는 주책없는 허영이가,

'그럼 이혼합시다.'

하고 들고 나설 것이 겁이 나서 앞을 질러서,

"아가. 그게 무슨 소리냐? 이혼이라니 당치 않은 말이다. 서루 귓머리 풀구 육례를 갖추어서 만난 내외가 머리가 파뿌리가 되도록 유자생녀하구 백년 해로를 하는 것이지 살아 생이별이라니 그런 말이 어디 있느냐? 또 너루 말하면 내 집에는 분에 겨운 며느리야. 내가 하루에두 몇백 번이나 마음으루 네게 절을 하구 있다. 너무두 소중하구 고마워서. 내가 천성이 간사하기를 못해서 네게 곰살궂게는 못 한다마는 이 에미 마음은 그렇지 않다. 하느님이 내려다보시지, 내가 없는 소릴 하겠느냐? 아가, 애여 그런 말은 말아라, 그런 생각두 말구."

하고 한번 가래를 고슬은 뒤에 말을 이어,

"네 남편이라는 게 저렇게 친절치를 못해서 그런 철없는 짓을 저질러 놓았지만 어떡허느냐? 이래두 남편이구 저래두 남편이지. 네 일생에 속두 많이 썩힐 줄 안다마는 어떡허느냐? 이왕 내외가 되었으니 네가 참구 살아가야지. 안 그러냐, 아가? 그러니깐 이혼이니 무엇이니 그런 숭한 소릴 말구, 그 아이나 데려다 기르자. 이 일두 내가 이래라 저래라 할 일이 못 되지, 다 네 생각이지마는 그렇게 해라."

하고 한씨는 제 말에 감동이 되는 듯이 차차 음성이 젖으며,

"아가, 내가 인제 살면 며칠이나 살겠니? 밤낮 골골허는 게 오는 봄을 볼지말지하지. 이 늙은 어미가 죽기 전에 너희들이 의초 좋게 화락허게 살아서 뉘를 보여 주렴. 그러구 내가 죽을 때에 아가 네 손에 마지막으루 물숟갈이나 받아먹게 해 주면."

하고 추연한 빛을 보인다.

한씨는 말을 끝내고는 저고리 고름으로 눈물을 씻는다. 그리고 허영이가 무슨 말을 하기를 기다리다가 종시 아무 말이 없는 것을 보고,

"영아, 왜 말이 없느냐? 아무리 처가속이라두 이런 때에는 분명히 말을 하는 거다. 잘못했다구 헐 것은 해야 허구."

하고 못마땅한 듯이 아들을 바라본다.

허영은 좀 마음이 뜨끔하였다. 사내 대장부가 여편네 앞에, 아내에게 애원하는 말을 한다는 것은 격이 떨어지는 것 같았다. 그러나 허영은 한마디 아니할 수 없음을 느꼈고 이왕 말을 한다면 순옥의 비위를 맞출 말을 하는 것이 용이하다고 생각하였다.

"여보."

하고 허영은 그의 특유한 여성 숭배자적 어조로 순옥을 향하고 불렀다.

"네."

하고 순옥은 잠깐 고개를 들어서 남편을 바라보았다.

"다 용서해 주우. 사랑은 한량없는 용서가 아니오? 일곱 번씩 일흔 번이라두 용서허라구 예수께서 말씀허시지 아니하셨소? 다 용서해 주우."

하는 허영의 음성은 금시에 울음이 터져나오기나 할 듯이 떨리기까지 한다.

순옥은 고개를 숙이고 가만히 듣고만 있었다.

허영은 자기의 이 정성과 이 열정으로 순옥의 얼어붙은 마음을 풀고야 말려는 듯이 더욱 감격적인 어조로,

"이혼이라니 그게 말이 되우? 나는 그 말 한마디가 당신의 입에서 흘

러나왔다는 사실만도 영원히 가슴 아픈 일이라고 울고 싶소. 당신이 내가
어떻게나 사랑허는 아내요? 어떻게나 내 생명을 다 바치는 아내요? 그런
아내 당신을 이혼이라니. 아아 그런 말을 들은 내 귀를 저주하고 싶소.
다시는 내 생전에는 그런 말을 마시오. 그런 생각두 말구. 내가 죽거든
나를 당신 손으로 싸서 묻어 주구, 그런 뒤에만 당신의 자유가 있으리다.
순옥이, 순옥이, 아아, 용서허구 나를 사랑해 주시오."
하고 애가 타는 듯이 머리를 수없이 흔든다.

한씨는 허영의 말하는 법이 모두 못마땅하였으나 순옥을 붙드는 효과는
있을 것을 생각하고,

"아가 나두 그만큼 말을 했구, 네 남편두 저렇게꺼정 말을 허니 참구
네 마음을 풀어라. 자, 인제 너희들 방으로 가거라. 나는 좀―눕겠―다
―아이구―허―리―야."
하고 만족한 듯이 눕는다.

순옥도 더 말 할 필요가 없는 것 같아서 한씨에게 처네를 덮어 주고 허
영은 돌아보지도 아니하고 일어나 나왔다.

순옥은 방에 들어와서 시어머니 한씨와 남편 허영의 말을 어디까지 믿
고 어디서부터 안 믿을 것인가를 생각해 보았다.

두 사람의 말에는 다 조리도 있고 정성도 있는 것 같았다. 그러나 그
말들에는 어디인지 모르게 빈 구석이 있는 것 같았다. 그 열렬한 말들이
순옥의 혼 속으로 푹 들어가지 아니하는 것이 슬펐다. 순옥은 불현듯 옥
남을 생각하였다. 그가 원산에서 어느 달밤에 하던 말, 그의 임종의 병석
에서 하던 말들을 생각하였다. 어떻게도 참되고, 어떻게도 사랑에 차고,
어떻게도 사람의 혼 속으로 푹푹 스미어 들어가던가, 순옥은 옥남이가 그
리웠다. 옥남이를 한번 만나서 실컷 울면서 이야기를 하여 보고 싶었다.
그런 사람들이 모여서 사는 나라는 없을까?

그러나 순옥은 한씨와 남편의 말을 종합하여서 한 가지 결론, 한 가지
참된 사실만은 찾았다. 그것은 그들이 순옥이를 필요하게는 안다는 것이

다.

'이것으로 만족하자. 그들이 나를 필요로 하는 동안 나는 그들의 필요에 응해 주자.'

순옥은 이렇게 생각하고 마음을 잡아 버렸다.

허영은 대단히 미안한 듯이 또 면목이 없는 듯이 순옥을 애무하였다.

허영이가 잠이 든 뒤에도 순옥은 정신이 말짱하였다. 낮에 신음을 들어 본 탓인지 곁에 누워서 자는 허영의 숨소리가 대단히 가쁜 것 같았다. 순옥은 가만히 허영의 가슴에 귀를 대어 보았다.

"쿵쿵 찌르륵, 쿵쿵쿵쿵 찌르륵."

이렇게 허영의 심음에는 불쾌한 잡음이 섞이고 또 그 심음 자체가 억지로, 가까스로 뛰는 심장의 소리인 것 같았다. 얼마 오래 살지도 못할 인생이면서 대수롭지 못한 것에 늘상 탐욕을 가지고 그것이 못 이루어져서 번뇌하는 생명의 소리——순옥은 이렇게 생각하고 이불귀로 허영의 어깨를 막아 주었다.

이튿날 아침에 순옥은 일어나는 길로 안방으로 가서 한씨의 요 밑에 두 손을 넣으면서,

"어머니, 잠이 잘 드셨어요."

하고 빙그레 웃어 보였다.

한씨는 그 말에는 대답도 아니하고,

"넌 좀 잤니?"

하고 한씨는 손을 들어서 순옥의 분홍 저고리 입은 팔을 한번 쓸어 주면서,

"이거 너무 솜이 얇구나."

하고 어머니다운 걱정까지 한다.

"병원 갈 때에는 다른 저고리 입어요. 두둑하게 솜 둔 거요."

"그래 마음 잡았니?"

"네. 어머니 하라신 대루 헐 테야요."

"오 착하다."

아침을 먹고 순옥은 제 장문을 열고 옷 한 벌을 꺼내었다. 치마 저고리로부터 버선까지 일습을 꺼내서 보에 싸 들고 병원으로 왔다.

허섭은 누워서 놀고 귀득은 그 곁에 앉아 있었다.

순옥은 귀득이가 눈이 뻘겋게 부은 것을 보았다. 그리고 거기 대한 설명을 구하는 듯이 귀득을 물끄러미 바라보았다.

귀득은 순옥의 시선을 피하여서 고개를 숙인다.

"왜 눈이 아프셔요?"

순옥은 이렇게 말을 붙였다.

"아뇨. 좀 울었더니."

하고 두 손바닥으로 눈을 한번 쓴다.

순옥은 더 묻지 아니하고 한숨을 쉬었다.

'잊힐 때까지 울죠. 우노라면 잊힐 때가 오겠죠.'

하던 귀득의 말을 생각하였다.

순옥은 이 사람 귀득의 슬픔을 없이 하는 길이 허영과 같이 살게 하는 데에 있음을 더욱 느꼈다. 저 어린것을 떼어놓고 애통할 젊은 어미——게다가 몸은 버리고 의지할 데는 없고 먹을 것조차 없는 젊은 여인의 일을 생각하면 가슴이 아팠다. 그리고 순옥이 제가 고집을 하기만 하면 이 일은 실현될 것인 줄도 안다. 그러나 순옥은 그것은 할 수 없는 일이라고 생각한다. 왜?

허영은 중병인이다. 순옥의 의학 지식으로 보면 허영의 병은 나을 수 없는 병이었다. 매독은 둘째다. 가장 치명적인 것은 아마 허영의 심장병일 것이다. 그것도 아마 유전 받은 체질 외에 매독이 원인일 것이지마는, 귀득이가 이런 남편한테 시집을 가는 것은 다만 더 큰 한 불행을 찾아 들어가는 것에 불과할 것이다. 이 여인이 그 남편을 데리고 어떻게 사나? 그것은 아마 못 할 일일 것이다——순옥은 이렇게 생각하였다. 그리고 단연히 귀득이를 보고,

"그럼 섭이는 내가 맡아 기르기루 합니다."

하고 선언을 하였다.

귀득은 아마 고맙다는 표인지 고개만을 한번 끄떡하고는 대답은 없이 약병 마개를 가지고 누워서 놀고 있는 섭을 본다. 그 눈에는 벌써 눈물이 있었다.

귀득은 어저께 순옥이더러 섭이 맡아 달라고 말은 하여 놓고도 밤에 섭이를 끼고 누워서 생각하면 그것을 떼어놓고는 살 수가 없을 것 같아서,

"아니, 안 돼. 우리 섭이는 아무한테도 안 주어."

하여도 보고,

"섭아, 엄마하고 살자. 엄마 죽을 때까지."

하기도 하여 보고 그러다가는 섭이가 잠이 들고 따라서 귀득이 마음이 적이 냉정하여지면,

"아니, 이애는 석순옥이에게 맡겨야지."

하기도 하여 보고, 그러다가는 또 섭이가 킹킹거리고 고갯짓을 하여서 젖꼭지를 찾을 때면,

"아니, 못 내놓아. 못 내놓아."

하고 섭을 안고 떨기도 하였다. 이러느라고 귀득은 혼잣말로 중얼거리다가, 울다가 이 모양으로 간밤을 거의 뜬눈으로 새웠다.

그러나 사세가 섭이를 순옥에게 아니 줄 수 없는 형편임을 귀득은 잘 인식하였다.

얼마 후에야 귀득은 고개를 들어서 순옥을 보고 쓴웃음을 지어 웃으며,

"내가 어리석어서요. 이렇게 울길 잘해요."

하고 눈물을 씻었다.

"내가 이 선생 속을 다 압니다. 내가 섭이를 맡아 기르더라두 언제든지 섭이가 보구 싶으시거든 와 보셔요. 난 조금두 어떻게 생각지 않습니다."

이 말에 귀득은 못 미더운 듯이 눈을 크게 떠서 순옥을 보다가,

"아이머니, 그런 법이 어디 있습니까?"

하는 말은 놀람에서 나오는 진정이었다.

"왜요? 어머니가 제 자식을 못 만나 보는 법은 어디 있어요? 조금두
그런 생각은 마셔요.."

하는 순옥의 말이 진정임을 인식할 때에 귀득은 더욱 놀라지 아니할 수
없었다.

'이것이 무슨 사람인가?'

하고 귀득은 인사 체면 다 잊고 언제까지나 순옥의 얼굴을 들여다보았다.

이때에 순옥은 교의를 끌어다가 앉으며 들고 왔던 보퉁이를 제 무릎 위
에 놓고 매듭을 끄르려고 손을 대면서,

"내가 이런 것을 드려서 이 선생이 어떻게 생각허실는지 모르겠어요.
조금두 어떻게 알지는 마셔요."

하고 한번 웃고 그 보퉁이를 끌러서 의복 일습을 내어보이면서,

"이게 입던 건 아냐요. 하니 갈아입으셔요."

하고 귀득의 원체 휘주근한 옷이 반 달 동안이나 병원에서 입고 뒹굴어서
수세미처럼 된 치마 저고리를 본다.

"아아 그걸 주시면 어떡허십니까?"

하고 귀득은 또 한번 의외인 일에 두 손을 무릎 위에서 비튼다.

"이 선생이 키는 나와 어상반하시지만 내가 몸이 좀 가늘어서 품이 맞
으실는지 모르겠어요. 그중 큰 것을 고르느라구 했지만."

하고 저고리를 들어서 뼘어 보고 나서,

"미안허지만 어디 입어 보셔요."

하고 저고리를 귀득에게 준다.

귀득은 순순히 일어나서 제 저고리를 벗고 순옥의 저고리를 받아 입어
본다.

"꼭 맞습니다."

하고 귀득은 마음에 맞는 의복을 입을 때에 가지는 여자의 본능적인 기쁨

이 얼굴에 나타난다.

순옥도 일어나서 뒷품이랑 깃고대랑 화장이랑을 손으로 만져 보고,

"뒷품이 좀 어떤 듯해두."

하고 또 치마를 들어서,

"이걸 먼저 입으실 걸 그랬군."

하는 것을 귀득은 또 순순히 입었던 저고리를 벗고, 또 치마를 벗고 그리고 치마를 입고 여미고, 그리고 저고리를 입고 고름을 맨다. 그리고는 진정으로 기뻐하는 빛을 보인다.

"모두 옥색이 되어서 늙어 보이셔서 안됐어요."

하고 순옥은 옥색 하부다이 치마 저고리를 입혀 놓은 귀득을 바라보았다. 새옷을 갈아입고 얼굴에 웃음을 띤 귀득은 훨씬 돋보여서 순진한 애티와 참함이 있다고 생각하였다. 얼굴에서 피곤한 빛과 빈궁에 시달린 빛만 떼어 놓고 화장을 하고 나서면 상당한 얼굴일 것 같았다.

이리하여서 허섭은 순옥이가 사다가 준 새옷을 입히고 새 처네를 둘러서 새로 얻어 온 계집애 등에 업혀서 순옥이가 안동하여 허영의 집으로 오게 되었다. 귀득은 울었으나 순옥이가 예기하던 것과 같은 비극의 장면도 없이 섭이가 병원 대문으로 나가는 것을 보고는 도로 병원으로 들어갔다. 순옥은 좀 어리고 물러 보이는 귀득에게 상당히 독한 참고 견제하는 힘이 있음을 발견하였다.

사랑의 길

허영의 피의 바세르만 반응은 양성이었다. 그래도 그는 그런 일이 없노라고 순옥을 대하여 뻗대었고 순옥도 더 몰으려고도 아니하였다.

허영은 영옥의 손에 구매 요법을 받고 있었다. 영옥을 대하여서도 저는 매독을 옮을 기회는 없었는데 아마도 목욕탕에서 옮은 것이라고 여러 번 자탄하였다. 순옥도 캐어물으려고 아니하고 못 들은 체하였다.

섭이는 어미를 떨어져서 이삼 일간은 울었으나 차차 어미 생각도 잊어버리고 할머니와 아버지에게 정이 들었다. 순옥은 섭에게 대하여 무론 골육의 정은 생길 리가 없으나 먹는 것과 입는 것을 다 보살피고 밤에는 제 곁에 뉘어서 재웠다. 섭이도 순옥을 보면 '엄마 엄마' 하고 팔을 벌리고 달려들었다.

이 모양으로 몇 달이 순탄하게 지내어서 또 봄이 오고 가고 첫여름도 가까이 왔다. 늦은 봄 첫여름은 서울이 세계에 대하여 자랑할 만한 좋은 철이다. 옥색 모시 진솔 치마 적삼은 이제는 서울 여성에는 흔하지 아니한 것이지마는, 역시 그것은 이 철의 주인이어서 종로에 한 사람만 그렇게 차린 사람이 나서더라도 그는 이 철의 주인이 아니 될 수 없는 것이

다. 그러매 순옥의 옥색 모시옷은 이 시절에 가장 빛이 났다. 순옥은 마음이 늘 화평하고 기뻤다. 하루 종일 병원에서 환자를 보아 주고 집에 돌아가면 안식이나 행락이 있는 것은 아니라도 또 할 일, 서비스가 있었다. 남편에게 주사(혈압에 관한 것)를 놓고 어린애를 씻기고 옷을 갈아입히고 시어머니 어깨와 다리를 주물러 드리고, 그리고 병신인 남편을 위로해 주고, 이리하여서 몸이 피곤하게 되는 것이 순옥의 낙이었다.

하루는 순옥이가 병원에서 일을 하고 있다가 급히 새옷을 갈아입어야 할 사정이 생겨서 집으로 달려왔다. 창덕궁 대궐 앞에서 집 골목을 들어서려 할 때에 식모가 바구니를 끼고 나오는 것을 만났다.

식모는 깜짝 놀라는 듯이 순옥의 앞을 막아 섰다. 그리고,

"아씨, 아씨."

하고는 말을 못 하였다.

"왜 그러나?"

하고 순옥도 이상하다는 빛을 띤다.

"들어가시지 마셔요."

"들어가지 말라구?"

"네."

"왜?"

순옥은 더 놀라지 아니할 수 없었다.

"제가 조금 있다가 병원으루 아씨를 찾아갈 테니, 그때에 다 말씀 여쭐 테니, 지금은 댁에 들어가시지 마셔요."

"으응."

하고 순옥은 이윽히 식모의 눈을 들여다보다가 말없이 돌아서서 마침 파조교 쪽으로 오는 버스를 잡아타고 병원으로 오고 말았다.

순옥은 식모가 말하려는 내용을 대강은 짐작할 수가 있었다. 필시 귀득이가 온 것이로구나 하였다. 어린애를 데려온 지 삼사 개월이 되도록 한 번도 귀득이가 다녀갔다는 말이 없는 것을 이상하게 알았던 터이므로, 귀

득이가 집에 찾아왔다고 해서 놀랄 것은 없었다. 아무 때에나 섭이가 보고 싶거든 와서 보라고 순옥이가 이미 허락한 것이 아니냐? 이만큼 생각하고 순옥은 병원에서 여전히 볼일을 보고 있었다.

순옥이가 병원에 돌아온 지 한 시간 반쯤 되어서 과연 식모가 찾아왔다. 그러기로 식모가 어떻게 이렇게 집을 떠날 수가 있을까 하는 것을 불현듯 의심하면서 식모를 순옥의 방인 예진실로 불러들였다. 오후가 되어서 방은 조용하였다.

"그런데 어떻게 나왔나? 마님께서 가라고 그러시던가?"

순옥은 식모의 입도 열게 할 겸 이렇게 말을 붙였다.

"마님께서 내어쫓다시피 하시는걸요? 저녁 지을 때까지 나가 있다 오라구요."

하고 식모는 분개한 빛을 보인다.

"그건 다 무슨 소린가?"

하고 순옥은 놀란다.

"참 아씨가 가엾으셔요. 글쎄, 아씨가 어떤 아씨신데 마님이나 서방님이나 그렇게까지 하십니까. 그걸 생각하면 제가 다 분해요. 그렇게 천하에 없이 착하신 아씨를……."

"아니 무슨 일인데 그러나? 어서 말을 허게."

순옥도 무엇인지 모르면서도 마음이 설레는 것을 누를 수 없었다.

"벌써 아씨께 말씀을 하자하자 하면서도 아씨께서 얼마나 분해하실까 해서 못 하구 있었어요."

"아니 무슨 말인데 그러나?"

"글쎄, 그 애기 어머니가 온답니다. 그 섭이 애기 어머니가 말씀야요."

"오늘 그이가 왔나?"

"오늘이 무어야요? 섭이 애기 데려오신 지 한 댓새 뒤부터 오기 시작한 것을, 글쎄 차차 발이 잦아져서 요새에는 거진 날마당이랍니다."

순옥은 귀득이가 오늘 처음 온 것이 아니라 섭이를 데려온 지 댓새 뒤
부터 오기 시작했다는 말에는 아니 놀랄 수가 없었다.

"이애 어머니 아니 왔어요?"

하고 순옥이가 혹시 묻는 때면, 허영이나 한씨나,

"그년이 왜 와?"

하고 힘있게 부정하였고, 어떤 때에는 한씨는 물론이요, 허영까지도,

"그년이 오기로 왜 집에 들어?"

하도록 부인하였다. 그러나 역시 허영과 한씨는 순옥을 속인 것이다 하고
생각하면 과연 분한 마음이 아니 생길 수 없고, 또 식모를 대하기가 부끄
럽지 아니할 수가 없었다. 그래도 순옥은,

"응, 그 말인가? 내가 그 애기 어머니더러 언제나 애기를 와 보아두
좋다구 했어."

하고 처음부터 하리라고 별렀던 말을 하고 억지로 짓는 웃음으로 빙그레
웃기까지 하였다. 그러나 순옥은 몸에 일종의 경련이 일어남을 깨달았다.

"글쎄 제가 낳은 아이니 애기나 보러 온다면야 제가 왜 이렇게 분해하
겠어요? 글쎄 이거 보세요, 그 애기 어머니가 처음 온 날 말씀야요——
그날 눈이 왔습니다. 바람이 불구——웬 젊은 여학생 같은 아낙네가 쓰
윽 들어온단 말씀이지요. 그래 웬 보지 않던 사람인가 허구 보구 있노라
니깐 처음에는 글쎄 아씨가 계시느냐구 그러겠지요, 절더러. 그래 병원에
가셨다구 그러니깐, 그럼 주인 서방님이 계시냐구 그런단 말씀야요. 그런
데 제가 미처 대답두 하기 전에 아 글쎄, 건넌방 쌍창이 드윽 열리더니만
서방님이 반색을 하시면서 아 귀득이오? 이러시구는 글쎄 허겁지겁으로
마루루 내달아 나오셔서 글쎄 어서 들어오우, 야 이거 웬일이오, 하고 손
목을 끌어올리는구먼요. 저랑, 순이랑 곁에서 보구 있는데 글쎄, 그런 일
이 어디 있습니까? 그리구는 서방님이 그 귀득인가 한 여편네를 건넌방
으로 끌구 들어가시려구 하시니깐 그 여편네는 새침해 가지고, 섭이가 어
디 있어요? 난 섭이를 한번 보러 왔어요, 하고 처음에는 잘 안 들어가요.

그러는 걸 서방님이 글쎄, 이번에는 그 여편네의 등을 떼밀구 허리를 껴 안아서 막 끌구 들어가신단 말야요.── 건넌방으루, 섭이 애기는 안방에 서 자는데. 그리구는 한바탕 울구불구하는 소리가 나구 서방님이 무에라 구 달래시는 소리두 나구 너털웃음을 치는 소리두 나구 하더니, 그리구는 한참이나 괴괴하단 말씀야요. 아마 그 동안이 한 시간은 됐을 거야요. 아 무려나 마당에 났던 그 여편네 발자국이 다 눈에 묻혀 버려서 안 보이게 됐으니깐요. 그래 제가 안방으루 들어가서 마님보구 그 이야기를 다 했지 요. 허니간 글쎄, 마님 하시는 말씀 좀 들어 보세요. 여보게 얼른 가서 국수하구 꾸미 한 매하구 사다가 국수장국 좀 끓이게, 그리시구는 절더러 글쎄, 자네 아씨보구는 아예 이런 말은 말게. 만일 말이 나면 자네 소원 줄 알겠네, 하구 글쎄, 이렇게 어르신단 말씀야요. 글쎄 그런 법이 어디 있습니까 한 아들에 열 며느리라는 말두 있지마는 글쎄 며느리두 며느리 나름이지요. 아씨 같으신 며느님을 글쎄, 그러니 할 수 있어요. 바구니를 끼구 국수를 사러 나왔지요. 그래 속으루 분하면서 골목으로 나오노라니 깐, 순이년이 바르르 따라나온단 말씀야요. 그래서 제가 넌 이년 어디 가 니? 그러니깐 그 계집애가 쌩 웃으면서 아씨 오시나 망보라세요, 그러겠 지요. 그래 국수를 사다가 장국을 끓이면서두 눈치를 보구 있노라니깐 서 방님이 먼저 건넌방에서 나오셔서 안방으루 들어가시더니 모자분이 몇 마 디 말씀을 하시는 모양이더니 글쎄, 마님이 쌍창을 여시면서 아가 이리 온, 그러시는군요. 글쎄 아가 이리 온은 무엇입니까? 그러더니 그 다음 에는 서방님이 글쎄 지게문을 여시면서, 여보 어머니 와 보이우. 아 글 쎄, 그러시는군요. 여보 어머니 와 보이우는 글쎄 다 무엇입니까? 그리 구는 상을 올리라구 호령호령하셔서, 글쎄, 아가 어서 더 먹어라. 그 동 안 섭이를 내놓구 어떻게 살았느냐? 이런 말씀까지 허시구 마치 댕길러 온 작은며느님이나 귀애하시는 것 같단 말씀야요. 글쎄 그런 법이 어디 있습니까?"

순옥은 정신이 아뜩아뜩함을 느끼면서, 식모의 이야기를 듣고 있을 뿐이었다.

식모는 순옥을 힐끗힐끗 보면서 잠깐 숨을 태워 가지고 말을 계속한다.

"그리구는 처음에는 닷새만큼 엿새만큼 온단 말씀야요. 올 적마다 번번이 국수장국을 끓이구요. 그리구는 대낮에 끼구 드러누웠구요—— 아씨 자리를 내려 깔구. 그리구는 글쎄 요마적에는 절더러 그 자리를 걷으라는 군요 글쎄, 그래 하두 분해서 제가 그 자리를 걷어치우면서 혼잣말로 천하에 이런 법두 있나? 우리 아씨만 불쌍하시지, 이런 소리를 했습지요. 했더니 고 순이년이 그 말을 마님께 고자질을 했나 보아요. 그 뒤부터는 마님께서 저를 미워하셔서 그 여편네가 오기만 하면 목욕을 갔다 오라든지, 아이들을 가 보구 오라든지 그러셔서 저를 내어쫓소와요. 그래 오늘 두 국수장국만 끓여 바치구는 쫓겨났습지요. 아까두 국수 사러 나오던 길에 아씨를 만났소와요. 지금은 순이년이 아마 애기를 업구 동구에 나와서 망을 보구 있을 것입니다. 인제는 그 여편네가 아주 섭이 애기를 안구는 젖통을 내어놓구 대청으루 서성거린답니다. 그러면 서방님은 싱글벙글하시구, 그 뒤를 따라서 오락가락하시구요. 글쎄, 또 이것 보셔요 ……."

하고 식모가 무슨 이야기를 더 하려는 것을,

"인제 말 그만하게. 더 듣기 싫어. 어서 집으루 가게."

하여 순옥은 식모를 쫓아 돌려보내었다.

식모를 돌려보내고는 순옥은 책상에 쓰러져서 울었다. 얼마를 울다가 누가 방문 밖에 오는 소리를 듣고 순옥은 얼른 고개를 돌리고 눈물을 씻었다. 들어온 것은 계순이었다.

"원장 선생님 아직 안 가셨어?"

순옥은 계순을 보고 이렇게 물었다.

"아니오. 연구실에 계신가 보아요."

하고 계순은 순옥의 붉은 눈을 슬쩍 보고는 방을 치우기를 시작하였다.

순옥은 연구실로 안빈을 찾아갔다. 안빈은 책장 앞에 서서 무슨 책을 찾고 있었다. 안빈은 힐끗 고개를 돌려 그 눈이 붉은 것을 보았다.

"왜?"

하고 안빈이가 멈칫 설 때에 순옥은,

"선생님!"

하고 안빈의 두 어깨에 팔을 걸고 매달리며 느껴 울었다. 순옥은 방에 들어올 때까지는 이렇게 하리라는 생각은 없고, 다만 제가 당한 일을 보고를 하고 그의 가르침을—— 가르침이라기보다도 이런 일들을 견디어 나아갈 힘을 얻자는 것이 목적이었으나, 안빈을 대하니 갑자기 설움이 치밀어서 저를 잊고 이렇게 안빈에게 매어달린 것이었다.

"웬일이오?"

안빈은 한번 다시 물었다. 순옥은 얼굴을 안빈의 예방의 가슴에 비비고 울었다.

"순옥이, 앉아서 이야기를 하오."

하고 안빈은 한 손에 책을 든 채로 순옥의 물결치는 등을 굽어보았다.

순옥은 안빈의 몸에서 떨어졌다.

두 사람은 마주앉았다.

순옥은 눈물을 거두고 식모에게 들은 이야기와 그 동안에 제가 허영의 집에 대하여서 한 일을 대강 말하였다. 순옥은 말을 다 하고, 나서 식모가 하던 말대로,

"글쎄 선생님, 이런 일도 있습니까?"

하고 또 울먹울먹한다.

"그런 일을 순옥이만이 당하는 줄 아오?"

이것이 안빈의 첫말이었다.

"또 있을까요?"

하고 순옥은 안빈을 바라본다.

"제 생각만을 하고 사는 중생 중에야 맨 그런 일이겠지."

"그러기로 어떻게 그렇게도 속입니까? 부모 자식간에, 내외간에?"

하고 순옥은 새삼스러운 분한 마음을 느낀다.

"하느님도 속이고 저도 속였는데 탐욕에 눈이 어두우면 곁에서 보는 사람이 있는 줄도 모르지 않소? 하느님도 감쪽같이 속을 것 같거든."

하고 안빈은 어조를 고쳐서,

"순옥이 분하오?"

하고 가여운 듯이 순옥을 본다.

"네, 어떻게 분한지 몸이 떨려요. 누를 수가 없이 분합니다."

"무엇이?"

"제가 분해하는 것이 질투는 아니야요. 속은 것이 분해요."

"순옥은 정성껏 그들을 위해서 애를 쓰는데, 그것을 알아 주지 않구 말이지?"

"네."

"아직 순옥의 정성이 시어머니나 남편에게 통하지 아니한 게지?"

"벌써 이태나 같이 살았는데도 아니 통하면 언제나 통합니까?"

하고 순옥은 일종의 절망을 느낀다.

"순옥이가 이런 일을 당해도 분한 마음이 아니 생기는 때에, 그때에야 비로소 순옥의 마음이 두 분에게 통하겠지."

"네?"

순옥은 안빈의 말뜻을 잘 알아들을 수가 없었다.

"순옥이가 속으로, 나는 저들을 위하여서 잘하는데 하는 생각이 있는 동안, 순옥의 정성에는 아직 다른 사람의 혼을 뚫고 빛을 비치어 줄 힘이 없는 것이오. 어머니의 사랑이 어떻소? 하루에도 몇 번씩 잘못하기로 그것을 분하게 생각하오? 자식이 보채어서 밤을 며칠 연하여 새웠기로 그것을 제 공으로 제 수고로 생각하오? 아니하지."

"네."

"끝까지 세 사람을 위해 보구려. 위한다는 생각 없이 어머니가 자식에게 대한 생각과 같은 생각으로 끝까지 가 보구려."

"이 일생에 그 일이 이루어지겠어요?"

"그게야 모르지. 사람이 소리를 배워도 제 소리가 나자면 이십 년은 해야 한다니까."

여기까지 와서는 순옥의 마음을 뒤집어 놓던 분위기는 사라져 버렸다. 그러나 순옥의 마음은 마치 모든 것이 다 불타 버렸거나 물에 씻겨 버린 비인 터와 같이 막막하였다. 아무 생각도 없고 맥이 탁 풀려 버려서 금시에 매시시 잠이 들어 버릴 것과도 같았다.

"선생님."

순옥은 폭 가라앉은 정신을 가까스로 수습하여서 안빈을 바라보았다. 안빈은 대답하는 대신으로 고개를 들어서 순옥을 바라보았다.

"선생님, 저는 인제는 더 나아갈 기운을 잃어버린 것 같습니다. 선생님, 연속해 오는 이 타격들이 제게는 너무 큰 것 같아요."

"그보다도 더 큰 타격이 올 때에는 어떻게 하려고, 어느 사이에 그런 말을 하오. 다 참아야지── 참되 부드럽게 참아야지. 이를 악물고 참는 것말고? 어머니가 어린 자식에게 대해서 참는 모양으로 모든 것을 순순히 참는단 말이오. 그러길래 주인욕지(住忍辱地)하여 유화선순(柔和善順)하는 것을 석가여래께서 보살의 안락행(安樂行)의 첫 허두에 말씀하셨소. 주인욕지── 욕을 참는 자리를 떠나지 말고서, 그 말이오. 유화선순이란 것은 부드럽게 화평하게 선하게 순하게란 말요. 그러니까 중생을 바른길로 인도하는 첫비결이 참는 것이란 말이오. 참을 수 있는 것을 참는 것이야 누구는 못 하나? 참을 수 없는 것을 참길래로 참는 것이라지 ── 안 그렇소? 예수께서도 그렇게 말씀하시지 아니하셨소? 용서하라고. 또 원수를 사랑하라고. 하느님이 해를 악인에게나 선인에게나 꼭 같이 비치시는 것을 배우라고. 그리고 맨 나중에 하늘 위에 계신 너희 하나님 아버지께서 완전하심과 같이 너희도 완전하라고. 또 바울도 그러지 아니하셨소? 사랑은 참고 사랑은 용서한다고. 또 예수께서 그러셨지? 형제가 내게 잘못 할 때에 몇 번이나 참으리까고 누가 여쭐 때에 너희 조상께서 일곱 번 참고 용서하라고 하였거니와 나는 진실로 너희더러 이르노니, 일곱 번씩 일흔 번이라도 참으라고. 이에 대해서 부처님께서는 무한히 참고 영원히 참으라고 하셨소. 사랑은 참는 것이니까. 그런 사랑이 점점 높은 정도에 올라가면 참는다는 것마저 없어질 것이오. 모두 자비니까, 온통 자비니까, 자비 속에 참는 것은 어디 있소? 참는다는 것이 아직 사랑이 부족한 것이지. 정말 나를 완전히 잊고 나를 있는 줄까지도 완전히 잊고 보살행을 하는 마당에야 참는다는 생각이 날 까닭이 없지. 그러니까 부처님은 벌써 참는 경계를 넘어서셨지. 그렇지마는 우리는 아직 참는 시대야 억지로라도 참는 공부를 하는 시대요. 아니 참는—— 참을 것이 없는 지경에 들어가기 위하여서 참는 가시밭을 피를 흘리면서 걸어가는 것이오. 우리 중생이—— 인류가 말이지, 다 참는 공부를 완성한 때면 이 사바세계가 곧 극락정토요, 천국은 거기 가는 중간도 못 되고."

안빈은 여기까지 말하고 잠깐 말을 끊고 순옥을 바라보다가,

"순옥."

하고 부른다.

"네."

"내 말 알아들었소?"

"네."

"이게 내 말이 아니오. 나는 이 말을 할 사람이 못 돼. 이것은 다 성인의 말씀이오. 나는 다만 성인의 말씀을 순옥에게 옮겨 주는 것이오. 알겠소?"

"네."

"그러면 순옥이가 무얼 얼마나 수난을 했으며 무얼 얼마나 참았소? 아직 허 군이 순옥의 눈알도 빼어내지 아니하고 손목, 발목도 아니 잘랐는데 어느 새에 못 참는다고 하면 이 다음에 어느 사람이 순옥의 목을 자르고 가슴을 가를 때에는 어떻게 참을 작정이오?"

"차라리 목을 자르는 것이 참기 쉬울 것 같아요."

"그렇게도 생각되겠지. 그러나 순옥이가 순옥이 속에 있는 내라는 가시를 아주 뽑아 내어 버린다면 조금도 분할 것이 없을 것이오. 그때에는——그 내라는 가시를 뽑아 버린 때에는 말야——그때에는 지금 순옥의 마음에 일어나는 분한 생각이 불쌍하다, 가엾다 하는 생각으로 변해서 나올 것이지. 나를 빼어 버린 사람에게는——다시 말하면, 사랑하는 사람에게는 말야, 자비심으로 사는 사람에게는 말야, 분하다는 생각이 다 변해 버리고 말아서 분이란 것은 아주 없으니까. 안 그렇소?"

"네."

"나는 순옥이가 사랑에서 완전하기를 바라오, Be perfect as your Father which is in Heaven is Perfect! 이 말 기억하오?"

"네."

"내가 할 말은 그것뿐이오."

"그럼, 제가 어떻게 하면 좋습니까?"

"순옥이가 알겠지."

순옥은 안빈에게서 나오는 길로 자하문 밖으로 나갔다. 그것은 귀득의 모친을 만나서 그들 모녀의 진정의 소원을 듣자는 것이었다. 순옥은 귀득의 모녀와 허영이 모자의 진정의 소원을 들어서 그대로 하여 주리라고 결심한 것이었다.

그러나 자하문 밖 귀득이가 들었던 집에서는 귀득이 모녀는 벌써 떠난 지가 두 달째나 된다고 하였고, 그 안채에 들어 있는 사람은 귀득의 모녀가 문 안으로 들어간 것밖에는 모른다고 하였다.

순옥은 실심한 걸음으로 다 저문 뒤에야 집으로 돌아왔다.

"어째 오늘은 이렇게 늦었소?"

하고 건넌방 쌍창을 열고 내다보며 반가운 웃음을 웃는 남편을 보고 순옥은 전과 같이 방그레 웃을 수는 없었다.

"어머니, 저 왔습니다."

"오, 시장하겠구나. 몸인들 안 곤하겠니?"

하는 시어머니의 인사말도 예사와 같이 들려지지 아니하는 것이 순옥에게
는 괴로웠다.

"괜찮습니다."

하는 제 대답에 퉁명스러운 음향이 없기를 순옥은 힘을 썼다.

순옥이가 안방에 들어설 때에 그래도 섭이만이 무심코 '엄마 엄마' 하
고 손을 내흔들었다. 순옥은 다른 때 같으면 어서 우유를 타 먹이려고 애
를 썼으련마는 섭이가 흐뭇하게 제 어미의 젖을 얻어먹었으려니 하면 지
금까지 제가 서두른 것이 부끄러운 듯도 하였다.

그래도 팔을 벌리고 덤비는 어린것을 그냥 모른 체를 할 수는 없었다.
순옥은 넓적넓적 기어오르는 섭이를 안아 쳐들었다. 섭은 좋아라고 해부
닥거리고 작은 손으로 순옥의 적삼 자락을 쳐들었다. 아까 귀득의 젖을
먹던 생각을 하고 젖을 찾는 것이라고 순옥은 생각하였다.

순옥은 아무리 하여도 평상스러운 기분에 돌아올 수가 없었다.

"어디 몸이 불편하우?"

허영은 순옥을 보고 이런 소리를 물었다.

"괜찮아요."

하고 순옥은 허영에게 주사를 놓았다.

저녁 후에 순옥은,

"순아."

하여 안방에 있는 순을 불러 내었다.

"나하구 좀 나갔다 오자."

하고 순옥은 순이를 데리고 밖으로 나갔다. 대문 밖에 나서서 순옥은 순이
의 어깨를 잡으며 좀 무서운 음성으로 불렀다.

"순아."

"네?"

하고 순이는 고개를 들어서 어두움 속으로 순옥의 얼굴을 쳐다보았다. 순
이는 웬일인지 이때에는 순옥이가 무서웠다.

"너 섭이 애기 어머니 집 알지?"

"아냐요, 몰라요."

하고 순이는 똑 잡아뗀다.

"요년, 네가 날 속여?"

하고 순옥은 발을 들었다 놓았다.

"아냐요. 정말 모릅니다."

순이는 약은 대신에 세찼다. 순이 눈에는 마님이, '요년, 아씨보구 한 마디라두 뻥끗했단 봐라.' 하던 무서운 눈이 생각킨다. 순이는 어머니한 테로 달아나고 싶었다. 그래도 순이의 어깨를 잡은 아씨의 손은 더욱더욱 힘있게 조여들어서 어깨뼈가 아플 만하였다.

"요년, 그래두 잡아떼어?"

하고 어르는 아씨의 말에, 순이는 복종하지 아니할 수 없음을 깨닫는다.

"아씨, 마님이 아씨보구 암말두 말라구 그리셨어요."

하고 홀쩍홀쩍 울기를 시작한다. 그제야 순옥은 순이의 어깨를 놓으며,

"어서 그 집으루 가자."

하고 순이를 앞에 세우고 따라섰다.

종묘 담 모퉁이 어두운 길로 한정없이 내려가서 종묘 정문 조금 못미쳐 서 어떤 조그마한 대문 앞에 순이가 우뚝 서며, 순옥을 힐끗 보고 손가락 으로 그 대문을 가리켰다.

"어떻게 헐까?"

하고 순옥도 몸을 담 그늘에 숨기고 잠깐 주저하다가,

"순아."

하고 가는 목소리로 불렀다.

"네."

하는 순이의 대답도 들릴락말락하다. 순이는 이제는 모든 것을 아씨께 바 칩니다 하는 듯이 순옥의 겨드랑 밑에 착 다가선다. 종묘 담 너머로서 푸 른 풀 냄새 같은 것이 무럭 넘어온다.

　순옥은 제가 하는 일이 옳은가 그른가 하고 한 번 더 생각하고 나서 순이의 등을 안으면서 귀에 입을 대고 말한다.

　"순아, 너."

　"네."

　"네, 내가 온 눈치는 보이지 말구."

　"네."

　"너, 여러 번 심부름 와 보았지?"

　"네."

　"밤에두 와 보았니?"

　"네. 아씨 평양 가신 날."

　"응, 그럼. 그저 집에서 심부름 온 것처럼 찾아, 응."

　"네, 그리군 어떻게 해요?"

　"그러군."

　"네."

　"그러군 내가 들어가지."

　"네."

하고 순이는 잠깐 주저하다가,

　"아씨가 들어가심 어떡허세요?"

하고 순옥의 얼굴을 빤히 쳐다본다.

　"내가 아는 이니깐."

하고 순옥은 순이의 등을 떼민다.

　순이는 그 일각 대문으로 가서 달그락달그락 문을 흔들면서,

　"문 열어 주세요. 아씨, 문 좀 열어 주세요."

하고 부른다.

　"거 누구냐?"

하는 소리가 나온다. 그것은 귀득의 어머니 소리라고 순옥은 알아들었다.

　"순이야요, 어머니."

하고 문을 열고 나오는 것은 분명히 귀득이라고 순옥은 알았다. 귀득의 좀 낮은 듯, 썩 쉰 듯한 특색 있는 음성이었다.

"순이냐?"

하고 귀득은 대문 빗장을 열면서,

"어째 왔니? 서방님이 나 오라시든?"

하고 대문을 한 짝만 열고 고개를 내어민다.

"내야요. 내가 왔어요."

하고 순옥이가 나설 때에는 귀득은 가슴에 총이나 맞은 사람 모양으로 비틀비틀 뒤로 쓰러질 것 같았다.

이 광경을 보고 달아나려는 순이를 순옥은,

"순아, 어딜 가? 나허구 같이 가자."

하고 불러 앞을 세우고 대문으로 들어가서 손수 대문을 걸었다.

두 손을 두 뺨에 댄 채로 어리둥절하고 섰는 귀득을 보고 순옥은,

"불의에 와서 놀라셨겠어요. 급히 좀 헐 말씀이 있어서요. 어머님 계셔요?"

하고 귀득의 얼굴을 정면으로 바라보았다. 그리고 저도 모르게 마음속에 일어나는 얼음 가루를 날리는 듯한 찬바람을 억지로 눌러 버렸다.

"들어오셔요."

하는 말이 그래도 얼마 후에는 귀득의 입에서 나올 수가 있었다. 그러고 순옥을 인도하여 방으로 들어갈 수가 있었다.

순옥은 귀득이 모녀와 삼각형의 위치로 앉았다. 전등불 밑 좁은 방에 모녀를 대해 앉으니, 순옥은 도리어 감정이 안정해지는 것을 깨달았다. 안빈이가 말하던 '불쌍하다' 하는 생각이 날 여유도 있었다. 독과 조롱을 바른 말들이 혀끝에까지 나와서 날름거리던 것도 움츠러들고 평상시의 순옥을 회복할 수가 있었다.

"난 아직 예전 댁에 계신 줄 알고 자하문 밖에를 갔었어요."

하고 순옥이가 먼저 입을 열었다. 이때까지에 말이라고는 귀득이 모친이,

"선생님 오셨어요? 이리 앉으세요."

하는 한 마디뿐이었었다.

"아이, 저런."

하고 귀득의 모친이 순옥의 자하문 밖에 갔었단 말에 미안한 빛을 보인다.

"그럼 할 말씀부터 얼른 하겠어요."

하고 순옥은 두 모녀를 힐끗 보며,

"다른 말씀이 아니라요. 전에 병원에서두 한번 말씀한 일이 있습니다마는, 귀득 씨와 허 선생과의 관계를 분명히 하는 것이 좋겠어요. 나는 모르구 있었는데요. 오늘 알아보니깐, 그 동안 귀득 씨가 여러 번 집에를 다니셨는데 그렇게 나를 속이구 다니실 일이 아니란 말씀야요. 우선 남이 보기에두 모양이 숭업구요. 또 귀득 씬들 그것이 무엇입니까? 내외두 아니구 실례 말씀이지마는 첩두 아니구요. 그렇게 창피하신 일을 할 필요가 없단 말씀야요. 내가 병원에서두 안 그랬어요? 지금이라두 두 분이 혼인을 허시라고. 그렇게 서로 못 잊으시구 나 한 사람을 꺼려서 비밀히 만나 보시는 처지에 왜 떳떳하게 혼인을 못 하십니까? 그도 내가 나서서 반대를 할제 말씀이지, 나는 언제나 두 분을 위해서 곱게 물러나 드린다는데 무슨 걱정입니까? 내가 오늘 댁에 찾아온 것이 이 말씀 때문이야요. 저번만 해두 말씀야요. 귀득 씨나 또 귀득 씨 어머니시나, 허 선생허구 혼인하실 마음은 영 없으시다니깐, 나두 그럼 그러라고 한 것이구요. 또 설사 귀득 씨가 무엇이라구 말씀하시더라두 강권이라두 할까? 또 내가 아주 들일까 이렇게 생각해 보았어요. 그래도 내가 물러나지 않구 섭이만 맡아 기른다구 한 것은 내간에는 귀득 씨를 위하노라구 한 것이야요. 그건 무슨 말인고 허니요, 허 선생이 병환이 있으십니다. 중병이야요. 내 입으로 이런 말씀을 하기는 무엇하지마는, 나으실 수 없는 병이십니다. 그러니 허 선생은 중병지인이야, 또 내가 나가는 날이면 조석두 어려울 지경이야, 이런 데를 귀득 씨더러 들어가시라구 하고 내가 쏙 빠져

나온다는 것이 귀득 씨를 불행 속에 차 넣는 것 같단 말씀야요. 그래서 내
가 섭이를 맡아 드리구 귀득 씨는 새 길을 찾으시기를 바랐던 것인데, 그
렇지마는 인제야 헐 수 없지 않아요? 아무리 해도 두 분이 떨어질 수는
없으신 모양이니 어서 꺼릴 것 없이 떳떳하게시리 혼인하시고 사세요.”
하고 입을 다물었다. 순옥은 귀득을 이 선생이라고 부르지 아니하고 귀득
씨라고 불렀다. 말에 상당한 경어는 쓰건마는 가끔 칼끝같이 날카로운 말
이 나가려는 유혹을 느낀다. 그러한 유혹을 느낄 때마다 순옥은 제 마음
이 깨끗지 못함이 제 마음이 자비만으로 차지 못하고 질투와 멸시의 두
갈래 챈 혀끝이 날름거리는 것이 괴로웠다.
　“도무지 석 선생님께 대해선 할 말이 없습니다. 면목이 없구요.”
하는 것이 귀득의 모친의 말이었다. 귀득의 모친은 이런 말을 하고는 딸
을 돌아보았다. 귀득은 울고 있었다.
　“선생님.”
하고 귀득은 얼마 후에야 고개를 들었다. 눈물에 젖은 그 얼굴은 순옥의
눈에는 퍽 초췌해 보였다.
　“말씀하셔요.”
하고 순옥은 아까와 같은 엄격한 태도가 아니요, 부드러운 어조로 귀득의
마음을 눅이려 하였다.
　귀득은 용기를 모아서 입을 열었다.
　“지금 와서 제가 석 선생님께 무슨 변명이 있겠어요? 선생님이 제 얼
굴에 침을 뱉으시거나 발길루 차시거나, 칼루 저를 찌르시기루니 무슨 말
이 있겠습니까? 제가 제 죄를 알거든요. 처음에는 제가 석 선생님을 원
망두 했어요. 허 선생 말씀에는 석 선생이 자꾸 떨어지지를 아니하여서
할 수가 없어서 혼인을 했노라고 그러셨거든요. 그렇지만 이번 일에야 제
가 백 번 죽어 싸게 잘못했지요.”
하고 땅이 꺼지게 한번 한숨을 쉬고 나서 귀득은 말을 잇는다.
　“애초에는 저두 이러자던 것은 아냐요. 아이를 떼어 놓고 며칠을 지내

노라니 젖은 퉁퉁 붓고 어린건 눈에 밟히구요. 아주 죽겠어요. 참을 수가
없어요. 그래서 어머니는 그런 법이 없느니라구 말라구 그렇게 그러시는
것을 제가 우겨서 섭이나 한번 보구 온다구 찾아갔지요, 그 집에를. 정말
섭이만을 한번 보고만 오려구 했어요. 그랬던 것이 정작 가니깐, 그이가
억지로 등을 떠밀고 허리를 껴안다시피 해서 방으로 끌어들이는구먼요.
저애두 보았습니다. 그래 끌려들어가니, 어떡헙니까? 모르던 사람끼리도
아니고. 그래서 이거 내가 죽을 죄를 짓는다. 내가 석 선생님께 못 할 일
을 한다 하면서두 다시는 다시는 안 간다구 맹세까지 하구두 또 가구 또
가구 그랬습니다. 그러다가――그러다가 인제는 또 인제는――또 아이
까지 뱄어요."
하고는 우우우하고 소리까지 내어서 운다.

  아이까지 뱄단 말에 순옥의 눈초리가 샐쭉 올라갔다. 그러면 귀득이
가 초췌하여 보이는 것이 그 때문인가 하고 순옥은 물끄러미 귀득을 바라
보았다. 식모가 '대낮에 아씨 자리를.' 어쩌고 하는 말을 들었으나 설마
하였었다. 그러나 이제 보면 그 말이 모두 사실이었구나 하고 순옥은 정
신이 어찔어찔해지는 듯함을 깨달았다. 순옥은 속으로 한 번 더 결심을
굳게 하였다――이혼을 하자는.
  "글쎄 그것이 무슨 짓이냐? 이년아. 이 어미의 낯에 똥칠을 하니, 또
애비 없는 자식을 배구, 글쎄, 날더러 왜 이 꼴을 보게 헌단 말이냐? 아
이구 이년의 팔자야."
  귀득의 모친은 안채에서나 담 밖에서 들릴 것을 꺼려서 언성은 낮추면
서도 가슴이 미어지는 듯하게 힘을 써서 말을 한다.
  "다 알았습니다. 나두 그런 줄로 대강은 짐작했어요."
하고 순옥은 귀득이 모친의 편을 향하여,
  "왜 아비 없는 자식입니까? 지금이라두 정식으로 혼인만 허면 그만입
니다. 나는 이혼을 하기루 작정을 했으니까요. 모녀분이 허 선생더러 정
식으로 혼인을 해 달라고 그러셔요."

하고는 순이를 데리고 귀득의 집에서 나왔다.

　그래도 귀득이 모녀는 대문까지 나와서,

　"선생님 안녕히 가셔요."

하는 인사까지 하였다.

　순옥은 인제는 냉정하게 되었다. 일은 다 결정이 된 것이었다.

　집에 오는 길로 순옥은 건넌방으로 먼저 들어가서,

　"어디 갔다 왔소?"

하는 허영을 끌고 안방으로 건너왔다.

　허영은 순옥의 수상한 태도에 가슴이 덜렁하면서도 감쪽같이 꾸민 일이 누설될 리는 만무하다고 안심하고 부러 기운을 내어서 웃으며, 순옥의 뒤를 따라서 안방으로 건너왔다.

　"어디 갔다 왔소?"

하고 허영은 건넌방에서 순옥에게 물은 말을 또 물었다. 그것은 평심서기 (平心舒氣)인 제 마음의 여유를 보이자는 것이었다.

　그러나 순옥은 이때에 남편의 비위를 맞추고 있을 여유가 없었다. 그는 단도직입으로 할 말을 하기로 결심하였다.

　"어머니."

하는 것이 순옥의 첫말이었다.

　"응?"

하고 한씨도 순옥의 심상치 아니한 기색을 살폈다.

　"암만해두 제가 이혼을 해야겠습니다."

하는 말이 떨어지기가 바쁘게 허영은,

　"무어? 그건 또 무슨 소리요?"

하고 남편의 위권으로 소리를 질렀다.

　그래도 순옥은 여전히 한씨에게 하는 말로,

　"어머니, 저를 이혼해 주라구 그러셰요. 그리고 이귀득이와 혼인하라구요."

하고 아주 침착하였다.

"글쎄, 왜 또 그런 말을 꺼내느냐? 참답게 잘 살다가 왜 또 그런 숭한 소리를 하느냐 말이야. 아서라, 그런 소리 하는 거 아니다."

하고 한씨는 아들에게로,

"왜 네가 또 무슨 소리를 했느냐 네 처더러?"

하고 양미간을 찡긴다. 대수롭지는 아니하나, 조금 귀찮다는 모양으로.

"아뇨, 내가 무슨 말을 해요?"

"아가, 그럼 왜 그런 소리를 하느냐? 아서라."

순옥은 차마 더 이 모자로 하여금 가면 연극을 계속하게 하기가 싫었다. 그들의 가면에 대한 반감이나 연민보다도 이제는 그런 것을 보기에는 진절머리가 났다. 만일에 그들로 하여금 말을 더 하게 한다면 필시 아니라고, 이귀득이가 집에 발길도 한 일이 없느니라고, 이귀득이가 설사 온다 하더라도 문지방에 발이나 넘겨 놓게 하겠느냐고, 이러한 대사를 낭독할 것은 분명한 일이었다. 그들로 하여금 그러한 연극을 벌이게 하여 놓고서 실컷 구경하다가 나중에 벼락 같은 한 소리로 그들의 가면을 벗겨 놓는 것이 순옥에게는 너무 잔인한 일인 것 같았다. 그래서 순옥은,

"이제 와서도 저를 속이실 것이 무엇입니까? 제가 다 알았는 걸요. 귀득이가 언제부터 집에 다니기 시작한 것이며, 집에 와서는 어떠한 대접을 받고 어떠한 일을 한 것이며, 또 귀득이가 지금 태중인 것까지도 다 알았는 걸요. 지금 제가 다녀온 데가 귀득의 집이야요. 그렇게 제가 다 안 것을 무엇하러 속이려 드십니까?"

하는 말에 허영은 낯에서 쥐가 나서 고개를 푹 숙여 버렸다. 그러나 한씨는,

"아니, 어떤 년이 그런 소리를 다 일러바쳤느냐?"

하고 한번 큰소리를 한 뒤에야 고개가 수그러지고 말았다.

순옥은 한씨와 허영을 한번 차례로 돌아보고 나서, 허영에게 하는 말로,

"여보시오. 그렇지 않아요? 귀득 씨가 애기를 뱄으니 어서 혼인을 하셔야 되지 않아요? 그러니깐 난 내일로 이혼해 주셔요."

하고 최후의 말을 하였다.

"난 아무것두 할 말이 없소. 면목두 없고."

허영은 고개도 들지 않고 이런 소리를 중얼거렸다.

"면목이 없으시오?"

하고 순옥은 웃었다.

"그저 내가 마음이 약해서 그리 되었구려. 제가 와서 울고 매어달리니까——차마 떼밀치지를 못해서. 당신께 대한 사랑이 부족한 것두 아니구 내가 그 사람에게 애정을 가진 것두 아니면서두 꼭 한번, 한번 실수로."

하고 허영은 또 그의 상투 수단인 변명을 꾸며대려는 것을 순옥이가 다 듣기도 싫어서,

"귀득 씨 말은 그와 다르던데."

하고 약간 빈정거렸다.

"아니, 그년이 무어랬길래?"

하고 허영이가 고개를 들고 되산다.

"응, 그년이 또 무에라구 네게다가 없는 소리를 한 게로구나."

하고 한씨도 기회를 얻은 듯이 살아난다.

"이 다음에, 혼인하신 뒤에 종용히 물어 보지요?"

하고 순옥은 가면 연극이 다시 벌어지려는 것을 미리 순을 잘라 버리고,

"그럼, 저는 가요. 어머니 안녕히 계셔요. 어머니라고 부르는 것두 이것이 마지막입니다."

하고 한씨 앞에 한번 하직하는 절을 하고, 그 다음에는 허영을 향하여서,

"그럼, 난 가요. 내일 오빠가 오실 테니, 딴말씀 마시고 이혼 수속을 다 하도록 하셔요. 괜히 질질 끌 것 없습니다. 이귀득 씨나 부디 끝까지 잘 사랑하셔요."

하고 일어나 나와서는 건넌방으로도 아니 들어가고 바로 대문으로 나간

다. 식모와 순이는 마당에서 안방 이야기를 다 듣고 있다가 순옥이가 나
가는 것을 보고,

"아이, 아씨 어딜 가셔요, 이 밤중에?"

하고 길을 막는다.

허영이가,

"여보, 여보."

하고 대문 밖까지 뛰어나왔으나, 순옥은 뒤도 돌아보지 아니하고 골목 밖
으로 사라져 버리고 말았다.

허영이가 혼자서,

"여보, 여보."

하고 서너 번 더 부르는 소리에 자리에 들었던 동넷사람들이 눈들을 뜨고
귀들을 기울였다.

허영이가 안방에 돌아왔을 때에는 한씨는 벌써 식모와 순이를 불러 놓
고 족쳐 대고 땀방울같이 으르는 판이었다. 한씨의 생각에는 이 불행이
모두 식모와 순이 때문이었다. 그뿐이 아니라, 한씨의 생각에는 남편이
다른 계집을 상관한다고 해서 이혼이니 무엇이니 하는 것은 심히 괘씸한
일인 것 같았다. 귀득이는 허영의 첩으로 두고 그 몸에서 나는 아이는 순
옥이가 낳은 것으로 입적을 시키면, 만사 태평일 것 같았다. 한씨는 자기
가 젊었을 때에 남편이 첩을 세 번이나 갈아 들여도 끽소리도 못한 것을
생각하였다.

허영이가 영옥을 찾아가서 사죄를 하고 순옥이를 다시 오게 하여 달라
고 말을 하여 볼까 하고 있을 때에 영옥이가 허영의 집에 찾아왔다.

"어서 들어오게."

하고 허영은 매부가 처남에게 대하여서 하는 침착과 친절을 아니 잃으려
고 힘을 썼다.

건넌방에 들어와 앉은 뒤에 허영은,

"그래 논문은 다 됐나?"

하고 웃기까지 하면서 물었다.

"이 달 안에는 글을 내기는 내겠네."

하고 영옥도 예사롭게 대답하고 나서,

"병은 좀 어떤가?"

하고 허영의 좀 초췌하고도 풀죽은 얼굴을 본다.

"괜찮아. 순옥이가 붙어 있는 동안이야 설마 내가 죽겠나?"

허영은 이런 소리를 한다.

"자네, 자동차만 타면 어디 좀 가두 괜찮겠지?"

영옥은 이런 소리를 묻는다.

"왜, 어디?"

허영은 눈을 크게 뜨고 얼굴을 덮었던 웃음이 스러진다.

"경성부청에 댕겨오세."

하고 영옥은 단도직입을 한다.

"경성부청에? 왜? 순옥이가 무에라던가?"

"인제는 여러 말을 할 필요가 없지 않은가? 가서 이혼하구 오지."

"자네까지 그런 소리를 하나?"

"내가 그럼 무슨 소리를 해야겠나? 어서 부청 호적계에 사람들 많이 오기 전에 일찌감치 다녀오세. 무어 그리 좋은 일이라구 사람들 모이기를 기다려서 가겠나?"

영옥의 말은 차차 냉혹해진다.

"아니, 내외 싸움은 칼루 물 베기라는데."

"내외 싸움이라니? 웬 내외 싸움 있었나? 사정이 이혼을 안하면 안 되게 된 것이지. 자네가 이혼을 안하면 안 되게 만들어 놓은 것이구."

"아니, 안 돼. 이혼은 못 해."

하고 허영은 도리어 토라지고 만다.

"이혼은 안 돼?"

"암, 안 되지. 할 수 있거든 해 보게그려."

이때에 지금껏 밖에서 엿듣고 있던 한씨가 쑥 들어온다. 영옥은 경의를 표하여 잠깐 일어섰다가 앉는다.

한씨는 선 채로,

"아낙네가 나서서 이런 말씀을 하는 것이 안됐습니다마는 들으니깐, 이혼이니 무엇이니 그런 말씀이 나는 모양이니 어디 그런 법이 있습니까? 어젯밤에두 그애가 나 이혼해 주우, 불쑥 이런 소리를 하구는 온다 간단 말없이 쑥 나가서 아니 들어오니, 어디 그런 해괴한 일이 있습니까? 아무리 개화 세상이기루서니 어디 그런 법이 있습니까? 또 설사 남편이 첩을 하나 얻었기루니 그걸루 이혼을 한다는 게 대전통편에두 없는 말입니다. 어디 처첩 안 거느리는 사내가 어디 있습니까? 여필종부라니 남편이 하는 일이면 꾹 참구 있는 것이 도리에 옳지, 어디 그런 말이 있습니까? 이혼이라니요? 우리네 집에서는 그런 해괴한 일은 듣두 보두 못하였습니다. 이혼이라니, 말이 아니 됩니다. 얘, 영아, 네 어미가 눈이 시퍼렇게 살아 있는 동안 이혼은 못 할 테니 그리 알아라, 사돈께서도 그리 아십시오."

하고는 물러가면서,

"원 이혼이라니? 점잖은 집안에 그런 말이 어디 있어?"

하고 혼잣말 모양으로 중얼거리면서 안방으로 들어가 버린다.

영옥은 지난 밤에 허영의 모자가 의논한 전술임을 간파하고, 더 말할 필요가 없음을 느꼈다. 다만,

"아무려나 순옥이는 다시 자네 집에는 아니 올 테니 그리 알게."

하고 일어나 나왔다.

허영은 마루 끝까지 나와서 영옥에게 손을 내어밀었으나 영옥은 못 본 체를 하고 그 손은 잡지 아니하였다.

허영은 영옥이가 중문을 다 나가기도 전에 방으로 들어왔다.

"내가 왜 이혼을 해 주어?"

허영은 이렇게 중얼거렸다. 허영은 순옥과 이혼하기가 진정으로 싫었

다. 허영이가 사랑하는 것은 순옥이요, 귀득은 아니었다. 다만 귀득도 싫지는 아니하였다. 처첩 안 거느리는 사내가 어디 있느냐 하는 한씨의 말이 허영의 마음에 꼭 들었다. 설사 순옥이가 다시 제 품에 돌아오지는 못한다 하더라도 놓아 주기는 싫었다. 순옥이를 이혼을 하여 주는 것은 '누구 좋은 일'을 하여 주는 것만 같아서 심사가 나는 것만 하여도 이혼을 하여 주기는 싫었다.

허영은 삼층장 서랍을 삼분의 일쯤 빼고 걸어 놓은 순옥의 분홍 저고리와 옥색 치마와 흰 앞치마를 보았다. 그것은 다 고운때가 묻은 것이었다. 그것을 바라보니 불현듯 순옥이가 그리웠다.

허영은 벌떡 일어나서 그 순옥의 옷들을 끌어 내렸다. 그리고는 그것을 두 손으로 뭉쳐서 가슴에 안았다가는 코에 대고 킁킁 맡았다. 비누 냄새 섞인 살 냄새가 물씬물씬 허영이 코로 들어왔다.

"순옥이가 아주 가 버려?"

하면 허영은 못 견디게 순옥이가 그리웠다. 그 동안 순옥이가 허영의 건강을 위함이라 하여서 허영을 멀리하였기 때문에 도리어 순옥이가 더욱 그리웠다. 만일 순옥과 귀득과를 놓고 가치를 따진다고 하면 순옥은 옥이요, 귀득은 사금파리였다. 허영은 아무리 하여서라도 순옥을 다시 제 품에 끌어들이지 아니하면 아니 된다고 생각하여 본다.

그러나 다음 순간에 허영은 제 신세를 한번 돌아본다. 낫지 못할 병, 돈 한푼 없는 가난, 잃어버린 아내, 귀득의 뱃속에 든 아이 이것 저것 이렇게 생각하면 허영은 울고 싶었다. 더구나 순옥이가 아니 돌아오면 내일부터라도 조석을 무엇으로 끓이나?

'영옥이를 보고 빌었더면 좋을걸.'

하고 허영은 다시 순옥의 옷을 안고 냄새를 맡는다.

영옥은 허영의 집에서 나와서 순옥이가 기다리고 있는 제 하숙으로 돌아왔다.

"어떻게 되었어요?"

하는 순옥의 물음에 영옥은,

"내가 무어라든."

하는 말로 대답하였다.

"이혼 안한대?"

"그럼 왜 할라든?"

"그래 무어래요?"

"네 시어머니가 길길이 뛰더라. 우리네 점잖은 집에는 그런 해괴한 일은 듣두 보두 못했다구. 허영이두 아직 절대루 안 된다던데. 그럴 거 아니냐?"

"왜요?"

"왜요라니? 제 일밖에 생각 안하는 사람이 제 손에 있는 걸, 왜 머리카락 하나나 내어놓니?"

"안하겠건 말라지."

하고 순옥은 시무룩한다.

"그럼, 넌 어떡하련?"

"무얼 어떻게 해요. 가만 있지."

"하긴 인제 한 달쯤 지나노라면 허영이 편에서 이혼을 해 달라고 빌기두 할 거다."

"왜요?"

"혼자 있기가 적적은 하구——허영이란 작자가 여편네 없이 한 달을 지내니? 그러니깐 넌 안 돌아오구. 이귀득인가 그 여자라두 데려올 생각이 날 것 아니냐? 그러면 이귀득이가 네가 나온 줄을 아니까 비싸게 조를 것 아니냐? 혼인 안하면 아니 된다구. 그러면 너한테 이혼을 청하러 올 거 아니냐?"

"하하하하, 오빠두."

하고 순옥은 영옥이가 허영의 심리를 분석하는 것이 우스워서 웃는다.

"어떻게 그렇게 잘 아시우, 허의 속을?"

"이기주의자의 속이야 뻔할 거 아니냐? 동물의 심리 마찬가지지 무에냐? 물리학이나 화학적 변화 마찬가지구. 이로우면 허구 해로우면 안허구, 그게 중생의 심리지 무에냐?"

"참 그래요."

"성인의 마음도 헤아릴 수가 있구. 그는 언제나 저는 잊구 남을 위해서 하거든. 제일 헤아릴 수 없는 마음이 있느니라."

"그건 무에야요?"

"네나 내나 아주 악인두 못 되구 아주 성인두 못 된 중동치기의 마음 말야. 이것 헤아릴 수가 없거든. 어떤 때에는 옳은 것을 표준으루 하다가, 또 어떤 때에는 이로운 것을 표준으루 행동을 하니까 그야말루 불가측이란 말이다."

"아이참 그래요, 오빠. 아이참 그래요."

"왜, 너야 나보다야 낫지."

"아이, 무어이 그래요, 오빠두?"

"그래두 네가 안 선생헌테 시집 안 가구 허영이헌테 가는 거랑, 또 이귀득이헌테 하는 거랑 다 어지간해."

하고 영옥은 물끄러미 순옥을 바라본다.

"무얼 그래요. 내야 선생님헌테 시집이라두 가구 싶은걸, 선생님이 끌어 주시질 아니하니깐 못 갔지── 아이 모르겠어요."

하고 순옥은 부끄러운 듯이 낯을 가리운다.

영옥은 더욱 눈을 크게 떠서 순옥을 바라본다.

"다 억지루 허는 거야요."

하고 순옥은 더욱 낯을 붉힌다.

"우리야 다 아직 억지루 하는 경계 아니냐? 억지루 옳은 일을 하는 게 우리루야 고작이지 어떡허니? 너는 억지루나마 옳은 길을 걸어가지마는 나는 그 억지루조차 못 하지 않니?"

하고 영옥은 한숨을 쉰다.

"하긴 오빠는 열은 좀 부족하셔. 머리는 그렇게 맑구 밝으시면서도 정열이 없으신 것 같아. 왜 그러시우?"

"네가 바루 보았다. 나두 그게 흠인 줄 알어."

"오빠는 그 좋으신 머리에 정열만 내시면 위인이 되실 거야."

"내가 미지근허지?"

"어떤 때엔 싸늘하셔요."

"흥, 그것이 현대 지식 계급 청년의 특징이어든. 소위 이지적이니 주지주의적이니 하는 거 아니냐? 그게 병이지. 과학 줄이나 본다는 청년들은 그것을 자랑으로 알거든. 모든 것을 다 알구 다 싸늘한 비평적 눈으로만 보구——이것을 자랑으로 안단 말이다. 그렇지만 알긴 몇푼어치나 아니——그저 아는 체지. 싸늘? 싸늘, 흥, 말은 좋지. 아주 싸늘하면 상당한 경계게. 그것두 싸늘한 체지 그저. 정욕의 불길을 펄펄 태우면서 인생의 의무에 대해서만 싸늘이어든. 그러니까 빈정대는, 아는 체하는 이기주의자밖에 더 될 게 있니? 내 심리 상태가 그게야."

하고 스스로 조롱하는 듯이 픽 웃는다.

"그런 줄 아시면서 왜 못 고치셔요?"

"그게 다 병이지. 악헌 습관이지. 이제 된방망이를 한 개 얻어맞아야 정신이 들지."

"아이, 오빠두. 남의 말하듯이 허시는구려."

"흐흥, 나는 네가 가는 길만 바라보구 있다. 그것두 싸늘한 마음으로. 하지만 네 정열에 나두 조금씩 끌리는 것 같긴 해."

영옥의 이 말에 순옥은 몸이 긴장하여짐을 느낀다. 순옥이 제가 걸어가는 길을 바라보고 있다는 영옥의 말은 심상한 말이 아닌 것 같았고, 제 두 어깨에는 중대한 무슨 사명이 있는 것 같았다.

순옥은 영옥에게 취직할 자리를 구하여 주기를 부탁하였다.

"안 선생 병원에 있구 싶건 있으려무나. 무얼 그다지 세상을 꺼리느냐."

하는 영옥의 말에 용기를 얻으면서 순옥은 여전히 안빈의 병원에 있었다.

그로부터 한 달 반이나 지나서 어느 더운 여름날 아침 일찍이 허영이가 영옥을 찾아왔다.

"순옥이와 이혼을 하게 해 주게."

하는 것이었다.

"절대로 이혼을 안한다더니, 웬일인가."

하고 영옥은 허영의 초췌한 얼굴을 보았다. 그 지방 기운 많은 얼굴에는 쭈글쭈글 주름이 잡히고 눈가죽이 축 늘어진 것이 마치 중늙은이의 피부와 같았다. 그의 호흡에서는 꺼르륵꺼르륵하는 소리까지 들렸다.

"아무리 생각해 보아두 순옥이가 내게 대한 사랑은 다 없어진 모양이니까, 공연히 순옥의 자유를 얽어맬 필요는 없단 말야. 원체 순옥이가 사랑한 것은 안 박사니까, 인제라두 안 박사하구 혼인할 자유를 주는 것이 내 호의요, 또 의무일 것 같단 말야. 그래서 그러네."

하고 허영은 천연덕스럽게 한숨을 쉬었다.

"그런 걱정은 말게."

하고 영옥은 허영의 거짓말이 미워서 그 껍데기를 벗기려 들었다.

"순옥이 걱정은 말아. 순옥이는 그렇게 애써 이혼할 필요는 없다니까. 원체 순옥이가 자네더러 이혼을 하자구 한 것은 이귀득 씨를 위한 것이니까. 만일 자네가 이귀득 씨와 혼인하기 위하여서 이혼을 청한다면 오늘이라두 하두룩 하겠네마는, 안 박사니 어쩌구 하구 딴소리를 하려거든 이번에는 내 편에서 이혼을 반대하겠네."

하고 딱 잡아떼었다.

허영은 공연한 말을 꾸며대인 것을 후회하였다. 기실은 귀득이 모녀가 날마다 혼인을 해 달라고 조르는 것이었다. 허영은 귀득이가 그리웠으나 귀득은 다시는 허영의 품에는 들지 아니하고 혼인하여 달라고만 졸랐다. 허영은 그때에 그렇게 영옥에게 이혼은 못 한다고 뽐내고, 이제 다시 제 편에서 이혼을 청하기가 심히 부끄러웠으나, 결국 순옥과는 이혼하고 귀득과는 혼인하지 아니할 수 없음을 깨달았다. 한 가지 걱정은 이혼을 하고 나면, 순옥이가 매삭 백 원씩 보내어 주는 돈이 끊어질 근심이 있는 것이었다. 순옥은 허영의 집에서 나간 뒤에도 두 번이나 월급날에는 돈 백 원을 하인을 시켜서 허영의 집에 보내었다. 허영의 생각에는 이혼을 한 뒤에도 귀득이가 직업을 구하는 동안만이라도 그 백 원을 주었으면 한다. 귀득이가 취직을 한다 했자 기껏 사십 원 월급밖에는 못 받을 것을 생각하면 허영은 마음이 놓이지 아니하였다. 허영의 욕심 같아서는 순옥은 여전히 아내로 건넌방에 있고 귀득은 첩으로 아랫방에 살았으면 좋을 것인데 순옥이도 말을 듣지 아니하고 귀득이도 호적에 넣어 주어야 산다고 하는 것이 야속하였다.

"소갈머리 없는 계집년들."

하고 허영은 화도 내어 보았다.

 허영의 최후의 희망은 순옥이가 등이 달아서 허영에게 이혼을 조르러 오는 것이었다. 그리하면 이편에서는 배부른 흥정인 듯이 뻗대어서 순옥에게서 돈 천이나 받아 내일 수도 있을 것이 아닌가. 그래서 오늘날까지 기다렸으나 순옥의 편에서는 아무 말이 없을 뿐더러 도리어 월급날이면 돈 백 원씩을 또박또박 보내어 주었다. 이에 할 수 없이 허영은 제 편에서 순옥에게 이혼을 청하기로 결심한 것인데 그래도 한번 에누리를 해 보느라고 마치 순옥을 위하여서나 이혼을 하여 주려는 것같이 꾸미려다가 그만 영옥에게 되걸리고 만 것이다.

 나중에는 허영이가,

"이혼을 해 주게. 내 잘못은 다 용서하구 이혼을 해 주게."

하고 영옥에게 매달려서 마침내 영옥의 허락을 얻었다.

 이날은 찌는 듯이 덥고, 비가 오락가락하였다. 겉옷은 비에 젖고 속옷은 땀에 젖고, 마음조차 후줄근하게 땀에 젖는 날이었다.

 허영은 경성부청 대서소 창에 붙어서 이혼계 용지 한 장을 얻어 가지고 창 앞에 놓인 높은 책상에서 뭉투룩한 붓으로 저와 순옥과의 성명 생년월

일 등을 썼다. 누가 뒤에서 엿보는 것 같아서 마음이 놓이지 아니하였다. 허영은 이태 전에 순옥과 혼인한 기쁨을 안고 혼인계를 쓰던 것을 생각하고 한숨을 쉬었다.

'증인?'

하고 허영은 쓰던 붓을 멈추었다. 이혼계에는 증인 두 사람이 필요하였다. 증인은 누구를 세우나? 하고 허영은 누굴 찾기나 하는 듯이 힐끗 뒤를 돌아보았다. 우비를 입은 사람, 우산을 든 사람이 발을 끌고 수없이 오락가락하였다.

'증인은 영옥이가 오거든 의논해서.'

하고 허영은 연월일을 마저 쓰고 처음에서부터 한번 내리읽어 보았다.

원적, 주소, 남편 아무개, 아내 아무개, 협의상으로 이혼한다는 것이요, 별로 신통한 것은 없었다.

허영은 오자가 없는 것을 알아본 뒤에 멀거니 이귀득과의 혼인 신고를 또 쓸 것을 생각하였다. 그러고는 세 번 장가를 들면 정승되는 것만한 팔자라는 말을 생각하고 픽 웃었다.

'귀득이가 죽어. 내 건강이 회복이 되어, 또 한번 장가를 들어.'

이렇게 생각하면 셋째 아내의 향긋하고 보드라운 살이 제 몸에 닿는 것과 같은 쾌감이 느껴지고 왕성한 성적 충동이 일어남을 깨달았다.

"박농, 무얼 그렇게 들여다보구 있어?"

하고 어깨를 툭 치는 사람이 있어서 허영은 달고 아름다운 공상을 깨뜨려 버렸다.

허영은 책상 위에 놓인 이혼계 두 통을 얼른 집어서 어떻게 감출 바를 몰라서 쩔쩔매면서, 뒤를 돌아보았다. 그것은 허영과 같은 신문사에 다니던 기자다.

"아, 홍 군. 이거 얼마만인가?"

하고 허영은 얼굴 전체가 웃음이 되어서 손을 내어민다.

"그런데 그렇게 꿈쩍도 아니해. 아무리 미인을 부인으루 삼았더래두 친구두 좀 찾아보는 걸세."

하고 홍 군이란 사람은 빈정대는 듯이 허영을 향하여서 웃으며,

"그래, 밤낮 마누라 궁둥이에만 붙어 있는 거야?"

하고 한번 허영의 어깨를 아프리만큼 때린다.

"에, 이 사람."

하고 허영은 홍의 어깨를 마주 때리면서,

"그런데 자네 어째 왔나?"

하고 싱겁게 웃는다.

"내야 여기 와야 밥이 생기니까 왔지마는 자네야말루 무엇하러 부청에를 왔나? 이 비 오는 날. 그리구 지금 쓰던 건 무엇이야? 어디 좀 보이게."

"아냐, 암것두 아닐세."

하고 허영은 손에 말아 쥐었던 이혼계를 저고리 속주머니에 집어 넣어 버린다.

"응, 자네 부청 출입인가?"

하고 순옥이가 아직도 아니 오나 하고 출입구 있는 쪽을 바라본다. 사람들은 점점 더 많이 들어밀린다.

홍이란 사람은 허영의 꼴이 말이 아니다 하는 생각을 하면서, 한 번 더 허영의 손을 잡아 흔들고는 이층으로 올라가 버린다.

허영은 도장을 아니 찍은 생각이 나서 이혼계를 다시 꺼내어서 책상 위에 놓고 제 도장을 찍고 있을 때에 또 누가,

"요, 허영 군."

하고 어깨를 툭 쳤다.

허영은 또 분주히 이혼계를 접어서 주머니에 넣으면서,

"야 백암. 자네 웬일인가?"

하고 아까 홍 군이란 사람과 하던 모양으로 웃고 악수를 한다.

"허 군, 기뻐해 주게."

　"왜 무슨 좋은 일이 생겼나? 최은숙 씨하구 혼인을 하게 되었나?"

하고 허영은, 백암이라는 사람이 싫다는 최은숙을 한사하고 따라다니던 것을 생각한다.

　"응, 혼인했어. 그런데 혼인 신고두 하기 전에 아이가 났단 말일세."

　"에이, 이 사람."

　"아냐, 혼인한 지는 서너 달 되는데, 게을러서 미처 혼인 신고를 안했단 말야. 그랬더니 그저께 밤에 아이가 났거든——아들야. 그놈 아주 썩 잘났어. 그래서 오늘 당장 혼인 신고와 출생 신고를 한몫하러 왔단 말야, 하하하하. 그게 편하거든. 호적계 사무두 하나 줄구 하하하하. 그런데 참, 자네 앓는다더니?"

　"그저 그래."

하고 허영은 이 건강하고 행복된 친구와 저를 대조하여 침울해진다.

　"그래 어째 왔나? 자네두 아들 났나?"

하고 백암은 남의 사정을 도무지 몰라 준다.

　"얼마 지나면 나두 아들을 하나 낳겠네."

하고 허영은 귀득의 불룩한 배를 생각한다.

　"또 보세. 호적계에 사람 많이 오기 전에 일찌감치 온다는 것이 이렇게 늦어서."

하고 백암이라는 사람은 비에 젖어서 번쩍번쩍하는 비옷 자락을 너풀거리면서 남쪽 호적계 있는 쪽으로 가 버린다.

　허영은 홍과 백암 두 사람을 만났기 때문에 마음이 무거워졌다. 다들 기운차게 훨훨 인생의 꽃밭 사이를 걸어가는데 저 혼자만 병들고 풀이 죽어서 길가에 밀려나와서 먼지를 무릅쓰고 뭉개는 것 같아서 슬펐다. 허영도 순옥과 혼인을 하고 혼인계를 바치러 오던 이태 전에는 세상에서 가장 행복된 사람이었었다. 그러나 오늘의 허영은? 허영은 불행이 모두 순옥이와 귀득이 때문에 생기는 것만 같았다.

　'응, 괘씸한 년들!'

하고 허영은 비에 젖은 창을 노려보았다.

'흥, 이혼하구 말구. 아니꼬운 년 같으니.'

하고 허영은 속으로 순옥을 눈흘겨보면서 다시 호주머니에서 이혼계와 도장을 꺼내었다.

"꼭 이혼을 하구야 만다. 네가 오늘 제발 빌더라도 나는 안 들을 테다."

하고 허영은,

"앗으세요, 이혼은 마셔요, 제가 잘못했습니다."

하고 제게 빌고 울고 매어달리는 순옥을 홱 뿌리치는 모양으로 몸을 한번 흔들고는 도장을 인주 그릇에 서너 번 꽉꽉 찍어서 허영이라는 이름 밑에 찍었다.

"보아라! 인제는 내가 너를 이혼을 했어."

하고 허영은 도장 찍힌 이혼계를 한번 노려보았다.

허영이가 이러고 있을 때에,

"여보게 허 군."

하고 백암이란 사람이 허영에게로 달려왔다.

"응?"

하고 허영은 또 이혼계를 얼른 감추고 돌아섰다.

"저기 자네 부인 오셨네. 웬 남자 한 분 하구."

"응? 어디?"

하고 허영은 당황한다.

"저 호적계 앞에. 내가 자네를 보았다니까, 아까부텀 자네를 기다리시노라구 그러데."

하고 백암은 허영을 한번 훑어본다.

"호적계 앞에?"

하고 허영은 백암을 따라선다.

"원, 사람이 많아서."

하고 백암은 허영의 내외가 무슨 일인가 하고 앞서서 걸어간다.

과연 순옥과 영옥은 저쪽 창 앞에 가지런히 서 있었다. 순옥은 옥색 송고직 원피스에 역시 옥색에 가까운 남빛 비옷을 입고 오긋한 맥고모를 소곳하게 쓰고 있었다.

허영은 순옥을 보자, 가슴이 덜컥 내려앉았다.

'안 돼! 어떻게 이혼을 해?'

하고 허영은 순옥이가 대단히 아까움을 깨달았다.

영옥이가 허영을 보고 잠깐 손을 들어서 인사를 하고, 순옥도 허영과 눈이 마주치자, 조금 웃는 모양을 보였다. 백암이라는 사람은 이만큼 떨어져서 사람들 틈에 끼어서 곁눈으로 허영이 내외가 하는 양을 보았다.

허영은 아무 일도 없는 듯이 터벅터벅 순옥이가 영옥이가 섰는 곁으로 걸어가서 먼저 영옥과 악수하구 다음에는 순옥의 어깨 뒤에 손을 짚으면서,

"괜찮소?"

하고 걱정스러운 듯이 순옥의 얼굴을 들여다보았다. 허영은 순옥을 껴안고 싶은 강한 충동을 받으면서 순옥의 몸에 제 몸이 닿도록 바싹 순옥의 곁에 다가섰다.

"괜찮아요."

하고 순옥은 쌀쌀스럽게 대답하고 허영이 시선과 몸을 다 피하려는 듯이 영옥의 편으로 바싹 다가서서 허영의 손이 제 어깨에서 미끄러져 떨어지게 한다.

허영은 등골에 찬물을 끼얹는 듯함을 깨닫는다.

"그거 다 준비됐나?"

하고 영옥이가 허영을 돌아보며 손을 내어민다. 이혼계 쓴 것을 내라는 말이다.

"여보게, 우리 어디 찻집으로나 가세."

하고 허영이가 씰룩씰룩하는 웃음을 웃는다.

"찻집엔 무엇 하러?"

"이거 어디 사람이 많아서."

"여기 사람 없는 때 어디 있나? 어서 이혼계 이리 내게. 도장 찍어서 집어 넣구 원, 어딜 가든지."

"아냐, 그거 바쁘겠나? 또 증인이 없어. 증인 두 사람이 있어야 한다는데."

"난 증인 도장 얻어 가지구 왔네. 자네는 여기서 하나 얻게그려. 아까 그 친구두 좋지 않은가?"

"아냐, 그래두 어서 어디루 가세."

"아니, 여기를 한번 오기두 어려운데 또 와? 어서 할 일을 직닥직닥해 버려야지. 어서 그거 내게."

하는 영옥의 말은 잔인하리만큼 싸늘하다.

허영은 마지못하여서 양복 속주머니에서 꾸깃꾸깃하여진 이혼계를 꺼내었으나 영옥에게 주지는 아니하고 주물럭주물럭하고 있다.

"어서 이리 내!"

하고 영옥은 허영의 손에서 그것을 빼앗는다.

허영은 그것을 빼앗기고는 입을 씰룩씰룩하면서 영옥이가 하는 양을 바라본다.

영옥은 허영의 손에서 이혼계를 빼앗아서 구김살을 펴 가며 한번 내력을 읽어 보더니 그것을 들고 창 밑에 놓인 글 쓰는 상 앞으로 가서 증인 이름을 써 넣고 순옥의 도장과 증인의 도장을 꾹꾹 찍는다. 허영은 그것을 보고 운명의 끝이 점점 가까워짐을 깨닫고 마음이 초조해진다. 순옥을 이혼하고는 살 수 없을 것같이 순옥이가 그리워진다. 거의 무표정이라 할 만큼 냉정한 순옥의 태도와 얼굴은 허영에게 순옥의 새로운 아름다움을 보여 주었다. 몇 분이 아니 지나서 이 순옥이가 완전히 영원히 제 품에서 떠나 버린다고 생각하면 도무지 마음을 지접할 수가 없었다. 다만 며칠이라도 아니, 단 하루만이라도 순옥이와 더 살고 싶었다.

"여보."

하고 허영은 순옥의 곁으로 바싹 다가서며 순옥을 불렀다.

순옥은 허영이가 부르는 소리를 들었으나 대답은 없었다.

"여보, 여보, 순옥이."

하고 두 번 세 번 부르는 말에 순옥은 마지못하여,

"네."

하고 힐끗 허영을 바라보았다.

"이거 창피하지 않소?"

"무엇이오?"

"이렇게 사람들이 많이 보는 데서 서루 사랑하는 내외가 이렇게 이혼을 한다는 것이 말요."

"그리 영광스러울 것두 없지요."

하고 순옥은 눈을 내리간다.

"그럼 여보, 순옥이, 한 번 더 참으시구려."

"내가 무얼 참아요? 당신이 이혼을 해 달라고 청하시구는."

"아니, 난 당신에게 자유를 드리느라고."

하다가 영옥의 편을 한번 힐끗 본다. 그 동안에 벌써 영옥이가 이혼계를 가지고 곁에 온 것이다. 허영은 하려던 말을 뚝 끊어 버리고 새로 각설로 순옥을 향하여,

"여보, 우리 며칠 더 생각해 봅시다. 내일두 좋아. 내일두 좋으니 우리 오늘은 어디루 가서 차나 한잔 먹구 이야기나 합시다."

하고, 그러고는 영옥을 향하여,

"여보게, 우리 그렇게 하세."

하고 동의를 구한다.

영옥은 그런 말은 들은 체도 아니하고,

"자, 어서 저 친구한테 가서 증인이나 서 달라구 그러게. 사람이 그 모양인가? 이혼하기루 다 결심을 해 놓구 이혼계에 도장까지 다 찍어 놓구

는 인제 순옥이를 보니까, 또 마음이 흔들려서——쩟쩟. 자, 어서 저 친구 가기 전에."

하고 허영의 팔을 끈다. 허영은 아니 끌리려고 버틴다.

"관두게. 내 가서 말함세."

하고 영옥이가 허영의 팔을 탁 놓고 백암의 곁으로 간다. 백암은 아직도 제 차례를 기다리는 모양인지, 또는 제가 볼일은 다 보고도 허영이 네 일행의 연극이 끝나기를 기다리는 모양인지, 저쪽에 창에 기대어서 비 오는 바깥을 내다보고 담배를 피우고 있었다.

영옥은 백암이라는 사람의 곁으로 가서,

"용서하세요. 나 석영옥이야요——허영 군 처남입니다."

하고 모자를 벗었다.

"네, 그러십니까? 나 조원구야요."

하고 백암은 영옥의 손을 잡아 흔든다.

"초면에 이런 말씀을 해서 미안합니다."

"아니, 천만에."

"내 누이가 허영 군하구 이혼을 아니하면 아니 될 사정이 생겼어요. 그래서 이혼을 하러 왔는데요, 허영 군편에 증인이 없단 말씀야요. 보니 허영 군하구는 친하신 모양이시니 수고스러우시지마는 증인을 좀 서 주셔요. 여기다가 선생의 주소 성명을 적으시고 도장만 찍으시면 고만입니다. 이거 대단히 미안합니다. 아시다시피 허영 군이 좀 수줍어서, 그래, 초면에 이렇게 어려운 말을 여쭙는 거야요."

"아니, 어려울 거야 있습니까마는, 글쎄 이혼이라니 웬일이셔요?"

"허영 군이 다른 여자와 결혼을 아니하면 아니 될 사정이 생겨서요. 그래서 내 누이가 물러나야만 하게 사정이 된 거야요."

"아무려나 가 보지요."

하고 백암은 영옥을 따라서 허영과 순옥이가 서 있는 곳으로 온다. 영옥이가 이혼계를 빼앗아 들고 백암에게로 가는 것을 보고 허영은 심히 초조

해서,

"여보."

하고 순옥을 불렀다.

"말씀하셔요."

하고 순옥은 구두 끝만 내려다보고 있다.

"이번만 용서하시오. 꼭 이번 한 번만."

"글쎄, 지금 와서 무얼 용서하란 말씀요? 일은 다 끝난걸."

"아니, 꼭 이번만. 그리구 나하구 집으루 갑시다. 오늘 하루만이라두 좋으니, 나하구 집으로 갑시다."

"호호호."

하고 순옥은 저도 모르게 웃어 버렸다. 허영이가 저더러 집으로 가자는 심리를 분석하여 본 것이다.

"왜 웃소? 나는 가슴이 찢어지게 아파서 하는 말인데."

"흥, 그런 마음 먹지 마시구 귀득 씨 하나나 잘 사랑하셔요."

"글쎄, 오늘 하루만."

하고 허영은 다시 순옥의 어깨에 손을 얹으려는 것을 순옥은 살짝 비켜선다.

"당신이 내 마음을 몰라 주는구려. 내가 당신을 어떻게 사랑하는가를. 만일 내 사랑의 백분지 일이라도, 아니 천분지 일이라도……."

순옥은 허영이가 떠는 음성으로 말하는 것을 다 듣지도 아니하고,

"여보셔요, 인제는 그런 말씀을 마시구요. 인제야 무엇 하러 그런 연극을 또 하려 드십니까? 이혼을 하고 나오면 아마 생활이 걱정이 되겠지요. 그렇지만 염려 마셔요. 내 지금 모양으로, 내가 월급을 받는 동안은 매삭 백 원씩은 보내 드릴 테니. 또 내 돈 삼천 원 집 저당 찾은 것두 달란 말은 아니하겠구요. 그리고 내 세간이랑 이부자리랑 옷이랑 그건 다 귀득 씨께 주셔요——내가 귀득 씨한테 보내는 혼인 선물 모양으로, 귀득 씨가 웬걸 옷이랑 세간이랑 해 가지구 올 힘이 있겠어요?"

하고 잠깐 말을 끊었다가, 허영의 얼굴을 물끄러미 들여다보면서,

"또 당신 병환이 심상한 병환이 아니니깐요, 성생활은 많이 조심하셔
야 합니다. 그리구 무슨 일이 있거든 의사 부르시기두 어려울 테니 오빠
를 부르셔요. 오빠더러 주사두 놓아 달라구 하시구. 오빠야 당신 친구니
깐 상관없지 않아요?"

하고 눈물을 떨어뜨린다.

순옥의 이 말을 듣고는 허영은 순옥이더러 하루만이라도 집으로 가자는
말을 더 할 수가 없었다. 허영은 순옥에게 대하여 미안하고 부끄럽고 고
맙고 어찌할 줄을 몰랐다.

이렇게 순옥과 허영은 수속을 마치었다.

순옥은 부청으로서 돌아와서 안빈에게,

"선생님, 저 이혼하고 왔어요."

하고 간단히 보고하였다.

"이혼?"

하고 안빈은 잠깐 눈을 크게 떠서 놀라는 빛을 보였으나 곧,

"응."

하고 다시 아무 말이 없었다.

순옥은 허영과 이혼을 한 것이 기뻤다. 다시 처녀로 돌아온 듯한 자유
로운, 가뿐한 기쁨이었다. 남편이라는 허영과 이혼을 하여 버리고 나니
마음껏 안빈을 가슴에 품을 수가 있는 것 같았다. 이제부터는 도무지 꺼
릴 것 없이, 사람에게도 양심에도 꺼릴 것 없이 마음속에다가 안빈을 사
모하는 생각을 꽉 채울 수가 있는 것 같았다.

그날 저녁에 순옥은 삼청동으로 인원을 찾아갔다. 인원과 만나는 말에
순옥은,

"언니, 나 허하구 이혼했수."

하고 인원의 두 손을 꽉 쥐었다.

"이혼? 언제?"

하고 인원은 놀래었다.

"오늘."

"아니, 허영이가 절대루 안한다더니."

"이번에는 절대루 하자는군."

하고 순옥은 기쁨을 감추지 못하였다.

"오빠 말씀이 맞았남."

하고 인원도 그제야 웃는다.

"맞았어. 우리 오빠가 참 머리가 좋아, 열이 좀 부족하지만."

하고 순옥은 인제는 커다란 정이를 번쩍 쳐든다. 정이는 꺄득꺄득 웃는다.

"그래 인제는 어떻게 할 테야, 순옥인?"

"무얼 어떻게 해? 그대루 있지."

"병원에?"

"그럼. 선생님이 나가거라 허시면 나가구."

"나가거라는 왜?"

"알겠소? 이혼한 년이라구 나가라구 허실는지두 모르지."

하고 한참 정이와 윤이와 장난을 하다가,

"나두 이혼한 여편네루 선생님 뫼시구 있기가 무엇해서, 오빠더러 취직 자리를 하나 얻어 달라구 그랬어. 그랬더니 선생님 곁에 있구 싶건 있으라구, 무얼 그다지 세상 입을 꺼리느냐구 그러겠지, 오빠가."

"내가 할 말야."

"언니두 그렇게 생각하우?"

"그럼 그렇지 않구."

"아무려나 좋아. 난, 아주 좋아서 죽겠어. 하두 좋아서 죽을 모양이니 안 좋수? 이귀득이 모녀두 좋아서 죽을 것이구 안 그렇소? 언니? 이렇게 좋은 일이 어디 있어!"

"망할 것. 아주 어린애 같으이."

　"좋아 죽겠는 걸 어떡허우? 이제는 내 마음껏 선생님을 사모해두 괜찮
구, 그래두 호적계 앞에 서서 이것이 허하구는 마지막 보는 것이어니 하
면 눈물이 납디다."

　"너무 좋아서?"

　"아니, 그래두 안됐거든."

하고 순옥은 웃음을 거두고 시무룩해진다.

　"안돼긴 무얼 안돼? 잘됐지."

　"그래두 허가 자꾸만 날더러 참으래요."

　"참기는? 제 편에서 청하구는."

　"그래두 날 대하니깐 안됐나 보아."

　"놓아 주기가 아까워서 그러지. 하루만 집으루 가서 같이 살자구 안
그래?"

하고 인원이가 웃는다.

　"아이, 언니두."

하고 순옥은 눈을 크게 뜬다.

　"왜?"

　"어떡허면 그렇게 꼭 알아맞추우?"

　"하하하하, 빠안하지 뭐. 그냥 놓아 보내기는 아깝거든, 하하하하."

두 사람은 소리를 내어서 한참이나 웃었다.

　"언니가 우리 오빠와 꼭 같아——머리 좋으시기가."

　"왜, 오빠두 그렇게 예언을 하셨어?"

　"그럼, 중생의 마음이란 동물 심리와 마찬가지여서 뻔하니라구."

　"그럼, 그렇지 않구."

　"언닌 비범한 사람야."

　"이건 왜 이래?"

　"아니, 정말야. 우리 오빠가 혼인만 안하셨으면 언니하구 내외가 되었
으면 꼭 맞을 거야."

"흥, 언제는 순옥이 대용품을 시키더니, 인제는 또 순옥이 올케 대용품을 시킬 생각야?"

두 사람은 또 웃었다.

"우리 올케는 마음은 참 착한데 교양이 좀 부족해——이지적이 못 되구. 그래서 오빠가 좀 불만인가 보아."

하고 순옥은 혼잣말 모양으로 중얼거린다.

"그런 소린 다 고만두구. 그래, 순옥이 세간은 다 어떻게 할 테야?"

"무슨 세간?"

"아니, 순옥이 장이랑, 옷이랑, 이부자리랑 말야."

"다 주었어."

"누굴."

"귀득이."

"옳아, 남편 아울러 더음으루 다 주어 버렸나?"

"흐흐흐, 그럼."

"옳아 됐어, 인제는 선생님보구 세간을 해 내라구 그러려구."

"그건 다 무슨 소리요?"

"인제는 선생님하구 혼인하구 살란 말야. 나두 놓아 줄 겸."

"아이, 그게 다 무슨 소리요? 언니두."

"왜? 내 말이 옳지, 뭐. 애초에 내 말대루 했더면 이런 고생 안했지. 그게 다 무에야?"

"그러기루, 아이, 언니두."

하고 순옥은 인원을 향하여 눈을 흘긴다.

"그럼, 앞으로는 혼자 살 테야, 일생?"

"그럼 그 짓을 한 번이나 하지, 또 해?"

"왜? 진절머리가 나서."

"아무렴, 그건 한 번이나 모르구 하지 두 번 할 일은 아냐, 숭해."

"아이구, 노상 숭하기만두 안한 모양이던데, 순옥이두."

"무엇이?"

"왜 그때 서방님 생일 채릴 때쯤은 어지간히 재미가 쏟아지던 모양이던데. 아, 참, 허영 씨 생일이 요새가 아냐?"

"음력으루 유월 이십팔 일."

"오, 참 그렇군 그래 작년에두 그렇게 생일을 채렸어?"

"그럼, 국 끓이구 갈비 굽구."

"나물 볶구?"

"그럼."

"금년에는 새 마나님이 채리겠군?"

"흥."

"생일날 우리 둘이 한번 찾아가 볼까? 그 집에?"

"아이, 미쳤나?"

"생일이나 무어나 그 화상은 순옥이가 이혼을 하구 나오면 무얼 먹구 살자는 거야?"

"생각해 보구려."

"순옥이가 생활비를 대어 준단 말야?"

"어떡허우?"

"순옥이가 주기루니 그걸 받아먹어? 그게 목구멍으로 넘어갈까."

"허허허, 그럼 씹어삼키면 넘어가지 도루 나오우?"

"핫하하하, 나 같으면 못 받아먹겠네."

"그렇게 말하면 집은 내 집 아닌가? 저당 잡혀서 떠나가는 것을 오빠가 내게 분재해 준 돈 삼천 원으루 찾은 건데."

"집두?"

"그럼, 한푼 있나? 없지. 시굴 논마지기나 있던 건 김광인인가 한 협잡꾼에게 걸려서 가부한답시구 몽땅 집어 넣었지요. 내 세간까지 집행 딱지가 붙었더라우, 집까지두. 그런 걸 내게 있던 삼천 원으루 간신히 찾았다우."

"그래야 고마운 줄두 모르지, 그것들이?"

"왜, 고맙다구야 하지, 그 어머니두."

"입으루만, 뒷구멍으룬 별짓 다 하구?"

"흥."

두 사람은 잠시 마주보고 말이 없었다. 순옥은 허영과의 혼인생활을 회고하였다. 삼 년 동안이 삼십 년만큼이나 긴 것 같았다. 일생의 꽃다운 한 토막을 고양이한테 도적맞은 것 같기도 하지마는 또 한껏 생각하면 그 삼 년의 생활이 제게는 퍽 값진 무엇인 것도 같았다.

그 삼 년의 생활의 어느 대목을 뚝 끊어 보더라도 거기서는 순옥의 피가 뚝뚝 흐를 것 같았다. 순옥은 인생길을 그만큼 걸었다고 마음에 대견도 하였다.

인원은 순옥의 얼굴에 노성한 빛이 있는 것을 불현듯 느끼면서,

"순옥이."

하고 불렀다.

"응?"

하고 순옥은 추억에 잠겼던 머리를 들어서 인원을 바라보았다.

"순옥이가 그만큼 고생두 하구 희생두 했으니 인제부터는 실컷 흠씬 낙을 좀 보라구."

인원은 동정이 찬 눈으로 순옥을 보았다.

"낙을?"

"그럼 낙두 좀 보아야지."

"어떻게?"

"선생님하구 혼인하라구. 그러면 즐거운 가정을 이룰 거 아냐? 그야말루 이상적 가정을 이룰 거 아냐? 난 순옥이가 한번 그렇게 재미있게 사는 것을 보면 죽어두 여한이 없을 것 같아. 어느 모루 봐두 순옥이는 고생할 사람은 아닌데, 필시 복 있게 살아야 할 사람 같은데, 순옥이야말로 아무 흠두 없는 사람 아냐? 괜히 고생을 사서 하는 것만 같단 말야. 그만하면

순옥의 액운이 다했을 것이니, 인제부터는 선생님 모시구 재미나게 살아
보라구."

인원의 표정과 음성은 하도 은근하고 진정스러워서 순옥은 그것을 들을
때에 마음이 무거워졌다. 이 친구의 이렇게도 간절한 사랑의 정을 한마디
로 물리치기 어려웠다. 그뿐 아니라 이제는 벌써 처녀가 아니요, 여편네
의 경험을 가진 순옥으로서는 재미나는 가정이라는 것이 그립기도 하였
다. 진정으로 사랑하고 사모하는 남편과 좋은 아름다운 가정을 이뤄 사는
것이 인생의 지극한 낙이 아닐 수가 없음을 느낀다. 인원의 말마따나 만
일 순옥이가 안빈과 내외가 된다면, 좋은 즐거운 가정을 이룰 것도 같았
다. 그러나 다음 순간에 순옥은,

'그러나 그것은 영원히 없을 것이다.'

하는 생각을 할 때에 그것은 일종의 기쁨이요 자랑인 동시에 또한 일종의
슬픔이요, 적막이기도 하였다.

"언니 생각은 고맙수, 해두 그건 안 될 말야."

하고 서너 번 고개를 흔들어 보였다.

그러나 이때에 인원이가 한 말은 순옥의 마음을 이상한 힘으로 흔들었
다.

"그건 안 될 말야."

하는 반면에서는,

"될 수도 있지."

하는 소리가 여무지게 울려 오는 것이었다.

그러나 순옥은 곧,

'They will be done.'

하고 마음에 그려지는 이기적인 달큼한 그림을 쏙싹 지워 버렸다.

그렇더라도 순옥의 일상 생활은 행복되었다. 날마다 안빈의 곁에서 병
자를 보고 또 왕진을 가고——모두 다 자유로워서 아무 거리낌이 없는
것이 기뻤다. 조용히 제 방에 앉았을 때에는 마음껏 안빈의 그림자를 가

습에 안을 수가 있었다. 그래서 마치 지긋지긋한 겨울이 지나가고 따뜻한 봄의 볕을 받으면서 양지쪽 파릇파릇한 풀판에 앉아서 돌돌돌 흘러가는 개울 소리를 듣는 것과 같이 마음이 화창하였다. 아무 걱정도 아무 괴로움도 없고 완전한 만족이 속에 있는 듯하였다.

수선과 계순도 순옥의 기쁨에 찬 낯빛을 가끔 바라보았다.

"선생님 저는 기뻐요."

순옥은 안빈을 보고 무두무미로 이러한 소리까지도 하였다. 지리한 장마중에도 순옥은 마치 종달새 모양으로 유쾌하였다. 그뿐더러 그의 마음은 구름 한 점 없는 하늘과 같이 맑았다.

"언니, 나는 참 기뻐."

순옥은 인원을 보고도 이러한 말을 여러 번 하였고 영옥을 보고도,

"오빠, 나는 참 행복되어요. 아무 요구도 없어요. 완전한 만족이야요."

이러한 말도 하였다. 그때에 영옥은 물끄러미 순옥을 바라볼 뿐이요, 말이 없었다.

순옥이가 허영과 이혼한 지 한 달쯤 지나서 하루는 아침에 영옥이가 안빈의 병원에 왔다.

영옥은 나와서 맞는 순옥을 보고,

"선생님 계시냐?"

하고 물었다.

"왕진 가셨어요. 왜요? 올라오셔요."

하고 순옥은 영옥을 원장실로 인도하였다.

"너, 돈 좀 있니?"

영옥은 앉는 길로 이렇게 물었다.

"얼마나? 한 오십 원은 있어요."

"한 이삼백 원."

"내가 웬 이삼백 원이 있어요?"

"너 월급 받은 것 다 어떻게 했니?"

"허영이 주지요, 백 원씩."

"허영일 주어?"

"그럼요. 그저께도 보냈는데."

영옥은 물끄러미 순옥을 보고 고개를 끄덕끄덕한다.

"왜요, 돈은 무엇하게요?"

"허영이가 혼인 비용이 없다구 나한텔 왔구나. 날까지 받아 놓았는데 돈이 한푼두 없다구. 요새는 누가 집두 잡아 주지 않는다구."

"그래서 오빠더러 혼인 비용을 대 달래?"

"흥, 어떡하니?"

"원 별일이 다 많아요."

"선생님더러 좀 꾸어 달라지."

"선생님한테 꾸면 언제 갚수?"

"네가 벌어 갚으렴."

"헛허허허."

"우스우냐?"

"글쎄, 그런 일이 어디 있어요?"

"왜, 너 불쾌하니?"

"아니, 불쾌할 건 없어두."

"넌 가서 웨딩마치나 쳐 주련?"

"들러리 서 주지, 홋ㅎㅎㅎ."

"오죽해서 나한텔 왔겠니?"

"몸은 어때요?"

"누가? 허영이?"

"네."

"꼬락서니 말 아니지. 헐떡헐떡하더라."

"아이참."

얼마 아니하여서 안빈이가 돌아왔다.

"오, 석 군인가?"

"선생님 안녕하셔요?"

"그래, 논문 어떻게 되었나?"

"교수가 달라구 해서 주었어요."

"그럼 인젠 다 끝났지?"

"글쎄올시다. 교수가 무어라구 할는지요."

"자네 학위 연구는 무얼 할라나?"

"아직 아무 작정두 없죠."

"연길서 오라구 할 테지?"

"오라구는 하죠."

"자네 나하구 있어 보지 않으려나?"

"선생님하구요?"

"응, 난 요양원을 하나 해 보겠는데. 장마만 지나면 건축에 착수를 할 생각이야. 설계두 다 되었어."

하고 안빈은 일어나서 책장문을 열고 청사진 한 뭉텅이를 내어놓는다.

영옥은 그 청사진을 뒤적거린다.

"위치는 창의문 밖이야. 세검정 가 보았나?"

"가 보았어요."

"거기서 한참 올라가면 북단이라는 데가 있지. 게가 단양하구 수석두 좋구. 자동차 길이 없는 것이 흠이지마는, 거기다 지어 볼라구. 청부업자 말이 명년 사월까지에는 낙성이 된다는데, 그때면 자네 학위 얻는 일두 끝날 것 아닌가? 그렇게 되면 자네 남매가 이 병원을 맡으란 말일세. 난 요양원에 가 있구."

"그러기루 제가 무슨 힘으로 이런 큰 병원을 맡습니까."

"힘이라니? 돈?"

"네."

"돈은 벌어서 갚게그려. 애초에는 이 병원을 팔아서 요양원을 지어 볼까 했어. 암만해두 결핵 치료는 시내에서는 안 되겠단 말야. 그런데 가만히 보면 결핵 환자는 대개는 마음이 좋은 사람인데, 다시 말하면 세상을 위해서 아까운 사람이 많단 말야. 그래서 요양원을 하나 만들구 내가 연구한 치료방법두 한번 충분히 써 보구 싶구. 그래서 이 병원을 팔아서 요양원을 지어 볼까 했는데, 김부진 씨라구 이 병원 지을 때에 내게 자본 대어 준 이 말야——그이가 내게는 큰 은인이지——내가 얼마 전에 그 빚을 갚으면서 요양원 지을 말을 했더니, 내가 갚은 빚을 도루 내어준단 말야——이만 오천 원을. 그리구두 부족한 것은 더 대어 주마구. 그리구 이 병원은 그냥 해 가라구. 그래야——시내에두 병원이 하나 있어야 요양원에두 필요하지 않겠느냐구. 그런데 마침 석 군두 학위를 얻게 되구 또 순옥이두 자립 생활을 해야 할 처지구, 그래서 내가 김부진 씨의 호의를 받기루 했네. 그러니 자네 잘 생각해 보게. 또 순옥이두 생각해 보구."

이렇게 말하면서 안빈은 설계의 대략을 설명하여 주었다.

"어떤가? 설계가 괜찮지?"

"좋은 것 같습니다."

하고 영옥은 산밑, 시냇가에 띄엄띄엄 벌여 있는 소쇄한 이십여 채의 조선집뿐인 작은 집의 무리와 전면에 있을 본관과 그리고 그 사이에 있을 잔디밭들, 꽃밭들, 나무들을 상상해 보았다. 그것은 아름다운 풍경일 듯하였다.

"맑은 일광과 깨끗한 공기와 좋은 물과 고요한 환경과 자연의 풍경과 이것을 마음껏 이용하자는 것이야. 도회 사람들이 굶주린 것이 이것 아닌가? 이것을 굶어서 병이 난 것이니까."

하고 안빈은 만족한 듯이 설계의 전체의 평면도의 한편 끝을 가리키며,

"여기가 시낸데 말야, 여기를 막아서 먹을 물 저수지를 만들자는 거야. 그리구 겨울에는 시냇물이 마를 염려가 있으니까 여기다가 큰 우물을

하나 파구. 신선한 냉수——이것이 또 병인에게는 큰 약이어든."
하고 영옥을 번갈아보며,

"그런데 아무리 이렇게 위치두 좋구 설비도 좋더라두 결국은 사람 문젠데. 사람에두 맑은 일광, 깨끗한 공기, 아름다운 경치, 좋은 물이 될 사람이 있어야 된단 말야."
하고 안빈은 순옥을 보며,

"순옥이 보기에 어 간호원이 사람이 좋지?"
하고 묻는다.

"네, 참 존경할 만한 사람이야요."
하고 순옥은 솔직하게 대답한다.

"순옥은 수선을 알아보리라고 생각했소. 계순이두 아직 어리지마는 마음이 좋아. 석 군 자네 어디 좋은 간호부 아는 사람 있나?"

"저는 없어요."

"좋은 간호부가 어려워. 병원에는 실상 간호부가 어떤 의미루는 힘이 있거든. 환자를 기쁘게 하고 위안을 주고 하는 것은 간호부란 말야. 또 환자로 하여금 의사를 신임하게 하는 것도 간호불세. 순옥이야 말루 참 좋은 간호부였지, 하하. 아까운 간호부가 의사가 되었어. 하하."
하고 안빈은 전에 없이 소리를 내어서 웃는다.

"그렇다시면 저는 도루 간호부가 될 테야요——요양원에."
하고 순옥이가 낯을 붉힌다.

"아니, 그건 웃는 말이구. 또 인원이가 간호부가 되면 좋은 간호부가 될 거야. 참 두뇌가 명석하거든. 그리구 쌀쌀스러운 듯하면서도 동정이 많은 사람야. 우리 아이들이 친어머니 모양으로 따라. 그러니까 어미 여윈 고아들이라는 빛이 도무지 없어. 어떻게나 고마운 일인지. 그 솜씨루 환자들을 간호하면 환자들이 참 만족할 거야. 그렇지마는 세상에서 간호부란 얼마나 거룩한 직업인지를 잘 인식하지 못하지. 간호부들 자신두 그렇구, 일반 민중두 그렇구."

"결국은 좋은 백성들이 사는 나라라야 좋은 간호부가 있을 것입니다."
하는 영옥의 말에, 안빈은,

"음, 옳아 옳은 말이야. 석 군 말이 뜻 깊은 말일세. 부처님이시나 예수
시나 다 넓은 의미의 간호부시거든——평생을 좋은 간호부로 사셨거든."
하고 대단히 만족한 듯이 고개를 끄덕끄덕한다.

"참, 내 말만 해서 안됐네. 석 군 내게 무슨 일이 있어?"
하고 안빈은 웃음을 거두고 청사진을 치우려 든다. 순옥이가 대신 청사진
을 아까 모양으로 말아서 아까 넣었던 곳에 넣는다.

"석 선생님 환자 오셨습니다."
하고 계순이가 왔다. 순옥은 계순을 따라서 나간다.

"선생님께 돈을 좀 꾸러 왔어요."
하고 영옥이가 말하기 어려운 듯이 입을 연다.

"돈 얼마나?"

"한 이삼백 원이오."

"왜? 논문 제출하는 데 쓰게?"

"그건 다 냈습니다."

"그럼?"

"흥, 허영 군이 혼인 비용이 없다구 저한테를 왔어요. 지금 집에서 기
다리구 있습니다. 오는 토요일 혼인날이라나요. 그래 순옥이게나 있을까
하고 왔더니, 순옥이두 돈이 오십 원밖에는 없다구요. 그 동안——이혼
한 담에두 매삭 허영 군 생활비를 대어 주었대요."

"응흥."
하고 안빈은 끄덕끄덕한다.

"허 군 병은 어떤가?"

"헐떡헐떡해요. 혈압이 이백이 넘구요."

"응, 그럼 치료를 하구 있나?"

"제가 가끔 가죠."

"응."

안빈은 또 고개를 끄덕끄덕한다.

"그럼, 이렇게 하게. 내 삼백 원 줄 테니, 이백 원만 지금 허 군을 주구, 나머지 백 원은 혼인식 끝난 뒤에 주게."

"알았습니다."

하고 영옥은 간호부가 가져다가 주는 십원 스무 장, 백원 한 장을 받아 넣고 안빈의 방에서 나왔다.

신부로 차린 이귀득은 상당히 아름답게 보였다. 허영은 대단히 만족한 마음으로 혼인식장에 들어갔다. 새로운 처녀가 아닌 것이 유감이었으나, 그래도 허영에게는 기쁨이 있었다. 허영의 눈은 가끔 신부의 배로 향하였다. 약간 불룩한 듯하지마는 그렇게 눈에 띄지도 아니하였다. 그렇기도 할 것이다. 귀득은 거의 숨이 막힐 만큼 배를 꼭 졸라매고 살았고 오늘은 더구나 그러한 것이었다.

그래도 허영의 친구도 오고 또 귀득의 친구도 왔다. 귀득이가 아비 없는 아이를 배어서 학교에서도 나오고 또 허영을 순옥에게 빼앗겨서 아주 천더기가 된 것을 비웃는 동무도 있었지마는, 가엾이 여기는 동무도 있었다. 그들은 이날이 귀득이가 누명을 벗는 날이라고 하여서 모두들 기뻐하였다. 귀득이가 교사로 있던 보통학교 교장도 이날에 출석을 하여서 축사까지 하여 주었다. 그것은 귀득에게 대하여 여간 큰 감동이 아니었다. 귀득은 이 일이 눈물이 나도록 고마웠다.

허영의 이혼에 증인을 선 백암이라는 조원구는 증인 선 인연으로 그런 것은 아니지마는 이번 허영의 혼인에 많은 수고를 하였다. 그가 들러리를 선 것은 물론이었다.

"귀득이가 순옥에게 통쾌하게 원수를 갚았다."

여자들 중에는 이러한 소리를 하는 이도 있었다.

"순옥이야 아마 안 박사하구 살 터이지."

이러한 소리를 하는 이도 있고,

"언제는 안 박사하구 안 살았나? 글쎄 오륙 년이나 죽자사자하고 한 집에 있으면서, 아무러기로 안 박사가 순옥이를 그냥 두었겠어?"

이렇게 단언하는 사람조차 있었다.

순옥이가 미인일세, 수잴세, 의살세 하는 것이 같은 여성인 사람들에게는 미웠다.

허영의 이혼과 혼인을 기회로 하여서 순옥과 안빈의 소문이 또 한번 세상에 짜하게 돌았다. 그리고 그 결론은,

"못난이 허영이가 여태껏 안빈과 순옥과의 관계를 모르고 속아 오다가 이번에야 그도 알아채고는 단연히 순옥이를 이혼해 버린 것이라."

고 하여 대개는 허영의 역성을 들었다.

옥남이 말까지도 나왔다. 옥남도 순옥이 때문에 속이 상해서 죽었느니라 하는 사람도 있고, 또 옥남은 사람이 인자해서 끝끝내 속아서 살다가 죽었느니라 하는 사람도 있었다. 순옥이가 옥남을 독살하였느니라 하는 사람도 물론 없지 아니하였다.

어찌했든지 이귀득 모녀에게 이 혼인이 큰 기쁨이 된 것은 말할 것도 없는 일이었다. 그늘에 숨어서 살던 그들이 이 혼인으로 말미암아서 당당하게 장모요, 부인이 된 것이었다. 이미 낳은 섭이나 또 뱃속에 든 아이나 이제부터는 아비 없는 자식이 아니다. 당당한 허영 부인이 낳은 허영의 아들이 아니냐?

"오늘은 혼인 신고를 해야겠소."

하는 허영의 말을 듣는 귀득의 기쁨은 참으로 컸다. 그것은 바로 신방을 치른 이튿날이었다. 분홍 치마, 노랑 저고리인 새아기의 차림으로 제 손으로, '妻 李貴得'이라고 쓴 밑에다가 도장을 꼭 찍을 때에도 마치 인생의 행복의 절정에 선 것 같아서 눈이 쓰먹쓰먹함을 금할 수가 없었다. 하늘은 이 가엾은 중생인 이귀득의 눈을 잠시 분홍 수건으로 동여서 바로 곁에까지 임박하여 있는 모든 불행(그것들은 다 그의 지난 여러 생의 업보다)을 보지 못하게 만들었다. 그 분홍 수건의 이름은 어리석음(無明)이

라 하더라도 그것이 이 불쌍한 생명에게 주는 하늘의 호의일는지 모른다.

향락이니 행복이니 하는 것이 어느 것인들 이귀득의 것과 다르랴? 다 허깨비, 다 번갯불, 다 풀잎의 이슬. 그러나 허영이나 귀득에게는 이것은 영원한 것인 것 같았다. 허영의 병은 나을 것만 같고, 재산도 어디서 생길 것만 같고, 모든 일이 다 그들의 뜻대로 될 것만 같았다. 그러나 아아, 그것은 삽시간이었다──실로 눈 깜빡할 사이였다.

귀득이가 허영과 신혼여행에서 돌아온 날 밤 귀득은 배가 아프다고 몸을 비틀었다. 그리고 하혈이 시작되었다.

허영은 다만 허둥지둥할 뿐이었다. 의사를 불러야 할 터인데 누구를 부르나, 이렇게 망설이는 동안에 시계는 새벽 한시를 쳤다. 귀득의 하혈은 그칠 줄을 몰랐다.

'돈만 있으면야.'

그러나 허영에게는 돈이 없었다. 혼인식 이튿날 영옥이가 준 백 원을 가지고 허영은 철없이도 배천 온천으로 신혼여행을 가서 호텔 일등실에 들어 가지고 거드럭거렸다. 임신 삼 개월 남짓한 귀득이, 심장병을 가진 허영이가 온천에서 일주일이나 지나도록 무사하고 자동차를 타고 경편차를 타고 기차를 타고 집으로 돌아온 것만 하여도 기적이라고 아니할 수가 없었다. 돈화문 앞에서 택시 값을 치르고 나니 주머니에 남은 돈이 겨우 팔십 몇 전!

"어떻게 하나? 어떻게 하나?"

하고 쩔쩔맨 끝에 허영은 귀득을 어머니에게 맡기고 씨근벌떡거리며 영옥의 집을 찾았다. 거기밖에는 갈 곳이 없었던 것이다. 허영은 대문 밖에서,

"영옥이, 영옥이."

이렇게도 불러 보고,

"석 선생, 석 선생."

이렇게도 불러서야 겨우 깊이 잠이 든 영옥이가 일어나 나왔다.

"자네 웬일인가?"

하고 영옥이가 자리옷바람으로 대문을 열었다.

"어서 옷 입고 우리 집에 좀 같이 가세."

하는 허영의 말은 무슨 말인지 분명히 알아들을 수도 없을 만큼 숨찬 소리였다.

"왜 무슨 일이야?"

"큰일났어. 여편네가 배가 아프다고 몸을 못 펴고 또 피가 나와."

하면서 허영은 영옥을 따라서 방으로 들어갔다.

영옥은 자리옷을 벗고 내복과 양복을 주워 입으면서 한마디 한마디 묻는다.

"왜, 어째 그리시나?"

"며칠째, 온천에서부터 배가 좀 아프구 피가 나온다구 그러길래 뜨뜻한 물에 오래 들어가 앉으라구 했지."

"온천이라니?"

하고 영옥은 놀란다.

"배천 온천에를 한 사오 일 가 있다가 어저께 왔어."

"무어?"

"온천에 갔던 게 잘못인가?"

"임신중에 온천이라니? 게다가 기차, 자동차를 타구."

하고 영옥은 기가 막히는 듯이 허영의 얼굴을 물끄러미 바라본다.

"누가 그런 줄 알았나?"

"아니, 자네만 해두 집에 가만히 누워 있어야 할 사람이!"

허영은 말이 없다. 두 사람은 길에 나왔다.

"쩻!"

하고 영옥은 입맛을 다시면서 우뚝 선다.

"내가 가니 무얼 해? 무슨 기구가 있어야지."

"그럼 어떻게 하나?"

하고 허영은 애원하는 듯이 영옥을 바라본다.

"유산이 되는 모양인데."

하고 영옥은 밤시 머뭇거리다가,

"순옥일 부르세."

하고 허영을 본다.

"글쎄, 저거 생명이 위태하겠나?"

"그게야 보아야 알지만, 그런데 피 나는 지가 몇 시간이나 되었나?"

"조금씩 피가 보인다는 말은 한 삼사 일 되었는데, 밤 아홉시쯤부터 —— ."

순옥이를 부른다는 말에 허영은 가슴이 내려앉는 것 같았다. 신혼여행 중에는 허영은 귀득을 향하여 밤낮 순옥의 흉만 본 까닭이었다. 이렇게도 속히 원수가 외나무다리에서 만나게 될 줄은 허영은 몰랐다. 허영은 물론 귀득에게 이번 혼인 비용을 영옥이가 주었다는 것이나 지금 조석을 끓여 먹는 것이 순옥이가 보내어 주는 돈이라든지, 또 지금 쓰고 있는 집이 순옥의 돈으로 찾은 것이라든가 하는 말은 할 까닭이 없었다. 귀득이가,

"순옥이 말이 당신 병이 돌아가실 병이라구, 또 순옥이 제가 나가면 조석 끓일 것이 없느니라고 해요."

이러한 말을 할 때에는 허영은 낯까지 붉히며,

"저런 죽일년이! 그년이!"

하고 주먹까지 불근 쥐었다.

그러나 그렇더라도 아니 부를 수는 없었다.

그렇게 생각하니 순옥을 한번 만나 보는 것이 기쁘기도 하였다.

"그럼 어떻게 하나? 내야 무슨 면목으로 순옥 씨를 부르나?"

하고 허영은 '순옥이'라고 아니 부르고 '순옥 씨'라고 불렀다. 그것이 대단히 예절다운 일이라고 생각한 것이다.

"저기 가서 자동차를 하나 불러 타고 안 선생 병원으로 가세."

하고 영옥이가 택시 있는 데를 향하고 걸어갔다. 밤 두시나 가까운 창경원 길에는 사람 하나 없었다.

91011121314151617181920

영옥과 허영은 안빈의 병원으로 갔다. 허영더러는 자동차 속에 있으라고 하고 영옥만이 내려서 초인종을 눌렀다.

소리에 응하여 나온 것은 계순이었다.

"석 선생님 웬일이세요?"

하고 계순은 깜짝 놀란다.

"석 선생 얼른 왕진 가자구, 유산되는 환자라구 그러시오, 얼른."

이렇게 계순을 돌려보내고는 영옥은 문 밖에서 서성거리며 별이 반짝거리는 밤하늘을 바라보고 사람의 운명이란 것을 생각하고 있었다. 허영의 운명, 순옥의 운명, 귀득의 운명, 또 귀득의 뱃속에 있는 핏덩어리인 생명의 운명을. 내일 일은커녕, 다음 초의 운명도 알 수 없는 일생의 일을.

'내 운명은?'

하고 영옥은 깜박깜박하는 어떤 별을 바라보면서 빙긋 웃었다.

이때에,

"오빠 오셨어요?"

하고 순옥이가 머리를 내어밀었다.

"채렸니?"

"왕진가방에 다 넣어 오라구 그랬어요."

하고 순옥은 영옥의 얼굴에서 무슨 비밀이나 찾으려는 듯이 물끄러미 바라보면서,

"아니, 어디야요? 어떤 사람이 유산을 하는데 이 밤중에 오빠가 날 부르러 오시우? 오빤 왜 못 가시구?"

하고 혹시 이 일이 영옥에게 관계된 일이나 아닌가? 의심하여 본다.

"허영 군 새 부인이란다."

"무어요?"

"그 친구가 내가 준 돈 백 원으루 배천 온천에 신혼여행을 갔더란다. 그런데 돌아오는 길로 배가 아프고 피가 나온대. 그래서 허영이가 내게 달려왔으니 내게 무엇이 있니? 그래서 네게루 왔다. 허영이는 저 차 속

에서 기다리구 있어."

"그러기루 내가 어떻게 가우?"

"그럼 어떡허니? 지금 누굴 불러?"

"그러기루."

"그냥 의사루 불려가는 줄만 알려무나."

"아이참, 오빠두 같이 갑시다."

"그럼 너 혼자 보내겠니?"

"그러기루 아이참."

순옥은 이런 소리 한마디를 더 하고는 간호부가 왕진가방을 들고 나온 것을 받아 들고 허영의 집으로 왔다. 자동차에서는 허영이가 한편 구석에 앉고 가운데에 영옥이가 앉고 저편 구석에는 순옥이가 앉았다. 순옥은 자동차 속에 허영이가 있단 말을 들었으므로 어두운 속에 약간 고개를 숙여서 그에게 인사를 하였으나 그것이 허영의 눈에 띄었을 리도 없고, 또 허영이도 순옥을 향하여 고개를 숙였으나 그것도 순옥의 눈에는 보이지도 아니하였거니와, 보려고도 아니하였다.

허영이가 순옥과 영옥을 끌고 들어오는 것을 보고 마루에 서성거리고 있던 식모와 순이가 처음으로 놀라고, 다음에는 피 묻은 며느리를 들여다 보고 앉았던 한씨가 눈을 크게 떴다. 이런 급한 때에 인사를 하고 어쩌고 할 경황이 없는 까닭으로 도리어 한씨에게나 순옥에게나 이 장면이 덜 거북하였다. 다만 한씨가 영옥에게 경의를 표하느라고 일어설 뿐이었다.

귀득은 입술이 하얗다. 실혈을 많이 한 것이다. 그는 마침 진통이 쉬는 동안인지, 또는 기탈이 된 것이지 네 활개 뻗고 눈을 감고 누워 있었다.

순옥이가 귀득의 팔목의 맥을 잠깐 잡아 보고 옷고름을 끄를 때에야 귀득은 깜짝 놀라는 듯이 눈을 떴다. 그리고 순옥의 눈이 저를 들여다보고 있는 것을 발견하였다.

"석 선생님."

하고 귀득의 눈에서는 눈물이 주르르 흘러내렸다.

순옥이가 응급처치를 하였으나 실혈이 많기 때문에 귀득은 마침내 이튿 날 해뜨는 것을 못 보고 죽고 말았다. 순옥과 영옥은 이상한 인연으로 귀득의 임종을 본 것이었다.

이 번에 타격을 받은 것, 신혼의 피로, 이런 것들이 모두 원인이 된 모양이어서 허영은 귀득의 장례날 묘지에서 내려오다가 언덕에서 굴러서는 일어나지 못하였다. 뇌일혈이 된 것이었다. 정신도 있는 둥 만 둥, 사지를 가누지 못하였다.

이때에 영옥을 부르러 온 것은 백암이라는 조원구였다. 경성부청에서 그날 한번 본 사람이다.

"석 선생, 좀 가 보아 주셔야겠어요."

하고 장례에 참례하느라고 모닝을 입은 채로 달려온 것이다.

"허 군 자당께서 말씀이 석 선생에게 좀 여쭈어 달라고 그러신단 말씀야요. 그래서 내가 허 군더러 석 선생에게 여쭈려구 물으니까 말은 못해두 고개를 끄덕끄덕하던걸요. 그걸 보면 아주 정신이 없진 아니한 모양야요. 허, 허 군두 불쌍한 사람이지마는 석 선생야말로 참 봉변이시죠. 허 군 자당 말씀이 이번에도 석 선생 남매분이 밤중에 오셔서 밤을 새우셨다구요. 참 그런 어려운 일이 어디 있습니까? 이건 도무지 세상에 없는 일이거든요."

이렇게 조원구는 노상 인사말만은 아닌 듯싶게 영옥과 순옥의 의기 있음을 칭찬하였다.

영옥은 길게 한숨을 쉬었다. 그리고 한참이나 말이 없이 있다가,

"그럼 가 보지요마는, 허 군이 원래 심장병이 대단하고 혈압이 높아서 어째 희망이 없는 것 같습니다."

하고 조를 따라나섰다.

영옥이가 마루 끝에 올라서는 것을 보고 한씨는 인사 체면 다 불고하고 영옥의 한 팔을 잡고 매어달려 몸부림을 하면서,

"선생님 내 아들을 살려 주시오. 그 동안 모든 잘못은 다 잊어버리시

고 석 선생님 내 아들을 살려 주시오. 저것이 외아들야요. 저것이 죽으면 나는 어떻게 합니까? 석 선생님, 영이를 살려 주시오. 아무런 짓을 해서라도 이 은혜는 갚을 터이니, 전에 지은 죄는 다 사해 주시고 석 선생, 내 아들 영이를 살려 주시오."

하고 한 소리를 또 하고, 또 하고 하면서 매무시가 흘러 내려가는 것을 추키려고도 아니하고 영옥에게 매달려서 울었다.

외아들이 죽어간다는 지극한 슬픔이 이 여인의 육십 년 지켜 오던 거짓과 교만의 껍데기를 깨뜨렸구나, 이렇게 생각하면서 영옥은,

"죽기는 왜 죽습니까?"

하고 위로의 말을 하였다.

허영은 가만히 눈을 감고 있었다. 가끔 얼굴 근육과 사지에 가벼운 경련이 일어났다.

"여보게, 허영 군 낼세. 내 영옥이야."

"이 사람 정신차려. 석 선생이 오셨네."

하고 영옥과 조원구가 번갈아 허영의 어깨를 흔드나 허영은 도무지 인사불성인 모양이었다.

영옥은 가지고 온 강심제를 주사하였으나, 개업의가 아닌 그에게 지혈제라든가 다른 약은 있을 리가 없었다. 강심제는 허영을 위하여서 늘 준비하여 두었던 것이었다.

영옥은 약도 얻을 겸 안빈에게 허영의 병에 대한 문의도 할 겸 곧 안빈의 병원으로 갔다.

"허영이 뇌일혈로 인사불성이 되었습니다."

하는 영옥의 말에, 안빈은,

"뇌일혈?"

하고 눈을 크게 뜨고 놀랐다.

"그거 참 이상한 일입니다."

"왜?"

"글쎄, 그 돈 백 원 말씀야요."

"응, 그 백 원이 어찌 되었어?"

"그걸 제가 두구두구 조금씩 주었더면 좋을 것을 사흘째 되던 날 한 몫 주었습니다. 신혼 초에 돈이 군색해서 잠시의 행복이라도 온전치 못할 것 같아서요."

"그래서?"

"한데 이 친구가 그 돈을 가지고 배천 온천에 신혼여행을 갔었더라나요."

"으음."

"그리고는 돌아오는 길로 이귀득 씨가 유산이 되었지요. 허영 군이 저렇게 되구요."

"흠."

하고 안빈은 아귀의 목에는 밥이 들어가거나 물이 들어가거나 들어가는 대로 불이 되어서 먹을수록 더욱더 배가 고프고 목이 마른다 하는 것을 생각하였다.

"그래 인사불성이야?"

"네, 장례를 지내고 묘지에서 내려오다가 굴렀다구요."

"맥은 어떻던가?"

"맥이 아주 약해요. 그래 강심제 주사를 놓았습니다마는 사지에 경련이 일어나구요."

"허 군 자당도 몸을 잘 쓰지 못한다지."

"네, 류머티즘으루요."

"그러니 어떻게 하나? 누가 간호 하나?"

하고 안빈은 한번 한숨을 쉰다.

"간호할 사람이 어디 있습니까? 제 생각에는 허 군 어머니마저 몸겨서 누울 것 같습니다."

"십상팔구지."

"오늘은 장례에 갔던 친구들도 와 있고 그렇지마는, 누가 날마다 와 주겠어요? 그러니 입원을 시키자니 무슨 힘으로 입원을 시킵니까? 그도 하루 이틀에 나을 병도 아니구요. 저 병이 낫기로니 전신불수나 반신불수가 될 것이 아니야요?"

"그렇지."

"그러니 어떻게 합니까? 허 군 어머니는 허 군이 장례에서 저 꼴이 되어서 들어오는 것을 보구는 저를 불러 달라고 그러더래요. 제가 허 군 집에 가니까 허 군 어머니가 제게 매어달려서 울어요. 전에 지은 죄는 다 잊고 아들을 살려 달라구요. 참 딱한 일이올시다."

"그래도 순옥이가 돌아보아 주어야지 어떻게 하겠나?"

"그러니, 순옥이도 이제 새삼스럽게 무슨 명목으로 허 군을 돌아봅니까?"

"그저 인연 있는 불쌍한 사람으로 돌아보는 게지."

"그럼, 순옥이가 다시 허영 군의 집에 가서 산단 말씀이지요?"

"그밖에 도리가 없지 아니한가? 내 생각에는 순옥이도 이 말을 들으면 그런 생각을 할 것 같으이."

"글쎄올시다. 사정은 그렇긴 합니다마는."

안빈과 영옥이가 이러한 이야기를 하고 있을 때에 순옥이가 환자 보던 것을 끝을 내고 두 사람이 있는 방으로 들어왔다.

순옥은 방에 들어오는 길로 영옥을 향하여,

"이귀득 씨 장례 지냈어요?"

하고 묻는다.

"응."

"언제?"

"오늘."

"오빠두 가 보셨어요?"

"내가 어떻게 가니? 난 안 갔다. 그런데 또 큰일이 생겼다."

"무슨 일요?"

"허 군이 묘지에서 내려오다가 넘어져서 뇌일혈을 일으켜서 인사불성이 되었구나."

"뇌일혈요?"

"응, 그래 허 군 어머니가 내게 사람을 보내어서 내가 지금 그리로 댕겨오는 길이다."

"대단해요?"

"글쎄, 정신 못 채려. 뇌일혈이 처음에야 다 그렇겠지마는."

순옥은 얼이 빠진 사람이 되어 물끄러미 허공을 바라보고 있다. 아무리 곁에 사람이 들러붙어서 호의로 도와 주어도 어떤 사람의 운명의 방향을 남의 힘으로는 돌릴 수 없는 것을 순옥은 느낀다.

'치를 것은 치르고 받을 것을 받는다!'

순옥은 한 번 더 이것을 생각하지 아니할 수 없었다.

안빈과 영옥은 말없이 순옥을 바라보고 있었다. 그의 마음이 어떤 모양으로 움직이나 하는 것을 절반은 흥미로 절반은 동정을 가지고 지키고 있는 것이다.

얼마 후에 순옥은 꿈에서 깨는 듯이,

"그 어머니는 어떠셔요?"

하고 영옥을 보았다.

"내가 가니깐 내 팔에 매달려서 우시더라. 전에 지은 죄는 다 잊어버리고 아들 영이를 살려 달라고 한 소리 또 하고, 한 소리 또 하고."

순옥은 또 한참이나 잠자코 무엇을 생각하고 있더니, 안빈 편으로 고개를 돌리며,

"선생님, 제가 가 보겠습니다. 가 보아서 제가 그 집에 있는 것이 좋겠으면 도루 그 집에 가 있겠어요."

하고 눈물을 떨어뜨린다.

"가 보오."

하고 안빈은 순옥을 바라보았다.

"오빠, 내 옷을 갈아입고 올게, 나하고 같이 가셔요."

하고 순옥은 나가 버린다.

"순옥이가 다시 허 군 집에 들어갈 수밖에 없겠지."

하고 안빈은 혼잣말 모양으로 중얼거린다.

"그럼, 제가 선생님 병원에 와 있을까요?"

"그렇게 할 수가 있겠나? 교실을 떠나도 괜찮겠나?"

"무어 어떻습니까? 오후에 틈나면 잠깐 가 보구요."

영옥은 고개를 숙이고, 학위가 좀 늦기로 어떠냐? 하는 생각을 한다. 누이 순옥의 의기에 그만한 것은 희생을 하여도 좋다 하는 생각이 난다. 영옥은 고개를 들어서 안빈을 보며,

"선생님, 순옥에게 주던 월급을 저를 주실 수 있겠습니까?"

하고 물었다.

"그러지."

하는 것이 안빈이 간단한 대답이었다.

영옥이가 순옥이를 데리고 허영의 집에 갔을 때에는 허영이가 아는 친구들이 칠팔 인이나 모여 있었다. 이것은 조원구가 사방으로 전화를 걸어서 부른 것이었다. 조원구는 허영이가 금방 숨이 넘어가는 것으로 알고 있었다. 그 친구들은 대개 신문기자와 문사들이었다.

그들은 순옥이가 오는 것을 보고 아니 놀랄 수가 없었다. 순옥이가 허영의 병실인 건넌방으로 들어올 때에 그들은 다 일어섰다. 대개 순옥이가 허영과 결혼생활을 하는 동안에 그들은 한두 번씩은 다 허영의 집에 놀러도 오고 또 생일날 같은 때에 밥을 먹고 술을 먹고 한 패들이었다.

순옥은 잠깐 고개를 숙여서 그 사람들에게 묵례를 하고는 허영의 누운 곁에 앉아서 의사의 태도로 허영의 맥을 짚어 보고 가슴을 들어 보고 눈시울을 뒤집어 보고 피부의 지각 반응을 보았다. 그러고는 가방을 열어서 몇 가지 주사약을 꺼내어서 꼭지를 따서 피하와 정맥에 주사를 놓았다.

그리하는 동안에 영옥은 마치 간호부 모양으로 순옥의 일을 거들어 주면서 순옥이가 익숙하게 그리고도 침착하게 하는 양을 신통하게 대견하게 자랑스럽게 생각하고 있었다. 만일 허영이가 정신을 차린다면 순옥이가 온 것을 보고 얼마나 놀랐을까? 그러나 허영은 여전히 혼수상태에 빠져 있었다.

순옥은 할 것을 다 하고 나서는 주사하는 기구를 가방에 도로 집어 넣어서 한편 구석에 밀어 놓고 일어나 나왔다.

순옥이가 하는 양을 정신없이 바라보고 있던 사람들은 순옥이가 일어나서 방에서 나간 뒤에야 숨들을 내어쉬었다. 대단히 감격성을 가진 조원구는 오늘에야 순옥이가 누구인 것을, 어떠한 사람인 것을 처음 안 것 같다. 다른 사람들도 순옥에게서 일조의 경건한 감동을 받았다. 그것은 다만 이혼 받은 전 아내가 전 남편의 새 아내의 병을 보았다든지, 또는 전 남편의 문병을 와서 치료를 한다든지 하는 것이 처음 보는 일이요, 이외의 일이라고 하여서만은 아니었다. 이때에 순옥의 얼굴과 몸에서는 일종의 빛과 향기를 발하였다. 모여 앉은 사람들은 거의 다 장난꾼이요, 별로 엄숙하다든지 경건하다든지 하는 기분을 경험하지 아니한 사람들일뿐더러, 도리어 이른바 현대사상으로 그러한 것을 우습게 여기는 편이었지마는, 이날 순옥을 대할 때에 그들은 전에 경험하지 못한 경건한 감정을 경험한 것이었다. 순옥을 보고 앉았는 동안 그들의 마음은 푹 가라앉고 맑아지고 편안하였다. 순옥은 거의 무표정이라 할 만하게 태도가 냉정하였으나 그래도 그의 몸에서는 따뜻한 자비의 빛이 흐르는 것 같았다.

순옥이가 방에서 나간 뒤에도 그들은 말이 없이 순옥이가 앉았던 자리에 순옥의 모양을 물끄러미 바라보고 있었다. 그러다가 안방으로서 허영의 모친 한씨의 울음섞인 말소리가 들릴 때에야 그들은 이 환상에서 깨어났다.

영옥에게 매달려서 울고 난 한씨는 까무러칠 듯이 사내바람이 나서 사람들이 안방으로 쳐들어다가 뉘었던 것이다. 그 곁에는 식모와 순이가 지키고 있고 어미를 잃은 섭이가 배가 고픈지 순이의 등에 업혀서 칭얼대고 있었다. 순옥이가 들어가도 섭이는 엄마라고 부르지 아니하였다. 그 동안에 잊어버린 것이었다.

순옥은 한씨의 곁에 앉았으나 한씨는 잠이 든 모양으로 가만히 눈을 감고 있었다. 그 얼굴은 찌그러진 것 같고 검은 기운이 돌아서 소름이 끼치리만큼 험상을 띠었다. 서창으로 비추이는 석양의 광선에 광대뼈가 더욱 두드러져 보이고 눈은 더 들어가서 밤의 한 점이 와서 서린 것 같았다. 이맛전에 너슬너슬한 반쯤 센 머리카락이 올줄과 같이 굵다란 그림자를 그의 두드러진 이마에 던졌다.

"주무시나?"

하고 순옥이가 식모를 돌아보고 물었다.

"너무 우시구. 아까 까무러치셨어요. 글쎄, 세상에 그런 변이 어디 있어요?"

하고 식모가 대답하는 말소리에 놀란 것인지 한씨는 흠칫 놀라는 모양을 하면서 눈을 번쩍 뜬다.

한씨의 눈에 순옥이가 비칠 때에 한씨는 또 한번 놀라는 표정을 하고 벌떡 일어나면서 마치 할퀴기나 하려는 듯이 두 손을 내어밀어서 순옥의 두 어깨에 걸고 낚아채며,

"아가, 네가 왔구나―― 네가 왔구나. 우리 모자는 너를 배반해두 너는 우리를 안 잊구. 아가, 네가 또 왔구나―― 아―― 아―― 아."

하고 목을 놓아 운다.

순옥도 눈물이 쏟아짐을 막을 수가 없었다. 그것은 다만 한씨의 애통에 동정하는 눈물만은 아니었다. 온통 교만과 거짓과 탐욕으로만 빚어 놓은 듯한 한씨의 혼이 참회와 감사의 하늘 빛에 깨어난 듯한 것에 감격하는 눈물이었다.

"아가, 영이가 죽는구나―― 아, 영이가 죽는구나―― 아, 너 같은 며느리를 소박을 한 죄루 이 늙은년이 이생에서 벌써 벌을 받는다―― 아,

아가——아, 영이를 살려 다우——우, 네가 하느님께 축원을 해서 영이를 살려 다우——우. 그놈이 네게 죄악을 했지. 그래두 너는 여태껏 우리 모자를 먹여 살렸건마는, 그것이 고마운 줄도 모르구——우——우. 이제 그 천벌이 내렸구나. 아가, 네가 하느님께 빌어서 이 벌을 벗겨 다우——우 우. 아가, 아가."

하고 한씨는 더 힘차게 순옥을 으스러져라 하고 껴안으면서,

"아가, 영이를 살려 다우, 응. 응, 아가 영이를 살려 다우. 그것이 외아들인데. 아가, 영이를 살려 다우."

하고 한씨는 마지막에는 순옥을 놓고 마치 부처님 앞에서나 하는 모양으로, 반은 미친 사람 모양으로 순옥의 앞에 합장을 하였다가는 절을 하고 또 합장을 하였다가는 절을 한다.

순옥은 말없이 가만히 앉아 있었다. 무엇이라고 할 말이 없었던 것이다. 다만 무엇인지 모를 큰 뭉텅이가 뿌듯하게 가슴을 채우는 것만 같았다. 그러다가 한씨가 수없이 절을 하고 빌고 울고 하는 것을 보고는 더 참을 수가 없어서 순옥도 마침내 울음이 터지고 말았다. 입술을 깨물고 울음을 집어삼키려 하나 가슴과 등이 터질 듯이 불룩거렸다. 순옥은 한참이나 울고 나서 두 손으로 한씨의 합장한 손을 꽉 잡으면서 가까스로,

"어머니 진정하셔요. 제가 힘껏 다 할게요. 제가 오늘부터는 다시 어머니를 모시고 있을게요."

한마디를 하고는 울어 쓰러졌다.

식모도 울고 순이도 울었다. 순이 등에 업힌 섭이도 으아 하고 목을 놓아서 울었다.

한씨는 지금 순옥이가 한 말이 못 미더운 듯이 잠깐 순옥을 바라보다가 순옥이가 쓰러져 우는 것을 보고는,

"고맙다——아, 아가, 고맙다——아. 하느님이 내려다봅소사. 이 착한 며느리를 하느님이 내려다봅소사——아."

하고 또 합장하고는 절을 하고 합장하고는 절을 하였다.

사랑에는 한이 없다

순옥은 그날 밤부터 허영의 집에 있기로 결심하였다.

"오빠, 오늘부터 이 집에 있을 테야요."

하고 순옥이가 영옥을 대청으로 불러 내어서 말할 때에, 영옥은 선선히,

"그래라. 선생님 병원에는 내가 대신 가서 있기로 벌써 다 말씀을 드렸다."

하고 유심하게 순옥을 바라보았다.

"선생님은 무에라셔요?"

"그러라 하시더라."

"오빠, 가끔 와 주셔요."

순옥은 역시 일종의 적막을 아니 느낄 수가 없었다.

"그럼, 내 종종 오마. 부디 마음에 기쁨을 잃지 말고, 신념 잃지 말고."

"네, 염려 마셔요. 내 끝까지 잘 할게요."

"오, 그래라. 응."

순옥은 잠간 입술을 빨다가,

"그런데 오빠."
하고 고개를 들었다.
"응?"
"나 취직 자리 하나 구해 주셔요."
"취직 자리라니?"
"생활빌 벌어야지요."
"생활비는 걱정 말아."
"어떻게?"
"네가 받던 월급을 내가 받기로 했으니 그걸 네게 줄게."
"아이, 어떻게 그렇게 하우?"
"왜 못 하니?"
"오빠가 날 삼천 원씩이나 주셨는데, 그것도 오빠 형편으로는 과하지 않아요? 식구는 많고."
"그러기로 어차피 내 연구하는 동안의 예산은 있는 걸 무얼 그러니?"
"아냐요. 이담에 내가 정말 힘으로는 못 살게 되거든 그때에 도와 주셔요. 지금은 내 힘으로 벌어먹고 살 테니."
"그렇거든 선생님 병원에 그냥 통근을 하려무나. 난 네가 낮에도 허군 옆을 안 떠나려고 그런다구?"
순옥은 말없이 고개를 흔든다.
"왜? 왜 선생님 병원에는 못 있니? 다른 데 취직을 해야 되고."
"네, 어디 다른 데에 구해 주셔요. 오빠 계시던 북간도도 괜찮아요?"
"북간도?"
"북간도면 어때요? 아무 데나 좋아요. 그런 데가 도리어 생활비 싸고 좋지. 또 얼마 있다가 독립해서 개업할 수가 있겠구요. 아무래도 저 병이 오래 갈 병 아냐요? 십여 년 갈 수도 있는 병 아냐요? 그러자면 차차 독립해서 개업을 해야 안해요? 시골이면 집 한 칸만 있으면 개업을 할 수도 있거든요."

"아니, 그러기로 말하면 선생님이 명년 봄에는 저 병원을 너하고 나하고 둘이 맡으라고 아니하시던?"

"이 일이 안 생겼으면 그렇게 하지마는 인제는 안 돼요. 나는 꼭 어느 시골로 가야만 해요."

"그건 왜 그래?"

순옥은 한참이나 머뭇머뭇하다가,

"세상 사람의 입도 있구요."

"세상 사람의 입이 무어?"

"허가 몸이 성하구 이혼을 안했을 적에두 무에라구 말들을 했는데 앞으로는 더할 것 아냐요. 이번 내가 이혼하구 선생님 병원에 있는 동안에두 말들이 많았던 모양예요. 난 괜찮지마는 선생님께 불명예구요. 또 허도 인제 의식이 회복되면 또 질투가 생길 것 아닙니까? 이왕 허의 병을 보아 줄 바이면 그의 마음을 괴롭게 할 게 없지 않아요? 그래, 어느 모로 보아두 나는 어느 시골로 우선 취직을 할 수밖에 없다구 생각해요."

"네 말이 옳다."

영옥은 고개를 끄덕끄덕한 뒤에,

"아마 북간도면 곧 될 상도 싶다. 날더러 어서 내려오라고 재촉하는 편지가 오니까."

"그러기루 내가 오빠 대신이야 어떻게 합니까? 지금 그 병원에서는 오빠 학위를 팔아먹을 생각두 하고 있을 것인데."

"그렇더라도 나는 갈 수 없지 아니하냐? 아무려나 그럼 몇 군데에 알아보자."

이렇게 의논이 되었다.

열주일쯤 지나서 허영은 차차 의식을 회복하였다. 순옥이가 곁에 앉아 있는 것을 허영이가 분명히 알아본 것은 그로부터서도 이삼 일 후였다. 말이 어눌해지고 사지에 힘이 없었으나 의식만은 통상 상태에 회복이 되었다.

　허영이가 처음 제 곁에 순옥이가 있는 것을 알아보았을 때의 놀람은 컸다. 그는 눈을 크게 뜨고 순옥을 바라보며 무엇인지 알아듣지 못할 소리를 하였다.

　"괜찮아요. 내가 인제부터는 아무 데두 안 가고 당신 곁에 있어서 간호해 드릴 테니 마음놓으시오."

하고 순옥이가 귀먹은 사람에게 말하듯이 큰 소리로 알려 줄 때에는 허영은 또 한번 놀라며 어린애 모양으로 킹킹 소리를 내고 울었다.

　"울지 마셔요. 왜 울어요? 웃으시지."

하고 순옥은 어린애를 달래는 모양으로 한 손으로 허영의 손을 잡고 한 손으로는 눈물을 씻겨 주었다.

　허영은 제 음성이 저도 알아들을 수 없음을 의식하고는 다시는 말이 없었다.

　순옥은 허영이가 어눌해진 것이나 초췌한 것이나 낙루하는 것이 불쌍하면서 의식이 분명해진 것이 대견해서 얼른 안방으로 뛰어 건너가서,

　"어머니, 애아범이 정신이 들었습니다."

하고 저도 놀라리만큼 큰 소리로 외쳤다.

　"무어? 정신이 들었어?"

하고 한씨는 지척지척 일어나서 걸으려 하나 다리가 잘 말을 듣지 아니하였다. 순옥은 한씨에게 제 어깨를 빌려서 그를 건넌방으로 데리고 왔다.

　허영은 한씨가 들어오는 것을 보고,

　"어머니."

하고 부르고 또 눈물을 흘렸다.

　그 소리는 꽤 알아들을 만은 하였다.

　"오, 영아, 네가 살아났구나──네가 살아났구나──아."

하고 한씨는 쓰러지는 듯이 아들의 곁에 앉아서 울기를 시작한다. 허영도 울고 한씨도 운다.

　순옥도 옷고름으로 눈물을 씻는다.

"영아——아."

하고 한씨는 허영의 얼굴과 손과 발을 마치 젖먹이를 귀애하듯이 어루만지며,

"애기가 너를 살려 냈구나——아. 밤잠을 못 자구 오줌똥을 받아 내구, 우유를 먹이구, 입을 벌리구 미음을 흘려 넣구——우——애기가 너를 살려 냈구나——아. 하느님이 애기 정성을 보아서 너를 살려 주셨구나——아."

하고 끝없는 푸념을 하였다.

순옥은 한씨의 어깨에 손을 대어서 허영의 곁에서 떼려 하며,

"어머니, 인제 그만 건너가셔서 누우셔요. 몸 상하십니다."

하고 가만가만히 흔들었다.

"오냐, 내 건너가마. 무엇이나 다 네 말대루 하마."

하고 허영을 한 번 더 어루만지고 순옥의 편으로 돌아앉으며, 또 합장을 하고,

"오냐, 가마. 아가 아가, 네 은혜를 무엇으루 갚느냐? 우리 모자를 살려 준 은혜를 다 무엇으루나 갚느냐? 네가 사람은 아니다. 그럼, 사람이 어디 그런 사람이 있겠느냐? 네가 관세음 보살님 화신이지, 네가 어떻게 사람일 수가 있느냐?"

하고 눈물을 줄줄 흘리며 절을 한다.

"어머니두, 망령이셔요. 어서 건너가셔요."

하고 순옥은 한씨의 두 겨드랑 밑에 손을 넣어서 안아 일으킨다. 한씨는 한 팔을 들어 순옥의 어깨에 걸고 일어난다. 순옥은 한씨를 부축하여서 안방으로 건네다가 자리에 뉘었다. 누운 뒤에도 한씨는 순옥의 손을 두 손으로 움키어 잡고,

"아가, 고맙다. 고마워라."

하는 소리를 수없이 하였다.

구월 일일부터 순옥이가 북간도 연길 국자가 천주교 병원에서 시무하게

되어서 팔월말 아직도 대단히 더운 날 밤 급행으로 한씨와 허영을 끌고
서울역을 떠났다. 영옥이 먼저 가서 있을 데를 다 마련하여 놓은 것이었
다.

역두에는 안빈과 인원과 수선과 조원구와 기타 몇 친구들이 전송을 나
왔다. 허영은 조원구와 영옥과 두 사람의 부축을 받는다는 것보다는 두
겨드랑을 추켜들려서 차에 올랐다. 허영의 팔과 다리는 가죽만 매어달린
모양으로 데룽데룽하여 도무지 기운을 쓰지 못하고 목도 똑바로 가누지는
못하였다. 그래도 전송 나온 사람들을 향하여서는 분명치 못한 어음으로
나마 무슨 의사 표시를 하려고 애를 썼다. 인원이가 세간을 쌀 때부터 와
서 거들어 주었고 정거장에 나와서도 짐을 부치느라, 차에 들고 오를 것
을 나르느라 분주하였다.

허영은 세 번이나 안빈을 향하였다. 허영의 눈이 안빈에게로 오면 안빈
은 그 뜻을 알아차리고 허영의 앞으로 갔다.

"선생님, 선생님."

하는 소리와,

"순옥이가, 순옥이가."

하는 소리와,

"용서하셔요, 용서하셔요."

하는 소리밖에는 알아들을 수가 없었으나 그 얼굴의 표정(그것조차 자유
롭지는 아니하였으나)으로 보아서 그것이 고맙다, 미안하다 하는 말인 줄
은 알아들을 수가 있었다.

허영은 눈방울을 굴리고 입을 씰룩거리고 아무리 하여서라도 안빈에게
속에 있는 말을 하려고 애를 쓰면 쓸수록 더 어눌하였다. 허영은 마침내
눈물을 흘리고 절망한 듯이 고개를 숙였다.

"허 군, 내가 다 알아들었소."

하고 안빈은 허영의 축 늘어진 손을 잡아 흔들며,

"마음을 편안히 가지시오. 아무 일에도 애쓰지 말고 그저 행운유수 제

월광풍(行雲流水霽月光風)의 심사로 지내시오."

하고는 또 한번 손을 흔들었다.

"네, 네. 고맙습니다. 선생님 용서하셔요, 용서."

아마 이러한 뜻인가 싶은 말을 허영은 중얼거렸다.

사람들은 지나는 길에 한번씩 이 광경을 보았다.

"자, 인제 그만 올라가게."

하고 영옥과 원구가 커다란 인형을 끌어올리듯 허영을 침대차 속으로 끌어올렸다.

따르르하고 발차시각이 가까웠다는 신호가 울었다.

순옥은 말없이 안빈의 앞에 고개를 숙였다. 안빈도 말없이 잠깐 모자를 들었다.

순옥은 고개를 들면서 안빈의 얼굴을 한번 바라보았다. 언제 다시 대할지 모르는 안빈의 얼굴이다. 순옥은 다시는 아니 돌아올 길을 떠나는 결심이었다. 순옥은 다른 사람들에게도 골고루 인사를 하고 차에 올랐다. 순옥은 차가 떠날 때에 안빈과 인원이가 서서 바라보고 있는 양을 보고서 비로소 눈물이 흘러내렸다.

"들어오너라."

하고 영옥이가 어깨를 잡아끌 때에야 순옥은 승강대 계단에서 올라서서 영옥에게 끌려서 차실로 들어갔다.

"오빠!"

하고 영옥의 어깨에 매어달려서 우는 순옥의 속을 영옥이가 알아보고, 손을 들어서 순옥의 등을 어루만지며,

"순옥아, 용사답게."

하였다.

"오빠, 내 용사답게 할게요."

하고 순옥은 눈물을 씻고 침대로 들어갔다.

인원은 순옥을 작별하고 안빈과 함께 삼청동 집으로 돌아와서 방에 들

어오는 길로 안빈을 보고,

"선생님, 순옥이가 참 불쌍해요."

하였다.

"왜?"

하고 안빈은 도리어 의외인 듯이 인원을 보았다.

인원은 안빈의 대답이 그렇게 냉정한 것이 의외였다.

"그럼, 선생님은 순옥이가 불쌍하다구 생각지 아니하십니까?"

하고 인원은 눈을 크게 떴다.

"인원은 순옥이가 불쌍하다고 생각하오?"

"그럼요. 가슴이 미어지게 불쌍하지요."

"왜 불쌍해?"

"불쌍하지 않구요. 그게 무업니까? 사랑도 없는 병신 남편을 끌구, 병신 어머니를 끌구 생소한 만리타국으로 가니. 게다가 이혼하구 다른 여자하구 혼인까지 했던 사내를 끌구. 그도 사람이나 값있는 사람이면 모르지만, 허영이 같은 사람을 위해서 일생을 바치니 그게 무엇입니까? 눈물이 나게 불쌍하지요."

"간호부의 눈에는 환자는 다 평등이지. 값있는 사람이래서 간호를 하여 주고, 값없는 사람이래서 간호를 아니하오?"

"어디 그와 같습니까, 순옥의 일이?"

"난 같다고 생각하는데."

"어째서 같아요, 순옥의 일이?"

"그럼 같지 않고? 순옥이가 허영 군한테 다시 간 것은——첫번 갔을 적에도 그랬지마는, 간호부가 환자를 간호하는 생각으로 간 것이라고 믿는데."

이 말에 놀라는 빛을 보이며,

"그럼 선생님, 그게 선생님이 하신 말씀야요?"

하고 안빈을 바라본다.

"무슨 말이?"

하고 안빈도 알 수 없다 하는 듯이 인원을 본다.

"아니, 순옥이가 허영이한테 시집 간 것이 간호부가 환자를 간호하는 심리로 간 것이라구 하는 말씀이 말야요."

"오? 누가 그런 말을 해?"

"글쎄, 그래요, 순옥이가. 그때에 허영이하구 혼인하기로 결정할 적에 말씀이야요. 제가 순옥이더러, 너 사랑두 없는 사람하구 혼인을 해 가지구 어떻게 일생을 살겠느냐구 했더니 순옥의 말이, 무어 간호부가 환자 간호하는 셈치구 살지, 그런단 말씀야요."

"응, 순옥이가 그랬나?"

"그게 선생님이 순옥이보구 하신 말씀야요?"

"아니, 난 그런 말 한 일은 없어."

"어쩌면."

하고 인원은 신기하다는 빛을 보인다.

"순옥이뿐 아니라, 누구나 그렇지. 어디 완전한 사람 있나, 세상에? 의사의 눈으로 볼 때에는 다들 몸에 무슨 병이 있는 모양으로 마음에는 더하거든. 더구나 현대 사람은 마음으로 보면 모두 병투성이어든. 건강한 남자가 어디 있나? 건강한 여자는 어디 있고? 몸이나 마음이나 말야. 그러니까 혼인을 하거나 친구를 사귀거나, 또 부자 형제간에도 말야, 서로 환자를 간호하는 심리를 가지는 길이 옳은 길이지. 그래서 저편이 무엇을 잘못하면, 오 병자니까 그렇다 이렇게 용서하고 또 제 몸이 고달프면, 오 병자를 간호하는 사람이 고달픈 것은 당연하다. 이렇게 단념하고, 또 마음에 쾌락이나 행복에 목마른 생각이 날 때면, 응, 우리 집 식구들이 다 건강하고 행복된 날에야 내게도 쾌락과 행복이 있을 것이다. 이렇게 생각하고 살아갈 것이 이 인생이 아니오? 인원은 이렇게 나를 도와 주고 우리 아이들을 길러 주는 것이 고통이오?"

"아뇨, 그와는 다르지요."

"무엇이?"

"무엇이든지 달라요."

"정말 인원은 나와 아이들을 위해서 이렇게 여러 해를 고생을 하여도 만족하오?"

"그럼요. 저는 만족합니다. 전 기뻐요."

"나도 인원이가 기쁘기를 바라오. 순옥이도 마찬가지지."

"안 그래요. 그와는 달라요."

"무엇이 달라?"

"순옥이는 선생님 곁을 떠나서는 못 살 애거든요. 선생님 곁에 있으면야 무슨 고생을 하더라두 순옥이는 고생으로 알지 아니할 거야요. 선생님은 순옥이의 빛이시구 생명이시거든요. 그런데 선생님은 순옥이를 덜 사랑하셔요."

"내가?"

"그럼요. 선생님은 순옥이의 정곡을 몰라 주셔요. 너무 냉정하셔요."

"무엇을 보고 인원이가 그런 말을 하오. 내가 순옥에게 대해서 냉정하다고?"

"그럼, 선생님이 정말 순옥이를 사랑하셔요?"

"그럼, 사랑하지 않고?"

"그야, 사랑야 하시겠지마는, 좀더 말씀야요. 특별하게 말씀야요. 중생을 다 같이 평등으로 사랑한다는 그러한 사랑 말구요. 이 세상 모든 여성 중에서 그 여자 하나만을 사랑한다는 그런 사랑 말씀야요."

"그런 사랑이야 수두룩하지 않소?"

하고 안빈은 빙그레 웃는다.

"그런 사랑이 수두룩해도?"

"그럼, 남녀가 사랑할 때에야 다 그런 사랑이지. 연애라는 게 다 그런 사랑 아니오? 이 세상에서 그런 사랑은 누구나 다 한두 번씩은 해 보는 사랑이오."

"그래도 변하지요."

"변하지."

"그러니깐 무엇이 그리 좋은 사랑야요? 일생에 안 변해야지요."

"일생에만? 영원히 안 변하는 사랑도 있지."

"영원히요?"

"그럼, 천지가 여러 억만 번 부서져도 안 변하는 사랑."

"그러한 사랑이 어디 있어요?"

"내가 순옥이를 사랑하는 사랑이 그러한 사랑이요, 순옥이가 나를 사랑하는 사랑도 그러한 사랑이고."

인원은 이 말에 입을 반쯤 연 채로 숨을 끊고 안빈을 바라본다. 안빈의 말이 그렇게도 담대하고 놀라웠던 것이다.

"그럼, 왜 선생님은 순옥이의 혼인을 허락하셨어요? 선생님이 말아라 하시기만 했더면 순옥이는 혼인을 안했을 거야요. 왜 순옥을 일생 선생님의 곁에 두시지 아니하셔요? 더구나 이번같이 순옥을 언제 돌아올지 모르는 먼 길을 떠나 보내셔요?"

하고 인원은 어렴풋이 안빈의 뜻을 알면서도 이렇게 물었다.

"왜? 순옥이가 혼인을 하거나 나한테서 멀리로 떠나가는 것과 내가 순옥을 사랑하는 것과 무슨 모순이 되오?"

"모순이 아니구요. 정말 그처럼 사랑하시면 잠시도 떠나시기가 싫으실 것 아닙니까?"

"암, 싫지."

"그것 보셔요. 그런데 왜 떠나셔요? 명예 때문에 그러셔요? 세상이 무어라고 할까 보아서 그러셔요? 선생님 그렇게 약하셔요?"

하고 인원은 매우 흥분한 어조로 따진다.

"아니, 나는 명예라든가 세상이 무에라고 할 것을 두려워서 그러는 것은 아니오."

"그럼, 무엇입니까?"

"마침 순옥이가 할 일이 나를 떠나서야 할 일이니까 그런 게지."

"순옥이가 할 일요? 순옥이가 할 일이 무엇입니까?"

"사랑하는 일."

"누구를 사랑하는 일요?"

"누구든지, 어느 중생이든지, 인연 있는 중생을 사랑하는 일 말이오. 지금 순옥의 처지에 있어서는 허영 군을 사랑하는 일 말야."

"순옥이가 왜 허영을 사랑해서 혼인했습니까? 사랑해서 북간도로 갔구요?"

"그럼, 무엇이오?"

"순옥이가 사랑하는 이는 선생님밖에 없어요. 순옥이가 허영과 혼인한 것이야 선생님 때문이지요."

"나를 사랑하는 사랑이나 허영 군을 사랑하는 사랑이나 마찬가지요. 순옥이가 나를 무슨 좋은 것을 가진 사람으로 알고 사랑하겠지?"

"그럼요. 이 세상에서 가장 완전한 어른으로 알구요."

"허영 군은 불쌍해서 사랑하는 것이고."

"그럼요. 그게야 사랑인가요? 불쌍히 여기는 것이지요—— 자비심이나 될까, 원."

"옳지. 인제 인원이가 올 데를 왔소."

"무엇 말씀요?"

"순옥이가 하는 일, 또 일생에 하려는 일이 자비심의 일이라는 것 말야. 인원이가 나를 도와 주고 우리 애들을 기르느라고 고생을 하는 것이나 다 마찬가지로 자비심의 일이요. 중생을 기쁘게 하기 위하여서 제 몸을 바치는 일 말야."

"아니오. 저는 자비심으로 선생님 댁에 와 있는 건 아닙니다. 선생님을 도와 드린다구 할 것도 없지마는."

"그럼 무엇을 바라고 이 고생을 하고 있소?"

"제가 하구 싶어서 그러지요. 선생님 댁에서 순옥이 대신으로 선생님

댁 일을 해 드리는 것이 마음에 기뻐서요. 다른 집 일을 할 것 같지 않아요. 자비심이면 평등일 것 아냐요. 저는 자비심은 없어요. 좋은 사람은 좋고 싫은 사람은 싫은 걸요."

"그게 인연이라는 거야. 우리네 중생의 자비심은 그런 형식으로 나타나는 것이지. 인연을 통해서. 우리 몸이 생기기를 한 때에 한 사람밖에는 안을 수 없게 생겼으니까. 성인의 지위에 오르는 날에 인연 없는 사랑을 할 수가 있을 터이지. 순옥이는 허영 군 하나를 끝까지 사랑하여 주면 그것으로 순옥의 이 범생의 목적은 달하는 거야."

인원은 안빈의 말을 알아들었다. 그러나 안빈이가 말하는 사랑은 너무도 쓸쓸하고 너무도 고생스러운 같았다. 그 사랑—— 자비심이라는 사랑이 거룩하고 깨끗하고 높기는 높으나 우리에게는 손이 아니 닿는 곳에 있는 보물인 것 같았다. 인원에게는 아무리 생각하여도 순옥의 생활은 견디기 어려운 수난으로밖에 아니 보였다.

"아무리 생각해도 순옥이는 불행해요, 불쌍하고."

인원은 얼마쯤 반항적으로 말하였다.

"왜, 인원이는 순옥이를 불행하다고만 할까? 난 인원의 속을 모르겠소."

하고 안빈은 빙그레 웃는다.

"글쎄, 불쌍하지 않구 무엇입니까? 천하 사람더러 다 물어 보아두 순옥이가 불쌍하다구 할 것 아닙니까?"

"응, 인원이는 천하 사람들을 표준으로 행복과 불행을 말하는구려?"

"그럼, 무엇야요?"

"세간적으로 말하면 순옥이가 불행하다고 할 테지. 일생을 거지의 생활을 하신 석가여래나 예수께서 불쌍하다는 그러한 표준으로 본다면 순옥이는 불행한 사람이겠지."

"그와 다르지요. 석가여래나 예수께서는 모든 중생을 위해서, 천하 사람을, 모든 인류를 다 위해서 그런 고생을 하셨지마는, 순옥이야 그게 무엇입니까. 변변치도 아니한 병쟁이 하나를 위해서 일생을 망쳐 버리니."

인원은 제 논리가 당당한 것에 스스로 놀라고 스스로 자랑스러웠다.

"석가여래도 한번에 한 사람씩 구원하신 것이요, 그의 수없는 전생에
는 한 생 한 사람씩 건진 일도 많으셨고. 그래서 한번 세상에 날 적마다
한 중생을 건져서 천생에 천 사람, 만생에 만 사람, 이 모양으로 중생을
건지는 것이 석가여래의 생활이요, 또 모든 보살의 생활이오. 법화경에
이런 말씀이 있소. 지적보살(智積菩薩)이라는 이의 말씀인데, '我見釋迦
如來. 於無量劫. 難行苦行. 積功累德. 求菩提道. 未曾休息.. 觀三千大千世
界. 無有乃至如芥子許. 非是菩薩捨身命處. 爲衆生故. 然後乃得成菩提道'
가만 있어, 내 보여 주리다."

하고 안빈은 일어나서 책장에 법화경을 내어서 제파달다품(提婆達多品)
의 그 구절을 인원에게 한 번 더 읽어 주고 나서,

"이 글 속에, 삼천대천세계에 겨자씨만한 땅도 이 보살이 중생을 위하
여서 목숨을 버리지 아니한 곳은 없느니라 하는 말씀 말요. 이것은 수사
학적 과장도 아니고, 또 비유도 아니고 말 고대루요. 우리가 지금 앉아
있는 이 자리도 석가여래께서 보살행을 하시는 동안에 어느 중생을 위하
여서 몸을 버리신 곳이오. 즉 일생을 바치신 곳이요, 피를 흘리신 곳이
고. 아마 그 어른이 그때에 위하여서 몸을 버리신 중생이라는 것이 안빈
이 나일는지 모르지, 박인원일는지도 모르지. 아마 그렇겠지. 그 어른이
인원이를 위하여서 목숨을 버리신 일이 있고, 또 안빈이를 위하여서도,
또 저 협이나 윤이나 정이를 위하여서도, 또 한 목숨씩, 혹은 두 목숨씩,
세 목숨씩 버리신 일도 있으시니까. 인원이나 안빈으로 하여금 잘못된 길
을 벗어나서 —— 잘못된 길이란 탐욕의 길 아니오? 재물이나 이름이나
제 쾌락이나 즉, 오욕(五慾)을 탐하는 길 말야 —— 이러한 저를 망치고
남을 망치는 길을 벗어나서, 저를 건지고 남을 건지는 길 즉, 기리이타
(己利利他)의 길을 걷게 하기 위하여, 그래서 이 세계로 하여금 살기 좋
은 세계가 되게 하고 모든 중생들로 하여금 사랑의 기쁨과 완전 속에 살

게 하기 위하여서 그러신 것이란 말요. 지금 우리 마음속에 반짝반짝하는 사랑의 불똥이라도 있는 것이 다 그 어른이 목숨을 버리셔서 심어 주신 것이오. 여기는 크신 자비심을 느끼고 크신 은혜의 빛을 아니 느낄 수 없단 말요. 무명(無明)의 어두움 속에 헤매는 우리에게 빛을 주셨으니까, 차고 할퀴는 우리에게 사랑의 길을 가르쳐 주셨으니까, 이러한 자비심이 어디 있소? 이러한 큰 은혜가 어디 있소?"

하고 인원을 잠시 물끄러미 바라보다가, 한층 어성을 높여서,

"우리가 깨어서 말요. 우리가 무명의 길고도 깊은 꿈을 깨어서 부처님의 자비와 은혜를 느낄 때에 우리가 할 일이 무엇이겠소?"

하고 또 한번 말을 끊었다가,

"그것은 우리가 오늘까지 가졌던 모든 욕심을 버리고, 오늘까지 하여 오던 모든 욕심의 일을 버리고, 예수의 말씀마따나 '모든 것을 다 버리고' 부처님의 뒤를 따르는 일밖에 무엇이겠소? 그것이 진리니까, 그것이야말로 우리를 구원하는 길이요, 또 우리의 유일한 행복이요, 기쁨의 길이니까."

하는 안빈의 눈에서는 전에 못 보던 빛을 발한다. 그 빛은 부드러우나 힘찼다. 인원은 몸이 딴세상에 있는 듯함을 느낀다.

안빈의 다시 입을 열어서,

"지금 순옥이가 하는 일이 그 일이오. 자비와 은혜를 느껴서 자비와 은혜의 길을 걸어가는 것이오. 순옥은 벌써 '천하 사람이다.'라는 그러한 세간을 벗어난 사람이요, 불교 말로 하면 욕계(慾界) 즉, 욕심의 세계를 벗어난 사람이오. 순옥에게는 벌써 세상에서 말하는 행복이니 불행이니 하는 것은 없어. 그의 마음에는 오직 자비의 일이 있을 뿐이야. 이를 터이면 그 사람은 바람이 불고 비가 오고 춥고 덥고 한 대기권을 떠나서 언제나 한 모양의 온도요, 한 모양의 고요함인 성층권(成層圈)에 올라가 있는 것이오. 그러니까 인원이가 순옥이를 불쌍하다든가, 불행하다든가 하는 것은 옛날 말이란 말요. 지금은 순옥에게는 당치도 아니한 말이야."

하고 인원의 눈을 유심히 바라보면서 말을 끊는다.

인원은 한참이나 잠자코 안빈의 말을 생각하여 보다가,

"그렇지만 순옥이가 그걸 의식하겠습니까?"

하고 안빈을 본다.

"의식하다니? 무엇을?"

"제가 부처님의 높은 이상을 따라서 자비의 길을 걷는 것이라는 뜻을 말씀야요."

"인원이는 어떻게 생각하오? 순옥이가 의식하리라고? 못 의식하리라고?"

"제 생각에는 순옥이는 그렇게 높게까지는 의식할 수 없을 것 같아요. 순옥이만 아니라, 그런 높은 생각을 하는 사람이 어디 있겠어요? 제 생각에는 순옥이는 부처님이니 하나님이니 그런 생각보다는 선생님을 사모하니깐, 선생님을 따라서 선생님을 위해서 저런 고생까지라두 하는 것만 같아요."

"응, 인원의 말이 옳소."

하고 안빈은 고개를 끄덕끄덕한다.

"제 생각이 옳지요? 순옥이는 그러한——내가 중생을 위하여서 몸을 바친다 하는 의식을 가지구 허영을 따라가는 것은 아니지요?"

"응, 그 말이 옳아. 그러나 의식하고 못 하는 것이 별로 상관이 없어. 의식 못 하고 하는 것이 도리어 더 좋은 일이야. 내가 좋은 일을 한다 하는 의식을 가지고 좋은 일을 하는 것보다 그저 무의식으로 좋은 일을 하는 것이 더 공덕이 크단 말요. 더 아름답고, 부처님이라는 말도 못 듣고 하는 좋은 일이면 더욱 좋지. 그러나, 그래도 그것도 다만 의식을 못 할 따름이지 모두 부처님의 빛에 비추어진 것이어든——중생의 마음속에 자비심이 생기는 것은, 또 인원의 말 모양으로 순옥이가 설사 눈에 보이는 안빈을 사모하여서 거기서 사랑의 마음을 발하고 사랑의 힘을 얻음이라 하더라도 그래도 상관없어. 그래도 결국은 부처님의 빛을 받아서 움직이는 것이니까. 그것이 아까도 내가 인원에게 말한 인연이라는 게야── 순옥이가 안빈을 통하여서 사랑의 빛을 보았다 하면 그것이 순옥의 인연이지, 또 안빈의 인연이고. 무슨 인연으로 무엇을 통하여서 보았거나 사랑의 빛, 자비의 빛을 보았다면 그것은 필경 부처님의 빛을 본 것이란 말야. 창에 비친 빛을 보고 달을 알거나 물에 비친 그림자를 보고 알거나, 다 달을 알기는 마찬가지가 아닌가?"

"그럼, 순옥에게는 고통은 없겠습니까?"

"때때로 고통을 느끼는 일도 있겠지."

"어떤 때에요?"

"옛날의 탐욕의 습기(習氣)가 일어날 때에."

"탐욕의 습기가 무엇야요?"

"사람이란 옛날 버릇을 떼어 놓아도 그 자리에서 가끔 움이 돋거든."

"영 안 돋게 하는 수는 없어요?"

"오래 두고 안 돋히는 새 습기를 길러야지."

"그래도 사랑의 길이란 난행 고행이지요? 아까 법화경 말씀에도 난행 고행이라구 하였으니."

"세상 눈으로 보면 난행 고행이지. 또 처음 시작할 때에는 난행 고행이고. 인원이가 우리 아이들 길러 주는 것과 마찬가지지. 모든 어머니가 자식을 기르는 것과 마찬가지고. 인원은 우리 아이들 기르는 것이 난행 고행이라고 생각하오?"

"아뇨, 재미가 있어요── 기쁘구요."

"보살의 난행 고행도 그런 것이오. 순옥이가 허영 군 모자를 도와 주는 것도 그것이고."

또 인원은 한참 동안 안빈의 뜻을 생각하고 있다가,

"그러다가 순옥이가 제 일생만 망치고 허영 씨 모자를 건지지도 못하면 어찌합니까?"

"건지지 못하다니?"

"허영이란 사람이 어디 순옥의 호의를 알아 주어요? 아무리 순옥이가 정성을 다해두 허영이나 그 어머니나가 말씀야요? 건져지지 못하구 죽어 버린다면 순옥이는 공연한 고생을 한 셈 아냐요?"

"갓난이는 어떤가?"

"갓난이라니요?"

"갓난이가 제게 젖을 먹여 주고 옷을 입혀 주고 오줌똥을 쳐 주고 하는 그 어머니의 호의와 정신을 의식하나?"

"못 하죠."

"의식은 못 해도 그 젖을 먹고 그 옷을 입고 모락모락 자라지 않나?"

"그건 그렇지마는."

"그와 마찬가지지. 원인을 쌓으면 반드시 결과는 오는 것이니까. 인과의 일을 믿소, 인원이는?"

"인과는 믿어요."

"그러면 왜?"

"그래두 허영이나 그 어머니가 도무지 못 깨닫고 말 수도 있지 아니합니까? 저그나 웬만하면 그 동안에 순옥이가 쓴 정성으로만 해도 깨달았어야 옳을 것 아냐요?"

"대소한 추위가 청명·곡우의 봄철 일기가 되자면, 얼마나 걸리는 지 아나? 꽁꽁 얼었던 땅이 녹고 강에 얼음이 풀리고 하자면 이삼 개월의 긴 시간이 지나야 하는 것이오."

"그렇더라두 봄은 올 때가 있지 않습니까? 그래두 사람의 목숨은 한이 있으니, 바른길을 깨닫지 못한 채 죽어 버릴 수두 있지 아니합니까? 순옥의 경우가 꼭 그것일 것 같아요."

"응, 인원은 사람의 목숨의 영원성을 믿지 아니하오? 이 우주에는 없던 것이 생기는 법도 없고, 있던 것이 없어지는 법도 없소. 났다 죽는다 하는 것은 한 계단에서 다른 계단으로 옮아 가는 것을 가리켜서 말하는 것이오. 우리는 스러질 수가 없는 존재야. —— 마치 이 허공이 스러질 수가 없는 모양으로. 그러므로 우리의 행위의 인과의 사슬도 영원히 끝날 수가 없는 것이오. 우리가 우리의 존재의 목적을 완성하는 날에 비로소 우리는 무여열반(無餘涅槃)에 들 수가 있는 것이오. 그러니까 순옥이가 허영 군이나 허영 군 자당에게 하는 일도 결코 결과 없이 스러질 원인이 될 리는 없는 것이오 이생에 안 되면 다음 생에, 다음 생에도 안 되면 또 다음 생에, 언제나 순옥이가 허영 군의 마음에 심은 씨가 날 날은 있는 것이오 이것은 시간적으로 한 말이지마는, 공간적으로 본다면 순옥이 한 사람의 사랑의 일이 여러 천, 여러 만 사람의 마음에 사랑의 불을 붙여 놓은 것이야. 순옥이가 벌써 사랑의 불을 붙여 놓은 사람도 여러 사람이오 나도 순옥의 사랑의 불씨를 얻은 사람 중에 하나야. 순옥이라는 사람을 보았기 때문에 그 사람이 살아가는 양을 보았기 때문에, 내 마음의 사랑의 불이 더 큰 세력을 얻을 수가 있었거든, 우리 마음에 있는 사랑의 불은 다른 마음의 사랑의 불을 볼 때에 더욱 빛을 발하고 열을 발하는 것이야.

만일 순옥이가 지금 모양으로 사랑의 생활을 계속한다면 그 일생에 얼마나 많은 중생의 마음속에 탐욕의 식은 재에 묻혀서 마치 아주 불이 꺼진 듯이 졸고 있는 사랑의 숯에 불을 붙여 놓을는지 모르지. 사랑이야말로 생명의 본질이니까. 인원이, 이것이 우리의 할 일이 아닌가? 이 일밖에 더 할 일이 어디 있는가? 이렇게 우리의 사랑의 불로 중생의 사랑의 숯을 태워서 이 세계를 사랑의 세계로 화하는 것——이것밖에 우리가 할 일이 무엇이냐 말야? 안 그렇소, 인원?"
하는 안빈의 눈은 아까보다도 더욱 빛난다.

인원도 자기의 존재가 한량없이 높이 올라 뜨는 것을 깨닫는다. 그러나 안빈의 말은 여전히 인원에게는 키가 모자라는 것 같았다.

"그러기루 그날이 언제 옵니까?"
하는 것은 인원만의 한탄은 아닐 것이다.

"내가 사랑으로 완성되는 날!"
하고 안빈은 힘있게,

"내가 사랑으로 완성되는 것은 내 자유니까. 나를 사랑으로 완성하는 일이 끝나는 날, 그날은 중생이 사랑으로 완성이 되고 이 세계가 사랑의 세계가 되는 날이야."

"그러니, 그것이 언제야요?"

인원은 더욱 끝없는 바다를 바라보는 듯한 망망함을 느낀다.

"우리 정이 자라서 어른이 되는 것을 바라는 것과 마찬가지지."

하고 안빈은 웃는다.

"그게야 잠깐이지요. 우리 생전에 볼 수가 있지요."

인원도 따라서 웃는다.

"저것도 잠깐야. 우리 생전에 아니 보려도 아니 볼 수 없고."

"어떻게 그래요?"

"태양계가 한 억만 번 나고 죽고 하는 동안이 우리 생명으로 보면 한 찰나여든, 눈 한 번 감았다 뜰 새여든."

"아유!"

하고 인원은 기막힌 듯이 웃는다.

"인원의 눈이 짧은 시간을 보는 데만 습관이 되고 긴 시간을 보는 습관이 아직 안 생겨서."

"그게 비유는 아닙니까."

하고 인원은 의심스러운 듯이 안빈의 눈을 바라본다.

"비유라니?"

"아니오, 이 세계를 사랑의 세계로 만들기가 어려우니 하는 비유가 아닌가 말씀야요."

"아니, 둘에 둘을 넣으면 넷이 된다는 것과 같은 사실이지, 실상(實相)이고——실상!"

암만해도 인원은 안빈의 생각을 알 수가 없었다. 그것은 너무도 아름이 벌었다. 인원은 여러 번 맴을 돈 것과 같이 어찔하였다. 인원의 발은 땅에서 떨어지지를 아니하였다. 그러면서 안빈의 말은 이상한 힘으로 인원을 꽉꽉 내려눌렀다.

그렇지마는 두고두고 생각하면 안빈은 그러한 생각으로 살아가는 것 같았다. 몇 해 뒤에 인원이가 간호부의 일을 보게 되어서 안빈이가 모든 환자에게 접하는 태도를 볼 때에 더구나 그것이 안빈의 생활의 지도원리인 것을 절실히 느꼈다. 어느 환자에게 대하는 것이나 다 그 정성되고 친절하고, 또 환자가 다녀간 뒤에도 그 사람의 일을 잊지 아니하는 것이 마치 사랑하는 형제나 자매와 다름없는 것을 볼 때에 인원은 안빈에게 대한 인식을 시정하지 아니할 수가 없었다.

'그러면 순옥에게 대한 애정도 연애가 아니었던가?'

인원은 안빈의 순옥에게 대한 사랑에 대하여서 이러한 의심을 일으키게 되었다. 왜 그런고 하면, 지금 인원이가 이해하는 것과 같은 안빈으로서는 어떤 여자를 특별히 사랑하고 그리워한다는 것은 있을 수 없는 일인 것 같았다. 그에게는 평등한 자비심이 있을 뿐이 아니냐? 인원은 이렇게 생각하여 본다.

그러나 인원의 기억에는 처음 순옥이가 허영과 혼인을 할 때에 분명히 안빈은 괴로워하는 것 같았다. 외로워하는 것 같았다. 얼굴까지도 초췌하고 식사도 줄었던 것 같았다. 그래서 인원은 생각하기를 안빈이가 명예를 위하여서 체면을 위하여서 순옥을 혼인은 시켜 놓고도 일종 실연의 오뇌를 받는 것이라고 단정하였다. 그러면 그것이 인원이가 잘못 보았던 것인가? 또는 그때는 안빈도 아직 중생의 때를 다 벗지 못하여서 중생다운 번뇌를 가지고 있던 것이 그 동안에 안빈의 경계가 높아져서 지금은 중생적인 번뇌를 완전히 해탈한 것일까? 만일 그렇지도 아니하다 하면, 안빈의 속에는 아직도 모순된 두 인격이 다투고 있는 것일까? 인원은 이 모양으로 여러 가지로 생각하여 보았으나, 시원한 해결을 얻지 못하였다.

그러나 인원은 차차 안빈에게 대해서 어리광을 못 하게 되었다. 아무러한 말이나 막 하던 그러한 버릇을 언제인지 모르게 잃어버리고 말았다.

'안 선생은 내 아름에는 버으는 사람이다.' 하는 생각이 깊이 박혀 버려서 그의 속을 헤아려보는 것조차 무엄한 듯한 생각을 품게 되었다.

순옥이가 북간도로 간 지가 벌써 삼 년이나 지나서 한번 인원은 순옥에
게 하는 편지에,

'나는 이제 와서, 선생님은 이미 우리와 같은 사람은 아닌 것을 보았나
이다. 내가 과거에 선생님의 속이 이러저러하게 상상도 하고 형에게 말도
한 것은 모두 취소하지 아니할 수밖에 없음을 깨닫나이다. 내 스스로 약
은 체하고 밝은 체하여 남의 속을 잘 아노라 하던 건방진 자신은 완전히
부서지고 말았나이다. 나는 이미 선생님의 속을 추측하고 상상하는 일을
버렸나이다. 왜 그런고 하면, 선생님의 속은 나로는 도저히 헤아릴 수 없
음을 깨달았음이로소이다. 앞으로는 다만 선생님을 우러러 절하고 말없
이 그 어른의 뒤를 따라갈 뿐인가 하나이다.'
하는 구절이 있었다.

인원은 일시——그것은 꽤 오래였다——안빈에게 대한 사모의 정이
연애에 가깝게 나아간 일이 있었다. 그것은 순옥이가 혼인한 지 얼마 아
니하여서부터였다. 인원이가 순옥을 대하여,

'나는 순옥에게 대하여 미안해.'
하는 뜻의 말을 한 것이 이것인데, 그때에 순옥은 이 말을 그 말로 듣지
아니하고 말았던 것이다.

그러다가 순옥이가 허영과 이혼하고 다시 안빈의 병원에 와서 살게 됨
에 미쳐서는 인원은 이를 악물고 그 감정을 죽여 버렸으나 순옥이가 북
간도로 가 버린 뒤로부터는 인원은 비록 말로는 표하지 아니하였으나 안
빈에게 대한 정의 고삐를 놓아 주었다. 만일 인원이가 맵고 쌀쌀한 의지
력의 사람이 아니었던들 안빈을 향하여 그 속을 쏟아 놓았을는지도 모른
다. 그러나 인원은 그것을 꾹꾹 누르고 삼켜 버렸던 것이다.

그러는 동안에 협이, 윤이와 정이가 다 자라서 학교에를 다니게 되고
인원이가 병원 일을 보게 되어서부터는 인원의 안빈에게 대한 인식이 일
변한 것이었다. 이리하여서 인원의 속에 불붙었던 것은 아무도 모르게 꺼

버리고 말고 그 자리에 안빈에 우러러 사모하는 정이 깊이 뿌리를 박은
것이었다.

안빈의 북한(北漢) 요양원이 준공이 되어서 수송동 병원을 영옥에게
맡기고 안빈이 북한 요양원으로 이사를 갈 때에 안빈은 가족까지도 요양
원 구내에서 한 오 분쯤 떨어진 주택으로 솔가를 하였다. 그때에 안빈은
인원을 불러서,

"인원은 어떻게 하려나?"

하고 의향을 물었다.

"무엇을 말씀야요?"

하고 인원은 놀라는 표정을 하였다.

"인원도 북한으로 가려오?"

하고 안빈이가 물을 때에는 인원은 눈물이 쏟아지도록 섭섭하였다. 안빈
이가 저를 살에 붙어서 뗄 수가 없는 식구로 알아 주지 아니하는 것이 섭
섭하였던 것이다. 이때야말로 인원의 안빈에게 대한 감정이 가장 열렬하
였던 무렵이었기 때문에,

"선생님이 이제는 너는 쓸데없으니 나가거라 하면 나갈 테야요."

하고 인원은 울었다.

안빈은 인원의 마음속에 심상치 아니한 것이 있음을 느꼈다. 그리고 가
엾게 생각하였다. 가장 냉정한 체, 가장 이지적인 체, 가장 모든 번뇌에
서 떠난 체하는 인원의 속에 그러한 것이 일어난 것이 귀엽기도 하고 가
엾기도 하였던 것이다.

안빈은 인원을 위로하여서 인원의 원대로 북한으로 데리고 가기로 하였
다.

어수선, 이계순 두 간호부에 대하여서도 서울에 있거나 북한으로 가거
나 자유 의사대로 하라고 하였으나 두 사람이 다 북한으로 간다고 하는
것을 안빈은 계순만은 문 안 병원에서 주임 간호부가 되어야 한다고 이르
고 수선만을 데리고 가고 새로 간호부 다섯과 소년 간호원 다섯을 모집하

였다. 소년 간호원은 보통학교 졸업 정도로서 폐가 좋지 못하여 요양을
요하는 소년으로 골랐다. 이 소년 간호원이라는 것은 안빈의 창안이었다.

순옥이 북간도로 간 뒤로 처음에는 몇 번 자세한 사정을 적은 편지가
안빈에게도 오고 인원에게도 왔으나 차차 편지가 뜸하여지다가 일 년 좀
지나서부터는 연하엽서나 있을 정도로 거진 연신이 끊어지고 말았다. 영
옥이한테도 별로 통신이 없다고 하였다. 북간도에 간 뒤의 순옥의 생활은
실로 참담한 것이었다.

첫겨울 추위에 벌써 한씨의 류머티즘이 더쳐서 전혀 기동을 못하게 되
고 허영은 허영대로 누워서 뭉갤 뿐더러 신경이 이상하게 흥분하여서 순
옥을 들볶기를 시작하였다.

허영이가 순옥을 들볶는 재료는 말할 것도 없이 안빈과의 관계에 관하
여서였다. 북간도에 가서 반년 남짓해서 순옥은 계집애를 낳았다. 이 아
이가 뉘 아이냐 하는 것이 허영의 의심거리였다. 달로 계산하면 물론 순
옥이가 허영의 집을 떠나기 전에 잉태한 것이언마는 허영은 구태여 그것
을 가지고 순옥을 볶았다. 순옥이가 병원에 간 동안이면 허영 모자는 그
문제를 가지고 찧고 까불었다. 유모가 곁에 있는 것도 꺼리지 아니하고
그러한 소리를 함부로 하였다. 순옥에게 대한 감사의 정도 차차 식어 가
고 순옥에게 대한 원망만 날로 깊어 갔다.

병원이란 것이 서양 사람 원장 외에는 남자 의사 한 사람과 순옥이가
있을 뿐이어서 이것이 또 허영의 신경을 날카롭게 하였다. 그 이 의사라
는 조선 의사가 한번 허영의 집에 다녀간 뒤로부터는 허영의 의심은 부쩍
더하였다.

그것은 이 의사가 얼굴이 동탕하고 젊은 때문이었다. 순옥이 필시 이
의사와 좋아하리라 하는 질투였다.

"여보, 그, 이 의사라는 사람이 필시 좋지 못한 사람이오. 당신 그 사
람과 가까이하지 마시오."

허영은 어음도 분명치 아니한 소리로 이런 말을 여러 번 하였다. 그러

할 때면 순옥은 웃는 낯으로,

"염려 마셔요. 그이두 그렇게 나쁜 이가 아니구 나두 그렇게 나쁜 사람이 아니오."

이러한 소리로 농쳐 버렸다.

그러면 허영은,

"당신이 왜 그 사람을 변호를 하우? 변호를 하는 것을 보면 무슨 까닭이 있지 않소?"

이런 말로 불평을 하였다.

순옥이가 낳은 딸은 길림(吉林)이라고 이름을 지었다. 길림성에 와서 낳았다는 말인데 물론 허영이가 지은 것이다. 길림의 이름을 지을 때쯤 하여서는 허영은 순옥에게 대하여서 오직 감사와 애정만 느끼고 있어서 순옥이가 병원에서 돌아오기만 하면 순옥의 손을 달라고 하여서 잘 잡을 힘도 없는 제 손으로 잡고 수없이,

"고맙소, 순옥이 고맙소."

하고는 눈물을 흘렸다. 병으로 마음이 더욱 약하여진 허영은 가끔 울었다. 그러고는 허영은 순옥이더러 다시 호적에 들기를 간청하였다. 이 간청에 대하여 순옥이가,

"이제 다시 무슨 호적에를 들겠어요? 호적에 안 들면 어때요?"

한 대답이 허영의 감정을 건드린 시초였다.

그러는 중에 길림이가 차차 자라면서 침을 아니 흘리는 것이 또한 문제가 되었다. 한씨의 말에 의하면 자기 집 아이들은 어려서 침을 흘려서 턱주가리가 헌다는 것이다. 딴은 섭도 돌을 잡으면서부터 턱이 벌겋게 헐어가지고 있었다.

허영도 물론 칠팔 세가 되기까지 침을 흘렸다고 한다.

"왜 길림이는 침을 안 흘려? 우리 집 애들은 모두 침을 흘리는데?"

이러한 소리를 한씨가 순옥의 앞에서도 여러 번 뇌었다. 그리고 그런 말을 할 때마다 표정과 어조가,

'너 이년 들어 보아라.'

하는 듯하였다.

　차차 자랄수록 길림이는 실로 허영을 닮은 곳이 없는 것 같았다. 섭이가 허영을 벗겨서 씌운 듯한 데에 비겨서 더욱 그것이 눈에 띄었다. 길림이는 공평하게 본다면 제 어미 순옥이를 닮은 것이었으나 허영이가 보기에는 그것이 안빈의 모습 고대로인 것만 같았다.

　어떤 날 허영이가 길림이를 들여다보고 그 얼굴이 보면 볼수록 안빈을 닮은 것만 같아서 화를 내어,

　"이년 내다 버려라."

하고 소리를 지른 것을 유모가 순옥에게 고하였을 때에는 순옥도 슬프고 불쾌하였다.

　그날 저녁에 순옥이가 길림이를 안고 젖을 물리고 있을 때에, 벽을 향하고 돌아누웠던 허영이가 갑자기 고개를 순옥의 편으로 돌리면서,

　"똑바로 말을 하우. 그년이 뉘 씨요?"

하고 얼굴을 찡그릴 때에는 불쾌한 말이 혀끝에까지 나왔으나 꾹 참아 버렸다. 그리고 빙그레 웃는다.

　"왜 말을 못 하우? 안빈의 자식이면 안빈의 자식이라고, 왜 말을 못 하우?"

하고 허영은 더욱 대들었다.

　"하나님이 아시지 않아요?"

하고 순옥은 부드럽게 대답하였다.

　"하나님? 흥, 걸핏하면 하나님, 흥."

하고 허영은 더욱 악의를 보였다.

　"왜 나를 안 믿으시우? 당신이 내가 안 선생 병원에 다니는 것을 싫어하길래 이렇게 멀리껏 오구, 또 안 선생한테는 편지두 말라기에 편지두 끊구, 당신 원하시는 대루 다 해 드리는데, 왜 그리두 나를 믿지 아니하시우?"

순옥은 울고 싶었다.

"안빈이하구 지금두 만나는지 누가 알아? 편지질을 하는지 안하는지 누가 알구. 흥, 내가 병신으루 꿈쩍을 못 하니까."

"아니, 내가 언제 어떻게 안 선생을 만나우?"

"안빈을 불러 오지는 못해. 왜?"

하고 허영은 더욱 화를 낸다.

순옥은 이 사람과 더 말할 필요가 없다고 생각하고 입을 다물어 버렸다. 그래도 허영은 마치 시절이나 만난 듯이 더욱 추격을 계속하였다.

"그럼 왜 저년이 안빈이를 뒤집어쓰구 나왔어?"

"어디가 안 선생님 같소? 이애가 어디가 안 선생님을 닮았다구 그러시우?"

하고 순옥은 길림의 얼굴이 허영을 향하도록 길림을 돌려 안았다.

길림은 허영의 얼굴을 보기가 무섭게 까르륵 막히도록 운다. 비록 어린 것이나 저를 미워하는 마음을 느끼는 것이었다. 낮에 온종일 어린 길림이는 허영과 한씨의 미움받이를 하고 있는 줄을 순옥도 안다. 그것은 유모의 말을 들어서만이 아니라 길림이가 허영이나 한씨의 얼굴을 보면 울거나 고개를 돌리는 것이 가장 웅변으로 제 속을 어미에게 하소하는 것이었다.

"저 봐, 저년이 내 얼굴을 보기만 해두 우니, 저년이 그래 내 자식야?"

하고 허영은 몸만 자유로우면 일어나서 때리기라도 할 듯이 길림이를 노려보았다.

"당신이 어린애에게 미운 마음을 품으니까 어린애가 무서워하지요."

하고 순옥은 아니할 말을 하였다.

"흥, 또 훈계야? 딴 서방 자식의 역성이구?"

순옥은 이러한 경우에 안빈이면 어떻게 할까? 하는 생각을 하고 말없이 우는 길림의 입에 젖꼭지를 넣어서 돌려 안았다. 길림의 눈에 허영의 험상을 띤 얼굴이 보이지 않도록.

길림은 허영의 얼굴이 아니 보이매 한편 손으로 다른 편 젖꼭지를 주무르면서 잠이 들려 하였다.

"오, 그 착한 어미를 잃어버리고, 오."

하고 칭얼대는 섭이를 달래는 한씨의 소리가 네 들어 보아라 하는 듯이 안방으로부터 울려 왔다.

순옥은 한숨을 쉬고 눈물을 흘렸다.

물론 이러한 언쟁은 해결이 날 성질의 것이 아니었다. 날마다 이러한 일이 있으면서도 날마다 다섯 식구가 한집에 살아가는 동안에 봄이 가고 가을이 갔다.

이렇게 한 해 두 해 세월이 흘러가도 허영의 마음은 여전히 질투에서, 한씨의 마음은 여전히 의심과 미움 속에서 지글지글 끓고 있었다. 그리고 병세만 점점 진행하고 있었다.

이렇게 삼사 년이 지나는 동안에 허영이가 안빈에게 대한 질투는 좀 줄고 길림의 문제로 순옥을 볶는 것도 좀 줄었다. 그러나 그 대신에 그의 질투에 불은 더욱 현실적인 데로 옮아 붙었다. 그것은 순옥이가 이 의사와 서로 좋아한다는 것이었다.

이 의사와 순옥과의 문제는 다만 허영 모자의 문제만은 아니었다. 그것은 이 의사가 그 부인과 불화하여 마침내 자식이 둘이나 있는 그를 함흥 친정으로 쫓아 보낸 데에 근거를 둔 것으로 누가 보든지 이 의사의 이 심경 변화의 원인을 순옥에게서 찾을 것이었다.

사실 이 의사는 비록 교인이라고는 하나 좀 허랑한 편이었다. 그는 학생시대에 운동선수이던만큼 몸이 건강하고 정신이 쾌활하였으나 도덕적 절제력은 부족한 사람이었다. 그의 부인은 이러한 시대의 여러 애인 중에서 뗄 수 없어서 합하여진 사람이었다.

순옥이가 병신 남편과 병신 시어머니를 모시고 도임한 뒤에 이 의사의 호기심이 순옥의 아름다운 얼굴에 쏠렸을 것은 말할 것도 없었다. 그리고 딴 여자에게 마음을 둔 남편의 아내에게 대한 태도가 데면데면할 것도 자연한 일이었다. 사실상 이 의사는 순옥을 한번 만져 보려는 야심을 가졌었다.

그러나 한 해 두 해 지나는 동안에 순옥이가 어떻게 몸을 단정히 가지고 마음을 경건히 가지는 것을 본 이 의사는 도리어 순옥의 감화를 받아서 순옥을 존경하게 되었다. 더구나 순옥은 허영과는 이미 이혼한 사이요, 섭이라는 아이와의 관계며, 순옥이가 이혼한 아내로서 허영의 식구를 치는 동기와 사정을 안 뒤로는 이 의사도 순옥을 천사와 같이, 신과 같이 생각하였다. 그러나 중생의 번뇌를 벗어나지 못한 이 의사는 순옥에게 대한 이러한 사모의 정이 더욱 열렬한 연애의 정으로 되고 말았다. 원래 열혈적인 사람인만큼 더욱 그러하였다.

이 의사의 이 마음이 그 아내에게 알려져서 내외간의 불화는 더욱 커지고 마침내 그 부인은 두 아이를 데리고 함흥으로 가 버린 것이다.

조그마한 연길 사회라, 이 소문이 짜아하게 퍼졌다. 그리고 그것이 허영의 귀에까지 들어간 것이었다.

하루는 허영이가 또 질투를 꺼낼 때에 순옥은 앞질러서,

"내 병원에서 나오리다. 병원에서 나와서 꼭 집에 박혀 있을게요. 그러면 안심되시지 않아요?"

하고 결심을 말하였다.

그리고는 이튿날 순옥은 원장을 보고도 그 결심을 고하였다.

늙은 원장은 순옥의 말을 다 듣고 나서,

"석 의사, 사직하실 것 없소. 나, 석 의사 믿소. 석 의사 하나님 뜻대로 살고, 석 의사 뜻대로 사는 사람 아니오. 하나님 뜻대로 사는 사람 잘못 있을 수 없소."

하고 순옥을 만류하였으나 순옥은 남편의 병이 전보다 중하여서 낮에도 집을 떠날 수 없다는 사정을 말하고 새로 의사가 올 때까지 근무하기로 하고 사표를 제출하고 말았다. 그로부터 며칠 뒤에,

"석 선생, 용서하셔요."

하고 이 의사가 조용한 틈을 타서 진찰실에서 순옥의 앞에 고개를 숙였다.

"무슨 말씀이셔요?"

하고 순옥은 이 의사를 바라보았다. 아직 자기가 사직한다는 것은 원장밖에는 아무도 모를 것을 알기 때문이었다.

"석 선생 사직하신다지요?"

하고 이 의사는 기임이라기보다도 죄송하다는 표정을 하였다.

"네?"

순옥은 원장이 발표하기 전에 제 입으로 발설하는 것이 옳지 아니할 듯하여서 어찌할 바를 몰랐다.

"제가 원장한테서 들었어요——석 선생께서 사표를 제출하셨다는 말씀을."

"네에."

"저는 석 선생이 왜 사직을 하시는지 알아요."

"집을 낮에도 떠날 수가 없어서 그럽니다."

"아냐요, 제가 다 알아요. 모두 저 때문에 그러시는 줄 잘 알아요. 용서하셔요. 또 석 선생께서 비록 말씀은 아니하시더라도 제게 바라시는 것이 무엇인지도 알았어요. 저는 석 선생을 사랑하였습니다. 지나간 사 년간 열렬하게 석 선생을 사랑하였어요. 그러나 저는 원장한테 오늘 석 선생께서 사직하신다는 말씀과, 또 석 선생이 어떠한 이라는 말씀을 듣고, 어리석은 소리 같지마는 제가 이 앞으로 석 선생을 사랑하는 법을 배웠어요. 그것은 석 선생을 내 선생님으로 모시고 사모하는 것이야요. 석 선생의 뜻을 본받아서 행하는 것이야요. 그렇게 함으로만 제가 석 선생 계신 데에 같이 있을 수 있고——버릇 없는 말을 용서하셔요——제가 석 선생을 품에 안고 석 선생의 품에 안길 수가 있다고 믿어요."

"그게 무슨 말씀이십니까?"

하고 순옥은 부드러운 눈으로 이 의사의 흥분된 얼굴을 바라본다.

"며칠 동안 제가 하는 양을 보셔요. 그러시면 제 마음을 아실 것입니다. 그러고 저를 용서해 주실 것입니다."

"아니, 그게 무슨 말씀이십니까? 저는 이 선생님 말씀하시는 뜻을 모르겠어요."

하고 순옥은 이 의사가 이 사건에 책임을 지고 제가 먼저 물러난다는 뜻이나 아닌가 하여 눈을 크게 떴다.

"아냐요, 제가 석 선생을 걱정하시게 할 리는 없습니다. 석 선생의 제자로서의 첫걸음을 떼어 놓는 거야요."

하고 이 의사는 빙그레 웃는다. 그러나 그 웃음 속에는 비통한 것이 있었다.

이튿날 순옥이가 병원에 출근하였을 때에는 이 의사는 없었다. 순옥은 그것이 염려가 되어서 수간호원을 보고 물었으나 그도 모른다고 하였다. 원장한테 물으면 시원히 알련마는 순옥은 원장에게 이 의사의 말을 묻기가 부끄러웠다.

그날 병원 시간이 끝난 뒤에 원장의 부인이 일부러 순옥을 순옥의 방으로 찾아와서,

"석 의사, 오늘 바쁘지 않아요?"

하고 물었다. 그러고는,

"우리 집에서 차 잡수셔요. 칸트 신부, 에른스트 수녀와 함께."

이렇게 청하고 갔다. 칸트 신부란 육십이나 된 노인으로 조선에 이십 년, 만주에 십오 년이나 와 있는 이로 조선인의 풍속과 습관을 연구하여서 독일문으로 책을 저술하여서 학계에 이름이 있는 이요, 에른스트 수녀라는 이는 아직 나이 사십이 다 못 된 젊은이로서 역시 조선에 십여 년, 만주에 오기는 순옥보다 이삼 년 먼저 와서 고아들을 기르고 있는 이다. 이 병원에 수간호원이라는 에카르트도 수녀로 그는 이 병원 창립 때부터 베크 원장과 같이 와서 나이 오십이나 된 이다. 이들 중에 내외가 갖춰서

가정 생활을 하는 것은 오직 베크 원장뿐이요, 그 밖에는 혹은 신부 혹은 수녀로 제 것이라고 할 것은 옷과 책상과 책뿐이라고 할까? 그것도 그들이 죽거나 다른 데로 가거나 하면 다음에 오는 사람이 쓰게 되는 것이다. 이 모양으로 전혀 제 것이라고는 가진 것이 없는 그들이었다.

순옥은 안식교의 선교사들의 청정하고 경건한 생활을 흠모하고 자랐거니와 이들 천주교의 신부, 수사, 수녀들의 생활을 볼 때에는 참으로 성경에 보던 예수께서 세상에 계시던 때에 그 제자들이 하던 생활을 보는 것과 같다고 생각하였다.

'두 벌 옷도 가지지 말고 몸에 전대도 지니지 말고.'
하신 예수의 말씀을 받아서 제 재산이라는 욕심을 전혀 떼어 버리고 제 몸의 행복이라든지, 안락이라든지를 다 버리고 오직 하느님의 길인 사랑의 도리를 세상에 펴는 것으로 일생을 바치는 그들의 생활이 실로 높고 귀하게 순옥에게 보였다. 모든 현대의 조선 사람으로는 염두에도 두어 보지 못하는 높은 생활인 것 같았다. 순옥이가 병든 남편과 시어머니를 위하여 일생에 바치는 것쯤은 그것에 비길 것도 없었다. 저 신부들이나 수사, 수녀로서 보면 그저 당연한 일에 지나지 못하였다. 모두 저급한 이기적인 물욕 생활만을 하고 있는 조선에서이기 때문에 순옥이가 하는 일이 어려운 일인 것 같았다. 저는 기껏 인연 있는 사랑을 할 뿐이 아니냐? 남편이던 사람, 그의 어머니, 그의 아들, 이런 인연 있는 이를 위하는 것쯤은 당연하고 또 당연한 일에 지나지 못하였다. 에른스트 수녀는 뉘 자식인지도 모르는 고아를 위하여서 일생을 바치지 아니하느냐 에카르트 수녀는 월급을 위함도 감사를 위함도 아닌 간호부의 생활로 일생을 바치지 아니하느냐 그러면서 그들은 언제 보나 경건하고, 언제 보나 만족하고, 언제 보나 화평한 얼굴을 가지고 있다. 더 좋은 보수를 바라고 이리로 저리로 새 자리를 찾을 생각도 없이 더 나은 집에서 더 편하게 살고, 더 좋은 의복을 입으리라는 생각도 없고, 평생 꼭 같은 감, 꼭 같은 빛깔, 꼭 같은 모양의 옷을 입고 날마다 꼭 같은 일을 하고 그 속에서 만족과 감사를 가지지 않느냐? 그들은 얼굴에 분을 바르지 아니하나 자연히 거룩한 빛이 발하고 몸에 향수를 뿌리지 아니하나 저절로 하늘의 향기를 뿜었다. 탐욕을 끊은 몸에서 빛과 향기를 발한다는 것을 순옥은 실지로 경험하였다.

순옥은 저 신부나 수사, 수녀의 마음에도 때로 번뇌가 일어날 것을 생각하여 본다. 아마 날마다 하루에도 몇 번씩 우리네 예사 사람의 마음에 일어나는 것과 같은 번뇌가 일어날 것을 생각하여 본다. 그러나,

'그러나 그들은 곧 하나님 앞에 무릎을 꿇고 참회의 기도를 올린다. 그리고는 새 힘과 은혜를 받는다.'
고 생각하면,

'그것이 속인과 다른 점이다. 그것이 하나님의 자녀가 되는 길이다!'
하고 스스로 단정을 한다.

만일 이들 도인들을 날마다 접촉하는 기회가 없었던들 순옥은 가정생활의 곤경을 이겨 나가기가 더 어려웠을는지도 모른다. 순옥은 가톨릭교의 교리에 대하여서는 공명이 아니 되었으나 그 교역자들의 행, 즉 생활방식에 대하여는 전폭으로 흠모하였다.

베크 원장 부인이 청한 시간에(그것은 오후 네시 반이었다) 순옥은 원장의 집으로 갔다. 가을빛이 원장의 주택 마당에 잘 들어 있었다. 아직 베란다에서 다과회를 할 만하건마는 이날은 원장의 응접실 겸 서재라고 할 만한 바에 차탁을 벌였었다.

차탁에는 차와 과자와 포도주가 나왔다. 그들에게는 잡담이란 것이 없었다. 순옥도 일 년에 두세 번은 이러한 대접을 받아 보았거니와 어떤 때는 말없이 차와 과자만 먹고 헤어지는 일도 있었다. 그것만으로도 그들은 유쾌하고 만족하고 감사한 모양이었다.

혹시 화제가 나온다 하면 으레 선교사로 있다가 늙거나 병들어서 구라파에 돌아간 사람들의 말이거나, 그렇지 아니하면 죽은 교역자의 생애에 관한 말이었다. 잡담까지도 그들의 성직에 관한 것뿐이었다. 그러므로 차라리 잡담이 없다는 것이 옳을 것이다.

이날도 처음 한참 동안에는 도무지 말이 없었다. 주부가 과자나 포도주를 권하고 고맙다는 말을 하고 이것뿐이었다. 다들 엄숙하게 똑바로 앉았건마는 그래도 그것이 지어서 하는 것이 아니요, 그들이 제 방에서 혼자 있을 때에도 늘 그렇게 하는 자세이기 때문에 조금도 어색하거나 갑갑스러운 맛이 없이 부드럽게 어울렸다. 순옥은 안빈을 생각하였다. 안빈의 태도가 이렇다고 생각하였다. 점잖게, 엄숙하게 하면서도 부드럽고 따뜻함이 있던 것을 생각하였다.

차를 둘째 잔을 따를 때쯤 하여서 원장이 순옥을 보고 입을 열었다.

"석 선생 좋은 제자 한 사람 얻으셨소."

하는 것이 그의 첫말이었다.

순옥은 눈을 들어서 원장의 움쑥 들어간 눈을 보았다. 원장의 말이 무슨 말인지 그 뜻을 원장의 눈에서나 찾아 내려는 듯이.

원장의 말에 다른 사람들이 다 순옥을 바라보며 고개를 끄덕끄덕하는 것을 보매, 그들간에 서로 먼저 아는 말이라고 순옥은 생각하였다.

"이 의사가 함흥 갔소이다. 부인 데려온다고."

하는 것이 원장의 둘째 말이었다.

순옥은 원장의 두 번 말을 합해서 대강 그 뜻을 상상하였다.

원장은 다시 입을 열었다.

"어저께 저녁때에 이 의사가 나를 찾아와서, 석 의사의 제자가 된다고 선언하였소이다."

하는 말에는 물론 얼마쯤 유머가 섞여 있었다. 그러기에 모두 다 빙그레 웃었다. 그들의 웃음은 관골로만 웃는 것이었다. 다만 그들의 눈이 잠시 빛을 발할 뿐이요, 입결까지는 웃음이 내려오는 법이 없었다.

"이 의사 이렇게 말하였소이다. 석 의사가 그 남편을 사랑하는 마음을 십분지 일이라도 본받으면 그 부인 잘 사랑하고 만족하게 할 수 있다고."

하는 원장의 말에 칸트 신부가,

"석 의사, 하나님의 사랑의 큰일 하셨소이다. 하나님의 신이 석 의사

의 속에 거하시오. 베크 원장에게서 석 의사의 말씀을 듣고 우리 구주 예
수 그리스도와 하나님 아버지신 분께 영광 드렸소."
하였다.

이날의 다회는 순옥을 위해 베푼 모양인데 말은 이뿐이었다. 워낙 말이
없는 사람들의 일이라 이만하면 예사 사람들의 천언만어의 칭송에 지지
아니하였다. 순옥은 두 어깨에 무거운 무엇이 내려누르는 듯함을 느낀다.

사실은 이러하였다.

이 의사가 원장을 찾았다는 것보다도 원장이,

"시간 끝난 뒤에 이 의사 잠깐 내 집으로 오시오."
하여 호출을 당한 것이었다.

이 의사를 앞에 불러 놓고 원장이 한 말은,

"이 의사, 석 의사가 사직한다고 사표를 내셨소이다."
하는 한마디뿐이었다.

이 의사는 원장의 입에서 다음 말이 나오기를 기다렸으나 다시는 말이
없었다.

이 의사는 한참이나 원장의 말을 더 기다리다가 원장이 말을 더 하지
아니하는 것이 이 의사 스스로 생각하라는 뜻임을 알았다. 이에 이 의사
는 원장 앞에서 참회를 한 것이었다.

세상에서 이 의사 자신과 석 의사와의 사이에 무슨 관계가 있는 것처럼
말하는 것은 전혀 무근한 일인 것, 이 의사 자신은 석 의사에게 대하여
사랑하는 열정을 가지고 있었으나, 석 의사가 언제나 한모양으로 대범하
게, 엄숙하게 자기를 대하였다는 것, 근래에 와서 석 의사의 높은 정신을
깨달았다는 것, 또 제 가정의 내막을 말하는 것이 도리에 옳지 아니하나
아내 노신영이와 혼인초부터 의합하지 아니하여 항상 이혼할 생각을 가지
고 있었다는 것, 그러나 지금에 와서 생각하면 그것이 다 아내의 허물이
아니라 제 허물인 줄을 깨달았다는 것, 제가 석 의사의 정신의 십분지 일
만 가졌다면 아내를 잘 사랑하고 만족하게 할 수 있음을 깨달았다는 것을

말하고 나중에,

　"저를 사흘만 수유(受由)를 주셔요. 함흥 가서 아내를 데리고 와서 사랑의 가정의 재출발을 하겠습니다."

하여 결심을 표명한 것이었다.

　이 의사의 말을 가만히 듣고 앉았던 원장은 자리에서 일어나서 이 의사의 손을 잡아 흔들며,

　"당케 슈엔, 당케 슈엔(고맙소이다)."

하고 낯을 붉히기까지 하면서 흥분하였다.

　"사흘만 가지고 되겠소? 한 일주일 쉬셔도 좋소이다. 이 수유, 원장 내가 주는 것이 아니라 사랑의 하나님이 주시는 것이오."

하고 원장은 한 번 더 이 의사의 손을 잡아 흔들었다.

　이 의사는 베크 원장의 의술이 구식인 것과 사상이 구식인 것을 늘 낮추어 보고 있었다. 이 의사는 실상 베크 원장에게 대하여 경멸을 가질지언정 존경을 가져 본 일은 없었다. 그러나 이날에 이 의사는 베크 원장을 새로 인식하지 아니할 수 없었다. 그가 얼마나 제가 그릇된 길을 걸어가는 것을 보고 마음으로 아팠기에 또 얼마나 제가 '바른길'로 들어가는 것을 보고 기뻐하기에, 제게 대하여서 이렇게까지 할까 하면 이 의사는 제 속에는 없던 무슨 큰 정신을 늙은 베크 원장에게서 발견한 것 같았다. '옳지 아니함'에 대하여서는 그것이 누구의 일이든지 제 행복처럼 기뻐하는 감정──그것은 이 의사에게는 까마득하게 손이 닿지 아니하는 높은 곳에 놓인 보물인 듯하였다.

　이 의사는 원장이 흥분한 모양을 보고서야 비로소 흥분이 되는 듯이 떨리는 목소리로,

　"베크 원장, 저는 원장께 대하여서도 늘 호의를 가져오지 아니하였습니다. 그런데…… 그런데……."

하고 사죄하는 말을 하려는 것을 원장은,

　"용서하시오."

하고 이 의사의 말을 막고,

"그런 말씀하실 것 없소이다. 우리는 하나님의 의로움 앞에서는 다 죄인이오. 우리는 오직 회개함으로만 의롭다 함을 얻는 것이오. 나는 이 의사가 앞으로 새로운 빛 속에서 새로운 길로 새로운 출발을 할 것을 믿소. 이 의사 옛 몸을 십자가에 못 박고 거듭 나셨으니 지나간 말씀할 것 없지 아니하오? 하나님, 석 의사를 통하시와 이 의사의 졸던 영혼 깨우신 것이오."

하였다.

이 의사는 실로 지극한 기쁨을 안고 함흥길을 떠난 것이었다. 자기를 원망하고 있을 아내를 대하여, 또 어린 자녀들을 대하여 어떻게 할 것을 두루두루 생각하면서.

나흘 만에 이 의사는 아내와 두 아이를 데리고 연길로 돌아왔다. 돌아온 이튿날 이 의사는 가족을 데리고 순옥의 집을 찾았다. 함흥서 사 온 배와 사과를 허영에게 선물로 가지고 왔다. 허영은 불의에 이 의사가 찾아온 것을 보고 한참은 어리둥절하였으나, 이 의사의 아내가 순옥에게 대하여 대단히 다정스럽게 또 존경하는 것을 보고는 허영은 마음이 좀 풀렸다.

그러나 허영의 마음은 뿌리 없는 풀 모양으로 도무지 한곳에 자리를 잡지 못하였다. 그리고 그의 마음에는 의심과 질투가 얼키설키 꽉 차서 무엇이나 바로 보이지를 아니하였다. 순옥이가 저를 슬슬 기이는 것만 같았다. 이렇게 잠시도 마음의 평안을 얻지 못하고 지글지글 질투와 의혹 속에 속을 끓이고 있는 허영은 갈수록 몸이 쇠약할 뿐이었다. 어음은 더욱 불분명하여지고 입도 잘 다물지 못하여 침을 질질 흘리고 있었고, 콧구멍이 가려운 것을 손에 들려 준 막대기 끝으로 긁을 힘이 없어서 혼자 짜증만 내고 있었다. 순옥이가 병원에서 돌아오면 곁에 앉아서 허영의 가려운 코를 긁어 주어야 하였다. 어떤 때에는 자리를 더럽힌 것을 쳐 주어야 하기도 하였다. 순옥으로도 분명히 알아들을 수 없는 소리로 무슨 말을 하고는 순옥이가 그것을 알아들어 주지 않는다 하여서 또 화를 내었다. 이렇게 앓는 사람을 하루 종일 혼자 두고 다닌다고 하여서 또 골을 내었다.

집에 둔 식모가 대단히 마음이 인자한 사람이 되어서 앓는 두 식구와 두 아이를 퍽 잘 보아 주건마는 허영이나 한씨나 밤낮 잔소리를 하여서는 그를 울렸다. 서울서 데리고 왔던 순이는 일 년이 못하여서 '이런 집에는 금을 되로 퍼 주어도 못 있겠다.'고 가 버리고 이 지방에서 얻은 사람도 오래 붙어 있을 수는 없었다. 한씨는 서울서 하인 부리던 솜씨로 식모나 아이 보는 아이를 종 부리듯 하므로 자존심 많은 이 지방 사람들은 그것을 참지 못하였다. 지금 있는 사람은 병원에서 일 보던 사람을 순옥이가 특별히 사정을 하여서 와 있게 한 사람인데, 그 사람도 순옥의 낯과 정을 보지 아니하면 벌써 가 버렸을 것이었다.

한씨는 실로 사람을 사람으로 보지 아니하고 볶는 것이었다. 몸을 못 쓰는 자기와 허영의 더러운 것까지 받아 내어 주는 것이 어떻게나 힘들고 고마운 일인 줄을 도무지 이해하지를 못하였다. 자기네는 본래 높은 사람이요 자기네 집에 와서 일해 주는 사람은 천생으로 천한 사람인 것같이 생각하는 습관이 아무리 하여도 빠지지를 아니하였다. 이 사람 저 사람 하는 말도 아니 쓰고 반드시 이것 저것으로 불렀다. 예로부터 별로 귀천의 별이 없이 살아 온 이 지방 사람들은 밥을 굶을지언정 이런 대접은 참지를 못하였다.

부리는 사람들이 공손치 아니한 것은 한씨가 보기에는 순옥의 잘못 때문이었다. 순옥이가 그들을 평등으로 대우하기 때문에 건방지게 되는 것이라고 앙탈을 하였다. 사람을 같은 동포로 보는 마음은 한씨의 속에는 일어날 수가 없는 것 같았다. 순옥이가 하인도 평등으로 대우하는 것은 순옥이가 시골서 자라난 상것이기 때문이라고밖에는 한씨에게는 해석되지 아니하였다.

그러하기 때문에 이 지방 늙은 부인네들이 순옥의 집이 외로운 것을 동정하여서 찾아오더라도 그들이 다녀간 뒤에는 한씨는,

"참 시굴 상것들야."

하고 흥을 보았다. 그것은 말의 사투리와 의복을 보고 하는 말인데 한씨
는 도저히 그들이 찾아오는 호의를 순하게 호의로 받지를 못하였다. 이리
하여서 이곳에 와서 사는 지가 사 년이 넘어도 한씨는 친구 하나도 사귀
이지 아니하였다. 저만 높은 사람이라고 생각하기 때문이었다.

"왜 나를 이런 무지막지한 곳으로 끌어다가 이렇게 고생을 시키느
냐?"

하고 한씨는 순옥을 원망하였다.

순옥은 아무리 하여도 제가 집에 온종일 있어야만 할 것을 느낀다. 그러
나 개업이란 그렇게 수월하게 될 수 있는 것이 아니었다. 순옥은 한씨나
허영이나 얼마 남지 아니한 여생을 될 수 있는 대로는 편안하게 하여 주
고 싶었다. 날마다 곁에 있어서 허영의 코를 긁어 주고 한씨의 다리와 어
깨라도 밟아 주고, 대소변 가누어 주는 것도 제 손으로 하면 남이 하는 것
보다는 조금이라도 나을 것 같았다. 그래서 이 겨울이 지나고 봄만 되면
집을 하나 짓고 개업을 하리라고 생각하였다. 마침 합당한 기지도 나는
것이 있어서 약간 저금하였던 것으로 이백여 평의 땅까지도 사 놓았다.

그해 겨울에 이 지방에서만 아니지만 악성인 유행성 감기가 돌았다. 특
별히 이 지방이 심하여서 병원에서는 이 병을 앓는 사람 때문에 눈코 뜰
새가 없었다.

멀쩡하던 사람이 갑자기 사십도 이상의 열이 올라 가지고는 눈물 콧물
이 흐르고, 기침이 나고, 그러다가는 폐렴이 되어 버리는 것인데 그 균의
독소가 대단하여서 심장을 침노하는 일이 많고 혹시 살아나더라도 신장염
이나 신경통 같은 것을 남기는 일이 많았다.

연길에 이 병이 들어온 지 삼 주일이 넘지 아니하여서 묘지에는 새로운
무덤이 늘고 골목골목에 곡성이 아니 들리는 데가 없었다.

병원 간호부로 처음 이 병에 붙들린 것은 간호원장이었다. 그는 일주일
만에 침대 위에 일어나 앉아서 성모상을 향하여 합장하고 죽었다. 때는
오전 두시. 순옥은 에른스트 간호원장이 어떻게 아름답게 앓다가 어떻게

거룩하게 죽는 것을 보고 감격하였다. 그는 곁에 있는 순옥에게는 말할
것도 없거니와 찾아오는 사람에게마다 고마움과 반가움을 보였다. 순옥
은 옥남이가 죽을 때를 회상하지 아니할 수 없었다.

실로 간호원장은 아무것도 마음에 걸리는 것이 없는 듯이 모두 만족하
고 모두 감사한 듯이 세상을 떠났다. 그가 마지막으로 기도를 올릴 때에
그 눈에는 거룩한 희망의 빛이 있었다. 그를 보내는 칸트 신부, 베크 원
장, 기타 수녀들도 다 경건하게, 종용하게 성호를 바치고 있었다. 고요
히, 깨끗이 하나님을 믿고 살다가, 고요히 깨끗이 하나님의 의로우심과
자비하심을 믿으며 죽는 죽음이었다. 이런 경우에 죽음은 무서운 것도 흉
한 것도 아니요, 사는 것이 아름답고 고마움인 모양으로 그 모양으로 아
름답고 고마운 것이었다.

베개 위에 똑바로 누워서 눈을 감은 시체에는 조금도 괴로움이나 무서
움의 빛이 없었다. 춤을 추는 촛불 그림자도 조금도 무섭지 아니하였다.

둘째로 앓은 사람이 이 의사의 부인인데, 그는 임신중이언마는 용하게
살아났다. 다음에 누운 것이 이 의사 자신이었다. 그리고 그 이튿날 한씨
가 열을 발하고, 또 며칠 아니하여서 허영 부자가 열을 발하였다. 그 이
튿날 베크 원장이 누웠다. 또 병원 직원으로 아직 몸이 성하여서 걸어다
니는 사람은 순옥과 간호부 둘과 약제사뿐이었다. 앓지 않는 수녀들은 임
시로 간호부가 되어서 병구완할 사람 없는 집으로 순회하고, 신부와 수사
들도 거진 호별 방문을 하다시피 하여서 구제에 힘을 썼다.

오직 한 사람뿐인 의사인 순옥은 아침부터 저녁까지 잠시도 쉬일 새가
없었다. 집에는 낮 동안에는 세 번씩 들르기도 하고 밤이면 집에 있어서
거진 눈을 붙일 사이가 없었다. 한씨는 순옥이가 집안 식구들의 병에 등
한하다고 나무랐다. 허영도 불평이었다. 남 때문에 집 안을 안 돌아보는
것은 괴악한 심보라고까지 극언하였다.

이러한 생활을 계속하기 근 일주일에 순옥은 어떤 날 아침에 피를 뱉었
다. 초가을부터 오후면 몸이 오싹오싹하고 밤낮 감기나 든 것과 같음을

느끼면서도 참아 왔다. 식욕이 떨어지고 때로 기침이 나고 오한이 나는 수도 있었다. 그것이 그 동안 과로에 마침내 못 견디어서 터지고 만 것이라고 순옥은 생각하였다.

'최후의 일순간이다!'

하고 순옥은 아무에게도 그런 말을 아니하고 여전히 병원 일과 집안 식구들의 병을 보았다.

허영은 도저히 살아날 도리가 없는 것 같았다. 원체 심장이 약한데다가 고열로, 또 인플루엔자균의 중독으로, 발병된 지 사흘이 못 하여서부터 맥박은 말못되게 약하고 또 부정하였다. 의식이 있는 것도 오전뿐이요, 오후가 되면 혼수상태에 빠졌다. 정신만 들면 허영은 곁에 있는 순옥에게 짜증을 내었다.

"왜 주사 안해?"

하여 한량없는 주사를 재촉하는 것이었다. 자기가 혼수상태 중에 맞은 것은 회계에 넣지 아니하는 것이었다.

그러나 또 주사를 놓아 주면 왜 병이 낫지 아니하느냐고 불평이었다. 한방의를 대어서 약을 먹어야 낫는다는 둥, 산삼을 먹어야 낫는다는 둥, 서울 있었으면 병이 나았을 것을 북간도에 왔기 때문에 병이 아니 낫는다는 둥, 이러한 불평을 하였는데 이 마지막 불평은 모자가 공통이었다.

셋이 앓던 중에서 가엾게도 섭이가 먼저 죽었다. 이번 인플루엔자에 어린애의 사망률이 대단히 많았다. 순옥은 죽은 귀득을 생각하고 섭이를 살려 내지 못한 것을 대단히 미안하고 슬프게 생각하였다.

한씨는 순옥이더러 들어라 하는 듯이,

"왜 길림이년이 안 죽고 섭이놈이 죽는단 말이냐?"

하고 열이 떠 있으면서도 원망스럽게 울었다.

할머니의 말귀를 알아듣는 듯이, 길림이가 '으아' 하고 울면서 순옥에게 와서 매달렸다.

"요년, 요년! 왜 우느냐? 요 사위스런 년 같으니."

하고 한씨는 눈을 부릅뜨고 순옥에게 매어달린 길림이를 노려보았다. 그 눈은 어른인 순옥이가 보기에도 무시무시하였다. 길림이는 엄마의 등뒤에 착 달라붙어서 까르륵 막힐 듯이 울었다. 엄마가 집에 없을 때에는 야단을 만나고도 얻어맞고도 울지도 못하던 길림이었다. 섭이와 싸우면 얻어맞는 것은 길림이었다. 먹을 것이나 장난감이나 모두 섭에게 빼앗기고 심지어 엄마까지도 빼앗기는 일이 많았다. 순옥이도 섭의 역성을 들어 주기 때문에 섭은 순옥을 제 어미로 알고 있었던 것이다.

"요년아, 그래두 울어! 고 여우 같은 울음소리를 들으면 소름이 쪽쪽 끼친다. 무슨 애가 울음소리가 고따위로 청승맞아?"
하고 한씨는 와락 화를 내었다.

길림이는 목소리가 맑고 고왔다. 그것이 한씨 귀에는 청승맞게 들리는 것이었다.

"이년, 울지 말아!"
하고 순옥은 길림이를 안고 방에서 나왔다. 날은 춥다. 눈이 뿌린다. 북간도에서 아니고는 볼 수 없는 바람이 윙윙 소리를 내며 눈보라를 뿌리고 달아난다.

순옥은 길림을 안고 울었다.

허영의 방에 들어가더라도 길림이는 환영을 못 받는다.

한참이나 순옥은 길림이를 안고 툇마루에서 울다가,

"자 들어가자. 할머니 앞에서 울지 말아."
하고 한씨의 방 문고리를 잡으려 들면 길림은 싫다고 몸부림을 하였다.

"그럼 아버지 방에 갈까?"
하면 길림이는 그것도 싫다고 몸부림을 하였다. 그러고 엄마의 가슴에만 폭 안겼다.

"추운데."

그래도 길림이는 고개를 도리도리하였다.

"그럼 아주머니 방에 가 있을 테야?"

하고 순옥은 길림의 뺨에 뺨을 대었다. 아주머니라는 것은 식모다.

"엄마두."

하고 길림이는 순옥의 손을 끌었다.

"난 아버지 곁에 있어야지."

하였다.

네 살 먹은 길림이는 경우를 잘 아는 듯이 엄마에게 안겨서 식모의 방으로 갔다.

순옥이가 허영의 방에 들어왔을 때에는 허영은 마치 마지막 숨을 모으는 모양으로 눈이 곧아지고 씨근씨근하고 있었다.

"여보, 여보시우."

하고 순옥이가 놀라서 허영의 어깨를 흔들 때에 눈이 좀 크게 떠지는 것을 보면 아직 의식은 있는 모양이었으나 팔목의 맥은 만겨질락말락하였다.

'인제 마지막이다.'

하고 순옥은 긴 한숨을 한번 내쉬이면서 허영의 왼편 젖가슴에 강심제 주사를 연해 두 대를 놓았다. 아직 피부의 지각도 있는 모양이었다.

순옥은 주사의 반응을 기다리는 동안에 귀를 허영의 가슴에 대어 보았다. 가슴 전체가 수포음으로 꽉 찬 것 같았다. 뿌지지뿌지지, 마치 산 게를 여러 십 마리 담아 놓은 자루에 귀를 대는 것 같았다. 심장이 약해지느라고 더욱 수포음이 많아진 것이다.

"여보, 여보시우."

하고 순옥은 허영의 코와 제 코가 마주 닿으리만큼 제 얼굴을 허영의 얼굴에 가까이 대고 불러 보았다. 허영의 눈알이 잠간 순옥이 쪽으로 구르는 것 같았으나 말은 없었다.

순옥은 허영이가 숨지기 전에 다만 한순간이라도 바른 뉘우치는 마음과 평화로운 속을 가져 보았으면 하고 속으로 빌었다.

순옥은 머리맡에 놓은 물그릇에서 물 한 숟가락을 떠서 허영의 입에 홀려 넣었다. 목젖이 움직이며 반쯤은 분명히 목구멍으로 흘러 들어갔으나 반은 주르르 입 밖으로 흘러 나왔다. 그 입술은 까맣게 탔다. 헤벌린 입으로 보이는 이빨에도 검은 때가 끼어 있었다.

순옥이가,

"여보, 여보시우."

하고 여러 번 연해서 부르는 소리에 의심이 나서 한씨가,

"애야, 왜 그러느냐?"

하고 옆엣방에서 불렀다.

순옥은 인제는 아니 알릴 수 없다 하고 장지 하나를 새에 둔 한씨의 방으로 갔다.

"어머니, 애아범이 어려울 것 같습니다."

하였다.

"어렵다니? 죽겠단 말이냐?"

하고 벌떡 일어나 앉았다. 사십 도 가까운 열을 가진 한씨다.

"네, 어려울 것 같아요."

"영아, 이놈아, 내가 먼저 죽거든 죽어라."

하고 기어서 아들의 방으로 가려 들었다.

순옥은 한씨를 부축해서 허영의 곁에 갖다가 놓았다.

한씨는 병이 다 나은 듯이 누우려고도 아니하고 허영을 흔들며 아우성을 하였다. 식모도 뛰어들어왔다. 길림이는 식모의 방에서 잠이 든 모양이었다.

"영아, 영아, 이놈아, 계집 하나 잘못 얻은 죄루 우리 모자가 이만 리 타향 오랑캐 땅에 와서 죽는구나! 아, 계집 하나 잘못 얻어서! 어."

하고 수없이 순옥에게 대한 원망의 푸념을 하였다.

그래도 허영은 의식을 회복하지 못하였다.

순옥이가 허영의 가슴에 강심제 주사를 하려는 것을 한씨가,

"또 그놈의 주사를 해? 오, 인제는 가슴에다가 독약을 찌르는구나. ──

어서 죽으라구. 인제는 가만 두어두 죽는다. 아서라——아, 섭이두 그놈
의 독약으루 죽이구——우 네 남편두 그놈의 독약으로 죽이구! 우, 나두
그놈의 독약으루 죽여라! 아, 그러구 너의 모녀만 무병 장수하구 잘 살
아라! 아."

하고 순옥의 손이 허영의 가슴에 닿지 못하도록 가로막아 앉는다.

순옥은 주사침을 방바닥에 떨어뜨리고 고개를 숙여 버렸다. 강심제 주
사로 버티어 오던 허영의 심장은 점점 약하여지는 것이었다. 허영은 어디
서 나온 기운인지 두 발로 이불을 걷어차고 눈을 부릅뜨고 팔을 내어둘렀
다. 사전기(死戰期)에 들어간 것이었다.

"이놈! 이놈아!"

하고 허영은 가위눌린 사람의 아우성을 하였다.

"영아, 영아! 아."

하고 한씨는 허영을 흔들었다.

"순옥이. 순옥이!"

하고 허영은 고개를 내어둘렀다.

"나 여기 있어요."

하고 순옥이가 허영이 곁으로 가려는 것을 한씨가 순옥의 가슴을 팔로 탁
쳐서 떼밀쳤다.

순옥은 갑자기 기침을 하고 빨간 피를 뱉었다.

"오, 네년도 인제는 죄악이 관영하여서 피를 토하는구나."

하고 한씨는 이를 갈았다.

"순옥이! 주사! 주사."

하고 허영은 몸을 이리 뒤집고 저리 뒤집고 하면서 영각을 하였다. 허영
의 몸에서는 굵은 땀방울이 솟아서는 흘러서 등불빛에 번쩍번쩍하였다.

"오냐, 다 알았다. 네가 순옥이년의 독약 주사 때문에 죽는다아."

하고 한씨는,

"이년아, 이년아, 이 웬수엣년아."

하고 순옥의 머리채를 끌어서 방바닥에 엎어놓고 입으로 막 물고 주먹으로 막 때렸다.

순옥은 아무 저항도 아니하였으나 그저 설어서 한없이 울었다. 만일 식모가 한씨를 껴안아서 한씨의 방으로 끌어가지 아니하였던들 한씨는 순옥을 죽여 버렸을는지도 모른다.

허영의 사전기는 짧았다. 그는,

"안 가. 안 가! 이놈아, 안 간다!"

"순옥이 주사, 주사."

"저놈을 때려 쫓아요. 저놈들!"

"자동차 왔어, 어머니 자동차 왔어."

"응, 귀득이두 왔어. 안 가요, 안 가요."

이런 소리를 잠꼬대 모양으로 떠들고는 고만 쓰러져서 목에 가래가 끓기 시작하였다. 한씨는 순옥의 악담을 하다가는 통곡을 하고 허영을 부르다가 통곡을 하였다.

순옥은 연해서 오륙 차나 각혈을 하여서 똑바로 무엇을 볼 수도 없었다. 색채도 분명치 아니하고 모양도 어른어른할 뿐이었다.

새로 한시 좀 지나서 허영은 마침내 운명하였다. 허영이가 죽은 지 사흘 뒤에 한씨도 죽었다. 불과 십여 일내에 허영의 집 세 식구가 죽어 버리고 순옥은 몸져서 누웠다.

그 이듬해 사월. 철은 봄이언마는 아직도 북방에는 눈이 날릴 때에 순옥은 다섯 달 동안이나 입원하여서 사생간에 방황하던 연길 천주교 병원을 떠나서 영옥과 인원의 보호로 서울길을 향하였다.

인원은 십이월부터 안빈의 명으로 북간도에 와서 순옥을 간호하고 길림을 보아 주고 있었다. 순옥은 일시 위험 상태에 빠졌었으나 이월말 삼월초부터 열이 내리기 시작하고 구미도 생겼다. 그 동안 베크 원장, 이 의사의 정성은 여간이 아니었다. 신부와 수녀들도 순옥을 한 성도로 대우하였다.

인원도 병원에 온 뒤로 대단히 평판이 높았다.

나중에 영옥이가 내려와서 순옥이나 인원이가 다 안빈 박사의 감화를 받은 사람이라는 말을 한 뒤에 베크 원장과 칸트 신부는 안빈 박사의 생활과 학설을 연구하여서 독일에 소개한다고 독일 사람다운 결심을 하였다.

순옥이가 연길 역에서 차를 타는 날 역두에는 남녀 수백 명 사람이 전송을 나왔다. 민족의 차별도 없이 다들 이 놀라운 사랑의 사도, 정성스러운 의사와 떠나기를 아꼈다. 수녀들도 진정으로 석별의 정을 표하였다.

"순옥이 일 많이 했어."

하는 인원의 말도 결코 웃는 말만이 아니었다.

오후 다섯시 순옥의 일행이 서울에 내릴 때에는 안빈이 역두에 나와 있었다.

순옥은 차에서 내리는 길로 사람들이 보는 것도 꺼리지 아니하고,

"선생님!"

하고 안빈의 가슴에 매어달렸다.

안빈도 두 손으로 순옥의 두 어깨를 만졌다.

"감정 격동 말고."

하였다.

순옥은 안빈의 북한 요양원으로 들어왔다.

안빈은 순옥을 위하여서 산과 시내를 잘 바라볼 수 있는 곳에 방 둘과 마루 하나와 일광욕할 마당 하나를 갖춘 작은 집 하나를 지어서 거기 순옥을 거처하게 하였다. 다른 한 방에는 인원이가 길림을 데리고 거처하게 하였다.

북한에 풀꽃이 피고 나비들이 날아다니는 철이 되었다. 능금꽃도 피었다. 졸졸졸 흐르는 산 시내 소리도 따뜻하게 들리는 날이었다. 순옥은 수영복처럼 생긴 일광욕복을 입고 등교의에 누워서 일광욕을 하고 있었다.

하루에 오 분씩 늘려서 하는 일광욕이 인제는 하루에 두 시간 이상이나 하게 되어서 순옥의 살이 까무스름하게 탔다. 인제는 장딴지며 넓적다리

며 젖가슴에도 토실토실 새살이 올라서 북간도에서 왔을 때에 껍질만 마주 붙었던 순옥과는 딴 사람이 되었다. 인제는 자는 약도 아니 먹어도 하루에 팔구 시간이나 잠을 자고 소화약을 아니 먹어도 하루에 세 때 밥이 곧잘 내렸다.

가만히 등교의에 누워서 전신에 볕을 쬐면서 하늘을 바라보면 순옥은 언제나 마음이 기뻤다.

혹시 흰 구름이 둥실둥실 떠간다든지 새소리가 들린다든지 꽃향기가 바람에 풍겨 온다든지 하면 순옥은 노래를 부르고 싶도록 마음이 들뜨기도 한다.

인원이가 유리병에 맑은 냉수를 떠 가지고 예반에 인단 유리컵을 놓아 가지고 온다.

"자 냉수 먹어."

하고 인원은 컵에 물을 부어서 순옥에게 준다.

순옥은 컵을 받아서 쭉 들이켜고 그것을 도로 인원에게 주며,

"언니, 노래가 부르구 싶어."

하고 웃는다.

"안 돼, 아직."

하고 인원은 보채는 아이를 위협하는 듯한 눈을 짓는다.

"안 되지?"

하고 순옥은 소리를 아니 내고 노래를 부르는 시늉을 한다. 다리로 박자까지 맞추면서.

"안 되지는 다 무에야? 제가 의사면서."

"내가 왜 의사요, 지금야 언니 밑에 있는 앓는 어린 계집애 동생이지."

하는 순옥의 얼굴에는 서른두 살 된 어머니라고는 믿어지지 않는 애티가 보였다.

인원은 웃는다.

비취옥 빛이 나는 날개를 팔랑거리는 나비가 어디서 날아와서 순옥의 머리를 한번 싸고 돈다.

"선생님이 무에라셔? 내 병이 낫는다셔?"

하고 순옥이가 눈을 파랑 나비의 뒤를 따르면서 인원에게 묻는다.

"그럼. 인제부터는 산보를 좀 시켜두 좋다구 그러시던데. 또 한번 여러 환자들을 모아 놓구 순옥이를 보이신다구——모범 환자루."

"모범 환자?"

하고 순옥은 방그레 웃는다.

"그럼, 모범 환자 아니구. 글쎄 처음 북간도서 올 때를 생각해 보아요. 몸은 꼬치꼬치 마르구. 글쎄 그 삼십칠 도 오 분 열이라니 그 무슨 완고한 열이었어?"

"사지는 쑤시구, 잠은 안 오구?"

"그럼. 그러던 것이 어쩌면 불과 석 달에——으응 웬 석 달은 되었나? 두 달 열흘인가밖에 안 되지."

"그게 머, 내가 모범 환자가 되어서 그렇수?"

하고 순옥은 얼굴에서 장난꾼스러운 웃음을 거둔다.

"그럼?"

인원도 엄숙한 기분이 된다.

"선생님과 언니의 사랑으루——지극하신 사랑으루 그렇지."

하고 순옥은 눈물을 떨어뜨린다.

"아서, 그렇게 비감하지 말아."

하고 인원은 순옥의 눈과 뺨에 흐르는 눈물을 씻긴다.

"나는 병이 낫는 것이 싫어, 언니."

하고 순옥은 고개를 살래살래 흔든다.

"그건 다 무슨 소리야?"

"아니, 정말. 난 언제까지나 이만하게 앓다가 죽었으면 좋겠어."

"숭해라. 왜 그런 소리를 해? 인제 이 여름만 지나면 성한 사람이 될걸."

"성한 사람이 되는 것이 싫어요, 언니."

"글쎄, 왜 그런 소리를 해?"

순옥은 말없이 한참이나 앞산 위에 뜬구름을 바라보다가 눈을 인원에게로 돌리며,

"내가 왜 언니보구 안 그랬수? 처음 북간도에서 와서, 여기 처음 입원한 날 말야. 나는 지금이 제일 행복되다구. 병이 있기 때문에 마음놓구 선생님 곁에 있을 수가 있다구. 참말루 안 그렇수. 내 병덕에 그 동안 두 달 동안 실컷 선생님의 사랑을 받을 수가 있었거든. 그것이 내 평생 소원이 아니요? 선생님 곁에 있는 것이. 그렇지만 내 병이 다 나아서 만일 내가 성한 사람이 되어 버린다면 또 선생님 곁을 떠나야만 할 거야. 그래서 검온할 적마다 열이 내리는 것이 싫어요. 진정야, 언니."

하고 순옥의 눈에는 또 눈물이 괸다.

"순옥의 마음은 나두 알아."

하고 인원도 고개를 돌려서 눈물을 씻는다.

"나는……."

하고 순옥은 주저하는 듯이 말을 끊고 제 입술을 빨다가,

"나는 사십이 넘기 전에는 다시는 선생님 곁에를 아니 오려고 했어요, 언니."

하고 길게 한숨을 쉰다.

"사십은 왜?"

"나두 나이가 사십만 넘으면야 아무리 내가 선생님을 뫼시구 있기루니 누가 무어라구 하겠수?"

"그러기루 지금이야 순옥이를 보구 누가 무에라구 해? 그야말루 지금 순옥이 험구를 하는 사람이 있다면 그 입이 맥혀 버리지."

"아이, 무얼 그래요."

하고 순옥은 고개를 흔든다.

이때에 길림이가 어디서 풀꽃을 한 줌 따서 흙 묻은 손에 들고 들어오

다가, 엄마를 보고는 그 꽃을 다 내어 버리고 엄마 교의 곁으로 가서 팔에 매어달린다.

순옥은 길림을 보자 허영과 한씨 생각이 난다. 한씨와 허영은 끝까지 길림에게 대해서 의심을 품는 양을 보였던 것을 기억한다. 그러한 기억이 들어오매 순옥의 맑던 얼굴이 흐려진다. 두 사람이 죽는 순간에라도 맑고 화평한 마음을 다만 한순간이라도 품어 보지 못하게 한 것이 슬펐다. 그러한 생각을 할 때마다 순옥은 제가 어떻게나 힘도 없고 값도 없는 존재인가를 아니 느낄 수가 없었다. 만일 순옥에게 이 세상에 살아 있을 욕망이 있다고 하면 그것은 다만 한 중생에게라도 참된 기쁨과 화평을 주는 것이었다. 그러나 지나간 육 년 동안에 순옥은 전심력을 다하느라고 하였건마는, 한씨와 허영에게 얼마나한 기쁨과 화평을 주었는가. 순옥의 눈앞에 한씨와 허영과의 비참하고도 추악한 임종이 떠오를 때마다 순옥은 그것이 마치 제게 내려온 벌인 것같이 느껴지지 아니할 수가 없었다. 순옥의 마음의 추악함이, 죄 많음이 한씨와 허영과의 임종이라는 각색을 가지고 순옥의 눈앞에서 연출된 것같이 생각하였다.

'어디서나 또 한씨와 허영을 만나서, 또 한 번 며느리가 되고 아내가 되어서 기어이 그들의 마음을 참 기쁨으로 인도하고지고.'

순옥은 수없이 낯빛이 흐리는 것을 보고,

"길림아, 아주머니하구 가서 우리 손 씻어, 응. 아이 이봐, 손 지지!"

하고 길림을 안고 나가 버린다. 길림은 싫다는 말도 없이 인원의 손에 매어달려서 나가 버린다. 북간도에 있을 때에 조모 한씨의 미움받이로 기를 펴지 못하던 길림은 여기 온 뒤로 마음을 펴고 자라는 까닭인지 살도 더 오르고 눈치를 살살 보던 것도 없어지고 아주 토실토실하게, 명랑하게 순진하게 자랐다.

"내 소원대루 됐어. 길림이가 꼭 순옥이야."

하는 인원의 말은 조금도 꾸미는 말이 아니었다.

허영 모자가 절치부심하도록 길림은 허영을 한 가지도 닮은 곳이 없었다.

순옥의 어머니까지도 길림을 보고,

"꼭 네 엄마 어렸을 때다."

하고 감탄하도록 순옥을 닮았다. 한씨가 그렇게도 미워하던 길림의 목소리도 여기 와서는 누구에게나 귀염을 받았다. 유치원 노래를 곧잘 옮겼다.

안빈, 인원, 수선, 영옥, 이러한 사람들 속에 있는 순옥은 마치 새로운 세상에 나온 것 같았다. 그러한 사람들의 온기로, 빛으로 이 요양원에 있는 직원이나 일꾼이나 또 환자들이 모두 부드러운 금빛과 향기로운 연꽃 바람 속에 있는 것 같았다. 이 요양원에서 약 일 년간 치료하고 나간 어떤 시인이,

'북한의 낙원!'

거기는 밝은 빛과 따뜻한 대기가 있다.

'그것은 사랑이다── 사랑에서 솟는 기쁨이다.'

하고 일 년 동안 이 분위기 속에 있을 기회를 얻게 한 제 중병에 대하여 감사한다고 한 것이 시인적 과장은 아니었다.

순옥이가 다른 환자보다도 몇 갑절, 아마 수없는 갑절, 이 북한 요양원의 따뜻함과 기쁨을 느낀 것은 말할 것도 없다. 순옥이가 생각하기에 이러한 환경은 이 세상에서는 다시는 찾아볼 수가 없는 것 같았다. 연길 선교사 사회의 분위기가 심히 맑고 엄숙하였으나 그것은 마치 고딕 건물 모양으로 좀 무겁고 음침한 것 같았다── 북한의 그것과 비교하면.

순옥이가 느끼기에 북한 요양원의 공기는 예전 안빈 병원의 그것보다도 더욱 밝고 더욱 맑고 더욱 따뜻하고 더욱 향기로운 것 같았다. 순옥은 그 원인을 생각하여 보았다. 서울 시내가 아니요, 북한의 산 속이라는 것도 한 원인일 것 같았다. 그러나 땅이 무슨 상관이랴? 선인이 사는 곳은 지옥도 극락이요, 악인이 사는 곳은 극락도 지옥이다. 이 고요한 밝음은 땅에서 오는 것이 아니라, 사람에게서 오는 것이었다. 그 사람이란 안빈과 인원과 수선과 및 그들의 빛을 받는 사물들이었다. 이렇게 생각할 때에 순옥은 안빈의 빛이 지나간 사 년 동안에 커졌음을 깨달았다. 그의 수염

과 머리카락에 센 터럭이 느는 대로 빛이 늘고 그의 얼굴에 주름이 느는 대로 향기로운 따뜻함이 느는 것 같았다.

'옳다, 선생님은 자라셨다!'

순옥은 이렇게 결론하였다.

'그 빛 속에서 나도 자라는가?'

순옥은 이러한 생각을 하여 본다. 인원이나 수선이나 다 전보다도 위의가 엄숙하고 빛났다. 사람을 사랑하는 힘이 느 것 같았다. 반 이상 안전 요법을 하는 결핵환자들을 그들은 진실로 친절하게 익숙하게 취급하였다. 마치 어머니나 누나의 애정으로 자식이나 동생을 간호하듯이 그러면서도 조금도 지어서 하는 빛이 없이 극히 자연스럽게 하는 것이 순옥의 눈에 띄었다. 순옥도 제가 간호부로 있을 시절에 환자에게 대하던 태도를 기억한다. 순옥도 애정을 가지고 친절하게 하느라고는 하였으나 도저히 인원이나 수선에게 미치지 못하는 것 같았다.

더욱 놀란 것은 인원에게서는 그 쌀쌀스럽고 어떤 때에는 잔인하다고 하리만큼 남의 허물을 알아내고, 빈정거리는 입도 삐쭉거리던 것도 스러지고 수선도 그 무뚝뚝하던 것이 믿음성스러운 위엄으로 변한 것이었다.

순옥이가 몸이 좀 편안해지고 건강이 증진할수록 이러한 것을 더욱 더욱 느꼈다.

한번은 회진 시간이 아니고 한가한 때에 순옥의 병실에 찾아온 안빈을 보고 순옥이가 이러한 뜻을 말하였더니, 안빈은,

"그 동안 오 년 동안에 순옥이가 더욱 자란 것이지. 순옥의 마음이 더욱 맑아지고."

이러한 말을 하고 웃었다. 그러고는 뒤를 이어서,

"우리도 순옥이가 보기에 전보다 자랐으면 고마운 일이고."

하고 안빈은 또 한번 만족한 듯이 웃었다.

그로부터 열 몇 해의 세월이 흘렀다. 안빈의 나이 만 육십 세가 되는 날은 눈이 많이 오는 동짓달이었다. 안빈은 날마다가 생일이라고 해서 옥

남이가 세상을 떠난 뒤로는 생일 잔치라는 것을 한 일이 없었다. 그러나 이날 안빈은 모든 식구를 다 모아서 만찬을 같이하였다. 아들 협이도 벌써 의학사요, 딸 윤이가 스물넷, 정이가 스물둘, 순옥의 딸 길림이도 열여섯, 순옥이와 인원도 다 사십이 넘은 중년이었다. 수선은 오십을 바라보는 중늙은이였다. 영옥도 벌써 오십이 가까웠다.

북한 요양원의 안빈의 주택은 예나 이제나 마찬가지로 질소한 그 집이었다. 병실만은 증축 또 증축으로 이제는 이백의 환자를 포용하였다.

안빈의 이층 서재에서는 전등불빛이 흘러 나왔다. 다들 식사를 마치고 차와 과일을 앞에 놓고 앉아 있었다. 윤이, 정이, 길림이가 서비스를 하고 있었다. 이 의사도 있었다. 그는 북간도에서 순옥과 한병원에 있던 의사로 안빈과 그 사업을 사모하여 이 요양원에 온 것이었다. 협이도 이제는 이 요양원의 주인이었다.

"다들 바쁘게 지냈네."

하는 것이 안빈의 첫인사였다.

사람들은 모두 안빈만 바라보고 말이 없었다. 차를 마시던 것도 과일을 먹던 것도 다 잊어버리고 이 늙은 박사가 오늘 무슨 뜻으로 식구들을 다 모아 놓았을까 하는 것을 궁금히 여겼다.

"다들 바빴어. 이 요양원이 창립된 지도 벌써 십오 년이야——오는 사월이면 만 십오 주년 아닌가. 다들 바빴지?"

하고 안빈은 수선, 순옥, 인원, 영옥, 이 모양으로 죽 둘러본다. 그래도 사람들은 안빈의 '바빴다'는 말이 무슨 뜻인지를 모른다.

"인원하고도 한번 조용히 마주 앉아서 말할 새도 없었어. 순옥이가 여기 온 지도 벌써 십 년이 넘었지마는 역시 그랬고. 생각하면 퍽 바빴어, 다들."

하고 안빈은 빙그레 웃었다. 안빈의 머리는 삼분지 이나 백발이었고 눈썹에조차 센 터럭이 있었다. 본래 수척한 얼굴이지마는 근년에 더욱 수척하여서 싸늘하다고 하리만큼 맑은 기운이 돌았다. 그래도 눈의 빛과 음성만은 젊은 것 같았다.

"참 선생님은 바쁘게 지내셨어요. 여름에나 겨울에나 한번도 휴가라고
없으셨으니."

하고 인원이가 비로소 대꾸를 놓는다.

"인원이가 나보다 더 바빴지. 이 네 아이들의 어머니 일을 하느라고."

하고 안빈은 협이, 윤이, 정이, 길림이를 돌아본다.

네 젊은 남녀는 일제히 인원을 바라본다.

인원은 말이 없이 고개를 숙였다.

"자, 우리 오늘 저녁에는 신세타령들이나 해 볼까? 다들 불쌍한 사람
들만 모여 사는 우리 식구들이니. 영옥 군은 예외지마는. 안 그런가? 수
선이나 인원이는 일생에 가정 맛도 못 보고 제 집이란 것도 못 가져 보고
일생에 날마다 앓는 사람 시중만 하고 또 순옥이는 순옥이대로 갖은 고생
을 다하고. 또 이애들은 어머니 없는 자식으로 길림이는 아버지 여읜 자
식으로, 생각하면 모두 불쌍한 사람들 아닌가? 나로 말해도 홀애비로 반
생을 살고. 다들 불쌍한 사람들 아닌가? 자, 우리 속에 있는 대로, 속에
먹었던 대로 신세타령들을 해 볼까. 어디 길림이부터. 제일 어린 사람부
터 먼저 하기라고. 길림이 어떠냐? 아버지가 안 계시니까 섧지?"

하고 안빈은 웃으며 길림이를 본다.

길림은 검은 치마에 흰 저고리, 고등학교 삼년생이다. 자랄수록 순옥과
꼭 같았다. 목소리까지도 몸가짐, 걸음걸이. 무슨 말하기 어려운 일이 있
을 때면 입술을 빠는 버릇까지도 같았다.

길림은 쌩 웃고 고개를 숙인다.

"어서 말해 보아라."

하고 안빈의 재촉에 길림은 빨개진 낯을 들고,

"저는 섧은 거 몰라요. 늘 기뻐요."

하는 것이 그의 대답이었다. 말은 못 하나 속으로는 길림은 '당신이 내
아버지시야요.' 하는 생각을 하여 본다. 실로 길림은 자식이 아버지에게

서 얻을 것을 모두 다 안빈에게서 얻었다.

"그래? 그 다음에 정이."

"박 선생님이 어머니신걸."

하고 정이가 웃는다.

"응, 또 윤이."

"이따금 돌아가신 어머니가 그리울 때면 설워요. 그래도 어머니가 안
계시니깐 이렇다 하는 일은 단 한번도 없었어요. 제가 어머니께 구할 것
은 박 선생님이 다 주신걸요. 박 선생님을 어머니라고 부르지 못하는 것
만 섭섭해요."

하는 것이 윤의 대답이었다.

"응. 또 협이."

"저두 윤의 생각과 같아요. 박 선생님하구 순옥이 누나하구 두 분의
사랑이 어머니의 사랑을 보충하고도 남았어요. 어머니 없는 외로움이나
불편을 느껴 본 일은 없습니다. 차차 자라면서 생각할수록 박 선생님과
순옥이 누나의 정성이 어떻게 큰 것을 더 알아지는 것 같아요. 두 분의
사랑 속에서 헌신적 사랑이라는 것을 배운 것 같습니다."

하고 협은 한번 빙긋 웃고 나서,

"이 말씀이 하기 어려운 말씀입니다마는 아버지 저는 큰일났어요."

하고 안빈을 바라본다.

"왜?"

"저도 인제 혼인할 나이가 안 되었습니까."

"그런데?"

"그런데 어디 눈에 차는 여자가 있어요? 여자만 보면 박 선생님과 순
옥이 누나와 비교를 하니 어디 그 수준에 닿는 여자가 있어요?"

"아이 오빠두. 전 무엔데."

하고 윤이가 협이를 바라보며 웃는다. 윤이는 제 학교 동무 중에서 몇 사
람을 협에게 소개하였건마는 협은 다 퇴한 까닭이었다.

모두들 웃었다. 안빈도 웃고 협이도 웃었다.

"그 다음엔 순옥이로군."

하고 안빈은 순옥을 본다.

"저는 일생에 한이 꼭 하나 있습니다."

하고 순옥의 얼굴이 흐린다.

"무엇?"

하고 안빈도 엄숙해진다.

"이애 아버지하구 이애 할머니하구 편안한 마음으로 돌아가시게 하지 못한 것이 평생 한이야요."

하고 순옥은 길게 한숨을 쉰다.

"흠. 그렇겠지. 그렇지마는 순옥이 힘껏은 다했으니까."

하는 안빈의 위로에 순옥은,

"지금 같으면 좀더 해 드릴 수도 있을 것 같아요."

하고 길림의 어깨를 만진다. 길림은 허영이가 저를 눈흘겨보던 것과 한씨가 소리를 지르고 쥐어박고 하던 것을 몽롱하게 기억한다.

"그래도 순옥이가 길림의 아버지와 할머니께 쓴 정성은 언제나 사라지 아니하고 두 분의 생명을 건지는 씨가 되고야 말 것을 믿으니까—— 사랑의 씨는 겁화에도 아니 타는 것이니까."

하고 안빈은 순옥을 위로한다.

"그것을 제외하고는."

하고 순옥은 낯이 흐림을 거두며,

"저는 이 세상에 가장 행복된 사람 중에 하나라고 믿어요. 제 소원은 완전히 성취되었으니깐요—— 선생님 곁에서 거진 반생이나 보낼 수가 있었으니깐요 제 만족은 완전해요 제게는 이 이상의 소원은 하나두 없습니다. 더구나 북간도서 온 뒤에 십여 년간은 저는 완전한 기쁨 속에서 살았습니다. 무엇을 하고 언제 세월이 이렇게 흘러갔는지도 몰라요 앞으로 더 소원이 있다고 하면 그것은 제가 죽기까지 선생님 곁에 모시는 거야요"

하고 말하는 동안에 순옥의 눈과 얼굴은 갈수록 빛난다. 소리도 떨린다. 순옥은 일생에 처음 안빈의 앞에서 제 속을 고백한 것이다.

인원은 물끄러미 순옥을 바라보고 한숨을 쉬었다. 이십 년 한결같이 변함이 없는 순옥의 사랑이 새삼스럽게 인원의 마음을 때린 것이다.

협과 윤과 정도 마치 새로운 사실이나 발견한 듯이 눈을 순옥에게로 모았다. 청춘의 그들에게는 순옥의 말이 인원에게 준 것보다도 더한 감동을 준 것이었다. 아직 열여섯 살밖에 아니 되는 길립도 그의 천재적인 조숙이 어머니의 감정을 이해케 하는 것이었다. 그야말로 어머니 순옥의 고백을 듣고 아니 놀랄 수가 없었다.

안빈은 마치 돌로 깎은 사람 모양으로 의자에 기대어서 꼼짝을 아니하고 있었다. 순옥의 말을 아니 듣더라도 그러리라고 상상치 아니한 것은 아니지마는 직접 순옥의 입에서 그런 말을 듣고 보면 역시 가슴이 울렁거림을 금할 수가 없었다.

수선도 놀란 듯이 순옥의 얼굴을 번갈아 바라보았다.

순옥은 일좌가 제 고백에 놀라서 제게로 주목하는 줄을 알매 일종의 수치를 느끼면서도 속에 쌓고 쌓고, 싸고 싸서 두었던 것을 이 기회에 쏟아 놓고 싶은 충동을 느꼈다.

"제 일생에 무엇이 잘된 일이 있다고 하면 그것은 선생님이 제 몸을 통하셔서 하신 일입니다. 무어 잘한 일이야 있겠습니까마는 그래두 가만히 생각하면 석순옥이 저로는 못 할 일들인 것 같아요. 저는 아무 지혜두 깨달음두 없었습니다. 지금두 없습니다. 저는 무엇이 좋은 일인지 아닌지두 몰라요. 그저 선생님 뜻이 이러시리라 하는 것을 생각하고 그것을 따라서 살아 왔습니다. 앞으로도 그렇게밖에는 살아갈 힘이 없는 저야요. 제 가슴에는——제 가슴에는 오직 선생님이 계실 뿐입니다."

순옥의 콧등과 이마에는 땀까지도 비친다. 순옥의 얼굴이나 음성이나 다 이십 년 전의 처녀시대에 돌아간 것 같았다.

안빈은 여전히 말도 없고 몸도 움직이지 아니하였다.

순옥은 한참 동안 말을 끊었다가, 다시,

"제가 선생님의 사상인들 어떻게 안다고 하겠어요? 근 이십 년을 두고 되어 보아두 선생님의 생각은 한량이 없으신 것 같아요. 그래서 저는 선생님의 한량 없으신 덕 가운데서, 단 한 가지 제 지혜로 알아지는 것만을 붙들고 일생을 살아 왔습니다. 그것은 저를 죽여라, 하는 정신이라고 보았습니다. 저를 죽이고 너와 인연 있는 자를 사랑하여라——무한히, 무궁히, 무조건으로, 이렇게 저는 생각하였습니다. 저는 한량이 없으신 선생님의 덕 중에서 이 한 가지를 배우는 것으로 일생의 목표를 삼고 살아왔어요. 제가 그 정신으로 살 수가 있을 때면 제가 사모하는 선생님의 품에 드는 것이거니, 이렇게 믿고 살아 왔습니다. 이를테면 선생님의 머리카락 한 올을 안고 기쁘게 기쁘게 살아 온 거야요."

순옥은 이렇게 말하고 제가 너무 말을 많이 한 것이나 아닌가 하고 뉘우치는 생각도 나면서 손수건으로 콧등과 이마의 땀을 씻고 말을 끊었다.

순옥이가 말을 끊은 뒤에도 안빈이나 다른 사람들이나 다 잠자코 몸도 움직이지 아니하고 있었다.

얼마의 침묵이 지나간 뒤에 비로소 안빈이 고개를 들며,

"인원이 말하오."

하고 인원을 보며,

"인원도 퍽 적막하고 고생스럽고 바쁜 중에 청춘을 다 보냈지?"

하고 빙그레 웃었다.

"아뇨, 저는 조금도 적막한 줄두 고생스러운 줄두 모르고 살았어요. 문 안에 있을 때에는 선생님 애기들에게 정을 푹 쏟고 살았구요. 여기 나온 뒤에 십여 년에는 한편으로는 협이, 윤이, 정이의 사랑을 되받고, 또 한편으로는 환자들을 사랑두 하구 사랑도 받구 사느라구 사십 평생을 그야말로 사랑 속에 산걸요. 가끔 동무들이 남편의 정이 그립지 아니하냐? 자식의 정이 생각히지 않느냐? 그렇게 물어요. 그래서 혹시나 그런가 하고 생각해 보면 도무지 그런 요구가 없단 말씀야요. 왜 그럴까? 하고도

생각하면 그도 그럴 것이 아닙니까. 제가 아들 하나 딸 삼 형제가 있거든
요. 또 남편으로는 그 동안 이 요양원에 입원했던 남자들이 다 제 남편이
구요——제 말이 좀——좀 무지하게 되었습니다마는 꼭 그래요. 그게
사실인걸요."

　인원은 제 말에 픽 웃는다. 그러나 듣는 사람들은 다 고개를 끄덕끄덕
한다.

　"응, 또 수선이."

　"아이, 제가 무얼 압니까?"

하고 오십이 다 된 사람이——그렇게 사내녀석 같던 사람이 수삽한 빛을
보인다. 수선은 제가 보통학교밖에 교육을 못 받은 것을 생각한다. 그리
고 일생에 별로 독서라고 할 만한 독서도 아니한 사람인 것을 생각한다.

　"무얼 안다는 것이 아니라, 신세타령을 하란 말야."

하고 안빈은 수선을 바라본다.

　"저는 아무것도 할 말씀이 없어요. 어떻게 살아 온지 모르게 살아 온
걸요. 그저 선생님 은덕으로 일생을 편안히 살아 온 거야요."

하고 수선은 더욱 수삽한 빛을 보인다. 남들이 보기에 우스우리만큼 수삽
해한다.

　"흥, 어떻게 살아 온지 모르게——어떻게 살아 온지 모르게."

하고 안빈은 수선의 말을 두 번이나 반복해 보더니, 한 번 더,

　"어떻게 살아 온지 모르게——남을 위하여 저를 희생하는 줄도 모르
게 일생을 바쳤다."

하고 혼잣말 모양으로 중얼거리더니 고개를 번쩍 들어서 수선과 일동을
바라보며,

　"내가 육십 평생에 닦으려고 애쓴 것이 수선의 경계에 도달하려는 것
이야."

하고 깊이 감동한 듯이 고개를 끄덕끄덕한다.

　사람들은 안빈의 말을 듣고 수선이가 한 말에서 비로소 새 뜻을 찾는다.

안빈은 얼마의 침묵이 지난 뒤에 입을 연다.

"고맙소. 나도 여러 사람들의 사랑 속에 육십 평생을 기쁘게 살아 왔소. 내 죽은 아내 옥남의 사랑이 아니면 내가 지금까지 목숨을 부지할 수도 없었을 것이고, 김부진 씨의 은혜가 아니더면 내가 병원 사업을 못 하였을 것이고, 수선이가 아니더면 내 병원이 어떻게 되었을는지 모르고, 또 인원이가 아니더면 내가 자식들을 어떻게 길렀을는지를 모를 것 아닌가? 또 순옥의 그 깨끗하고도 열렬한 사랑이 내 병약한 체질과 정신에 자극과 격려를 아니 주었던들 내가 벌써 노쇠하여 버렸을는지 몰라. 나는 이 기회에 순옥에게 무한한 감사를 드리오. 순옥을 생각하면 내 가슴속에서는 새로운 정력과 용기와 감격이 끓어 올랐어. 순옥도 일생에 처음으로 고백을 하였으니 나도 일생에 처음으로 고백하오."

안빈의 말이 여기까지 올 때에 순옥은 느껴서 운다. 인원의 눈에도 눈물이 괸다.

안빈은 우는 순옥을 한번 힐끗 보고 말을 계속하여서,

"또 협이, 윤이, 정이가 다 인원의 좋은 교육을 받은 덕에 아비를 기쁘게 하여 주는 아들과 딸이 되어 준 것이 내게 큰 기쁨이야. 나야말로 분에 넘치는 은혜를 받은 행복자야."

하고 안빈은 일동을 향하여서 합장하고 고개를 숙인다. 일동도 갑자기 몸의 자세를 고쳐서 안빈을 향하여 고개를 숙인다.

협이와 윤이와 정이가 느껴서 운다.

"모두 선생님 덕화시죠."

하고 지금까지 가만히 듣고만 있던 영옥이가 감격에 떨리는 목소리로 한마디를 던진다.

"저도 순옥 씨를 통하여서 선생님의 덕에 감화된 한 사람야요."

이것은 북간도에서 온 이 의사의 말이다. 열정적인 이 의사는 눈이 빨개진다.

"아니, 아니!"

하고 안빈은 강하게 흔든다. 사람들은 다시 안빈을 본다. 안빈 자신도 감격에 넘쳐서 말의 두서를 잡기가 어려운 듯이 한참이나 머뭇머뭇하더니,

"내가 오늘 저녁에 하려는 말이 이 말야. 순옥이나 인원이나 수선이나 또 석 군이나 이 군이나 마치 나 안빈이란 사람을 중심으로 생각하는 모양이요, 또 우리들 불쌍한 무리들이 이렇게 오늘날까지 사랑의 기쁨 속에서 옳음을 위해서 바쁘게 살아 오게 한 힘이 나 안빈에게나 있는 것같이 말하는 것이지마는 그것이 큰 인식 착오야, 내 정말 감사한 절을 드릴 분을 말할 테니 들어 보시오."

하고 잠깐 말을 끊었다가,

"첫째로 우리가 시시각각으로 고마운 절을 드릴 분은 우리의 마음속에서 사랑과 옳음의 씨를 주시고 이것이 돋아나도록 힘써 주시는 부처님이시고—— 하나님이라든지, 원 이름야 무에라든지 말야. 우리 속에 사랑의 씨가 없었더면 우리의 지난 생활이 어떠하였겠나? 둘째로 우리가 시시각각으로 고마운 절을 드릴 분은 우리 조국님이시고, 조국님이 아니시면 어떻게 우리가 질서 있는 사회에서 살기는 하며 옳은 일은 하겠나? 그런데 우리가 조국님의 은혜를 느끼는 감정이 부족해. 셋째로는 부모시고, 넷째로는 중생, 즉 남님이셔. 남님이란 말은 퍽 서투른 말이지마는 우리가 남이니 남들이니 하고 가볍게 생각하는 것이 큰 잘못이어든. 우리가 중생의 은혜 속에 살지 않나? 그러니까 남님이라고 불러야 옳을 거야. 이건 내가 발명한 말이 아니라, 부처님의 가르치심이야. 사대은—— 네 가지 큰 은혜라고. 사람이 이 네 가지 큰 은혜만 잊지 아니하면 그것이 도야. 이 네 가지 은혜를 잊지 아니하는 사람이면, 자연히 감사의 생활을 할 것이고, 감사의 생활은 곧 사랑의 생활, 자비의 생활이어든. 순옥이가 아까 내 사상이 한량이 없다고, 그중에서 저를 잊는 사랑만을 배웠노라고 하였지마는, 한량이 없는 것은 부처님의 사랑뿐이고, 또 저를 잊는 사랑이면 부처님의 한량이 없는 사상을 다 포함한다고 믿어. 나 안빈이가 오늘 할 일은 부처님, 나라, 어버님, 남님을 그대들에게 소개하는 일야."

하고는 잠시 말을 끊는다.

사람들이 잠잠히 안빈의 말을 생각하여 본다.

얼마 후에 안빈은 한번 기침을 하고,

"내가 인제 나이 육십인데, 그 동안 하도 바빠서 반성하고 수양할 기회가 없었고 또 몸도 좀 피곤하단 말야. 인제는 아이들도 다 자라고, 또 요양원도 기초가 잡히고 했으니 나는 한참 더 공부를 할라네. 석 군, 이 군, 순옥이, 또 협이, 수선이, 인원이, 또 윤이도 한다니까 다들 이 요양원을 맡아서 해 가기로 하라구."

하는 선언을 한다. 일동은 이 선언에 깜짝 놀란다.

안빈은 시계가 아홉시를 땅땅 치는 것을 듣고 놀라는 듯이,

"아차 너무 늦었군. 자 다들 가서 아홉시 회진을 해야지. 윤아, 내 예방의 가져온."

하고 안빈이 먼저 일어난다.

세속적 고통의 초월과 자비심

신 동 욱

1. 머리에

이광수는 어려서 양친을 잃고 많은 고생을 겪으며 학업을 닦은 소설가
로 알려졌다.

1915년 인촌(仁村)의 도움을 받아 와세다 대학교 철학과에 적을 두고
공부하면서, 소설 창작도 하였다. 우리 소설사에서 주목되는 「무정」(無
情, 1917)도 동경 유학 시절에 발표되었다. 이 작품에는 계몽적 지식인
이형식의 사랑의 번민을 줄거리로 삼으면서도, 새시대의 과학교육의 필
요성과 상공업의 발전을 기해야 할 것을 주요 과제로 알려 주고 있다. 그
리고 근대적 개인주의 사상을 제시하여 자율적 인간의 한 양상을 묘사하
였다.

이러한 문제들 중, 이광수는 사랑의 문제에 적지 않은 작가적 관심을
기울여, 「흙」, 「사랑」, 「원효대사」, 「꿈」, 「유정」, 「애욕의 피안」 등
에서 되풀이하여 사랑의 주제를 다루고 있다.

2. 세속적인 애욕과 그 초월에의 고행

장편 「사랑」(1938)에서 작가이며 의사인 안빈의 높은 덕망에 감동한 한 여고 교사인 석순옥은 교원 생활을 청산하고, 사모하고 존경하던 안빈의 병원에 간호원으로 일하는 순결한 처녀로 설정되어 있다.

작가는 안빈을 문필가로서 문명을 얻었음에도 불구하고, 톨스토이 같은 대문호가 오히려 문예의 해독을 말한 데 감동하고(「사랑·꿈」, 이광수 전집, 三中堂. 1963~68, 115면), 스스로 문예활동을 중단하고 의학도가 되어 병든 환자를 돌보는 일에 더 소중한 가치를 두고 있는 인물로 묘사하고 있다.

한편 안빈의 아내 천옥남은 폐병 환자로서 점점 몸이 쇠약해져 원산 해수욕장으로 요양을 떠난다. 그 간호를 석순옥이 지성으로 하여 천옥남은 순결한 석순옥의 정성어린 간호에 깊은 감명을 받고 자신이 죽은 뒤에 안빈의 후처가 되어줄 것을 당부한다.

천옥남은 안빈에게 죽음의 불안을 암시하게 되는데, 여기서 안빈은 윤회사상을 풀이하여 줌으로써 불안을 씻어준다. 육신은 수명을 다하여 죽어 썩지만, 생명 그 자체는 다시 태어난다는 우주적 진실을 설파하여 준다.(같은 책, 108~109면). 여기서 만남과 인연의 논리를 전생에서의 관계로 풀이한다.

석순옥은 존경하는 안빈과는 혼인할 수 없다는 생각과, 그 부인 천옥남에게도 안빈과는 결합할 수 없다는 생각을 지니게 하기 위하여, 위선자인 시인 허영과 혼인을 결심하고 실행한다. 그러나 탐욕에 빠진 허영은 증권에 가산을 날려 버리고 무일푼이 된 것을 석순옥의 돈으로 겨우 집을 건지게 된다. 이어 순옥은 허영이 결혼 전에 귀득이라는 여인과의 사이에 아들 섭이 있음을 알게 된다. 석순옥은 그 아이를 받아들이게 된다. 이러한 어려운 시련을 석순옥이 겪으며 그 고통을 말했을 때 안빈은 다음과 같이 말한다.

순옥의 수난의 결과가 어느 한 사람에게라도 기쁨이 되구 도움이
되면 그것이 순옥의 본의 아니겠소?

(같은 책, 348면)

하느님께서 순옥을 훈련허시느라구. 순옥의 사랑의 힘을 시험하
시느라구 순옥에게 이런 과정을 주신 것이오.

(같은 책, 349면)

이처럼, 세속적인 얽힘과 고통을 겪으면서, 신성한 사랑에 도달하는 정
신적 훈련으로서의 삶의 과정이 작품의 이야기로 다루어지고 있다. 즉 석
순옥의 되풀이되는 수난의 이야기는 현실적으로 가혹한 운명이라는 뜻이
보이나, 이 작품이 보여 주려는 중심적인 의미는 불보살도의 수행 과정과
자비심에의 도달과 그 실천에 있음을 깨닫게 된다.
　석순옥은 병든 허영을 이끌고 간도 연길시의 천주교 병원에 근무하게
된다. 간도 생활에서 허영과 시모의 오해와 학대에도 불구하고, 석순옥은
한결같은 봉사를 게을리하지 아니한다. 그러나 석순옥도 힘의 한계를 느
끼고 안빈에게 하소연하게 된다. 여기서 안빈은 다시 석순옥이 겪는 시련
에 대하여 다음과 같이 말한다.

어머니가 어린 자식에게 대해서 참는 모양으로 모든 것을 순순히
참는단 말이요. 그러길래 주인욕지(住忍辱地)하여 유화선순(柔和
善順)하는 것을 석가여래께서 보살의 안락행(安樂行)의 첫 허두
에 말씀하셨소.

(같은 책, 373면)

이러한 보살도의 실천 덕목을 안빈은 전해 준다. 끝까지 참고 이겨 참

된 사랑을 실현하는 인물로서 석순옥을 고난의 길을 걷게 하는 것이다. 여기서 작가는 안빈이라는 한 의사의 입을 통하여 부처님의 가르침의 핵심을 알려준다.

이렇게 하여 안빈, 석순옥 두 인물의 현실성에 관한 문제가 제기된다. 즉 보통 사람으로서 그러한 보살도의 경지에 들 수 있느냐 하는 문제이다. 일반 독자들은 세속적인 욕망을 가지고 있고, 세속적인 풍속과 사회적 규범 속에 사는 현실적인 존재이므로, 안빈이나 석순옥과 같이 관념화되고 이상화된 인물은 실감이 나지 않는다는 의문을 가질 수 있다.

이런 점에서 이 작품이 발표될 당시의 비평가들은 이광수의 작품이 관념에 기울고 있고, 인물의 진실성이 결핍되었음을 비판하였다. 특히 안빈은 이광수의 분신으로서 위선적이라는 가혹한 비판을 내리기도 하였다.

이러한 비판의 근거는 다른 데도 있었다. 즉 일제 식민지 치하의 한국민 전체가 겪었던 시대적 고통을 외면하고 오직 수양하고 덕성을 기른다는 작가의 자세를 거부한 것임을 엿볼 수 있다. 또 그러한 논리적 근거는 충분히 인정될 만한 것이기도 하다.

그러나, 이광수는 사랑의 숭고함에 도달하는 주제를 실현하는 이야기를 꾸몄고, 그것을 실천하는 인물로서 석순옥을 선택하고 형상화해 낸 것이다. 즉 시대 전체의 중심적 논리에서는 벗어났으나, 부처님의 가르침을 깨닫고 실천하는 주제를 더 중요한 것으로 선택한 것이었다.

이 작품에서 시인 허영은 악역을 담당한 성격으로 묘사되어, 이름 그대로 허영심이 많고 탐욕스럽고, 염치없고, 무책임한 인물로서 석순옥의 고상한 정신을 돋보이게 하는 보조적 인물이다. 그 시어머니 한씨도 어른스러움보다는 간교하고, 며느리를 억누르는 한편 억지를 잘 쓰는 부덕한 인물로 설정되어 역시 석순옥의 순결한 정신을 돋보이게 한 소설적 장치이다.

이처럼, 이 작품에 등장하는 인물들은 소설 밖에 있는, 시대와 사회의

중심 문제를 다루기보다는 작가가 쓰고자 한 불보살의 자비심을 실현하는
데로 기울어져 있음을 확인하게 된다.

석순옥은 연길의 천주교 병원에 근무하면서 신부, 수사, 수녀들의 숭고
한 사랑을 발견하게 된다. 개인적 욕망이나, 세속적 명예와는 무관하며,
물론 민족의 구별도 없고 오직 하나님의 원리에 복종하며 사는 숭고한 삶
을 석순옥은 감동 깊게 바라본 것이다.

석순옥은 자신이 오직 남편과 아이라는 인연에 매어 봉사하는 한계 안
에 있는 사랑임에 비하여, 에른스트 수녀는 그 한계를 초월한 사랑을 실
천하였음을 깨닫는다.

> 에른스트 수녀는 뉘 자식인지도 모르는 고아를 위하여 일생을 바
> 치지 아니하느냐? 에카르트 수녀는 월급을 위함도 감사를 위함도
> 아닌 간호부의 생활로 일생을 바치지 아니하느냐?
>
> (같은 책, 443 – 444면)

이러한 내용에서 석순옥은 초월적 사랑의 경지를 느끼고 배우게 된다.

3. 마무리

이광수는 「사랑」에서, 세속적 욕망과 밀착된 애욕과 그리고 한 단계
승화된 모성애의 숭고함을 보여 준 다음, 세속적 경계를 벗어난 종교적
사랑으로 그 주제를 집약시키고 있다.

그 사랑을 실천하는 인물로 석순옥이 설정되었고, 스승의 입지에서 보
편적 사랑을 불교적 교리에서 일깨우는 안빈이 제시되었다. 여기서, 이상
적 이념과 현실적 존재의 모순이 이야기의 펼침에서 주요 내용으로서 꾸
며져 있으므로 통속적 취미에 기운 듯한 느낌도 없지 않다.

끝에 이르러, 나를 낳아준 부모, 이웃 그리고 나라에 크게 은공을 입고 살아가는 존재임을 깨우치고 겸허하게 자비심을 실현하며 살아가야 할 지혜를 알려 주고 있다.

이광수는 「흙」에서도 허숭이 그 아내의 부정을 용서하고 남의 씨를 자신의 아이로 받아들이는 사랑을 실천하도록 작품을 꾸몄었다. 그리고 「이순신」에서도 보편적인 사랑을 실천하는 숭고한 인물로 주인공 이순신을 형상화했다. 일제 말기에 발표한 「원효대사」에서도 원효스님의 수행 과정과 봉사 활동을 묘사하여 자비심의 표본을 제시하였다.

이렇게 볼 때, 이광수 소설의 중심 주제는 사랑의 추구에 있었음을 깨닫게 되고, 특히 세속적 욕망에서 출발하여 그 한계를 극복하고 초월하여 보편적 사랑을 실천하는 보살도에 이야기의 펼침과 소설적 흥미를 두었음을 이해할 수 있다.

이광수 연보

1892   평북 정주에서 태어나다.

1902(11세) 콜레라로 부모가 모두 죽다.

1903(12세) 정주지방 동학도 박찬명 대령집에서 서기일을 보다.

1905(14세) 일진회 유학생으로 일본에 가다.

1906(15세) 대성중학교 1학년에 입학, 학비 미조달로 귀국.

1907(16세) 다시 도일, 메이지학원 중학부 3학년에 편입.

1909(18세) 일문(日文)단편「사랑인가」를『백금학보』에 발표.

1910(19세) 단편「어린 희생」(소년),「무정」(대한홍학보), 시「우리 영웅」(대학홍학보) 등 발표. 조부 위독으로 귀국. 정주 오산학교에서 교원생활하다. 백혜순과 중매결혼.

1915(24세) 인촌 김성수의 후원으로 다시 일본 와세다대학 부속 고등 예과 2학기에 편입.

1916(25세) 와세다대학 문학부 철학과 입학.

1917(26세) 장편「무정」,「개척자」를 매일신보에 연재, 단편「어린 벗에게」(청춘),「소년의 비애」(청춘) 발표.

1918(27세) 단편「윤광호」(청춘), 논문「자녀중심론」(청춘),「신생 활론」(매일신보) 발표.
백혜순과 이혼. 조선청년독립단 결성.

1919(28세) 조선청년독립단선언서(2·8 독립선언서)기초. 상해로 탈출. 독립신문사 사장 겸 편집국장 취임.

1921(30세) 홍사단 입단, 허영숙과 재혼.

1922(31세)『백조』창간 동인. 수양동우회 발기. 논문「민족개조론」

(개벽)을 써서 사회에 물의를 일으키다.

1923(32세)　단편 「가실(嘉實)」을 동아일보에 익명으로 발표. 동아일보 객원. 장편 「선도자」를 동아일보 연재중 총독부 간섭으로 중단.

1924(33세)　『영대』 동인. 『조선문단』 주재. 장편 「재생」 발표.

1925(34세)　장편 「천안기(千眼記)」 발표.

1926(35세)　「마의태자」 발표. 동아일보 편집국장.

1927(36세)　신병으로 편집국장 사임. 편집고문.

1928(37세)　장편 「단종애사」 발표.

1929(38세)　「3인 시가집」(삼천리사) 발간.

1932(41세)　장편 「흙」을 동아일보에 연재, 「도산론」(동광) 발표.

1933(42세)　조선일보 부사장. 장편 「유정」을 조선일보에 연재.

1937(46세)　수양동우회 검거 사건으로 서대문 형무소에 수감. 신병으로 병감에 옮겨지다 병보석으로 출감.

1938(47세)　장편 「사랑」(박문서관) 발간.

1939(48세)　중편 「무명」(문장), 단편 「꿈」(문장) 발표. 북지황군 위문단에 협력. 「이광수 단편선」(박문서관) 발간.

1940(49세)　「무명」으로 『모던 일본』 주최 제1회 조선예술상 문학부문 수상.

1941(50세)　수양동우회 사건 피고들 전원 무죄로 석방.

1942(51세)　「원효대사」를 매일신보에 연재.

1943(52세)　조선총독부 강권으로 조선인 유학생 학병 권유차 일본으로 가다.

1944(53세)　경기도 양주군 진건면 사능리 520번지에서 집짓고 농사.

1946(55세)　허영숙과 이혼.

1947(56세)　양주 봉선사에 있으면서 광동중학교에서 강의.

1948(57세)　수필집 『돌베개』, 『나의 고백』 발간.

1949(58세)　반민법으로 서대문 형무소 수감, 2월 병보석으로 출감, 8
　　　　　　월 불기소.
1950(59세)　「사랑의 동명왕」(한성도서) 발간. 고혈압과 폐렴으로 병
　　　　　　상에 눕다. 6·25 발발 후 7월 12일 납북되다.
1972　　　　『이광수전집』(삼중당) 전 20권 발간.

sodampublishingcompany

베스트셀러 한국문학선 **25**

사랑 (하)

펴낸날 | 1996년 6월 5일 초판 1쇄
        2000년 12월 15일 초판 7쇄
지은이 | 이광수
펴낸이 | 이태권
펴낸곳 | 소담출판사
        서울시 성북구 성북동 178-2 (우)136-020
        전화 | 745-8566~7 팩스 | 747-3238
        e-mail | sodam@dreamsodam.co.kr
        등록번호 | 제2-42호(1979년 11월 14일)
기 획 | 박지근, 이진숙
편 집 | 조희승, 노정환, 김윤경, 김혜선, 김지영
미 술 | 박준철, 김학수, 김영순, 김민정
영 업 | 홍순형, 박종천, 이상혁, 안경찬
관 리 | 최종만, 구영구, 양효숙, 김미순

ISBN 89-7381-198-3 03810
● 책 가격은 뒤표지에 있습니다.